翻译家谈翻译丛书
俄语文学卷
ПЕРЕВОДЧИКИ О ЛИТЕРАТУРНОМ
ПЕРЕВОДЕ
(ТОМ РУССКОЙ ЛИРЕРАТУРЫ)

从《奥涅金》
到《静静的顿河》

高尚的理想与不懈的追求
ОТ «ЕВГЕНИЯ ОНЕГИНА»
ДО «ТИХОГО ДОНА»
БЛАГОРОДНЫЕ ИДЕАЛЫ И НЕУСТАННЫЕ
УСТРЕМЛЕНИЯ

下卷

谷羽 主编

西苑出版社
XIYUAN PUBLISHING HOUSE
北京

从《奥涅金》到《静静的顿河》
俄语文学卷(下卷)

高莽（1926— ），笔名乌兰汗。黑龙江哈尔滨人。1943年毕业于哈尔滨市基督教青年会学校。曾任《世界文学》杂志主编，编审。中国社会科学院荣誉学部委员。1943年开始发表作品。著有随笔集《久违了，莫斯科！》《妈妈的手》《灵魂的归宿》《圣山行》《心灵的交颤》等，传记文学《帕斯捷尔纳克》，译著有剧本《保尔·柯察金》及《臭虫》《澡堂》《冈察尔短篇小说集》、帕斯捷尔纳克自传《人与事》《阿赫玛托娃长诗选》《阿赫玛托娃抒情诗选》，主编《普希金抒情诗全集》《苏联当代诗选》《苏联女诗人抒情诗选》等。1997年俄罗斯总统授予友谊勋章，1999年获普希金纪念奖章。

译诗
——难谈的学术问题

我虽然也从事文学翻译（俄译汉），但一直不敢谈文学翻译这个学术问题，因为自己没有一个定型的看法，随着时间、年龄的增长，对翻译的看法也在变，特别是译诗。

诗——能不能译，仁者见仁，智者见智，各有各的看法。我想，不同的看法还会存在下去，没有一致的看法也许对翻译学有益处。

先亮明我的观点。我认为诗不可译，译成汉文的诗，表达不尽原诗的文字特色、语言的乐感和简练中蕴藏的丰富内涵。译成汉文的诗不等于原作。

同时我承认：外国诗应当译成汉文。原因很多，如：并非所有读者都通晓外文等等。译成汉文的诗仅仅能称为"译文"。在译诗方面，我还在摸索，不知如何译法为好。有时想准确地表达原作的内容，有时想传达原诗的韵律，有时想追求原作中的一种精神，有时就是想把原作的形式借鉴过来。

自己从事译诗过程中，有教训，又不善于总结。如果硬要我说出自己崇尚的标准，那么我今天的看法可以归纳一句话："译成汉文的诗应当是诗。"

我拜读过前辈诗人译的诗。吟诵时觉得有滋有味，确实是诗。然而一经核对原文，又无法承认所译是原诗，因为与原作距离很大。

译诗——首先有个译者注入问题。译者把自己的理解与感情注入译文中，译文中必然增加了译者的东西。

其次，译诗——还有个接受问题。有的译诗不一定完美，可是不少读者却感情投入地在吟诵。正像《圣经》的汉译本，其中不少不明不白的句子，但教徒们虔诚地在诵读。《圣经》语言在历史进程中已被教徒们接受，已深入他们的心。他们相信《圣经》中的每个字每句话，并认真地按自己的需要去领会它的精神。

现在译诗大体可划分为三类。

第一类是直译，一字不漏地把原诗译成汉文。关于直译，前辈们、同辈们已发表过很多宝贵的意见，我没有必要赘述。译者尽量忠实地转达原文，尽量表现原作，尽量不掺入译者自己的观点。

第二类是意译。保持原诗的基本思想内容，根据汉文的特征对语句有删有增有变动。它的特点是把原作者和译者摆在同等的地位上。

第三类是根据原诗的思想进行再创作。

过去，我认为再创作不属于翻译范围。如今，阅历多了，反而觉得译诗中的再创作有其特殊作用。以匈牙利诗人裴多菲的一首短诗为例。

> 自由与爱情，
> 我需要这两样。
> 为了我的爱情，
> 我牺牲我的生命，
> 为了自由，
> 我将我的爱情牺牲。

这是兴万生二十世纪八十年代根据匈牙利原文直译的。译文准确，形式也保留了原样。半个世纪前，殷夫（白莽）译过这首诗。他是从德文转译的。德文把原诗的六行改为四行，殷夫亦同。殷夫的译文如下：

生命诚可贵，
爱情价更高。
若为自由故，
二者皆可抛。

裴多菲写这首诗时二十四岁，殷夫译这首诗时二十二岁。二人血气方刚，正处在争取民族解放的时代，对自由充满向往。原诗激励了译者，译者得到启发，打乱了原来的句型，对"自由"、"爱情"和"生命"三个词进行了重新组合，并用我国旧体诗五言绝句表达了原诗的思想、韵律和献身决心。殷夫的译文字字经过锤炼，无愧为佳作。这种译法应当保留。俄国诗人普希金、莱蒙托夫等人都有根据外国诗人的作品进行再创作的诗作，他们既把它称为"译作"，同时又认为是"创作"。这种译文，译者处于主导地位。

我认为任何一种译法都应该有生存之地，因为它们都有可取的地方。但有个前提，即译者是真正努力在翻译。我之所以这么说，因为在市场经济刺激下，我国译界和其他领域一样，也出现了投机者，他们不惜侵吞前人的劳动果实，东扒一句，西抄一句，或将几位前人的译文拼凑在一起，换上几个字，便自封为新译本或重译。这是译苑的莠草、蛀虫。他们无资格进入神圣的译苑。

不同的译法有不同的效果。不同的译法能形成译苑的百花齐放。不通晓外文的读者对不同的译文进行比较可以辨别优劣，可以从不同的角度更好地理解原作，而译者也可以根据他人的译法汲取经验，把译诗的共同事业推向新的高度。

我有一个建议：今后刊物上发表短诗时，最好附上原文。现在排版技术先进，使用任何一种外文已不困难，而且短诗附原文并不多占版面，对通晓外文的读者有原文可以验证译文的正确性，学习翻译的技巧。再说，好的译文可以起到榜样作用。

译诗——是个复杂的、涉及很多领域、难谈的学术问题。

2000 年 12 月 31 日

诗——是心灵之歌
——高莽与阿赫玛托娃

谷羽

安娜·阿赫玛托娃（1899—1966），是俄罗斯白银时代的著名诗人，在俄罗斯享有崇高声誉，被推崇为诗坛的月亮，与黄金时代的普希金相提并论，足见她在广大诗歌爱好者心目中的地位与影响，同时，她也是俄罗斯最具国际声望的诗人之一。

在中国，翻译阿赫玛托娃诗歌最多最好的首推乌兰汗先生。"乌兰汗"是高莽的笔名，译诗署名乌兰汗，画画儿署名高莽，其实高莽也是笔名。他本来姓宋，却很少有人知道了。一九九一年乌兰汗就翻译出版了阿赫玛托娃诗集《爱》（外国文学出版社），后来又翻译了颇具挑战性的长诗《没有英雄人物的叙事诗》，他翻译的阿赫玛托娃抒情诗超过二百首，长诗七部，二〇一一至二〇一二年台北人间出版社相继出版了他的译作《阿赫玛托娃长诗选》和《我会爱——阿赫玛托娃抒情诗选》。

二〇〇七年广西师范大学出版社推出了两卷本《俄罗斯文学肖像——乌兰汗译作集》，诗歌译作收入最多的也是阿赫玛托娃的作品。在为《诗集》撰写的前言当中，高莽（乌兰汗）特别提到了他心中长期感受到的压力，原因是他对诗人阿赫玛托娃经历了由敌视、误解到认识、推崇的过程，这个过程痛苦、曲折，延续了几十年。

一九二六年，高莽出生于哈尔滨，毕业于俄罗斯人办的十年制教会学校，同学大多是俄罗斯人子弟，教师都是俄罗斯人，因此他的俄语说得非常流利。

一九四六年，哈尔滨已经解放，二十岁的高莽在《北光日报》社任职。他从俄语报刊第一次看到阿赫玛托娃的名字。当时苏共负责意识形态工作的中央政治局书记日丹诺夫做报告严厉批判《星》和《列宁格勒》杂志，指责诗人阿赫玛托娃和讽刺小说家左琴科，批判他们"诽谤"苏联现实，作品"缺乏思想性"。日丹诺夫甚至辱骂阿赫玛托娃，说她是"奔跑在闺房和礼拜堂之间、发狂的贵夫人"，是"混合着淫声和祷告的荡妇与尼姑"。

一九四八年，高莽二十二岁，根据上级安排，他参加了翻译联共（布）中央决议和日丹诺夫报告的工作。在这个过程中，他自然而然接受了这些文件的精神，没读过阿赫玛托娃的任何作品，仅凭那个报告，就断定阿赫玛托娃是"腐蚀青年的坏诗人"。

当时的高莽还不了解，阿赫玛托娃承受了多么惨重的打击：她的第一任丈夫古米廖夫被镇压，后来的伴侣艺术批评家普宁两次被捕入狱，儿子列夫·古米廖夫三次坐牢，被判刑流放，她本人被作协开除，失去了创作和发表作品的权利，生活陷于极度贫困。

谁又能料到，看似柔韧的女诗人，承受了这一连串的打击，精神非但没有崩溃，反而以常人难以想象的坚韧与顽强，用诗篇记录下苦难经历！在她被迫匍匐在地，如同置身坟墓的黑暗岁月里，是谁给予她活下去的勇气？是泥土，是人民，是缪斯，是但丁，是肖斯塔克维奇的音乐，是承受苦难的宗教信仰……

一九五四年，二十八岁的高莽已经调到北京工作，在中苏友协总会担任俄语翻译。他陪同中国作家代表团出席苏联作家协会第二次代表大会。那时候，阿赫玛托娃已经恢复了苏联作协会员资格，作为列宁格勒代表团成员也出席会议。中国作家代表团与列宁格勒代表团就住在莫斯科同一座宾馆里，天天在一个会场开会。高莽原本有机会跟阿赫玛托娃认识交往。可惜，当时他的头脑里依然保留着对诗人的不良印象，因此错过了一次难得的交流机遇。高莽不知道，恰恰在被作协开除最艰难的日子里，阿赫玛托娃靠翻译外国诗歌维持生活，她跟汉学家费德林合作，翻译了大诗人屈原的代表作《离骚》，还翻译了诗人李白、李商隐的作品，为传播中国文学经典默默作出了巨大的贡献。

经历了"文革"十年浩劫，进入了改革开放的新时期，人们的观念发生了很大变化，用高莽先生的话说："我仿佛又长出了一个脑袋，凡遇到什么事情，不再盲从，开始独立思考。"

二十世纪八十年代初，高莽接触到由美国出版的俄文本阿赫玛托娃诗歌作品，开始认真阅读。诗人写的《安魂曲》，从创作完成到作品发表经历了整整四十七年，尘封近半个世纪。读了《安魂曲》，高莽的心情久久难以平静。他终于明白了，为什么俄罗斯那么多读者酷爱阿赫玛托娃的诗，为什么她被尊称为俄罗斯诗坛的月亮。一个诗人，一个看似柔弱的女子，承受了那么多打击、诽谤、屈辱、磨难,居然能顽强地挺过来。而在那个时代,许多诗人作家,除了唱赞歌颂歌,只能沉默,可阿赫玛托娃却要用诗篇呼吁法制,维护人的尊严,这需要多么顽强的精神力量!高莽认为,《安魂曲》是里程碑式的伟大作品,阿赫玛托娃像但丁一样记录人间苦难,不愧是二十世纪伟大的诗人。

此时的高莽,既为自己当年翻译迫害诗人的决议与报告感到愧疚,更为错失了与诗人结识交流的机会而懊悔。作为一个中国学人,翻译家,他本该当面向诗人表示由衷的谢意,感谢她翻译《离骚》和李白的作品所付出的辛劳与汗水。

在特定的时代,特定的社会环境里,一个年轻人由于轻信与盲从而失误,并不奇怪。让人感动和敬佩的是,高莽先生以反思的勇气,真诚的精神,忏悔的口吻,回顾了自己的经历,他没有掩饰当年的过失,从他的文字中,我们能够感受到他的正直、坦荡与磊落。

高莽先生在他所著的《白银时代》一书中写道:"阿赫玛托娃相信苦难是人所不能摆脱的经历,她相信天国,也相信人民,相信未来。当厄运临头的时候,她比马雅可夫斯基、比叶赛宁、比法捷耶夫表现出更大的勇气和韧力。她没有绝望,没有自杀。她始终和多灾多难的祖国人民在一起,勤勤恳恳地默默写作。去世前一年她写道:'我从来没有停止过写诗,我是以响彻我国英雄历史的旋律为旋律的。''我以能生活在这个年代,并阅历诸多无与伦比的事件,感到幸福。'"高莽先生认为,阿赫玛托娃的幸福,在于她真实地记录了那个时代的人民心灵的呼声。只不过,那个时代对她实在是太过残忍了。

高莽先生想尽力多翻译阿赫玛托娃的作品,甚至想把她的全部作品都译成中文。他似乎想通过这种方式向诗人表达自己的崇敬,并以此赎回当年的过失。高莽用二十多年的时间持续翻译阿赫玛托娃的抒情诗和长诗,翻译与研究相结合,加深对原作的理解,以诗译诗,尽力再现原诗的风格与神采。他的译作受到读者和学界的广泛好评。

一九八九年十月,高莽有机会到列宁格勒访问,特意到郊区科马罗沃拜谒了阿赫玛托娃的墓地,单膝下跪献上一支玫瑰花,借以表达他尊敬交织愧疚的复杂情感。俄罗斯苦难的缪斯阿赫玛托娃顽强坚韧,令人敬重,杰出的诗歌翻译家乌兰汗——高莽先生的坦荡真诚,同样令人感动。

诗——是心灵之歌。这是高莽先生的说法。在我看来,译诗——则是心灵的感应,只有真诚正直的诗歌翻译家,才能翻译出优美动人的诗歌作品。

在乌兰汗翻译的《阿赫玛托娃抒情诗选》即将在台北出版的日子里,我向卓越的俄罗斯诗人阿赫玛托娃致敬，也向资深诗歌翻译家乌兰汗——高莽先生祝贺，并表达由衷的敬佩。

2012 年 9 月 21 日
2013 年 6 月 7 日修改

编书人语：2013 年 11 月 9 日，俄罗斯文化中心授予高莽"俄罗斯新世纪"最佳中文翻译奖，获奖作品是阿赫玛托娃长诗《安魂曲》。

——谷羽

程代熙（1927—1999），笔名弋人、山城客。重庆人，1956年毕业于北京俄语学院俄语系。人民文学出版社编辑、副编审，中国艺术研究院马克思主义文艺理论研究所副所长，研究员。《文艺理论与批评》主编。1979年加入中国作家协会。专著有《文艺问题论稿》《艺术家的眼睛》《马克思主义与美学中的现实主义》《理论风云录——一个文艺理论工作者的手记》《人·社会·文学》《时与潮》（上、下卷），另有《程代熙文集》（十卷），译著《阿·托尔斯泰论文学》《巴尔扎克论文学》《现代美学论文选》等，编译《马克思恩格斯论艺术》（四卷）、《外国文艺理论研究资料》（丛书8种，合编）、《马克思主义文艺理论研究》（论丛12卷，合编）等。

文学翻译是一项严肃的事业

　　我万万不曾想到会有人来约我写介绍翻译经验一类的文章，道理很简单，在译事上我毫无建树可言。有时虽然也搞点业余翻译，那不过是为了练笔而已。经验或者说感受不能一点也没有，但实在没有多少价值，不足为外人道。所以对于寿兰同志之嘱，我是一再谢辞，然而经不住他一封封信函和一次次家访的催促，他那种真挚至诚的感人精神，就是铁石心肠的人，也不得不叫你改变初衷，而顺应他的要求。

　　说老实话，上次我前脚送他出门，后脚一迈进屋子，就失悔不迭，深感自己太孟浪，简直是在乱弹琴，承诺了一件自己力不胜任的工作，所以这一段时间，我一想到这桩事就忐忑不安不知如何是好。可就在这时，寿兰同志又来信催稿，而且还说过几天就要上北京来登门"拜访"了。真是应了那句老话：赶鸭子上架。只好把手头的工作暂时放一放，硬着头皮来考虑如何交卷了。

一九二一年，茅盾同志在《小说月报》上有一篇专谈文学翻译的文章，题目就是《译文学书方法的讨论》。茅公这篇文章就是因郑振铎同志的《译文学书的三个问题》一文引起的。我想就以茅公的文章为轴，联系时下一些现象或实例，谈一点个人的十分浅陋的看法。

茅公认为从事我国文学翻译的人必须具备这样三个条件：（一）译者一定要是"研究文学的人"；（二）一定要是"了解新思想的人"；（三）一定要是"有些创作天才的人"。这三条，就是对我们今天的人来说，也是相当严格的。在当今外国文学的译者队伍中，恕我冒昧，能符合或者基本符合这三条要求的，恐为数也不是太多。首先，我自己就不符合这三条。

这头一条说的是从事外国文学翻译的人，应同时是一个外国文学的研究者。比方，你要翻译德莱赛，或是狄更斯、司汤达、托尔斯泰的作品，你就必须对他们的创作以及他们所生活、所描绘的那个时代的时事、世风、历史源流、生活习俗乃至文学典故等等方面有一个起码的了解。否则，就事倍功半，很难胜任愉快。记得在五十年代初期，当时懂得俄文而又能翻译文学作品的人实在不多，而社会上对苏联文学的兴趣又很浓厚。于是，英文版的《苏联文学》杂志（月刊）一到，不少人就争先恐后地抢译，有的甚至连小说的基本情节、人物之间的关系都不了解，就动手译起来。流年似水一晃二十多年过去了。最近几年社会上又出现了一种抢译"风"，主要抢译的是西方现代派文学作品（也有人说现在是全面"抢"译的局面，冷落多年的苏联文学也在抢译之列）。对于外国文学作品，真正有代表性，或者重要一点的应该允许有不同译本，就是过去有定评的译本，也应容许更新，不必定于一尊。但我还是不主张抢译。因为一"抢"，就谈不上对作品、作家进行必要的了解与研究了，结果不免会失于粗制滥造。这是完全不可取的。

茅公的第二条说：译者必须是"了解新思想的人"。对于这一条的涵义，他在文章里未置一词。我根据自己的理解，认为这一条很重要。我们要把外国文学绍介进来，总有一个基本的出发点，即毛泽东同志讲的要"洋为中用"。就是说首先要把真正优秀的东西绍介进来。因此所谓"新思想"，决非仅仅是指举凡我们国家没有的，或者没有见过的东西就是"新的"。思想内容反动的，一些有影响的，但并不是我们所向往的文学流派的代表作品，为了了解情况，知彼知己，也是可以适当地引进的。这不是我们要谈的问题，也不是茅公的本意。"文革"前，我们对西方现代派的文学作品，除极少数外，基本上是不介绍，不研究的。长期以来，我们对西方现代派文学的现状，特别是对西方各国文坛影响极大的后现代派文学即使不是两眼漆黑，也是丈二金刚摸不着头脑。最近几年，我们为了搞活经济，实行对外开放的政策。这时，西方各种现代派文艺作品就像潮水似的涌了进来。我这样讲决非夸张之词，大家知道，西方现代文学和西方现代派文学是两个不同的概念。前者泛指西方各国的一切现代文学而言，其中既有现实主义、浪漫主义、批判现实主义，也有各种旗号的现代派文学，而后一个概念是指诸各印象派、象征派、超现实主义、意识流等等而言。后现代派指的是当代西方现代派，如后印象派、后浪漫派、存在主义文学、新小说派等等而言。现在有的同志有意无意地对西方现代派文学和西方现代文学不加区分，甚至等量齐观，这是不对的。不妨去翻翻最近三、四年以来不管是专门介绍外国文艺的定期与不定期的刊物，还是一般的文学杂志，就可以证明我不是在信口雌黄。这个情况值得重视，因其带有相当程度的盲目性。这至少说明我们的某些译者，包括出版者在内，并不是茅公所要求的那种"了解新思想的人"。相反，却把一些不大好的或很不好的东西当成好的东西介绍，在鼓吹，在宣传（参见某些译后记或专论文章）。我决非说西方现代派的文艺作品不须翻译、介绍。我从来也没有这种意思。问题是，我们必须做到心中有数，必须知道它于我们是有利还是有弊，是利多弊少，还是利少弊多。如果一个译者连这一点都做不到，那充其量不过是个翻译匠，是架肉身的翻译机器，而决不是一个真正的翻译家。

对这个问题，我还想多讲两句。不久前，我在《外国文艺》上读到英国当代文学评论家阿兰·罗德威（Allan Rodway）的一篇饶有兴味的文章：《展望后期现代派》("The Prospect of Post Modernism")。他直截了当地指出了西方后期现代派文学的几个特征，即"内向、焦虑和咬文嚼字——加上一种在文体上要弄出奇制胜的癖好"。他说先前现代派文学还把爱情、死亡、人与人之间的关系当作一部作品的真正主题，如今这些"在读者中已经变得飘忽如幽灵而终于消失了；艺术与人生的关系已被艺术与它自身的技巧的关系所取代了"。后期现代派文学由于在内容上仅仅限于表现"自我意识"，因此题材越来越窄，于是就靠卖弄技巧来取胜。关于这一点，罗德威说后期现代派文学"始于令人窘迫地涉及个人，终止于厚颜无耻地卖弄技巧"。后期现代派文学作者大肆破坏叙事文学，诸如什么反情节、反人物性格塑造的"新小说""新新小说"等等，诚如罗德威所说的那样，甚至"以毁灭叙事文学的准则取乐"。其所以如此，一个最主要的原因是后期现代派文学家"把现代世界变成一堆感觉或技巧的问题"。他们宣称"这个世界的不可知性，或者干脆认为这个世界就不存在；他们或者幻想逃出这个世界，或者对这个世界采取一种偏执狂患者的态度"。

他在文章中举了英、美、法各国后期现代派作品的某些典型例子。记得前几年我们曾有过一阵"卡夫卡热",近一二年又掀起了"萨特热"。而在这同时,有些人就被西方后期现代派那种令人眼花缭乱五花八门的技巧弄得昏昏然、淘淘然,甚至手舞足蹈,奔走相告,甘心拜倒在这种所谓"新、奇、怪"的"艺术技巧"法门面前。我希望这些同志读读罗德威的这篇文章。他是西方人,又以评论西方现代派、后现代派文学为业,他比我们知情,但他却颇有见地。这篇文章的译者汤永宽同志撰写的那篇译者前记,也很有分寸,值得一读。

关于第三个要求,茅公的文章里有几句简短的解释,他说这"很有人以为翻译事业仅仅等于临摹名画一流的事,以为不能为创作家方降而为翻译家,这未免是过火的话,要晓得翻译的本事真能好的,也不是毫无经验的译手所能办到的。"在这里,茅公直接点明他文章的题旨:翻译是一门事业,正唯其如此,所以译者不是在依样画葫芦,而本身就是在从事一种艺术再创造活动。因而从事文学作品翻译的人必须具有一定的创作才能,必须具有较高的文学语言的素养。

鲁迅翻译果戈理的《死魂灵》是根据日译本转译的;巴金译的赫尔岑的《往事与随想》也不是依据的俄文原作。但是果戈理特有的那种幽默,那种"含泪的笑",在鲁迅先生笔下却表现得恰到好处,真是多一分则过,少一分则不及。巴金的文字看似平易,浅近,遣词造句宛若随手拈来,毫不费力,然而余味、神气却溢满字里行间,可见他驾驭语言之功力是多么的深厚。这除了得力于他们对原著的理解外,还因为他们是真正的艺术语言大师。

我手边有两种版本的法国小仲马名著《茶花女》的译本,都是近几年才面世的。我姑且举十八节的第一段为例:

A本的译文是:

"要详细对你说我们的新生活是困难的。它是由一系列我们认为可爱、我对他们讲述的人却认为没有意思的有趣的孩子气的行为组成的。你知道,爱一个女人是怎么回事,你知道每一天过得是怎样快,带着怎样的爱情的懒散我们给带到了明天。你不会不知道猛烈的、信任的和分享的爱情产生的那种忘却一切的感觉。除了心爱的那个女人以外,所有的人都似乎是多余创造出来的。我真后悔已经把我的心一部分一部分地分给过别的女人。我看不到还有什么可能去握现在握在手里的以外的手。头脑里既不能工作,也不能回忆,容不下任何可能打扰它始终抱有的那唯一的思念的东西。每天,我都会在自己的情妇身上发现新的魅力,未感受过的快感。"

B 本的译本是：

"要把我们新生活中的琐事详详细细地告诉你是不容易的。这种生活对我们来说是一些孩子般的嬉戏，我们觉得十分有趣，但是对听我讲这个故事的人来说，却是不值一提的。你知道爱一个女人是怎么一回事，你知道白天是怎么匆匆而过，晚上又是怎样地相亲相爱，难舍难分。你不会不知道共同分享和相互信赖的热烈爱情，可以把一切事物搁置脑后；在这个世界上，除了这个自己爱恋着的女人，其他似乎全属多余。我在后悔过去曾经在别的女人身上用过一番心思；我看不到除了自己手里握着的手以外，还有什么可能去握别人的手。我的头脑里既不思索，也不回忆，心里唯有一个念头，凡是可能影响这个念头的思想都不能接受。每天我都会在自己情妇身上发现一种新的魅力和一种前所未有的快感。"

这两个译本的译者对原著的理解是不相上下的（当然，只是就这段文字为限），但在文字的表达力上是显然 A 本不如 B 本。后者的行文比较清楚，比较流畅。前者就颇有些诘屈聱牙，呆滞笨重。就好像看一个还不太会打太极拳的人，笨手笨脚，叫人看起来别扭。例如这一句："它是由一系列我们认为可爱、我对他们讲述的人却认为没有意思的有趣的孩子气的行为组成的。"这句由四十个字组成的句子，不光行文累赘，而且概念很不清楚，若不是一遍一遍地细细捉摸，就不知道讲的是什么。这里的毛病就出在：单字的翻译不准确，因而词意不清；句子的结构不合理，概念不明。《文心雕龙》上说："句之菁英，字不妄也。"说的就是用字（词）的重要。搞文学翻译的人，必须在炼字铸句上狠下功夫。这是基本功。

茅公说，翻译家应把"字不妄"视为格言。这确系至理之言。当然 A 本的毛病并不只这一段，也不只这一句。读完这本书，你很难相信这是小仲马的杰作。B 本的文字固然比 A 本强一些，但也不是理想的译笔。

在外国文论的翻译方面，我最折服的是朱光潜老先生、满涛和蒋路的译文。朱老翻译的几部理论著作，如柏拉图的《文艺对话录》、黑格尔的《美学》、莱辛的《拉奥孔》和歌德的《谈话录》，真是名著名译，珠联璧合。黑格尔的《美学》，特别是第一卷，相当艰深。我曾经将朱老的译文同英文、俄文的译本作过部分对比，我感到还是朱老的本文字明畅好懂。朱老自己曾说，任何一种理论，他只要弄懂了它的本意，他就能用汉字把它明白地表达出来。这是朱老的经验，也是他的治学精神。可见下笔之前，首先弄懂原著的本意，是十分重要的。决不能在没有弄懂之前,或者在似懂非懂之间,就急急忙忙去翻译。如果那样,十次当中就有十次要闹笑话。满涛和蒋路的翻译真说得上是一丝不苟,严肃认真。满涛的译文严谨,但略嫌古老;蒋路的文风老练,但不失清新。以上三位的理论译著、论著的书稿,我都编发过,虽然都是几十万字的大部头,然而却使你感到是一种愉快,一种享受。

拉拉杂杂,涂满了好几张稿纸,就在这里打住吧。

苏杭（1927—   ），河北抚宁人。1951年毕业于北方交通大学外语系。曾任《世界文学》编委，编审，资深翻译家。译著有《莫阿比特狱中诗钞》、《叶夫图申科诗选》、《婚礼》、《老皮缅处的宅子》、《致一百年以后的你——茨维塔耶娃诗选》、《刀尖上的舞蹈——茨维塔耶娃散文选》、《普希金抒情诗选》（合译）、《普希金文集》（合译）等，散文集《提前撰写的自传》，小说《一寸土》等。

叶甫图申科诗歌和他的诗歌

  在苏联当代诗人当中，要论多才多艺，当数叶夫根尼·叶夫图申科（1932—   ）。他既是诗人、小说家、政论家、评论家、翻译家、摄影家，同时还是剧作家兼电影导演和演员，用他自己的话说，他想"拥抱无限的东西"，想要一下子触及一切问题，并且试图立即使它们全都得到解决。他把"我是一个形形色色的人——／我既吃苦耐劳，又懒惰无匹"、"我想要／诞生在／所有的国家当中"、"我热望了解人们的心灵"这些诗句作为自己的纲领，并且试图使这一纲领得以实现，否则他就会是另一个诗人，那个诗人可能更集中、更完整、更和谐，但却不是叶夫图申科。

  作为小说家，他的长篇小说《浆果处处》（1981）无论在形式上还是在内容上都有所创新。作为政论家和评论家，他的政论和评论与他的诗一起直接表达了作家对事物的看法，他认为"政论乃是对现实生活的态度。政论乃是对现实生活的积极的态度，如果作者不隐讳自己的公民的立场，而是把它提到首位，不怕直截了当的结论"。而他的评论，较大比重是论述俄国和苏联诗人的，但是这类文章不是我们通常读到的那种结构严谨、条分缕析、学术性说理性较强的论文，而是饱含作者的炽烈的感情、诗意盎然、文字优美、风格洒脱的散文。作为翻译家，他译有格鲁吉亚诗人的诗集。他说，他珍视这些译诗，甚于他自己的诗作。作为摄影家，他曾在许多城市举办过个人摄影艺术作品展，并且在国内外出版有摄影作品集。作为剧作家、电影导演和演员，他在影片《起飞》（1979）中担任过主角俄国航天航空之父齐奥尔科夫斯基，由他编剧并执导的影片《幼儿园》（1983）带自传性质，艺术上也有独到之处，这两部作品都曾引起较大的反响。

虽然叶夫图申科是位多栖的艺术家，但是应当说，他的最大成就还是在诗歌创作方面。叶夫图申科初次发表诗作时年仅十七岁，不到二十岁便出版了第一本诗集《未来的探索者》（1952）。迄今为止，他已出版诗集四十余种，主要有《热情者的道路》（1956）、《诺言集》（1957）、《挥手集》（1962）、《温情集》（1962）、《皑皑的大雪在飘舞……》（1969）、《内心抒情诗》（1973）、《清晨的人们》（1978）等等；长诗有《布拉茨克水电站》（1965）、《喀山大学》（1970）、《在自由女神的表皮下》（1970）、《妈妈和中子弹》（1982）、《禁忌》（1985）等；选集有两卷本《叶夫图申科诗选》（1975）和三卷本《叶夫图申科作品选》（1983—1984）、《叶夫图申科诗选》（1987），后者收有 1952—1986 年间他的主要短诗和长诗，可以说是他诗歌创作的阶段性总结。顺便提一下，他的三种选集的总印数逾二十万册。

一个名诗人的崛起往往与社会历史条件紧密相连，没有十月社会主义革命，就不可能有马雅叮夫斯基，而叶夫图申科的出现，则与二十世纪五十年代苏联社会的变革，尤其是破除对斯大林的个人崇拜以及它的后果分不开的。叶夫图申科自称"我们是诞生于三十年代、精神上成熟于斯大林逝世和第二十次党代会以后的一代人的代表"，他把自己比作这场社会变革开始时进攻的号手，"请派我当一名号兵／我将吹起进攻的号令"，"于是急剧变化的时代／通过我的倒呛的嗓子喊叫起来"。他这一时期的创作较多地触及苏联社会中一些敏感的和迫切的政治、历史、社会等重大问题，反映了某些社会心理或者群体心理以及他们的情绪和愿望，尤其是青年人对政治、理想、道德、人生、爱情诸方面的价值观念的嬗变，而在题材上冲破了一些过去的禁区，更加多样化。他的作品具有较强的政论性和鼓动性，因此在国内外引起了强烈的，甚至是截然不同的反响。

叶夫图申科在其四十余年创作生涯中，在苏联文学界始终处于冲锋陷阵的地位。因此早年对他的评价争议颇大、毁誉参半。有些批评家把他誉为"时代的象征""革命的诗人""国际的歌手"。认为"叶夫图申科的世界性声誉的秘密"就在于他是本世纪青年一代的诗歌的代表。另一些人则称他为"知识界阿飞的思想领袖""颓废派资产阶级分子""市侩的诗歌的代表""床笫抒情诗人",说他"追求廉价的名声",而西方则把他比作"俄国愤怒的青年""苏联创作中的新的异教徒"。但是无论是肯定他的人还是否定他的人,几乎都一致承认他是一个有才华的诗人,说他"创作了许多富有感染力的令人难以忘怀的作品"。

公民意识和战斗性是叶夫图申科诗歌中的两个主要因素,几乎贯穿他创作的始终。公民意识是俄罗斯历代诗人创作的传统,普希金、莱蒙托夫、涅克拉索夫、马雅可夫斯基等人便是这一传统最优秀的代表,而叶夫图申科则是与这一传统一脉相承的当代诗人。诗人早期写过许多针砭时弊、振聋发聩的政论诗,如人们都比较熟悉的《娘子谷》(1961)、《悄声细语的诗歌》(1971)等。这些政论诗的因素也表现在他晚期的寓言式哲理诗和讽刺诗中。《巴结》(1978)、《箴言》(1981)等诗,虽然不如早期政论诗那样犀利,带有浓烈的火药味,却意蕴深邃,更富有哲理。有时候,同一主题在他前后不同时期的诗中一再表现,得到了深化。从前后相距二十余年的《温情》(1955)和《庸俗和死亡》(1978)两首诗的比较中,便可见出诗人对"葬礼的官僚主义习气"的憎恨感更为深切和冷峭。

苏联的大多数诗人经历过第二次世界大战炮火的洗礼,他们以其亲身经历创作出不少传世之作,有的诗,如西蒙诺夫的《等着我吧》,在当时所起到的鼓舞作用之大,甚至连诗人自己都未料到。叶夫图申科属于战后成长起来的诗人,他没有参加过战争,以二次大战为背景的剧本《幼儿园》是以他儿童时代的所见所闻为生活基础的,他的短诗《婚礼》(1955)亦然,尽管如此,这首战争题材的诗却成了他最优秀的诗作之一。至于《俄罗斯人要不要战争?……》(1961),由于后来以歌曲形式在人民中间广泛流传,更是家喻户晓。《蜂蜜》(1960)鞭挞了那些发国难财的民族败类,以及那些只顾个人安逸、不问广大群众死活的"没有丝毫的恻隐之心"的"爱吃蜂蜜的人"。

爱情抒情诗在叶夫图申科的创作中占有相当大的比重,这些诗写得真挚,尤其是写生离死别,感人至深。叶夫图申科二十五岁时写的《我现在遇到了这样的事……》(1957),据诗人一九八五年末在我国举行个人诗歌朗诵会上阐释说,他不曾料到这首一挥而就的短诗给他带来那么大声誉。《当你的脸突然升起……》(1960)、《恳求》(1960)、《我流逝的岁月里有你三十三年……》(1960)、《祈祷》(1972)、《在噙着眼泪的柳树下……》(1981)等抒情诗,大多表现出为了所爱的人而献身的崇高感情。

二十世纪六十年代初，叶夫图申科开始走向世界，迄今先后访问过古巴、英国、联邦德国、法国、美国、日本以及我国等近百个国家。他的诗的题材变得开阔，世界各国人民的生活，尤其是一些重大的国际性问题，如反对战争保卫世界和平，都受到他的关注。他的长诗《妈妈和中子弹》是以他的家族的经历为主线，巧妙地把政治宣传与抒情性结合在一起的一部富有强烈时代感的长诗。形式的革新，也是叶夫图申科所十分注重的。有人指责他借用过各种不同诗人的音韵。叶夫图申科认为，诗人不应当只是某一个诗人的学生，而应当是所有前人的学生。在吸取别人的经验的同时，自然应当保持自己的风格。他说影响过他的诗人有基尔桑诺夫、卢科宁、梅日罗夫、马尔蒂诺夫、斯鲁茨基、维诺库罗夫、索科洛夫、斯麦里亚科夫等人。至于他从古典诗人那里受到的影响就更多了。继承虽然必不可少，但是革新对于任何一个有所成就的诗人都更为重要。尽管有人攻击他"为标新立异而标新立异"，但也有人甚至把他的韵律称为"叶夫图申科的韵律"。叶夫图申科的晚期创作，尤其反映出他在革新方面的"艺高胆大"。他能自由地驾驭他的诗歌的韵律体系，但是他在创作长诗《妈妈和中子弹》时为了适应内容的需要，却毅然舍弃了他早已运用自如的重要艺术手段——音乐，而采用了十八世纪末欧洲新诗中兴起的自由诗体，这自然需要很大的勇气。但是这与他的这样一种信念是分不开的，他深信"不押韵的诗歌的韵律乃是思维本身的韵律"。"思想也会成为音乐的"。这部长诗荣获一九八四年苏联国家奖金便是对它"思维本身的韵律""思想的音乐"的一种肯定。

如果说叶夫图申科是一位诗歌朗诵家，看来他是当之无愧的。他从步入文坛开始，便显露出朗诵艺术的才华。他嗓音浑厚，语调抑扬顿挫，富有感染力，对于自己的诗作的把握，无疑较之演员更为深刻，因此，他在广大听众面前一出现，一下子便抓住了他们的心。在苏联社会各种价值观念变化不定的二十世纪五十年代中期，叶夫图申科的某些诗作一时无法发表，于是他冲破某些封锁，借助于朗诵艺术形式把他的诗作及时传递给广大读者，从而与读者直接沟通感情，在读者中产生了强烈的共鸣。评论家西多罗夫曾指出："对读者群众的感知，对他们的要求的迅速的反映构成了这种诗的性质的核心。他的诗直言不讳地期待着公众的共鸣。没有这种反应，叶夫图申科的诗歌是不可思议的。他在许多方面得力于他的读者和听众的意见，不知疲倦地寻求他们的赞同。"为此，叶夫图申科不遗余力地参与诗歌朗诵活动。仅据一年的统计，他就出席过二百五十多次诗歌朗诵会。不仅在国内，在国外这一艺术形式更给他带来广泛的声誉。据悉他曾在七十多个国家的首都举行过诗歌朗诵会，会上甚至有迪斯科乐队伴奏和唱流行歌曲的歌星伴唱。

诗人在与一位评论家对话时直率地承认，他的诗作的主要缺点是过于直露和啰嗦，有时为了竭力使大家理解而做一些不必要的解释。敢于自我剖析是诗人的一种可贵的品质。

叶夫图申科的不少诗作被诸如诗剧、芭蕾舞剧、群众歌曲、迪斯科乐曲等多种艺术形式所再现，其中最成功的莫过于肖斯塔科维奇的《第十三交响曲》（1963），作曲家把叶夫图申科的《娘子谷》（1961）、《幽默》（1960）和《功名利禄》（1957）三首没有任何内在联系的短诗结合在一起，谱写成具有强烈感染力的乐章。据诗人在一篇文章里说，在长达五十分钟的演奏交响曲过程中，听众中出现了某种罕见的场面，他们时而痛哭流涕，时而放声大笑，时而微露笑容，时而面带沉思。

叶夫根尼·亚历山德罗维奇·叶夫图申科出生于西伯利亚济马市一个知识分子家庭，他本姓汉努斯，有拉脱维亚血统，一九四四年从母亲的白俄罗斯人姓氏改姓叶夫图申科。他父亲酷爱诗歌并把这种爱好传给了他，母亲在卫国战争中曾在前线为战士演唱，但他们二人均为地质工作者。他的外祖父原是苏联红军的高级将领、祖父是数学家，他们都于一九三八年先后以莫须有的罪名被逮捕并惨遭杀害，这对叶夫图申科后来的创作思想产生过相当重要的影响。这些经历，在他于一九六二年在法国《快报》上发表的长篇自传和长诗《妈妈和中子弹》中均有所记述。

本诗集是据诗人本人的多种诗集选译而成的。

1989 年 9 月 1 日

附记：前苏联近年来不断编选出版叶夫图申科的诗作，几乎每次出版前都有一些诗经过诗人的修改或增删，因此收入这个译本中的旧译也相应有些改动，有些旧译几乎是重译了一遍，凡是被发现的误译也已改正。还要说明的一点是，我一向敬重文学翻译界的前辈、同辈以及年轻的同行，所以我过去编选叶夫图申科的诗集时，把凡是我见到的别人的译作都收入选本。但在这个译本中，我遵照出版社的要求，不揣冒昧地把有些已有中译的诗重译了一遍，自然也借用了他人的某些韵律和词语，这虽然是常理所允许的，但我在这里还是应当表示我的歉意，更应当表示我的谢忱。

2013 年 6 月 25 日

智量（1928— ），江苏江宁人。1952年毕业于北京大学俄语文学系，华东师范大学教授。著有短篇小说集《人海漂浮散记》，长篇小说《海市蜃楼墨尔本》《饥饿的山村》，专著《论普希金、屠格涅夫、托尔斯泰》等，主编《俄国文学与中国》《外国文学史纲》等，译著有《叶甫盖尼·奥涅金》《上尉的女儿》《我们的共同的朋友》《屠格涅夫散文诗》《前夜》《贵族之家》《安娜·卡列妮娜》等30余部，另有论文、专著、小说、诗歌、散文等。

我译《上尉的女儿》

我选择《上尉的女儿》来翻译，有一个特殊的原因：这本书在我国的外国文学作品翻译历史上是一个有纪念意义的标志，它大概是我国最早翻译过来的外国文学作品。早在一百年前，清光绪二十九年，公元一九〇三年就已经译出了，那时和以后的不久，还出现过几种译本，译名曾经是《花心蝶梦录》、《俄国情史》和《甲必丹之女》等等。这些译名反映了当时中外文化交流的初始状况。后来这一百年里，这本书又曾经被许多中国翻译家多次翻译过。光是目前我国书店里有售的，就不下五六种译本。普希金这本小说语言之精美，情节之凝练，人物塑造之真实与生动，对历史事态把捉之准确，都是世界文学史上的典范，它对我们的许多小说家有过良好的影响，这是前面那些译本的翻译者们的功劳。

既是这样一部在各方面都有意义有价值的重要作品，我们应该努力使它的翻译介绍工作"与时俱进"才是。怀着这样的想法，我去反复阅读《上尉的女儿》原作，并且阅读那些已经出现的译本。这时我认真地觉得，这里边还大有可以再做努力的余地。我开始有了把它重译一次的想法。正巧这时译林出版社来向我约稿，于是我就花几个月时间把它再次翻译出来了。当然，我决不能说我的这个译本是最好的，不敢像有的重译者那样，宣称我的译本是别人译本的"取代者"，也不想和现在正出现的其他几种《上尉的女儿》译本争高下。我只不过是在前人的努力的基础上添加自己的努力，主观上尽量使译文有所改进而已。我一向认为，名作翻译就好比是一场接力跑步，后来的人接过前人的成果，自己去努力跑一段，以后再由尊严的接班人超越自己，奔向更接近目标的前方。总有一天，我们会得到一个理想的译本。因此我现在这个《上尉的女儿》译本，最多不过是这种逐渐接近完美的过程中的一个发展阶段而已。当然我还是尽力去完成我的阶段性任务的。

　　我多年来在翻译工作中为自己定下一个规条，那就是：必须对原作忠实。怎样做到这一点呢？我的做法是，除了逐字逐句力求充分对应原意以外，还要尽力让译本与原作"形神兼似"。就是说，译文不仅要尽力传达原作的格调、雅俗、神韵等等，而且要尽力保持原作的章节、段落、(诗的)行数等外貌特征。特别是，要把原作里不同社会阶层的人物和不同环境中所使用的不同语言，在译文中尽量表现出来。翻译诗歌时，更要注意要保持原作的韵脚、节奏、音步、诗节等格律特征。《上尉的女儿》中描写了许多人物，他们代表当时俄国社会的各个阶级和阶层，从女皇、贵族、军官，直到奴隶、士兵和起义造反的农民。其中又有年龄、性别、说话对象、环境的区分，于是小说中的这些不同的人，都各自使用着与他们的身份、教养以及其他种种条件相一致的语言，在翻译的时候，我便极力注意中文表达上的变化。书中多次出现的不同的人所写的书信，我也试着用不同的词句和语气来翻译。而那每一章节开始时所引用的古诗和民歌，以及故事叙述中所穿插引用的诗歌，也都尽力用它们原有的风格、韵脚和节奏来表现。

　　在译文语言的使用上，我着重注意的一点是：我们中国文字中，四个字的成语很多，在选择使用时务必尽可能让它与原文原义贴切地相应和相合，否则就宁肯不去用它。我的体会是，我们中国的四字成语的含义往往是多层次的和复杂的，随意用一个这样的成语去对应地翻译一个外国词，往往会越出了原词的词义范围，这样也就给原作添加了它原本没有的色彩和语义，因此在使用时要特别地留意。我尤其注意不使用源于我国历史事件和人物的典故性成语。因为这会给读者造成概念上的混乱。比如，"一鼓作气"和"胸有成竹"这样的成语，如果用在翻译文字里，就容易让读者误会地以为，那个外国作家也读过我们的《左传》，或是知道我国宋朝那个文与可画竹的故事。

我的想法和做法是否完全恰当，又是否由于我心有余而力不足，想到的并没有做到，这要请读者和翻译专家们来批评。

我的这种主张曾经由我自己概括为"画地为牢"几个字。意思是，以原作统一而固定的内容和形式为准，给自己画定一个不可逾越的界限，在翻译过程中随时注意不越雷池一步。我认为这应该是每个翻译工作者必须遵守的职业原则。当然，翻译，特别是文学翻译，它本身也是一种创造性劳动，我的"画地为牢"并不是要排斥翻译者的创造，我只是说，你的创造积极性必须是只在原作所允许的范围内发挥，如果超越了原作去"创造"，那就不能算是翻译了。

细心的读者也许注意到了我的这个译本后面所附录的六个别稿。这是一些作者从原作中删去或改动过的章节与段落，它们反映出作者创作意图与构思在写作过程中的发展和变化，对于读者阅读与理解作品和了解作家的思想与艺术有着重要的意义。我认为翻译工作者有责任在每一本翻译书中尽可能地把这一类的资料提供给读者。比如从这本书的别稿第四篇中我们知道，普希金本来是写主人公格里尼奥夫为了救女主人公玛丽娅，决定亲自出城去找起义军首领布加乔夫，寻求他的帮助。这里表现了作者对农民起义领袖布加乔夫的尊重和信任。但是又怕通不过沙皇政府的审查，就改为不巧被叛军抓住才见到布加乔夫。让读者在阅读译本时也了解这个创作过程，我认为是非常必要的，因为这样可以更加深入理解普希金的思想和艺术。我在翻译其他作品时，比如翻译普希金的《叶甫盖尼·奥涅金》时，也是这样做的，那里的别稿有几百行诗和有关的文字，多年来，不断有读者和外国文学工作者告诉我，这些资料对他们非常有用。

我译的《上尉的女儿》的译本中，有一些精美的插图，是翻译家方平先生从一个英译本中帮我找来的。那些精美的木刻图是得过奖的名作，它们能启发读者的阅读灵感，帮助读者深入领会原作的思想、感情、意境和情趣。我要借此机会为广大读者向他表示感谢。我认为，每一种文学翻译作品都应该尽可能附有好的插图。

我为我的这个译本写了一篇简要的译序。已经有不少读者告诉我，这篇序对他们的阅读很有帮助。凡是我翻译的书，我都为它写一篇译序。我认为，每一本外国文学翻译作品，都应该有一篇认真写来的译序，这是对读者的必要的引导。如果允许我对翻译界的朋友们提一个并不算苛刻的要求的话，我认为译序应该由译者自己来写，而不要另请名家，因为你作为译者，有必要也向读者汇报你是怎样理解和评价这部作品的。

《上尉的女儿》现在有多种译本。这在一定程度上体现了"百花齐放、百家争鸣"。从这个角度看，当然是好事情。但是，我总是在想，现在有许多事情往往被人们做得走了样，许多外国文学名作的多次复译出版，其中是否也有这种情况呢？大家都知道，名作既是名作，必定有其特别的价值，印出来会有比一般的书籍更多的购买者。而且翻译出版古典名作，并不需要购买版权。于是近几年来，我国出版界大有对外国文学名作一哄而上之势。然而，如此做来时，那翻译质量如何，就很可能难以保证了。我曾经听一位出版界的朋友在聊天时坦率地对我说：一般读者买翻译书，往往都是只看原作者和书名，不大留意译者是谁的。而且在买书的时候，也不可能仔细地读过再买。译文再不好，哪怕有错误，或者是抄袭了他人的译文，书反正是卖出去了，即使以后真的受到了批评（在我国目前的情况下，这种可能性不是很大），那我就不再印好了，这叫作"一锤子买卖"。就算这样，还是能赚钱的。我真诚地希望，我们的出版家们尽量或千万不要再在文学翻译工作中做这种"一锤子买卖"。同时也希望翻译界和新闻界加强这方面的批评工作，而出版界也加强自律，不要再给我们的文化事业带来不应该有的坏影响。最近我欣慰地感到，这个问题已经开始受到注意了。

　　话说了这许多，似乎有些饶舌了。其实上文中有许多话真不该由我来说。我国有许多老一辈的翻译家，就拿上海说，八十来岁的就有许多，我还年轻，只有七十六岁，还排不上队呢。因此，如果我哪里说得不对，还望给以指教！

2004 年于上海华东师大一村

王志耕(1959—   ),河北任丘人。1985—1988年就读于华东师范大学世界文学专业,师从王智量教授,获硕士学位。1997—2000年就读于北京师范大学文艺学专业,师从程正民教授,获博士学位。南开大学文学院中文系教授。专著有《俄国文学与中国》(合作)、《宗教文化语境下的陀思妥耶夫斯基诗学》,译著有《普希金诗选》、托尔斯泰《生活之路》等。主持国家社科基金项目《俄罗斯文学经典的一种文化阐释》及南开大学亚洲研究中心项目《远东地区圣愚文化对俄罗斯文学的影响》。

在苦难中实现生命的价值
——王智量与普希金

王志耕

在中国的普希金研究领域中,王智量是一位承先启后的学者。在半个世纪的学术生涯中,他在对普希金的翻译和研究方面做出了重大的贡献。

一

王智量,笔名智量、王智亮等,一九二八年出生于陕西汉中一家书香门第。祖父王世镗为近代书法名家,早年不得赏识,后被国民党要员、同为书法大家的于右任发现,观其章草,"诧为古人",遂调其在政府监察院任闲职,于是王家举家迁往南京。智量父母亦受过系统的现代教育,为他的成长提供了良好的条件。抗战暴发之后,智量随家回陕西避难,在位于城固县的西北师院(北京师范大学前身)附中就读。在这期间,智量对文学产生了浓厚的兴趣,开始发表诗歌、散文等作品,并以所得稿酬贴补生活费用。少年时代的创作经历磨炼了他出色的语言能力,为以后的文学研究打下了良好的基础。

一九四七年,智量以优异的成绩考入北京大学,攻读法律。一九四九年北平解放,智量向校方申请转入西语系学习,得到时任北京大学院长办公室主任的朱光潜先生批准。自那时起,智量开始在西语系主修俄文,同时大量阅读中国的现代文学作品。因此,当他一九五二年毕业后,便留校在中文系任教。这之后,他边从事中国现代文学的研究工作,边从事俄国文学的翻译。一九五四年,智量调至中国科学院文学研究所理论组从事俄罗斯文学的研究工作。这期间他以《关于列夫·托尔斯泰的世界观和创作方法问题》等论文在学术界崭露头角,同时以勤奋的努力自学德、法、希腊、日等语种,以期在日后的研究道路上开拓更为广阔的空间。

然而,正当智量才华初露、可以大展宏图之时,反右扩大化的大棒落到了他的头上。一九五八年,被错划为右派的智量来到河北平山劳动改造,后又被发配到甘肃隆西。隆西是中国西北最为穷困的地区之一,在这里,一个本应在研究室里从事专业研究的年轻学者,却经受了数年饥饿与病痛交加的日子。更为不幸的是,就在这种困顿的日子里,他还不得不忍受着妻离子散的痛苦。直到六十年代,智量因身患重病眼看就要瘐死山村的时候,愤然辞去公职,投奔在上海工作的兄长。此后,他拖着病愈后虚弱的身躯,带着一双儿女,艰难度日。他做过染布工,拉过砖,扫过马路,在中学当过多门课的代课教师,在恩师余振先生的引荐下在出版社做过临时的外文编辑,但最终因政治上不可靠而被解职。一个才华横溢的知识分子,就是这样在饥寒交迫之中度过了近二十年的时光。

一九七八年,时任华东师范大学校长的著名教育家刘佛年先生得知智量的境况,便将其延至门下,先在教育系做资料员,负责多语种的材料翻译。后得徐中玉先生赏识,转到中文系外国文学教研室任副教授,一九八五年晋升教授,并于是年招收世界文学专业硕士研究生。从那时开始,智量方得以潜心译事与俄国文学研究。他把多年来身遭厄运而笔耕不辍的成果相继整理出版,并撰写了大量学术文章,出版了《论普希金、屠格涅夫、托尔斯泰》《俄国文学与中国》等著作,主持编写了全国自学考试外国文学科目的教学大纲以及多种教材,从英文翻译了狄更斯的《我们共同的朋友》、康拉德的《黑暗的心》、从俄文翻译了屠格涅夫的《散文诗》、《前夜》、《贵族之家》、托尔斯泰的《安娜·卡列尼娜》等世界名著。而在这之中，对普希金作品的翻译和研究成为智量学术成就的重要部分。

智量在退休之后，仍笔耕不辍，出版了大量翻译和研究成果。值得特别提到的是，为了纪念他一生中最艰苦的岁月，为了使后人记住那一段惨痛的教训，他根据在甘肃山区的生活经历，历时数年，几易其稿，写成了三十万字的长篇小说《饥饿的山村》，由漓江出版社一九九四年出版。这部小说以近乎纪实的笔触，以一个知识分子的流放为线索，描写了由于"左"倾路线导致的饥饿年代的山村生活，然而作者并没有将重点放在对苦难的倾诉上，而是在那种灰暗的背景下，塑造了一系列栩栩如生、可歌可泣的农民形象，他们的纯朴、他们的执着、他们对生命的独特感受，在一个老者深情的追述下跃然纸上。他们面对苦难的平静、面对残忍的淳厚、面对死亡的坚强，在那样一个特殊的时代中显得如此悲壮，使得小说具有一种强大的震撼力。著名评论家阎纲先生说："王智量先生不借助浓重的理性批判，不谋求理想化的安全保护。他的艺术思维自信到冷峻的程度：报告文学般的真确，不动声色的白描，悲凉苍劲的大西北的风情地貌，令人发指的灵魂的颤栗。"北京师范大学刘锡庆教授的评价是："他熟谙俄罗斯文学，翻译过普希金、莱蒙托夫、屠格涅夫、托尔斯泰等人的许多作品，也译过英国文豪狄更斯和乔伊斯的作品。但这部小说却是地产的、高雅的当代中国文学创作：六十年代初的严酷情势，大西北的黄土地风情，包括粗犷、大气的人物语言等，都是纯正的中国作风、中国气魄。唯有旧俄文学中那种悒郁的、忧伤的情调和英国文学的人道主义气氛深隐其中，见出了些许影响的端倪。"这部作品真可以说是智量的学术研究与其独特的人生经历相结合的成果，同时也说明了他深刻的思想、老练的语言功力和多方面的艺术才华。

智量先生因其出色的学术成就而获得国务院颁发的特殊津贴，他的名字被载入美国《世界五千名人录》。

二

智量的普希金翻译是从号称最难译的诗体长篇小说《叶甫盖尼·奥涅金》开始的。这一译事起始于智量到中科院文学所工作期间，而这个译本的出版却到了一九八五年，历时三十年之久，为中国出版界所罕见。这期间风风雨雨，酸甜苦辣，只有亲历者方能自知。

在智量开始翻译《叶甫盖尼·奥涅金》之前，这一名著在中国曾有过一些节译，全译本有甦夫的据世界语和日语的译本、著名美学家吕荧的译本，但这两种译本都是在战乱中草成的，有许多不尽如人意之处。因此，当时任文学研究所所长的何其芳先生希望智量承担起翻译这部世界名著的重任。从那时起，智量走上了一条今天的翻译匠们所难以想象的艰苦译事之路。他一边翻译，一边将所译的诗节送给身为杰出诗人的何其芳审阅。何其芳对译文提出修改意见，也对智量的工作给以极大的鼓励，并在他的批评论著《论〈红楼梦〉》中引用了智量尚未发表的译文。译者自己曾从事过诗歌创作，现在又得到著名诗人的指点，这为译文保持原有的诗意提供了保证。这一工作随着智量被划为右派而中断。在他临离开文学研究所时，一次在如厕时遇到何其芳先生，先生走到门口看看没人，转过身对智量说了一句："《奥涅金》你一定要译完哪！"智量带着先生的嘱托，在背包里装上一本俄文原著，离开了并不平静的研究室。在此后的劳动改造中，他没有专门的时间来继续自己的翻译，便背诵上一节原文，然后在劳动中及闲暇时逐节地在脑子里斟字酌句，每节考虑好后，便记在碎纸片上。几年下来，他几乎能把整部《奥涅金》都背诵出来。而当他从流放地来到上海时，在家人的面前打开背包，里面装满了一沓沓的香烟盒、包装纸、手纸等各种颜色的碎纸片，这就是《叶甫盖尼·奥涅金》的译稿。此后，他不断对译稿进行修改，以致达十遍之多。然而这部译稿却找不到出版的机会，因为一个右派的译文在那个年代是没人敢接收的，右派是没有任何发言权的。

在上海为生计奔波之余，智量还翻译了别林斯基的长篇论文《论普希金》。这部论著在普希金研究史上可谓最早、最系统的成果，但国内一直没有译本。然而，智量的译本仍然无法发表，原因只有一个，他是右派。不仅如此，智量在那时所参与的大量翻译工作，即使出版了的，也不得署名。但就是在他身无分文、屡遭打击的情况下，他也从未放弃自己所热爱的事业。在那样的年月里，就是这样一种坚强不屈的精神支持着他，最终走向了光明。

当二十世纪八十年代初期人民文学出版社要出版《普希金选集》时，《叶甫盖尼·奥涅金》的译本已经出版了好几个，但智量的译本还是被选中作为普希金选集的第五卷率先出版。这一译本后由普希金研究专家戈宝权先生转送彼得堡的"普希金之家"收藏。

任教于华东师范大学之后，智量所译的别林斯基《论普希金》也得到了发表的机会，首先它部分地发表于《文艺理论与研究》杂志，此后，这部长篇论文专论《叶甫盖尼·奥涅金》的第八、九章又收入由智量亲自主编、华东师范大学出版社出版的《外国文学名家论名家》。1993 年，他所译的普希金的长篇小说《上尉的女儿》也由译林出版社出版。

三

智量的翻译原则是形神兼备，先求形式贴近，再求辞达而义雅。这种把形式放在首位的原则是为了避免不顾诗歌的格律、只求辞义通达而把诗歌译成白开水的现象；同时也是为了避免像某些译者那样，只求中文的典雅而有损原文本义的现象。此外，诗歌的翻译不同于散文之处，就在于诗歌，尤其是普希金的诗，都是有着严整格律的，如果诗歌的翻译放弃了对格律的关注，则所译的诗歌丧失了原有的韵律感，或者就成了分行的散文。而在追求传达格律要素的前提下，能够把原诗的神韵表现出来，这才是译诗的最高境界，也是智量毕生所追求的目标。《叶甫盖尼·奥涅金》就是在这样的原则指导下翻译出来的。

《叶甫盖尼·奥涅金》的格律是普希金在欧洲文艺复兴以来流行的十四行诗的基础上，结合俄语词汇的节奏和重音的特点创立的一种独特形式，一般称为"奥涅金诗节"。它的特征是每节十四行，这十四行一般可分为四个段落，即前三个四行和后两行。各段落采取不同的押韵方式，第一段为交叉韵，即 abab，第二段为两组重叠韵，即 ccdd，第三段为环抱韵，即 effe，第四段为重叠韵，即 gg。在诗行中，结尾为轻音的称作阴韵，结尾为重音的称作阳韵；阴韵行为四音步九音节，阳韵行为四音步八音节。《叶甫盖尼·奥涅金》全诗共四百二十四诗节（另有部别稿），除了插在诗中的两封书信和一首民歌外，采用的都是这种"奥涅金诗节"。它繁复、严谨，然而在普希金笔下，整部诗篇流畅、和谐，既典雅，又通俗，使读者阅读起来绝无滞碍之感，而只能感叹：非普希金这样的大师无人能戴着如此严整的镣铐跳出如此优美的舞蹈来。而智量所面对的就是这样一部长篇诗作。

他充分意识到，从自己的原则出发，这一翻译不仅仅是传达意思，其实乃是一项严肃的研究工作，是一种艺术的再创造。他为自己制定的目标是，要尽自己最大的努力让中国的读者体会"奥涅金诗节"的风味。然而在两种不同的语言系统中，格律是无法对应的，因此首先应确定一种形式上近似的原则。实际上欧洲的十四行诗在传播的过程中、在不同的语种中也发生了不同的变化，但基本的形式则始终保持着，如音步的匀整、段落的划分、规则的韵脚等。本着这一原则，智量的做法是：在全部译文中保持原诗每节的押韵规律，同时，在每一诗行中尽量做到有四个相对的中心词，或者尽量使阅读时产生四个节奏点，以使译文保持原诗四音步的节奏感。让我们拿出一节来看：

是她／把青春／欢乐的／梦幻
生平／第一次／带给了／诗人，
他的／芦笛的／第一声／咏叹，
由于／思念／也带上了／灵性。
永别了，／黄金／时代的／游戏！
他爱上了／茂密／丛林的／绿意，
爱上了／寂静，爱上了／孤单，
也爱上了／月亮、／星星／和夜晚——
月亮呵，／那盏／天际的／明灯，
为了它，／我们／曾经／奉献出
夜色／苍茫时的／多少次／漫步、
眼泪／和隐秘的／痛苦的／欢欣……
然而如今／我们／却只把／月亮
用来代替／街头／昏暗的／灯光。

(第二章第二十二节)

  匀整的顿挫使得译文呈现出诗意的节奏，从而与原文的四音步相对应。这绝不像国内有的译本那样，把原本整齐的格律诗译得零乱不堪，有些诗行最多译到十七个字，最少的只有一个字，完全丧失了原文的节奏形式。而没有了形式的诗，即使再有诗意也只是散文诗而已，所以译诗时形式的重要性就在这里。智量在开始翻译《叶甫盖尼·奥涅金》之前，吕荧先生的译本是没有严格按照原韵的形式翻译的，不仅如此，就是当智量的译本出版之前的几个译本，也都没有做到这一点，有的译本把"奥涅金诗节"译成每节一韵到底，读起来是更为"中国化"了，但却失去了原韵错落有致、起伏跌宕的风格。这种致力于"中国化"的翻译原则理由是，翻译本来就是要使他种语言转变成民族语言，而形式方面的因素同样也要转化为更易理解的民族形式。在智量看来，其实一个民族的语言是在不断发展的，其中接纳他种语言的营养、彼此交流影响是促进这种发展的重要因素。也就是说，翻译的一个任务就是使本民族的读者能够在阅读译文的同时，也培养自己对不同表达形式的欣赏趣味，最终则会使他种语言的形式转化为本民族所能接受的，从而丰富本民族语言的表达力。从这一目的出发，智量逐行地按"奥涅金诗节"的格式押韵，不去迎合中国人隔行押韵的习惯，而是该交叉韵则交叉韵，该环抱韵则环抱韵。不明就里的人乍一看上去，似乎译文失去了韵脚，然而仔细看来，则其中蕴藏着许多的奥妙，非费尽心机、字斟句酌、反复琢磨与推敲而不可得。这里面实际上体现着智量本人深厚的中文功力，而那些寻找借口放弃形式追求的译者，不是只求翻译速度，赶时间赚稿费，就是根本不具备一个译者所必备的中文表达能力。

《叶甫盖尼·奥涅金》除了严谨的格律之外，其语言特点是朴实流畅，将民间口语化为文学语言，而不显滞碍。智量的译笔则努力追求同样的表达风格。他的一个原则是，原文是口语化的，则译文不要追求严整、典雅，避免强用成语，而原文典雅、严整的则不能将其过于直白地仅译意思。在这个原则之中，其实已包括了"信、达、雅"三个要素。说来容易，做起来则非一日之功。我们来看一个译例：

"А мне,Онегин,пышность эта,

Постылой жизни мишура,

Мои успехи в вихре света,

Мой модный дом и вечера,

Что в них?Сейчас отдать я рада

Всю эту ветошь маскарада,

Весь этот блеск,и шум,и чад

За полку книг,за дикий сад,

За наше бедное жилище,

За те места,где впервый раз,

Онегин,видела я вас,

Да за смиренное кладбище,

Где нынче крести тень ветвей

Над бедной нянею моей…"

（第八章第四十六节）

这段达吉雅娜在全诗最后对奥涅金所说的话充满忧郁、凝思、感伤的意蕴，在翻译时不宜刻意追求韵脚的明显，同时为了符合说话者的身份，既不宜过于直白，也不宜有繁文缛句。请看智量的译文：

"对于我，奥涅金，这豪华富丽，
这令人厌恶的生活的光辉，
我在社交旋风中获得的名气，
我的时髦的家和这些晚会，
都有什么意思？我情愿马上
抛弃这些假面舞会的破衣裳，
这些乌烟瘴气、奢华、纷乱，
换一架书，换一座荒芜的花园，
换我们当年那所简陋的住处，
奥涅金呵，换回那个地点，
在那儿，我第一次和您见面，
再换回那座卑微的坟墓，
在那儿，一个十字架，一片荫凉，
如今正覆盖着我可怜的奶娘……"

这段译文在韵脚上一丝不苟，保持了诗歌抑扬顿挫的节奏感，然而却又看不出丝毫雕琢的痕迹；用语是口语化的，但又不失典雅风致；译文没有成串的成语，但又十分符合达吉雅娜富有学识的口吻。其中应用最好的是几个量词："一架书"，"一座"花园，"一个十字架"，"一片荫凉"。这些词汇的运用虽是顺理成章，但却有神来之妙，它们充分烘托出了浓厚的抒情气氛，透露出整体的忧伤、怀念、懊悔的情绪。

对智量的译本，许多学者都给予了很高评价，有文章指出："王智量是尝试再现'奥涅金诗节'风貌的第一人，这也是该译本最大的一份贡献，即使我国广大读者和不熟悉俄语的文学工作者也有可能领略到'奥涅金诗节'的风味。……同时他也尽量保持了原诗朴实的语言美，尽量不损害原诗所具有的审美价值。"（杨怀玉《〈叶甫盖尼·奥涅金〉在中国》，见《外国文学》1998年第4期）此外，智量的译本不仅是面对大众的，同时也是面对研究者的。为了给不熟悉俄文的研究者提供方便，这一译本将相当于正文三分之一强的片断、别稿也都翻译出来，收在书内。这种在一般人看来吃力不讨好的做法，正是智量本人作为一个学者所惯有的。在由译林出版社出版的《上尉的女儿》中，智量同样将这部小说的别稿不惮其烦地译出，附于正文之后，以供他人在专事研究时参考。这样的译本便具有了更好的研究价值，也便拥有了更为广泛的读者。

四

在从事普希金作品翻译的同时，智量也写了一系列研究普希金的学术文章，如《〈叶甫盖尼·奥涅金〉艺术特点略谈》《奥涅金和连斯基的决斗》《论〈叶甫盖尼·奥涅金〉中的抒情插曲》等，其中部分文章收入其学术专著《论普希金、屠格涅夫、托尔斯泰》（光明日报出版社，1985年），部分发表于《文艺理论与研究》《外国文学研究》《俄罗斯文艺》等杂志。其实他的《叶甫盖尼·奥涅金》译后记和《上尉的女儿》译序，也都是出色的研究文章。

因为智量的普希金研究是建立在其翻译活动的基础上的，因此，他的文章集中于对《叶甫盖尼·奥涅金》的研究，他也因此而不仅成为《叶甫盖尼·奥涅金》的翻译家，同时也成了《叶甫盖尼·奥涅金》的研究专家。

在二十世纪八十年代之前，由于中国批评界的指导思想和苏联研究界的影响，国内对《叶甫盖尼·奥涅金》的研究多集中于其思想内容方面，而较少有文章对其艺术成就进行深入的探讨。智量的《〈叶甫盖尼·奥涅金〉艺术特点略谈》从宏观的角度对这部作品给了细致的剖析。其中最具创见之处是对作品中"我"——即抒情主人公的论述和对整部作品结构的分析。智量指出这个抒情主人公受到了拜伦长诗的影响，并且代表了诗人真实的自我，以典型的浪漫主义手法抒发了诗人本人的深刻思考和复杂情感，因此，"我"的出现使作品具有了双重线索，增加了作品的内蕴。但智量的文章同时指出，普希金不同于拜伦的是，作品中的"我"与叙事主人公又同时处在一个线索里，诗人把"我"描写成叙事主人公的朋友，使之加入故事的整体形象体系之中。而抒情主人公的这种特殊地位，使得叙事主人公奥涅金更具时代感，更具复杂性。因为抒情主人公对叙事主人公采取的是整体认同的态度，这一关系使读者面对客体化的人物形象能够获得更为亲切的感受，同时也引发对"多余人"这一现象的深思。智量的文章针对某些评论者对《叶甫盖尼·奥涅金》艺术结构的模糊认识，提出第一、二、三、四、五、六章与第七、八章构成外在不平衡、不匀称而内在平衡对称的观点。他的根据首先是普希金本人的手稿，上面在第六章之后注明"第一部结束"，但并未说明为什么这样划分。由此出发，智量提出，前六章以写奥涅金为主，描绘的是乡村生活，后两章则以达吉雅娜为描写中心，主要写城市生活。他指出，"作品的结构不仅仅是一个篇章比例的概念，它也应该包含作品的情节结构和作品所反映的生活内容的结构在内"。智量对结构的划分是建立在对原作透彻的理解之上的，所以言之有据，条分缕析，令人信服。更主要的，他对作品结构的划分并不只是为划分而划分，关键在于，对结构的这种划分能够帮助读者更准确、更深刻地理解作者的创作意图、美学内蕴以及人物形象的内涵。

智量对《叶甫盖尼·奥涅金》的研究除了宏观俯瞰之外，也有微观分析。《奥涅金和连斯基的决斗》可以看作是这方面的代表作。奥涅金与连斯基的决斗这一情节对理解奥涅金的整体形象十分重要，但也最容易引起歧义，难以把握。智量基于对作品的细致入微的体味，分析了奥涅金在这一事件中体现出的复杂性格。他认为，决斗事件无疑是奥涅金"多余人"性格中个人主义的暴露，但并不能就此简单地给这一人物定性为邪恶的。奥涅金在决斗之前经历了一番内心的斗争，在送挑战书的人离开之后，"叶甫盖尼一个人／留下和自己的心灵面对着面，／这时，他对他自己很是不满"。根据诗人对当时社会习俗的概括——"荣誉的动力，我们的偶像！／整个世界旋转在这根轴上！"——智量所得出的结论是：尽管奥涅金和那个社会格格不入，但最终他仍然要屈服于那个社会待人处世的法则。不论连斯基也好，奥涅金也好，也不管他们看上去好像有着"冰和火，水浪和顽石，散文和诗"的差别，归根到底，他们都患有当时的环境所给予他们的痼疾。此外，智量的文章还对"决斗"这一情节在塑造两个女性形象所起的重要作用进行了细致入微的分析，使读者得以在阅读这一章时能够更为全面、更为细腻地体会四位主要人物性格中的复杂性，真正体察这一情节在整部作品中的有机作用。

智量的普希金研究的成果还体现在对达吉雅娜形象的分析、对《叶甫盖尼·奥涅金》中的抒情插曲的分析、对其中两封书信的艺术功能的分析等等。无论是宏观探讨，还是微观洞悉，智量的研究都不是只尚空谈、泛泛而论，而是本着笔笔落到实处的原则来进行的。这一方面归功于他的翻译研究，另一方面的原因就是，他的普希金研究成果都是在从事教学工作以后完成的，这使得他的研究都是针对在实际工作中遇到的问题开始的，因此，既是解释问题，也注重启发性，娓娓道来，深入浅出，体现着一种大家的风范。

笔者认为，智量的普希金翻译与研究最值得年轻学人学习的，是在那过程和成果中显示出来的纯正的学者风度。他在艰难困苦的境况下，把翻译与研究工作视为实现自我生命价值的唯一途径，无论付出多少代价，务求其尽善尽美。虽无"语不惊人死不休"之望，却有"春蚕到死丝方尽"之志。这种治学态度在今天充斥着庸俗商业气氛的翻译与研究界真可称得上是一种难得的"古风"，令后生晚辈思之，敬之，仿效之。

2013 年 5 月 10 日

陈殿兴（1928—　　），山东招远人。辽宁大学教授。1990年退休。曾被选为中国翻译工作者协会第二届理事会理事、辽宁省翻译工作者协会名誉会长、《中国俄语教学》杂志编委。长期从事翻译教学和翻译工作。译著有纳吉·山陀尔《和解》、柯切托夫《茹尔宾一家》、果戈理《死魂灵》、屠格涅夫《春潮》、《契诃夫短篇小说全集》第六、七两卷（合译）、恰科夫斯基《未婚妻》等二十余部文学和社会科学著作。编有《果戈理评论集》和《列夫·托尔斯泰》（传记）等。

我译《死魂灵》

陈殿兴

我译果戈理的《死魂灵》，是在二十世纪八十年代中期。此书早就有鲁迅先生的译本。鲁迅是近代中国文学翻译的先驱，筚路蓝缕，功垂竹帛。他的译本对中国读者认识果戈理起到了极其重要的作用。但是改革开放以后，大家觉得新时代需要一个新译本，湖南人民出版社决定找我来做这件工作。他们信任我，大概是因为我二十世纪五十年代跟桴鸣翻译的《茹尔宾一家》曾受到广大读者欢迎的缘故。我之所以要做这样一件光荣而艰巨的工作，是因为我在翻译实践中通过学习瞿秋白和满涛等前辈翻译家的翻译方法和苏联的一些翻译理论形成了自己的翻译理念（这种翻译理念写成了十几篇论文，先后发表在《俄苏文学》《翻译通讯》《中国俄语教学》《外国语》登杂志上）。我觉得，如果说一九五〇年代法医的书还差强人意的话，那跟这种翻译理念是有直接关系的。因此，我相信，根据这种翻译理念在中文里再现这部天才作品是会成功的。另外，鲁迅先生所根据的 Otto Buek 的德文译本是二十世纪初出版的，里面有很多错误，而德文译本所根据的俄文原文出版更早，距今将近百年，里面也有很多错误。在这段漫长的时间里，俄国学者在对果戈理这部天才作品的校勘和研究方面已取得了显著成就，因此，我认为有必要也有可能在这些研究成果的基础上提供一个新的译本。

在翻译的过程里，我最大的收获是得到了一种美好的艺术享受。《死魂灵》是一本描写俄国农奴制社会丑恶现象的书，但是读起来并不像看到丑恶现象那么让人感到压抑，而且书里有许多抒情文笔非常优美，简直就是散文诗。这里指的不仅是小说末尾那段关于三套马车的抒情——我年轻时曾不止一次听到俄国演员和中国演员朗诵过。此外，书里还有很多充满诗意的优美描写，例如第六章关于普柳什金房后大花园的刻画（本书第136页），第十一章关于旅途的抒情插笔（本书第253—255页），都是我多年以后仍然忘不了的。

在翻译的过程里，我也享受到了思想上的共鸣。这里有两段议论让我记忆至今。一段是本书第十一章关于爱国主义者的论述。作者预感到会受到所谓爱国主义者的责难。他说："这些所谓爱国主义者安安稳稳地坐在自己的角落里，从事一些毫不相干的事情，积累资本，靠牺牲别人建立自己的幸福；可是一出现被他们目为侮辱祖国的什么事情，一出版一本偶尔讲了几句刺耳的真话的什么书，他们就会像蜘蛛看到了一只苍蝇撞到蛛网上一样急忙从各个角落里跑出来，大嚷大叫：'把这个公布于世、加以宣扬好吗？这里写的全是我们的事情呀——这样好吗？外国人会怎么说呢？难道听到关于自己的坏议论会快活吗？难道以为这不令人痛心吗？难道以为我们不是爱国主义者吗？'"这种"爱国主义者"，我并不感到陌生，他们的高论，改革开放初期也仍然经常可以听到。果戈理大概也意识到写这本振聋发聩的小说所面临的命运。在写本书第七章的时候，他就在抒情描写里写到了两种作家的命运。写完粉饰太平、迎合群氓的作家受到狂热欢迎之后，他说："然而另一类作家的命运和遭遇就不同了，因为这类作家胆敢把每时每刻显现在人们眼前而又为冷漠的眼睛所视而不见的一切——那像绿藻一样阻碍我们生活之船前进的、可怕的、令人触目惊心的渣滓，那充斥在有时悲苦而乏味的人生之路上的冷酷、委琐、平庸之辈的各种隐私——全都翻腾出来，并挥动那无情的刻刀以雄浑的力量使它浮雕般鲜明地呈现在人人的眼前！"他说这类作家受不到欢迎，当代评论家"会把他的呕心沥血之作判为猥琐、卑下之品，会把他打入诬蔑人类的作家之列而使他处在屈辱的地位"，"会夺去他的心，他的灵魂，他的神圣的天才火焰"。每当看到出了一本偶尔讲了几句刺耳的真话的什么书而作者被一棍子打死的时候，我就情不自禁地想起这段椎心泣血的感慨来!

  我一直希望能有机会使这个译本更加完美。这个译本一九八七年由湖南人民出版社出版以后又由湖南文艺出版社再版,据我从网上看到的情况判断,到二〇〇〇年已再版过三次。我一直想跟出版社取得联系,希望再版时能得到一个修改译文的机会以报答读者的厚爱,然而几经努力,联系不上。身在美国,鞭长莫及,也只好望洋兴叹了!

    (原载 2010 年 1 月 19 日《天津日报》,这次发表,稍有修改。)

再谈我译《死魂灵》

宋安娜女士来洛杉矶访问,约我我曾写过一篇《我译〈死魂灵〉》,二〇一〇年一月十九日,这篇文章在《天津日报》副刊发表后,并承蒙多家网站转载。得到读者注意,我深受鼓舞。我把一些没说完的话接着说出来,请读者指正。

一、是《死农奴》还是《死魂灵》?

我的译本湖南人民出版社版和湖南文艺出版社第一版书名均为《死农奴》,湖南文艺出版社第二版改为《死魂灵》,因为前辈译为《死魂灵》,大家习惯了。古希腊哲学家亚里斯多德在其《雄辩术》(Ars R hetorica)里就说过"习惯正在成为人的天然属性"。古罗马作家西塞罗在其《论善与恶的界限》(《De Finibus Bonorum et Malorum》)里说,"习惯宛如人的第二天性"。到了四五世纪,奥古斯丁和马克罗比乌斯更进一步说,"习惯是人的第二天性"。中文也有"积习难改"这样一个成语。可见要改变几十年的习惯是很不容易的。因此,几经犹豫之后,我只好接受编辑的建议从众了。但是我仍然觉得译为《死农奴》也许更贴切些。

俄国十八世纪和十九世纪前半叶,男农奴每隔七年至十年注册一次。政府按注册农奴数目征收人头税。在两次注册之间,注册农奴名单不再变动。因此,农奴即便死了,仍作为活农奴看待。本书主人公奇奇科夫要买的正是这种死农奴,以便作为活农奴抵押给监护局附设的贷款银行,以取得贷款。故事正是由买死农奴引起并围绕着买死农奴进行的。

果戈理这部小说,俄文书名是《Мёртвые души》。души 是复数(单数是 душа)。这个词有两个含义:既指农奴也指魂灵。果戈理所取的这个书名指的是死农奴，但脱离了上下文，也容易被理解为死魂灵。当年莫斯科书报审查委员会主任戈洛赫瓦斯托夫，一看这个书名就大发雷霆，把这个词组理解为死魂灵，他认为这种提法属于反对魂灵不死的基督教信仰。

后来赫尔岑在一篇文章中取 душа 一词的"魂灵"含义，用 мёртвые души 喻指行尸走肉般的地主，赋予这个词组以"死魂灵"的含义。但俄文词典，如乌沙科夫主编的《俄语详解词典》(《ТОЛКОВЫЙ СЛОВАРЬ》ПОД РЕДАКЦИЕЙ ПРОФ. Д.Н. УШАКОВА) 和商务印书馆出版的《大俄汉词典》以及 Н.С. АШУКИН 和 М.Г. АШУКИНА 合编的《名言集锦》(《КРЫЛАТЫЕ СЛОВА》)，对这个词组给出的释义却都是根据果戈理小说用法的引申义："虚报的空额（最初指已死去的农奴，他们的名字在农奴重新登记前仍留在人口税名册之中）。"也就是说没有理会赫尔岑的说法。

也许大家觉得《死农奴》这个书名太平淡。可是莫斯科那些书报审查官知道了 мёртвые души 指的是死农奴以后，却更加惊恐：一怕别人效仿奇奇科夫，用死农奴进行投机活动；二怕在西欧国家面前丢脸——不仅活农奴能买卖，连死农奴也能买卖，而且只值两个半卢布。因此，只看了三四页书稿便决定禁止该书出版。

译成《死魂灵》，有两个问题无法解决：一是书名和内容脱节——书名是《死魂灵》，书里讲的却是死农奴；二是如果把书里买卖的农奴译成"魂灵"，那就会出现"你有几个魂灵、我买几个魂灵"之类说法——中文听起来别扭。

《死魂灵》这个书名虽然不理想，但是大家既然都习惯了，译者也就没有必要而且也没有可能再标新立异了。

二、《奇奇科夫的经历或死农奴》

读俄国十九世纪的评论文章（例如读袁晚禾和陈殿兴编的《果戈理评论集》），读者会看到《奇奇科夫的经历或死农奴》的书名。为什么在"死农奴"前面要加上"奇奇科夫的经历"呢？原来事情是这样的，莫斯科书报审查委员会宣布禁止书稿出版以后，果戈理把书稿通过别林斯基寄给奥多耶夫斯基公爵，托他谋求彼得堡书报审查委员会批准出版。结果该委员会批准出版了，但把 Мертвые души 这个书名改成了 Похождение Чичикова или Мертвые души (《奇奇科夫的经历或死农奴》)。果戈理只好用这个书名出版。这就是为什么当时报刊都用这个书名的原因。不过后来大家（包括俄文版编者）都把这本书只叫做 Мертвые души 了。

三、为什么加 поэма（诗篇）？

果戈理在这本小说前面加了一个俄文词——поэма。前辈翻译家把它译成"诗篇"，我没有译：扔掉了。我想利用这个机会讲讲为什么。

果戈理为什么要加这个词？果戈理本人也没有说明，也未见别人说明过。

果戈理在这部小说里几次把这部小说称为 повесть（中篇小说），有时也称之为 поэма（我统一译为"小说"）。而在他晚年写的一部书稿——《文学入门》（Учебная книга словестности）里谈到"中篇小说"时，他说过这么一句话："中篇小说的种类极多，它甚至可以成为具有诗意十足的作品，而获得 поэма 的称号。"《死魂灵》里的确有许多诗意盎然的抒情篇章。这大概可以看作他在本书篇首加 поэма，而且认为它跟 повесть（中篇小说）可以互相置换的原因。

那么，我为什么把它拿掉了呢？这里有三个原因：一是果戈理对 поэма 一词的用法跟一般用法不同，中文里没有合适的词能把果戈理的意思表达明白；二是果戈理本人在本书里也一再把这部小说称为"小说"，文学界也普遍把它看作小说；三是勉强译出来，只会增加读者的困扰。

（原载 2013 年 4 月 3 日《天津日报》，这次发表，稍有修改。）

飞白（1929—   ），浙江杭州人。1949年肄业于浙江大学外文系。杭州大学（浙江大学）教授。1957年开始出版译著。译有《瓦西里·焦尔金》《谁在俄罗斯能过好日子》《马雅可夫斯基诗选》《英国维多利亚时代诗选》《古罗马诗选》等18册，专著《诗海——世界诗歌史纲》两卷，编著《世界诗库》十卷等。获中国图书奖等全国奖五次、省级文学奖五次。

译诗漫笔

  编者同志命我写一点翻译马雅可夫斯基的诗的体会，我拖了一年多，才勉强提起笔来。因为我的体会本来不成章法，要说有点体会的话，也无非是印证了马雅可夫斯基的这么一番话而已："译诗是难事，译我的诗尤其难。……它像文字游戏一样，几乎是不可翻译的。"

  译诗难，难在哪里？打一个简单的比方吧。我觉得，诗的音韵、意境，这可说是诗赖以飞翔的双翼。在诗的本国语言中，它们本来是诗身上有机的一部分，就像鸟翼长在飞鸟身上那么自然和谐，共同构成了飞鸟的——也就是诗的美。可是一经翻译，特别是如果把诗逐字逐句直译出来，原文的音韵这一翼就将损失百分之百，而意境这一翼也往往会羽毛飘零，面目全非。看起来鸟的身子仿佛并无出入，有头有尾，但是诗已经丧失了飞翔的能力。怎样在译诗的时候，尽量保留诗之所以为诗的双翼？这恐怕是每个诗歌译者都会面临的难题。

  至于译马雅可夫斯基的诗"尤其难"，是因为马雅可夫斯基在音韵上下了超出前人的功夫，而马诗的意境也比较奇特的缘故。他在音律上刻意求新，提炼出了"史无前例"的韵脚，使马诗属于音乐性最强的诗之列。但是由于汉语的音节比欧洲语言单纯得多，译成汉语时实在难于表现马诗的奇韵。这儿我们先举一个韵脚最简单的例子。《访美诗抄》中的《梅毒》一诗，描写资本家用金钱引诱一个美丽的黑人女子，这一节诗直译出来是这样的：

空了许久的
　　　　肚子
和重量级选手——贞洁
　　　　　　格斗。
她明确地决定：
　　　　"No！"
却含糊地说道：
　　　　"Yes！"

这一节诗的妙处，本来在于第一、二行的俄语韵脚分别和第三、四行的英语韵脚押韵。（这里所说的"行"不是指楼梯诗的一级，而是指完整的一行。）现在直译之后，韵脚就失落了。幸运的是，只要略作调整，在汉语中也碰上了还算适当的韵脚：

贞洁
　　和空了许久的肚子
　　　　　　格斗，
一方是重量级选手，
　　　　另一方
　　　　　也是。
她
　　明确地决定：
　　　　"No！"
她
　　含糊地答应：
　　　　"Yes！"

用"格斗"和"No"押韵（还有腰韵"选手"衬托之），"也是"和"Yes"押韵，同原诗 ABAB 式的交叉韵格式一致。这是可以说明马诗用韵特色的最简单的一例。

从这个例子也可以看出，马诗的韵脚，都是朗读时需要强调的字眼，在很多场合下甚至可称为"诗眼"。马雅可夫斯基说："我总是把最有特色的字眼放在行末，而且无论如何要给它押上韵。"他还把诗行比喻为导火索，把韵脚比喻为火药桶，"诗行冒烟到了末尾，引起爆炸，于是整座城市随着那节诗，飞到空中。"（《与财务检查员谈诗》）炸毁城市，固然是诗人的艺术夸张；但这样的韵脚有声有色，有时能震撼人心，有时能引起哄堂大笑，这倒是毫不夸张的。请看：

走向电话机时
　　　　　一副尊严的仪表；
"谁找我？"
　　　　　"某某同志找！"
一瞬间，
　　嘴
　　　　换上了甜蜜的微笑，——
看起来
　　简直不是嘴，
　　　　　而是奶油蛋糕。

　　　　　　　　　　　　　（《伊凡诺夫同志》）

轻勾数笔，伊凡诺夫媚上压下的神态已经跃然纸上，而最后那个韵脚"奶油蛋糕"恰恰起了"火药桶"的作用。马雅可夫斯基说他提炼韵脚像居里夫人提炼镭一样，指的正是这样一种韵脚：它音响奇特，色彩鲜明，含义深长，像相声演员最后抖开"包袱"似的，——亮出来就能给人以强烈的印象。

为了把最有特色的字眼放在行末，马雅可夫斯基惯于采用倒装句法。他是掌握语言的能工巧匠，语言到了他手里，就像烧红的铁到了铁匠锤下一样，服服帖帖或弯或直、或圆或方，变成了他所需要的形状。例如他对那些不断攻击他的无产阶级诗人们这样说：

我唾弃青铜——
　　　　　沉甸甸的堆，
我唾弃大理石——
　　　　　滑腻腻的坯；
我们都是自己人，
　　　　我们将平分荣誉，
就让那
　　战斗中建成的
　　　　　社会主义
作我们
　　公共的
　　　　纪念碑。

(《喊出最强音》)

　　译文中"沉甸甸的堆"和"滑腻腻的坯"，就是模仿原文中那种锤炼得改变了形态的奇特语言的，诗人借此对争名夺利表现了强烈的鄙视之情。而"坯"和"碑"这两个响亮的韵脚互相映照，又突出了鄙夷与庄严两种境界的对比，使得"社会主义""纪念碑"这样常用的名词，在读者面前高大了起来。假设翻译的时候把这种变形的、不顺的句子"顺过来"，变成："我唾弃沉重的青铜，也唾弃滑润的大理石，……"那就显得平淡多了，也就不像马诗了。

　　这里我想说明一下，马雅可夫斯基形成自己的音韵特色，和他充分开发俄语的音响"资源"有关。俄语是词尾变化最复杂的语言之一，它的音节较多，辅音连缀较多，还有一个特点是句子倒装的可塑性特别大。马雅可夫斯基把本国语言的这些特色运用到诗的音韵中去，别出心裁地创造出一种巧妙复杂的谐声韵，例如他用"铁锤和诗"(俄语发音为"摩洛特依丝济赫")和"青春的"(发音为"摩洛多斯济")押韵，这很像是一种文字游戏。在俄语中这种韵脚是"无人用过的，韵书里也没有的"，而在语言特色全然不同的汉语中，则是无法复制的。那么，在译文中怎样表现马诗谐声韵的特色呢？我看，只有从汉语本身的音韵富源中打主意，挖点潜力了。因此我不满足于仅仅能押上韵，还分别不同场合，采用了平仄、四声、四呼（开口呼、齐齿呼、合口呼、撮口呼）等谐音手法，特别是按照马诗特点，重视声母的音响效果，以加强韵脚的声音形象。在力所能及的情况下，也押了一些"马式"的多音节韵，如"发雷——画眉""塔里尼柯夫——哪里能欺负"之类。

马雅可夫斯基甚至还把前置词、连接词等虚词放在行末,用以押韵,这可真是"史无前例的韵脚"了,因为就连弹性很大的俄语句法,也不容许这样倒装的。我在译文中仿效这种手法,成功的例子不多,而这些搞成的例子却都受到了责难。如在《找袜子》一诗中,诗人描写商品质量低劣,找来找去买不到合适的袜子:

好吧,
　　这只袜子
　　　　倒挺合乎……
穿在脚上,
　　紧紧绷住,
嗤啦!
　　袜子开了
　　　　一排窗户,
大中小
　　脚趾
　　　一齐冒出。

又如《爱情》一诗中,马雅可夫斯基这样描写乱搞男女关系的风气影响了青少年:

有其父母,
　　　必有其子女:
"父母算得了啥?
　　　我们
　　　　也不次于!"

好心的同志们向我指出:"合乎""次于"等虚词不能用于句末,必须移到前面去。其实马诗中这种用法俯拾皆是,遗憾的倒是译文中体现得太少了。

马雅可夫斯基是一个"奇句险韵的制造家",为了搜寻出人意外的韵脚,他每天花费十至十八个小时,嘴里几乎永远在念念有词。译诗时,为了要译出一点马诗的风味,译者也常常要念念有词,把一节诗颠来倒去,像揉面团似的揉上几十遍才成。就以《百老汇》中的一节诗为例,来叙述一下译诗时推敲韵脚的过程吧!这节诗表现的是作者初到纽约最繁华的百老汇大街的观感,有意渲染了"土包子进城"的气氛。直译出来是这样:

灯光
　　像要
　　　　挖穿黑夜,
我向你们报告:
　　　　　好一片火焰!
向左看——
　　　　妈呀妈呀!
向右呢——
　　　　妈妈我的妈!

这样的译文还不是诗,而是毛坯。得找出最有特色的韵来。于是我在第一行之末添上"挖呀挖呀",来和第三行的"妈呀"押韵,这倒挺别致,又谐声,颇有马诗风味。但二、四两行押什么韵好呢?琢磨许久,找到"一片焰火"可押"妈呀的我",音韵倒很和谐,但读起来效果不行,"妈呀的我"倒装得太别扭,听不懂。卡壳多天,后来终于改成下面这样,韵脚和语气都比较能表现那种眼花缭乱的情景了:

灯光想要
　　　挖穿黑夜,
　　　　　挖呀挖呀!
我向你们报告:
　　　　简直是一片辉煌!
往左瞧瞧——
　　　　哎哟妈呀!
向右望望——
　　　　哎哟我的娘!

译诗时要受到意境、音韵的制约,常常顾此失彼,左右为难,似乎极不自由;但从另一个角度讲,诗歌译者却又享有散文译者所没有的自由——更大程度的重新创作的自由。正因译诗不能照搬原文，就不得不在融会原诗的基础上，酝酿新的韵脚，新的排列，甚至新的形象。如《魏尔伦和塞尚》中有一节诗，我是这样翻译的：

思想
　　可不能
　　　　　掺水。
掺了水
　　就会受潮发霉。
没有思想
　　　诗人
　　　　　从来就不能活，
难道我
　　是鹦鹉？
　　　　是画眉？

其中"画眉"在原文中本是"火鸡"。火鸡变画眉，译者似有从中"中饱"之嫌，起码也太自由了吧？且听译者的理由：原文采用"火鸡"（индейка）这个形象，是和已经变形为贬义词的"思想"（идейка）一词谐音的。可是汉语一般不能靠词尾变化表示褒贬，译者只得加上"发霉"一词来表现贬义色彩，同时也就把"火鸡"这一韵脚改成"画眉"，与"发霉"谐音。从汉语角度看，画眉与鹦鹉同类，用来比喻没有思想的诗人，大概还不算离题吧？别光看十几斤的火鸡翻译成了二两重的画眉，我也可以举出在翻译中由小变大的例子。如《肉市大街·婆娘·全国规模》一诗中，马雅可夫斯基讽刺到处滥用"全国规模"的巨大数字的现象，连病人发高烧时，也把三十九度夸张到"三万九千度"（按原文字面为"三十九千度"，这是外国计数法）。翻译时，我运用了诗歌译者的自由权，译成了"三十九万度"，这并不是想给他的夸张层层加码，而是为了忠实于原文的效果，需要保留（'三十九'这几个关键字眼，使读者从直觉上明白这是从高烧三十九度夸张而来。反之，如果硬要忠实于数学，译成"三万九千度"，倒叫读者一下子转不过这个弯来了。

在诗行排列方面，译者也不能不作一些必要的调整，如诗人横渡大西洋时写的《大西洋》中的一节，原文排列是这样：

一连几星期
　　　　　用大力士的胸膛
（有时勤恳工作，
　　　　　　有时烂醉如泥）
喘息着
　　　而又轰响着
　　　　　　大西洋。

这么长的句子，主语直到末尾才出现，汉语不能像这样倒装；再说，两种语言节奏不同，原文一个"洋"字就有三个音节，译文如也把"大西洋"三字拆成两行，就感到很难朗诵。经过一番调整，而又保留了"大西洋"作为韵脚的位置不变，译文变成了如下排列：

一连几星期，
　　　　它鼓起大力士的胸膛，
有时轻轻叹息，
　　　　有时隆隆轰响，
有时勤恳工作，
　　　　有时醉得
　　　　　　不像样，
啊，
　　大西洋！

即使是主张直译的鲁迅，也认为在尽量保留原文的丰采，输入新的表现法的同时，诗歌译者是有"加添或减去些原有的文字"的自由的。我在这类问题上，其实还相当拘谨，因为功力不够，我一般不敢像国外一些诗歌翻译家那样大胆发挥。

以上谈的多半是音韵这一翼，下面再侧重从意境方面分析一些译例吧。这儿是反映苏联卖淫问题的《救救！》一诗中的两行，是直译的：

看吧和听吧：
　　　　腐朽的笑声，
饥饿而尖利的

　　　　目光。

　　诗人写的是因生活困难而卖淫的阶级姐妹。但译文未能把她们的笑声和目光形象地传达给读者。笑声，还不能响在读者的耳边，目光虽然具体一点，也还欠鲜明突出。一句话，诗还没有活起来。看来，要表现原诗的意境，还得先品味品味其中的音响和画境，感受感受诗人的情怀，并把诗人的情怀寄托到音响和画境中去。这两行诗经过几次修改，译成这样：

听吧，
　　下流的笑声
　　　　　　脆，
看吧，
　　饥饿的目光
　　　　　　如锥。

　　这样，笑声听得见了，目光也看得见了。这是被迫装出来的笑声，这是搜寻生路的目光。起初几稿，曾把"腐朽的笑声"简单地译成"下流的笑声"，但这样总觉得意境不大对，因为从上下文知道，这些妓女在诗人眼中是阶级姐妹，这种情景使诗人感到心碎。后来加上一个"脆"字，才好了一点，这一字注入了感情色彩和所需要的音响效果。
　　翻译马诗，总得要努力译出马雅可夫斯基那种豪放．新颖而奇特的风格意境，不能译得和别人的诗一样味道，哪怕是风格和他比较接近的诗人，如涅克拉索夫或惠特曼，也不能有所雷同。再拿马诗本身来说，也并不是一种腔调的，有从粗犷到隽永的各种情趣、色调和层次，切忌译得千诗一腔。这个问题比较复杂，这里不可能充分展开，那就仅抽他几节描写海景的诗，以便窥其一斑吧。在《大西洋》中，诗人极目远望，胸怀宽阔。马雅可夫斯基豪放的诗人气质，与空间时间都仿佛无止境的大洋发生共鸣。于是信手拈来，连一个普普通通的"水"字，也获得了新的意义，产生了饱满雄浑的境界：

左舷，右舱——
　　　　大块的水
　　　　　　　奔驰后退，
巨大得像

历史的年岁。
我头上是鸟，
　　　　脚下是鱼，
而周围——
　　　　全是水。

在西欧风景区写的《诺德奈》中的海景，情调却完全不同，充满着盼望风暴而不可得的沉闷，但沉闷中又有对资产阶级浴客的揶揄。催眠术般的调子与嘲弄性的形象相结合，造成了隽永奇特的效果：

大海耐着性子，
　　　　风浪不起。
连风的指头
　　　也不抚摸
　　　　　浪的皮。
海水浴场上
　　　懒洋洋的
　　　　　男男女女
躺在沙里，
　　　软瘫，
　　　　　麻痹……

再看《两艘登陆艇的对话》中的黑海夜景，又别有一种情趣：

世界
　　在打盹儿，
　　　　向这黑海地带
落下了一滴
　　　墨蓝墨蓝的
　　　　　泪海。

马雅可夫斯基的宏大气魄没有变，他固有的那种谈笑自若而略带嘲弄的口吻，也仍在无形中流露出来，但是境界却不同了。在一滴"泪海"中，凝结着无限深沉的甚至悲凉的心情。不过,马诗即便悲凉,也与别人不同,具有激越而不哀怨的特色。

准确地把握诗人的情趣不容易,表达得适当就更困难。由于把握不住和推敲不定,我译马诗时往往也会陷入马雅可夫斯基做诗的情状之中:

广场上一片喧声,
熙熙攘攘,
　　　　车马辚辚。
我一面走,
　　　　一面吟,
把诗句写入笔记本。
汽车
　　沿街疾驰,
却没有把我
　　　　撞倒在地。
真是聪明的司机,——
看出了
　　这个人已
　　　　心醉神迷。

(《谈谈爱情的实质》)

更多的情况下,我是利用乘车或行军途中的空闲,用念念有词的方法译一节两节诗。(因为我过去长期在部队做军事工作,几乎没有业余译诗的时间。)在车辆颠簸的节奏中,我总要想起马雅可夫斯基《登上旅途》中的著名诗句,他把火车的颠簸也化入了诗的韵律:

磕,碰,
　　磕,碰,
　　　　诗在舞蹈。
磕,碰,
　　磕,碰,
　　　　韵律在敲。……

这种境界，使我倍感亲切。虽然没有坐下来译诗的优越条件，但是对于表现马诗流动性的意境来说，流动性的环境或许倒也不坏，三卷马诗，就是这样点点滴滴译成的。所欠缺的是译者文学修养不足，掌握的语言手段贫乏；再加上译马诗的客观困难和汉语俄语间的极大差别，所以尽管译者想照作者的方法"依法炮制"，也无法使译文充分反映原作风韵。马雅可夫斯基"史无前例"的奇句险韵，在译文中表达得比较传神的，不过十之一二而已。

　　话题是从诗的双翼说起的，还得归到诗的双翼上来。在译了二十多年的诗稿即将出版之际，我知道其中无翼鸟仍然不少，有些虽有翼而不能高翔，也许是，译者给鹰安上了鸡翅膀吧？希望读者有以教我，因为在译马诗"尤其难"的条件下，琢磨改进总是无止境的。

顾蕴璞（1931—　　），江苏无锡人。北京大学教授。编著有《莱蒙托夫全集》《俄罗斯白银时代诗选》《世界反法西斯书系·苏联诗歌卷》《普希金精选集》《普宁精选集》《莱蒙托夫作品精粹》《叶赛宁评介及诗选》等，译著有《莱蒙托夫抒情诗选》《莱蒙托夫诗选》《叶赛宁诗选》《叶赛宁书信集》《帕斯捷尔纳克抒情诗选》等，专著《莱蒙托夫》《诗国寻美——俄罗斯诗歌艺术研究》。译著《莱蒙托夫全集·抒情诗Ⅱ》获 1995—1996 年鲁迅文学奖。

谈《莱蒙托夫全集·抒情诗Ⅱ》的翻译

　　说文学翻译是一种"再创作"，现在恐怕不会再有人公然反对了，因为译文良莠不齐的不争事实早已为此提供了正反两方面的佐证。可是，这并不等于说，人们都已从事实上真正认识文学翻译的"再创作"本质。最常听到的质疑是：译著怎能和原著相提并论呢？原著的创作需要独特的构思，译著却根本不需要什么构思，只需对原著理解和表达就可以了。这无异于说："'再创作'事实上是不存在的。"

　　事实果真如此吗？我根据自己的译诗经验想说："不！"拙译《莱蒙托夫全集·抒情诗Ⅱ》于一九九八年荣获首届鲁迅文学奖中的"1995—1996 全国优秀文学彩虹奖"。我并不因此而沾沾自喜，深知它离完美相差还远着呢！但如果它真有可取之处的话，那就是因为它与"再创作"有缘。翻译离开了"再创作"就成了枯燥无味的原著复制品了。《莱蒙托夫全集·抒情诗Ⅱ》由拙译《莱蒙托夫诗选》(1985)、《莱蒙托夫抒情诗选》(1982) 不断扩充而成。我最先译《莱蒙托夫抒情诗选》时就暗暗立下宗旨：要在正确理解原诗后像自己写诗那样把莱蒙托夫的情感和意象移植到中国的文化土壤上来，这其实就是现在所说的"再创作"。功夫不负有心人，书出版后受到读者，尤其是青年读者的普遍欢迎，两年内一版再版，印数达二十一万四千册。有位读者甚至在信中溢美说："您把莱蒙托夫诗译得像自己写的那样晓畅。"我的莱蒙托夫译诗集不断地出，不断地修改和增译，终于成了四百六十首的《莱蒙托夫全集·抒情诗Ⅰ》和《莱蒙托夫全集·抒情诗Ⅱ》（申报获奖只限报一本）以及四首长诗，但我译诗时"再创作"的理念不但始终没有变，而且越来越明确了，得心应手地运用于曾译的其他一切诗。

在译完《莱蒙托夫全集·抒情诗Ⅱ》之后，我对"再创造"的理念已形成自己的一套理解方式，现在试将它进一步概括成以下三个层面：译者角度的创作再冲动、译语读者角度的艺术再审美和译文中的语言再锤炼，请读者和专家指正。

译者角度的创作再冲动

没有创作再冲动，便不会产生文学原著，同样，没有译者角度的这种创作再冲动，也产生不出译著来，至少出不了优秀的翻译文本。这一受制于形象思维规律的文化现象未必需要详加论证，显然无论是作者还是译者，都是只有先受感动而后才能感动别人（读者）的。我着手译莱蒙托夫诗是在二十个世纪的六十年代初。作为一名出自于剥削阶级家庭而又不肯满足于当一个随便什么样的螺丝钉的知识青年，在对知识分子的政策有失偏颇的那些年月里，我感到特别的压抑，而这种压抑感又只能压在心里，无人可以倾诉，但后来我发现它在莱蒙托夫的诗中可得到痛快淋漓的宣泄，便不由得把一百多年前的这位洋人和古人当作了自己的知音，与他结成了忘国籍之交和忘世之交。由于出身于地主家庭，又不注意靠拢组织，我虽凭自己优异的学习成绩也被留校执教，但安在了一个最难发挥自己长处的岗位上。为了使自己之所长不致荒疏，我在做好简单枯燥的本职工作之余仍不放弃我准备为之献身的外国文学研究事业，结果，不断招来了人言可畏的非议，有人把我的业余活动汇报给组织，组织上便通过听课寻找我不安心工作的证据把我视作另类，连我所担任的教学小组长都给撤了。我当时的心情十分沉重，对前途感到茫然，莱蒙托夫的《独白》就是在这种心境下心有灵犀一点通地译出来的："相信吧，这里平庸就是人世的洪福。／何必要深奥的学问和对荣誉的追求，／何必要才华，又何必去酷爱自由，／既然我们无法将它们归自己享有……在祖国我们仿佛感到窒息，／心头沉甸甸，思绪忧戚戚……"虽然我当时绝没有把人民当家做主的新中国与黑暗的沙皇尼古拉一世的俄国等量齐观，但我确实已和莱蒙托夫在人生感受上找到了某种契合点，我想假借译他的诗的机会倾泄一下郁积胸中的苦闷和不满：为什么满足于现状的人反而比我这个努力想日后多做点贡献的人活得滋润得多呢？因此，在集体主义大家庭的"温暖"怀抱里，我感到了一种和莱蒙托夫不似又似的孤独和忧伤，我在不到一年的业余时间里，虽然断断续续但前后像一口气似的译出了莱蒙托夫以忧伤为主旋律的一百首抒情诗。郭沫若在《〈雪莱诗选〉小序》中说过："译雪莱的诗，是要使我成为雪莱，是要使雪莱成为我自己。"如今，我主观上虽没有想成为莱蒙托夫，也没有想使莱蒙托夫成为我自己，可在翻译中我渐渐地正在变成莱蒙托夫，莱蒙托夫也正在渐渐地成为我自己。莱蒙托夫是个悲剧诗人，忧伤的诗人，他经历了家庭、爱情、人生的三大悲剧。我感到在而立之年也已备尝这三种苦味，当时我刚和一个真诚相爱多年的女友无奈地分手，而背了十年的家庭包袱，更是自己永难摆脱的内心困惑与忧伤的根源：父亲被定为剥削者，但他确实是个很善良的人，政治上对他的蔑视勾起我良心的自责，这种自身的复杂的情感体验对我解读莱蒙托夫外祖母、父亲和他自己三者之间的复杂的感情纠葛大有裨益，莱蒙托夫的人生虽与我的人生千差万别，但在他的启迪下，化人生为艺术的"再创作"冲动，却驱使我译莱诗的渴望终于得到满足。

译语读者角度的艺术再审美

原著是作者和原语读者对话的产物，译著则是作者和译者（原语读者之一）对话以及译者（原语读者）和译语读者对话的双重产物。作者在创作过程中对审美对象的审美活动必须顾及原语读者的审美经验和审美传统，否则他写出的作品不可能对原语读者产生艺术感染力，同样，译者在翻译原著过程中也必须时刻想到译语读者的审美习惯和民族审美传统，否则他的译品不可能成为受他们青睐的译著精品。因此，一个负责任的译者必须在首先当好原语的读者之后立即完成向译语的作者的角色转换，要在翻译过程中进行译语读者角度的艺术再审美。原文中的形象表达，在译语读者看来可能也是美的，也可能并不美，因此，译者必须把原语读者角度的审美接受的结晶等值地转化为译语读者角度的艺术再审美的结晶。这方面的例子不胜枚举，限于篇幅，我只能略举一二。在《人间与天堂》中第四诗节中有这样两行诗，直译应该是："那些为我们拥有的东西，更令我们喜欢，虽然有时也在寻找另外的东西。"我根据我国读者很不喜欢在诗中多见代词等虚词的审美习惯，把这两行诗会使我国读者感到美的谚语中的鲜明意象加以改造："我们更加喜欢手中之雀，/虽有时也寻找空中之雁：／一旦诀别我们才看得更清：手中雀和心儿已经紧紧相连。"我敢斗胆说一句：由于我站在译语读者的立场对艺术进行了再审美，这一诗节的艺术含金量和受读者喜爱的程度不但不亚于，甚至略略超过原作。再随便举一例：莱蒙托夫的名诗《帆》至少有过几十种译本，作为后起的复译者之一的我，根据译语读者的审美趣味进行了再创作，我大胆地把直译应为"在那大海上淡蓝色的雾霭里，／有一片孤帆儿在闪耀着白光"的开头两行诗译成："蔚蓝的海面雾霭茫茫，／孤独的帆儿闪着白光！……"受到了我国新老读者的欢迎。我的依据是：开头两行对营造全诗的意境至关重要，必须把我国读者迅速领进这种"在失望中追寻，在追寻中彷徨的迷茫、抗争而不宁"的意境，因此双声叠韵词"茫茫"的采用，"蔚蓝的海面"与"孤独的帆儿"的对偶和反衬起到了汉语所擅长的突出悲剧美效果的作用。比之原语读者从拼音文字组合所获得的审美愉悦，译语读者从象形文字组合所获得的再审美效应自然有所不同，但较之原诗，译诗在音乐美方面并不逊色，在绘画美方面则略显增色。

译文中的语言再锤炼

原著的作者在创作过程中对原语进行过一番艰苦的锤炼，但这一锤炼的结晶在译者将原语变成译语时已毫无用处，必须在译者对原作领会的基础上进行语言的再锤炼，即译语的锤炼，才能使译作在艺术上达到或接近原作的水平。提起译文中语言的再锤炼，特别是最精炼、最富音乐性的诗的语言的再锤炼，译者便会面临种种错综复杂的矛盾，如信与达、信与雅、达与雅、义与音、情与音、汉化与洋味等等。我这里主要谈的是译诗，因此，对解决上述种种矛盾有一个最起码的共同要求：精炼。在译诗的过程中，我感到最困难的是：既要忠实于原著又要像自己在创作那样，但对在原著中特别有价值的表达手段又不能随便扔掉（如通过所谓意译，把隐喻换成明喻等），特别是对于意象尤其丰美的莱蒙托夫的诗来说，这样做很难说就做到"信"（"信"应该是从思想到艺术的全方位忠实）。在锤炼译语，追求精炼的过程中，我犯过不少错误，例如滥用汉语四字词组式的成语，看似言简意赅，实则丧失形象的新鲜感和语言的清新感，甚至会让读者误认为原作者是个中国人，这可以称之为汉化过头，洋味不足。为了解决这个问题，我常常在白话语体中适当纳入少许文言成分，一是为求精炼；二是为基本保存洋文的原味。例如："无聊又忧愁，当痛苦袭上心头，／有谁可以和我分忧……／期望……总是空怀期望有何益？……／岁月正蹉跎，韶华付东流！"如果我完全用原文的口语语体来翻译，可能语体上是"信"了，但一定会淡如白开水，我国读者不会觉得美，更重要的是会冲淡原文中作者所流露的那种孤独忧伤达到无助又无奈地步的悲剧性意境，而这正是原作最重要的东西——神韵，它是这首诗的灵魂，丢什么也不能丢掉它，同样，如果我照原诗三节都用交叉韵，而不用故意选取的我国极富音乐美而且强化主旋律的一韵到底的韵式，对韵式是忠实了，对音乐美的等值就不忠实了。内容应该永远大于形式。我最先发表这首译诗是在《莱蒙托夫抒情诗选》（北京外语教研出版社，1982），后来在《莱蒙托夫诗选》（湖南人民出版社，1985)、《莱蒙托夫全集 2·抒情诗Ⅱ》（河北教育出版社，1996）中除改动个别词外，我都沿用了上述译语再锤炼的结晶，读者中除有人认为把"无聊"改成"寂寞"减弱了感染力外，未见有人提出过异议。我所译莱蒙托夫诗程度不等地都进行过像这首诗那样的语言再锤炼。

我想再举一个译语锤炼的例子，这是长诗《童憎》第四节最后两行，我反复修改译文，总觉得不能完全直译："我像活着的时候那样，在异乡，／我死的时候也将作为奴隶和孤儿。"最后我采取了如今的定稿："我生为异乡的奴隶和孤儿，／死作囚中的鬼奴和孤魂。"可能稍微多了些汉化（"生为——死作"的对称句构，"鬼""魂"不算汉化，莱蒙托夫也信），但得大于失，达到传神与精炼，而且从全诗节来看，汉化成分并不多，与洋味基本上取得了平衡。

谈到译语锤炼，有些人以为只要基本意思保留，在语句结构上就可以任意远离原著。我以为锤炼译语的目的是更准确地表达原语的意思。中西语言，特别是汉俄两种语言差别较大，但在语句结构反差不特别大的情况下，原语中先说什么，后说什么，在译语中还是可以有所反映的。因此，在不少场合直译是既准确又生动的，我译过莱蒙托夫四百六十首诗，几乎首首都经过苦改，最多的改过二十遍（如《帆》），只有一首我几乎是一锤定音地译出来的，那就是《斯坦司》（1830），原因是我一开头就按原诗的语气直译而得："我爱凝望我的姑娘，／当她羞得涨红了脸，／犹如那绯红的晚霞，／在狂风和暴风之前……"按极端意译论的路子，上面的译文一定是这样的："每当我的姑娘的脸涨得像狂风暴雨之前的晚霞那样红的时候，此时我爱凝望她。"但是我的直译法得到了读者的认可，好些外国诗选中都收入了这首诗。林汉达说："正确的翻译就是直译，也就是意译。"[1] 朱光潜说："一个意思只有一个精确的说法，换一个说话，意味就不完全相同。所以想尽量表达原文的意思，必须尽量保存原文的语句组织。因此，直译不能不是意译，而意译也不能不是直译。"[2]

---

[1] 见《翻译的原则》，载罗新璋编《翻译论集》（商务印书馆，1984）第 590 页。
[2] 见《谈翻译》，同上，第 454 页。

俄诗汉译的汉化与洋味

顾蕴璞

文学是艺术。文学的翻译，尤其是诗歌的翻译，自然不可能不是艺术，否则，就谈不上把一种语言艺术品变成另一种语言艺术品的复杂过程了。诗歌的翻译，不但应像科技的翻译那样，属于翻译技能的范畴，而且也应如同小说的翻译、剧本的翻译，融入翻译美学的体系，甚至应和诗歌的创作、诗歌的欣赏一起列入诗歌美学的层次。

诗作是艺术品，只讲个性化，不讲标准化。译诗却更复杂些：既是复制品，又是艺术品。作为复制品，必须讲究翻译的技术标准。但由于翻译同时具有以个性化为特征的艺术的品格，不允许译者用标准化任意取代个性化，对具体的翻译标准也必须综合把握，对各种相生相克的复杂关系把握好一个"度"字，才能坚守译诗的艺术本质。否则，便有"译"而无"诗"了，即使用比较公认的"信、达、雅"的标准来衡量俄汉文学翻译作品的质量，似乎对译文质量的准确度和艺术性全面考虑进去了，但掌握起来谈何容易，特别是对传神要求高（神似）的诗的翻译来说，更是如此：一是容易有整体被割裂的感觉；二是"信"在诗中就有"词语"的信、"诗行"的信、"诗节"的信和"诗的语境"的信等层次差别，"雅"也有原文的"雅"和译文的"雅"的差异，不容因不同语言的语境差异而彼此混淆。至于用"理解"和"表达"的标准，也远不能尽意，特别是译诗，仅凭"表达"是远远不够的，还须求助于表现，即所谓"再创造"。说得具体些：既求形似，又求神似；既讲意美，又讲音美与形美；既要移植视感，又要传达乐感；既须音韵铿锵，又得措辞自然；既求文字晓畅，又忌语不脱俗。这样综合起来，才能使译文的艺术感染力与原文尽量等值。因此，世界文学史上才有译作因不逊于原作而进入译者祖国的文学宝库的记录，比如德国的施莱格尔所译的莎士比亚和但丁，俄国的莱蒙托夫对歌德的

《漂泊者的夜歌》一诗的意译《译歌德诗》等等的个例。

要解决从外语诗译成本民族语诗的过程中所面临的各种障碍和困难,据笔者个人的体会,如能抓住"汉化与洋味"(可泛指"民族化与洋味")这对主要矛盾,恐怕一切矛盾比较容易迎刃而解。什么是汉化?所谓汉化,主要是指领会原作精神后的我国译者发挥译文的优势;而洋味又是什么呢?所谓洋味,是指译者力图保持原作的风格和韵味。这两者的兼容并包,就能提高译诗的准确度和感染力,就能接近追求"艺术等值"的目标。因为既然是外译中,译文当然首先需要汉化,即用规范而富于表现力的汉语把原文的思维内涵传达过来,使国人认知原诗的意境和意象,但这还不够,必须同时尽可能多地(不可能完全地)保持原作的原汁原味,即艺术风格。于是,外国诗的汉译,既不像原诗那样洋腔洋调,也不像中国诗那样一派中国气派,已成为经过语言转换过程而仍保持一定程度的洋人的思维方式和审美习惯的汉语诗。其实,汉化与洋味之间的平衡只不过是手段,取得译诗与外诗的艺术等值才是目的。如果达不到艺术等值,就会出现这样的后果:原诗动人心弦,译诗却味同嚼蜡。汉化和洋味既会是矛盾的,又应是统一的,妙也就妙在、难也就难在保持两者之间的适度平衡。必须指出,汉化虽然主要任务是传达原文的思维内涵,但同时也照顾到译语读者的审美情趣和习惯,同样,洋味虽然侧重在尊重原文的作者、读者的审美情调,同时必然也源于对原作的透彻领悟,因此,汉化与洋味始终是一分为二同时又合二而一的,各部分之间的分析固然重要,整合后的整体更为重要,我们常常可以看到,译者可以把原诗的细节全都译过来,但就是译不出原诗的情味。"整体大于部分的和"(亚里士多德语)这句话可以用来诠释上文所提到的"艺术等值"的价值取向。笔者很欣赏郭沫若在谈到文学翻译时所做过的如下生动比喻:"一杯伏特加酒不能换成一杯白开水,总要还它一杯汾酒或茅台,才算尽了责。"有人(好像是雪莱)说过,诗是不可译的,诗不译又是不行的。在这种万般无奈的情况下,翻译俄语诗的"汉化与洋味"或翻译一切诗的"民族化与洋味"的综合性翻译思路是一种积极应对策略。

下面我们不妨据一些实例来进一步印证"汉化与洋味"的"和而不同"的机理。

例1:

  Вокзал

Вокзал, несгораемый ящик

Разлук моих, встреч и разлук,
Испытанный друг и указчик,
Начать — не исчислить заслуг...

  车站

车站，烧不烂的保险柜，
存放着我的离别和相逢，
是久经考验的朋友和向导，
对功绩只起算而不总结。

（帕斯捷尔纳克，笔者译）

  此诗起句不凡，用了一个极其生动的比喻，造句也不俗，用三个同位语取代三个比较短语，而更奇特的是三个同位语中竟有一个是非名词（带一个明确成分的动词不定式短语）。这是诗人未来派时期的作品，充满词语创造、任意联想等特点，汉化必须以不失必需的洋味为前提：译者在本诗节里只添加了"存放着""是""只"等汉化措施略加平衡，以免我国读者看不明白。

例2：
  Кобыльи корабли

Если волк на звезду завыл,
Значит, небо тучами изглодано.
Рваные животы кобыл,
Чёрные паруса воронов...

  牝马船

如果说狼对着星星哀号，
这就是天空被乌云啃完。
一匹匹母马撕破了的肚子
一只只乌鸦黑色的风帆。

(叶赛宁，笔者译)

上述这一诗节，前后两句的译法截然不同，前两行诗着眼于"汉化"，后两行则是主要侧重在"洋味"。后两行诗明明不是一般的句子，都是主格句，对它们如此直译显然与前两行诗显得别扭，但又非直译不可，因为原作者就是在借用美国意象派首领庞德所运用的"意象叠加"手法，不这样译就会有悖原作的意象派风格特色。

试比较：

人群中这些面孔的幽灵一般显现，
湿漉漉的黑色枝条上的许多花瓣。

庞德《一个地铁车站》

例 3：

Февраль.

Февраль. Достать чернил и плакать!
Писать о феврале навзрыд,
Пока грохочущая слякоть
Весною черною горит.

二月。

二月。一碰墨水就哭泣！
哽喧着书写二月的诗篇，
恰逢到处轰隆响的稀泥
点燃起一个黑色的春天。

(帕斯捷尔纳克，笔者译)

此诗头一行显得晦涩而新型，但读者完全可以找出其中的形象思维逻辑：蘸点墨水就可以写诗，第四行的"点燃起一个黑色的春天"中的"点燃"和"黑色的"都是隐喻（前者是通感手法，后者是色彩象征手法），用直译法的目的是保留帕斯捷尔纳克早期诗的朦胧诗风。

例4：

  Неуютная жидкая лунность…

Неуютная жидкая лунность
И тоска бесконечных равнин, ——
Вот что видел я в резвую юность,
Что, любя, проклинал не один…

  昏黄的淡月临照当头……

昏黄的淡月临照当头，
无际的原野处处哀愁——
这就是我儿时见过的情景，
岂止我一人眷恋又诅咒。

（叶赛宁，笔者译）

  译者采用汉语的4顿取代俄语的3音步的抑抑扬格和几乎用汉语的一韵到底取代俄语的交叉脚韵，以期传达原诗较难传达的抑郁而节奏沉重的音乐美，从而取得艺术的等值。但在前二诗行明显汉化的基础上，译者仍给三、四诗行有意留足了洋味，以示对原作风格的尊重，并提醒我国读者这是具有异国情调的乡土诗。
  有些场合，原诗的现代派风格的强烈个性化，要求译诗有更多的洋味，但如没有适当的汉化措施加以平衡，就无法让我国读者读懂，例如：

例5：

   ПИРЫ

  Пью горечь тубероз, небес осенних горечь

И в них твоих измен горящую струю.
Пью горечь вечеров, ночей и людных сборищ,
Рыдающей строфы сырую горечь пью.

酒宴

我酌饮月下香的苦涩，秋空的苦涩，
其中沸滚着你的负心引出的热泪。
我酌饮黄昏、黑夜和人群的苦涩，
把号哭的诗章湿润的苦涩饮进嘴。……

（帕斯捷尔纳克，笔者译）

帕斯捷尔纳克在此处的联想上出现了"心"与"热泪"之间的跳跃，这符合俄语的习惯，但如直译成汉语就可能产生歧义：是"负心的热泪"呢，还是"负心引出的热泪"？因为名词化了的汉语动词不像俄语的动名词那样兼有动作的含义，因此，为避免引起歧义，必须先点明主客体之间的思维逻辑（译成"负心引出的热泪"），才能彰显原作所蕴含的形象逻辑。

例6：

Мне нравится, что вы больны не мной...

Мне нравится, что вы больны не мной,
我喜欢您相思的不是我，
Мне нравится, что я боьна не вами,
我高兴我不是为您倾倒，
Что никогда тяжелый щар земной
我乐意叫这沉重的地球
Не уплывает под нащими ногами
永不飘离我们的双脚。
Мне нравится, что можно быть смешой—
我情愿可笑和恣意狂态，
Распушенной—и не играть словам

也不想对人把词藻摆弄,

И не краснеть удушливой волной,

别两只袖子才轻轻一挨,

Слегка соприкоснувшись рукавами.

就任凭爱浪翻腾得脸红。

(茨维塔耶娃,笔者译)

  茨维塔耶娃在这首抒情诗中一连用了几次"Мне нравится, что..."的结构,在俄语这类拼音文字的语言中,作者往往采用重叠的修辞方法(这里是重复带主语副句的主从复合句的修辞方法)造成音美,为了把它变成晓畅的汉语,必须改变句子结构(即汉化),同时必然失去原文的音美。我们在汉化的时候,必须发挥译文的优势,造成相应的旋律美,虽然在结构上离原文远了(这里译者用了"我喜欢、高兴、乐意、情愿……"的排比句),但从表情达意上却取得了在艺术感染力上与原诗的等值,从而也曲线地达到了"信、达、雅"的传统翻译标准。

  如果说,上文主要是从诗章的翻译实际出发来论述"汉化"与"洋味"的互补关系,那么,下文便是围绕象征、隐喻等修辞手法的翻译专题来进一步阐释"汉化"与"洋味"的内在联系。过去,笔者在翻译俄诗,特别是翻译白银时代俄诗的过程中,经常遇到的一个问题是:象征、隐喻等修辞手段是否需要移植入译诗?关于象征在从甲语言译成乙语言时能否为了押韵的需要而随意更换意象的问题,在我国译界曾经有过争论:有人对出于韵律考虑而把马雅可夫斯基诗中的"火鸡"译成"画眉"的做法表示质疑,理由是它重韵律而轻意境。可是,至今仍有一些译者随意地(指并非万不得已时)把俄诗中的隐喻置换成明喻,于是便出现了"汉化"与"洋味"之间原可避免的失衡状态。笔者在一次国际学术研讨会上的发言中曾这样说过:"凭我个人的体会,叶赛宁诗最难译也是我译得最不满意的地方是他的语言和手法的创新,正是通过这些创新他才把一般诗人难以传达的情感的细腻处和隐秘处传达出来的。假如把复杂的隐喻译成单纯的明喻,或把通感、象征、暗示、特定的旋律等等弃而不译,就会"达"而不"信",或顾了"汉化"而丢了"洋味"。这类例子不胜枚举,而且,无需援引原文,甚至不必懂得原文,一看译文便一目了然了:"湖面上织出了红霞的锦衣"、"在天空的蓝色盘子上"、"打盹的钟声"、"大路把红色的黄昏怀想"("红色"是"不安"的色彩象征)、"田野收割尽,小树林光着身"、"金色的小树林不再说话了"、"晚霞的红翅膀渐渐消褪"、"愿你小屋的上空常漾起,／薄暮那不可言状的光亮。……／唯有你是我的救星和慰藉,／唯有你是我不可言状的光亮……"("光亮"在这里是象征,同时也是状景,并非单纯的叙事性"状景")。

最后,我们认为,在维持"汉化"与"洋味"的平衡上,有时象征词的翻译(直译,还是意译?)可能是个牵一发而动全身的关键问题。以普希金的诗《致凯恩》为例:"божество"在该诗中的第4和第6诗节中是叙述,还是象征?译成"神灵"或"神性"?还是译成"可倾慕的人"或"女神"?原文《现代标准俄语词典》明确标明"божество"的本义即"бог(богиня)",它的转义是:"предмет восхищения и обожания(可倾慕的人)",引例正是《致凯恩》中的这行诗。《普希金语言词典》的解释与此相同。但是,无论是本义,还是转义,在原文中都是一个词,而不是两个词,译作"神灵",固然不"信",但译作"可倾慕的人",也虽"达"而失"雅",汉化有余而洋味不足,已失去诗的象征美,只剩下苍白的散文直白了。因此,笔者从普希金的爱情诗"灵大于肉"的美学理念的实际出发,探索出了一个能使汉化与洋味可兼而得之的译法:"女神"(为了避免我国读者误解,给它加上了引号)。后来,笔者还找到了一个旁证:俄曾有学者认为,普希金在这里所用"божество"乃是借鉴了茹可夫斯基在其诗《拉拉·鲁克》中所升华的那位飘忽如神女的意象,而从与《致凯恩》第一、三诗节的呼应来看,也可以证实这种阐释是可信的。请看全诗有迹可循的形象思维历程:你的倩影＞速逝的幻景＞纯美的精灵＞轻盈的天仙＞"女神":

致凯恩

我记得那美妙的一瞬:
眼前出现了你的倩影,
宛若转眼即逝的幻景,
宛若纯净之美的精灵。

当我被绝望的忧伤缠住身,
纷扰的生活不让我得安宁,
耳畔常响起你温柔的声音,
梦中总浮现你亲切的倩影。

岁月流逝。激变的风暴
驱散了往日向往的美梦，
我便淡忘你温柔的声音
淡忘你那天仙般的轻盈。

身处幽禁，在静静的乡间，
我一天一天苦挨着人生，
没有"女神"，没有灵感，
没有眼泪、活力和爱情。

心灵逢上复苏的时分，
眼前又出现你的倩影，
宛若转眼即逝的幻景，
宛若纯净之美的象征。

我的心跳得如醉似狂，
对于它一切重又复生：
有了"女神"，有了灵感，
有了生命，眼泪活力和爱情。

（普希金，笔者译）

此例和拙文所有引例都不过是自己在长期习练俄诗汉译的过程中的点滴探索，只是在试图解决汉化和洋味的矛盾之中的一孔之见，仅供从事翻译研究者的参考。笔者恭候大家的批评指正，谢谢！

戴天恩（1932—　　），山西平定人，原籍辽宁新宾县。1956年四川医学院毕业。同年分配至河南省第三人民医院做外科医生。1968年后下放农村十年，1982年调豫北医专图书馆，1987年调回母校（华西医科大学），仍在图书馆从事教学工作，1992年退休，获文化部批复的图书馆研究馆员职称。除从事医学教学工作时编写教材数种外，2005年出版《百年书影（普希金作品中译本1903年—2000年）》一书。

《奥涅金》的第一个中文全译本

　　以中文出版普希金的作品，虽然始于一九〇三年的《俄国情史》（戢翼翚译述本，即小说《上尉的女儿》），但"诗体长篇小说"《欧根·奥涅金》（查良铮译名）的全译本，却迟至一九四二年普氏逝世一〇五周年时，由桂林丝文出版社于当年九月推出问世。吕荧一九四四年在重庆出版的长诗中译本是第一个从俄文翻译的全译本，但比桂林译本晚一年多。一九四九年后大陆又先后出版了由查良铮、王士燮、冯春、智量及未余和俊邦的五个译本。

　　为纪念中国人民抗日战争和世界反法西斯战争胜利五十周年，一九九五年在桂林举行了广西抗战文化研讨会，笔者将一九四二年译本携至会场并在大会发言予以介绍。桂林图书馆未藏此书，特将我带去的译本全本复印藏库，经过半个多世纪的沧桑，此译本现在确已很难找到了。

　　桂林版《奥尼金》一书为小32开本，所用纸张为抗战时期常用的土纸，发黄且粗糙，但印刷尚清晰。全书正文294页（其中漏排154、155页，但译文不缺），另有版权页，勘误表（两页）及广告等。书的封面在书名《奥尼金》下，署普式庚著，甦夫译，封面还印有普氏头部画像。目次页前有两页内容，第一页为"——录自私信之一节"，第二页为"献诗"，前者上方印有"欧根·奥尼金"字样，后者诗前有"给彼得·亚历山大维契·辟列诺约夫"一行字，这与以后的译本有所不同。目次页中，译者对全书八章都给有章名题目："第一章奥尼金的烦恼"、"第二章诗人的出会"、"第三章少女之恋""第四章绝望""第五章恶梦——命名日"、"第六章决斗""第七章莫斯科""第八章夜会女王"。而包括吕荧译本及新中国成立后出版的五种译本均无章名，不知是译者甦夫根据转译本所译，或为其自拟的章名。版权页在第294页之后，除著、译者名外，还写有"中华民国三十一年九月初版""定价十五元""发行兼出版者丝文出版社""印刷者广西日报社""发行所桂林乐群路四会街一号"等字样。勘误表对书中四十四个误字做了更正。

遗憾的是，甦夫的这个译本没有序和跋，我们不能进一步了解有关译文的情况。但译者在一些章节之后，写下了翻译的时间、地点，如在第二章之后，写有"1936年10月19日夜译完于东京"，第三章之后写有"1936.11.7日译完"，第五章之后写有"1941年译于桂林"，第八章之后写有"1941，圣诞之前夕译完于桂林"，据以上可知，甦夫用了五年多时间，在日本东京和抗战中的桂林陆续译完全书。值得一提的是，全书在出版前，译者将《奥尼金》的第七章，全文发表于一九四二年一月二十日在桂林出版的诗刊《诗创作》第七期上，该期为翻译专号，甦夫的译文排在该期的第1页到11页上，可见受到的重视。

甦夫《奥尼金》翻译所据的原本并非俄文本而可能是日译本或英译本。在吕荧译本《叶甫盖尼·奥涅金》的附录中，有长诗的第六章第十五、十六及三十八三节的译文，吕荧介绍是胡风"从米川正夫日译本译出来的。一八八七年的苏伏林版中没有这几节诗"。在吕译的正文中及其后出版的五个译本正文中，均没有这几节诗。而甦夫的译本，却在第六章中翻译了这三节诗，是否即根据米川正夫的日译本所译，很有可能。在《奥尼金》译本的各章中，均可见译注，如第一章有译注七十条（全书共有注244条），这些译注除表明了译者态度的严谨外，从所译人名、地名后附的原文多为英文看，似乎又出于英译本。

译者甦夫的名字，不见于众多的工具书，笔者近年据有关资料查知：甦夫，又名苏夫、冯苏夫，本名冯剑南，广东人，已故。三十年代初在上海暨南大学读书，并约在一九三二至一九三三年参加"左联"，为暨大"左联"小组盟员。以后去日本，但未查见"左联"东京分盟活动中有甦夫之名。甦夫在东京时着手翻译《奥尼金》一书，未译完而回国，具体时间不详。但在一九四〇年初即与黄宁婴、周钢鸣等为在桂林复刊《中国诗坛》而工作（《中国诗坛》于1940年3月复刊）。文协桂林分会于一九三九年十月二日成立后，甦夫成为分会会员，一九四〇年十二月分会举办第一期文艺讲习班，甦夫与胡危舟、焦菊隐、司马文森等为讲师。这期间甦夫在桂林君武中学教书，除参加文协各种活动外，还继续翻译并在一九四一年完成《奥尼金》译本。甦夫在桂林期间还创作了一些抗战诗歌，在桂林出版的《诗》、《诗创作》及《人世间》等刊物上发表，代表作有《残灰梦》（刊1943年4月《人世间》第1卷第4期）、《大地之恋》、《将军一夕谈》等，其诗作被后人评为"热情奔放、战斗性强"。一九四三年九月二十五日《大公报》（桂林版）刊载的署名寒流（即曾敏之）的文章《桂林作家群》中，介绍甦夫在译完并出版《奥尼金》后，未有新译出版，"仍在桂林君武中学教书"。一九四四年夏湘桂大撤退前夕，六月十日在桂林由田汉等发起，成立了桂林文化界扩大动员抗战宣传工作委员会，其后又于七月六日成立桂林市文化界抗战工作队，陈残云为队长，甦夫、姚特为指导员，八月一日在田汉率领下，赴湘桂铁路沿线进行抗战宣传鼓动工作。桂林沦陷后甦夫的情况不明。

一九九五年笔者参加桂林会时，老作家林焕平教授告知，他与甦夫早年相识，《奥尼金》全译本曾由译者赠其一册，但早已遗失。五十年代初他任广西师院中文系主任时，曾亲到广州聘请冯剑南等数人来院工作，冯到后任教数年即因故离去，以后未再联系，据称已病故。

甦夫除翻译《奥尼金》及写诗外，还创作有小说等，一九四二年五月由桂林文化供应社出版的中篇小说《小铁匠》即为其一，惜未见到。

对于翻译《奥涅金》全本为中文的第一译者甦夫，我们不应当忘记。

（原载1999年6月2日《中华读书报》）

查晓燕（1965— ），江西婺源人。1991年后历任北京大学俄罗斯语言文学系助教、讲师，国立莫斯科罗蒙诺索夫大学高级访问学者，北京大学俄语系副教授、文学研究室主任，系副主任。中国俄罗斯文学研究会理事，中国比较文学学会会员，俄罗斯普希金学会外籍会员。2002年加入中国作家协会。专著有《北方吹来的风——俄罗斯苏联文学与中国》《普希金——俄罗斯精神文化的象征》。

不息则久

——戴天恩与《百年书影》

查晓燕

普希金——这位为中国读者熟知的"俄罗斯诗歌的太阳"，他的作品在二十世纪用中文出版的究竟有多少？ 现在，我们不难了解我国学者用文字记载的普希金作品在中国翻译出版的概貌，但是，这些成果大都是学术性的严肃有余，大众文化欣赏角度的生动活泼不足，这在当下的读图时代和因特网时代，读者受众面就十分有限了。于是，普希金在中国的接受程度和研究状况之间就出现了这样一种不平衡的现状：一方面是出版界、学术界热火朝天的发行、讨论和研究，另一方面却是读者滞后、冷漠的态度。

据《俄罗斯文艺》一九九九年第二期刊载的《中国普希金研究目录及索引》，关于普希金的研究文章已近千篇，在国内的外国作家研究中能达到这种水平的想必也屈指可数吧！而与此形成不和谐对比的是普通民众尤其是当代年轻人对普希金了解和接受的现状。笔者在给学生上普希金专题课时，曾给他们布置过一项任务：调查北大学生对普希金的了解程度。北大学生是中国年轻人中文学素养较高的一个群体，因而他们对普希金了解和接受的现状，可以说在一定程度上能够反映大部分年轻人的接受状况。这次调查是以问卷形式进行的，发出问卷一百份，收回九十五份，其中有效答卷八十三份，其统计结果显示：只知道普希金这个名字的有十四人，占总数的17%；知道普希金的作品，但没有读过的有二十一人，占总数的25%；阅读过普希金作品的有四十六人，占总数的55%；对普希金的作品进行过深入思考和研究的有两人，占总数的2%。在阅读过普希金作品的四十六人中，二人只列举出了《"假如生活欺骗了你……"》（这是附在调查问卷上的一首诗），十一人写出《渔夫和金鱼的故事》或《致恰达耶夫》（这两篇是小学或中学教科书中的必读课文），六人记不清作品名称，二十六人能写出两种或两种以上的作品名称。这样的结果是在预料当中的：我们四周文学经典的旗帜在"快餐文化"的挤迫下难以迎风招展，人们的价值取向在快节奏的生活中发生了变化，年轻人更趋向于接受那些形式上轻松活泼、不需要太多智力投入的消遣与欣赏项目，而需要付出时间和思考才能读懂的经典则被冷落，经典所具有的那种净化心灵、陶冶情操的作用则无疑也日趋削弱。这从大学生对普希金的了解程度可见一斑。其实，不仅普希金，莎士比亚、歌德和但丁等也都有相似的尴尬。不过，物质文明发达的当代并非必然衍生出这种现象，这点我们可以从其他国家的年轻人对经典的接受状况中寻求佐证。如在英国享有盛名的索尔兹伯里剧团莎翁剧的导演德博拉·佩奇在接受中国记者采访时说过"以传统戏剧和当代戏剧相比，其实英国的年轻人对莎氏更感兴趣些"。英国年轻人对经典的这种接受态度在某种程度上是在提示我们：在当下对伟大作家的接受现状并不意味着我们就不需要经典了；并不意味着他们已经过时了；也并不意味着这个时代就是忽略经典、遗弃经典的时代！我们这个时代仍然需要普希金、莎士比亚、歌德和但丁，这些伟大作家的作品中所蕴含的精神力量在时下更有其不可替代的作用：拯救人于科学技术所造成的阻碍个性自由发展的桎梏之中，还人于心灵的最高自由。具体说来，眼下我们的一项刻不容缓的任务就是在迎接"快餐文化"挑战的同时，宣传并推广经典。因此，就中国普希金学来说，摆在普希金研究者面前的一项紧迫任务就是如何使普希金成为一位雅俗共赏的诗人。推广普希金文学经典、净化青少年的视听环境，已经成为我们的翻译家、出版家、学者的一项义不容辞的责任。在俄罗斯，普希金早已成为一位雅俗共赏的诗人，他们不仅有专家学者们参加的学术研讨会定期召开，也有普通民众自发举行的纪念诗人的诗歌节、诗歌朗诵会——普希金早已成为真正意义上的大众的普希金、大家的普希金。

普希金作品被介绍到中国也已经有一个多世纪了。在我国，难道就没有兼及学术探讨与大众鉴赏两个层次，介绍并研究普希金的读本吗？ 我们应如何在世界普学研究中留下独具特色的一页？可喜的是，在二〇〇五年图书市场上出现的这样一本书给了我们肯定的答案《百年书影：普希金作品中译本（1903年—2000年）》（附光盘，以下简称《书影》）。《书影》是本独特的书。高莽先生在为此书作的序中这样说："书虽不厚，但分量很重，因为它具有很高的收藏价值。"我想，《书影》不仅具有工具书性质的收藏价值，而且有着从通俗易懂的层面普及外国作家的作用。

《书影》的与众不同首先在于，它是在个人收藏的一百三十多种一百八十多册普希金作品中译本的基础上编纂而成的。该书以图（彩图）文并茂、图文互补这样一种活泼、通俗的形式，介绍了普希金作品在我国流传的历史。从结构上看，全书除序、后记、又记外，主体由六部分组成：一、全集、文集、选集等；二、诗体小说《叶甫盖尼·奥涅金》，关于《叶甫盖尼·奥涅金》；三、诗歌作品；四、小说作品；五、其他作品；六、附录。第一至五部分为全书的核心，其中每部分均由精炼的文字（各译本的出版年代、时代背景和译者小传）与各译本的彩色封面图组成，这样的编排体例和内容定会激起读者的阅读兴趣。《书影》虽不能说已将二十世纪出版的普希金作品中译本全部搜齐，但也不会留下大的遗漏。

其次，《书影》的难得之处在于，它出自一位非专业人士之手。作者戴天恩先生二十世纪五十年代毕业于医学院，但尤爱普希金，用他自己的话说就是"毕生钟情于俄罗斯诗人普希金"。戴先生的专业背景与他几十年间对普希金的热爱和追踪，恰似俄罗斯普希金研究的传统，即学院化与民间化始终并行。在普希金的祖国，普希金学从起步阶段就并非象牙塔内的学问，它面向大众，在民间拥有广泛而坚实的基础。研究者的阵容呈现出年龄、职业、知识层次不尽相同的局面。在俄罗斯普希金学家的行列中，不乏教师、语文学家、哲学家、作家、音乐家，甚至医生、律师、工程师、化学家、数学家、物理学家……笔者始终认为，无论在国外，还是在我国，文化不应只是"业内人士"的事业。"非业内人士"，戴天恩先生持续数十年对普希金作品中译本的搜寻与研究，恰好为俄罗斯当代普希金学家 В·涅波姆尼亚希（Непомнящий）的一段话提供了一个跨国性的例证。这位学者指出："在俄罗斯，文化从来就是人民的事业。而普希金学——我一向认为，是人民的事业，原来就是这样，也应该这样。"

我与戴天恩先生相识于一九九九年五月的"纪念普希金诞辰二百周年"国际学术研讨会上。在与会代表中，戴先生是最独特的一位——非文科、非外语类科班出身的普希金爱好者与研究者。此后，我与先生多有联系与他合作为《普希金专刊》(《俄罗斯文艺》，1999年第2期)编纂"中国普希金研究目录及索引"。戴先生所辑的内容大大丰富了我原编的部分，并且更正了我那部分的多处错误。再后，我又得知，这位长辈酷爱收藏书刊，享有"天府藏书家"之美誉。半个多世纪以来，先生虽历经"反右""文革"等浩劫，又曾下放农村十多年，但淘书、藏书的爱好始终与他相伴。先生告诉我，他的个人藏书多达万余册，并几次邀我前去蓉城时到他家浏览其藏书。遗憾的是，至今我尚未前往他的城市和他那飘满书香的家。

编成这样部书稿，戴天恩先生付出了大量的时间与精力，可以说，这是他毕生心血的结晶。前期编辑工作中较难的一项是要将这些搜齐的中译本制成图像并存入电脑。对于出生于二十世纪三十年代的这代人来说，使用电脑并非他们普遍擅长的事。从二〇〇〇年下半年起动手整理资料、写成大样，到二〇〇五年十一月出版问世，五年多的时间里，戴先生先将初稿自费小批印刷，赠送有关人士征询意见，又将文字稿特地交由著名普希金翻译家冯春先生校读并修改——这种认真、谦逊的治学精神令我非常感动，感动之余总想为他做点力所能及的事。此后便是出版事宜。《书影》的出版过程可谓是"好事多磨"。戴先生联系的若干家出版社先后婉拒他的原因，不外是尽管该书是奉献给读者、留给后人可以参考的一种特殊类型的工具书，但读者面相对较窄，成本较高，图书市场被商潮裹挟，出版社被市场左右，因而难以接受。最终还是家门口的四川出版集团天地出版社成全了这位老先生多年的心愿。

戴先生投书寻找出版机会所经历的周折我基本上都知道，从而，心底里更是钦佩戴先生这种锲而不舍的韧劲。他这种"不息则久"的精神，恰恰又为中国的普希金专家在中国普希金文学经典普及事业上作出了表率。高莽先生说得好："戴天恩做了件好事，一件让过去的、现在的和未来的中国普希金研究者永远感激的事。"我想，不仅是这些普希金研究者的感激，而且还会有更多的中国普通读者将对戴先生的努力和付出表示感激！戴天恩先生几十年来不停息地做的这件事又引发了我的另一个思考，即在学校教育体系之外，实际还存在着其他传播文学知识的形式与途径，不含功利色彩的"非业内人士"在其中所发挥的作用有时是不可低估的。

蓝英年（1933— ），江苏吴江人。北京师范大学教授。著有随笔集《青山遮不住》《冷月葬诗魂》《被现实撞碎的生命之舟》《苦味酒》《利季娅被开除作协》《回眸莫斯科》《历史的喘息》等。译著有《滨河街公寓》（合译）、《阿列霞》、《库普林中短篇小说选》、《亚玛街》、《日瓦戈医生》（合译）、《果戈理是怎样写作的》、《回忆果戈理》、《邪恶势力》（合译）、《塞纳河畔》、《捍卫记忆》（合译）等。

简短的翻译经历

我什么时候学习翻译的？大约一九六〇年吧。因为一九六〇年人民文学出版社出版过一本《阿尔巴尼亚小说选》，其中的一篇《黄水》是我译的。小说内容记不起来，但却记住校者奥罗的名字。奥罗即奥塞罗的简称。他姓甚名谁已不记得。只记得他身材高大，皮肤黪黑，大家管他叫奥塞罗。以后运动不断，没有译书的机会了。可没想到我竟在"文革"期间组织过一次"翻译"。那时我在大学教书，学生是工农兵学员。上了不到一年课，武工队长出身的系总支书记对我说："老蓝，咱们是不是改变一下教学方法？你找本俄文参考书，发下去叫同学们译，然后你给他们改。这样既能学习语法，又能多认识单字。"我按照总支书记的话办了。班上有二十名学员，我把借来的书拆成二十份（那时还没有复印机），发给每个同学，让他们翻译。这本书文字虽浅显，但对学了还不到一年俄文的同学们来说还是很艰深的。我把他们的译文收上来一看，叫苦不迭。译得错误百出，无法校改，只得重译。自此我对集体翻译便抱怀疑态度。且不提更高的要求，仅就技术层面上，集体翻译就有不少问题。人名地名不统一是最常见的毛病。特别是地名和历史人物，不能随意音译，前后必须统一。前面译约非，后面译约飞，已不统一，而正确的译名应是越飞。他是历史人物，译名已约定俗成。党派团体和组织机构前后也应统一，还要采用约定俗成的译名。一本书多人译，译好由一个人统校不是好办法。统校者花的力气比自己译多得多，稍不留意，还会漏掉误译的地方。可这种集体翻译的方法今日仍在流行。博导全身心投入重大的研究课题，又舍不得放弃名利双收的翻译选题，便让自己的研究生翻译，由他统校挂名，译文的质量当然无法保障。这样做不知博导是出了名还是丢了人。

一九七六年，人民文学出版社请我和另一位先生合译《滨河街公寓》，人地名等虽统一了，当时认为合作得不错，现在重读便感到文风的差异。两个文风不同的人"拉郎配"也不是办法。我有过三次合译的经历，两次不理想。第三次较为理想，因为合作伙伴是我自己选的。

二十世纪八十年代初，我为人民文学出版社译了《库普林中短篇小说选》后，同外文部的编辑就熟了。路过出版社，便上去坐坐，喝杯茶。一天，不知怎么谈起《日瓦戈医生》。冯南江说，《日瓦戈医生》根本没有原文本，都是从西班牙文转译的。我说见过原版，他们不相信。我说我有原版《日瓦戈医生》，他们更不相信。蒋路先生悄悄问我："你真有？"我只好把珍藏的原版《日瓦戈医生》拿给他们看。他们看了惊讶不已，当场决定请我翻译。诗人写的小说一般都很难译，特别是那些游离情节的抒情部分。我找了一位老先生同我合作。我们译了一半的时候，由于政治气候的关系，出版社对这本书冷淡下来。两年没同我们联系过。书这么难译，出版社又不过问，我们也松懈了。直到一天出版社的四位编辑到我家来，外文部主任在挂历上的一个日期下面画了个勾，说那是交稿的最后期限，我们才像上了发条似的干起来。出版社几乎每天派一位女士到我家取稿。我每天要翻译十几小时，当时的劳动强度，现在回想起来都后怕。我们自己有责任，出版社从未说过不译了（那时不签订合同），不催你，你就不译了？只得自食苦果。我们按时交稿，一个月后小说出版。译文自然有问题。漓江出版社再版时，我花了两个月时间，从中文角度改了一遍。人民文学出版社要出插图本，我准备对照原文再校改一遍。这就是赶的代价。我现在最怕赶译，最怕出版社催逼。有些错误是赶译出来的。

我近十年来只译过一部历史小说《邪恶势力》，作者是皮库利。小说通俗易懂，麻烦的是历史人物的姓名和沙皇体制中的官衔的译法。是部长还是大臣？部长会议主席还是内阁首相，或者是首席大臣？这还是容易译的，还有不少找不到同中国王朝对称的官衔。人地名等看来是技术问题，但译错了读者便会产生歧异。现在流行的书里常常把苏联外交人民委员李维诺夫译为里特维诺夫，因为俄文姓中是有"特"音的。当初译错了，现已约定俗成，如是苏联外交人民委员，一定要译李维诺夫，如是其他人，可以译为里特维诺夫。但是别利日科夫绝对不能译为勃列日涅夫，前者是苏联著名外事翻译，后者是苏联共产党总书记，那就闹笑话了。翻译界的怪事太多，我已见怪不怪。几年前我也写过批评文章，但毫无影响。浮躁风气弥漫翻译界，谁听得进批评？自管自吧。

翻译的态度

蓝英年

"像宗教家一般的虔诚,像科学家一般的精密,像革命志士一般的刻苦顽强。"这是傅雷毕生对待翻译的态度。

一九五七年六月九日,傅雷先生在被划为右派分子的前夜,在《文艺报》上发表了《翻译经验点滴》。他在结尾处写道:"因为文学家是解剖社会的医生,挖掘灵魂的探险家,悲天悯人的宗教家,热情如沸的革命家;所以要做他的代言人,也得像宗教家一般的虔诚,像科学家一般的精密,像革命志士一般的刻苦顽强。"这段话当时给我的印象很深。这是傅雷毕生对待翻译的态度,所以他成了杰出的翻译家。现在的翻译界,几乎没有持傅雷这种态度的人,所以出不了他那样的翻译家。

影响译文质量的问题很多,本文只想谈谈翻译态度的问题。

我曾批评讨漓江出版社出版的《高尔基传:去掉伪装的高尔基及作家死亡之谜》。译者把斯大林的私人翻译别列日科夫译为苏共总书记勃列日涅夫,闹了个大笑话。笑话还不止一个,如把苏联著名作家索尔仁尼琴的小说《癌病房》译成《虾壳》。这说明译者缺乏起码的政治常识和文学知识,还表现出译者对待翻译的草率态度。只要翻一下工具书,如《俄语姓名译名手册》就不会把别列日科夫译成勃列日涅夫了。查阅一下苏联文学史,就知道苏联有个叫索尔仁尼琴的作家,写过一本《癌病房》,荣如德先生早已把它译成中文。举手之劳都嫌麻烦,何必译书呢。别列日科夫也并非无名之辈,二十世纪九十年代初,他的回忆录在俄罗斯报刊上发表,引起轰动,他也成为知名人物。今年,别列日科夫的回忆录译成中文,由海南出版社出版。友人送我一本,我晚上躺在床上看。看到85页,有句"其中有本豪华的插图本《杰卡麦隆》",我大吃一惊。"杰卡麦隆"是俄语《十日谈》的音译,读到这四个字,没人知道是

《十日谈》。译者就不能翻翻《俄汉详解大词典》？那上面就有正确的译法。再往下翻，又碰到"大使阿列山德拉·克罗塔伊"。克罗塔伊是何许人？原来译者把老布尔什维克亚历山得拉·柯伦泰译成阿列山德拉·克罗塔伊了。柯伦泰是列宁的战友，苏联的第一个女大使，在苏联名气还不小。译者如果查阅一下《苏联百科词典》，上面就有柯伦泰的条目。这位译者同样不肯花这点力气。最让我感到不解的是，译者竟把别墅音译为达恰。这个词可是所有俄汉词典都有的。我只随手举这两本相关的书为例，事实上，各种译本荒唐可笑的例子所在多有。

我想提出的问题是：译者是把翻译看作严肃的事业，还是当成追逐名利的手段？《钢铁是怎样炼成的》有几十个译本，都能超过梅益的译本？其中有没有根据别人译本拼凑出来的？今天还有没有人把翻译当成自己终生的事业？严肃认真的翻译家当然还有，但比起二十世纪四十年代、五十年代和六十年代，则少得多了。

这种状况的形成，不仅由于译者的浮躁、草率、见利忘义的态度，也同出版社的机制大有关系。出版社缺少懂外文的编辑，特别是懂小语种的编辑，约稿随意，编辑本人缺乏文史知识，看译稿粗枝大叶，发现不了错误。不懂外文的编辑往往不知翻译的甘苦，觉得翻译是件容易的事，把交稿期限限定得很短。这便促使译者赶译，造成更多的错误。这也可说是出版社对待翻译的态度。我二十世纪七十年代末为人民文学出版社译过书。是翻译家蒋路先生约我翻译库普林的小说。他把库普林三卷集和一本库普林传记送到我家，叫我选篇目。我选好篇目交给他，他看后说："《摩洛》和《冈布里努斯》要选，其他篇目你自己定。译完《冈布里努斯》我看看。"我译完《冈布里努斯》拿给他看，他看完退还给我，上面用铅笔改动了几个地方。他让我以后找姚民有先生，由姚民有先生对照原文看。这样细致的编辑工作，不仅能减少译文错误，对我也有很大的帮助。出版社应当是培养翻译的学校。可惜，当年人民文学出版社的这种良好机制现在已很少见了。

戴骢（1933— ），本名戴际安。江苏苏州人。上海文艺出版社、人民文学出版社上海分社编辑，《外国文艺》杂志编辑、编审。译著有《阿赫玛托娃诗选》、《哈扎尔辞典》、《金玫瑰》、《日出之前》、《克莱采奏鸣曲》、《蒲宁文集》（五卷，主编兼译者）、《贵族之家》、《罗亭》、《布尔加科夫文集》（四卷，主编兼译者）、《骑兵军》等。

译书三忌

——我的一点管见

屈指算来，已经是三十一年前的事了，那时我在某单位当俄语译员，与外人朝夕相处，自以为至少已粗通俄语。其时苏联文学作品已开始纷纷译成中文，我不免也跃跃欲试。恰好有朋友送我一册苏联儿童文学作家什瓦尔茨写的《一年级小学生》，我便花了近一年的业余时间，靠了本《露和辞典》将此书译出，投寄给出版社，以为出书是不在话下的。不料一个月不到，出版社就把我的译稿退还给我了，并附函告诉我，此书已有中译本，系由任溶溶同志翻译，建议我不妨一读，或许对我今后翻译文学作品会有所裨益，而我的译文目前离出版水平尚远云云。我当时少年气盛，不但没有体会到处理我这部译稿的编辑同志用心良苦，反而颇为反感。便去书店买了本任溶溶同志译的《一年级小学生》，一心想从中找出些岔子来，奉还给那位编辑同志。但是我在对照着自己的译文读毕任溶溶同志的译本后，不由得为之折服，并汗颜不禁。我非但对原文理解肤浅，误译之处很多，且中文表达之蹩脚，只能以八个字来形容之："佶屈聱牙，文理欠通"。

至此我方始领悟，文学翻译决非识得几个外国字，讲得几句外国话就能胜任的。要做一个好的译者必须既通晓外语，又精通本国语言，必须有一定的文学修养。这便是我在文学翻译的道路上蹒跚学步时从任溶溶同志的译本中所得到的启迪。因此多少年来，我一直视任溶溶同志为我的启蒙老师，尽管我直到很久之后才有幸和他相识。多少年来，我也一直感激那位编辑同志，因为他不但诚恳地、毫无保留地指出了我译文的驽拙，知识的谫陋，而且还向我指点了可以师事的人，使我得以在文学翻译的道路上走下去。

在多年的翻译实践中，不消说得，我曾遇到过许多挫折，也曾闹过不少笑话，从而得出了"译书三忌"的教训。其一是切忌不求甚解。作家可以写他所熟悉的生活，而避开他所不熟悉的东西。但译者却无此可能，他只能追随原作者之后，亦步亦趋。凡是原作者所写到的东西，他都必须了解，必须懂得。因此，即使知识面再广的译者也难免要遇到一些超乎他知识范围的东西，更何况像我这样马齿徒长而学识浅薄的人。我每译一本书，都痛感自己知识的不足。而且年纪越大，这种感觉就越强烈。

从事翻译之初，我每译一部作品，除通读全文外，往往不做什么准备工作，打开书来就译，只把功夫下在文字上。至于作品中所涉及的知识方面的问题，仅限于查阅查阅资料，解决一个个具体问题，而不力求从整体上去了解有关的知识。这种不求甚解的态度，往往使译文谬误层出。

例如，二十余年前，与一位同志合译苏联老作家维亚切斯拉夫·希什科夫的《普加乔夫》时，我的态度就是如此。这是一部获得一九四六年斯大林奖金一等奖的长篇历史小说，全书共分三卷，计一百七十余万字。就我所译的第一卷而言，亦有六十余万字，从一七五七年普加乔夫随俄军出征普鲁士写起，一直写到一七七二年九月普加乔夫在亚伊克起事为止。凡此十五年内的重大历史事件，诸如：七年战争、俄国女皇伊丽莎白病故、彼得三世即位、其妻叶卡捷琳娜弑夫篡位、俄土战争、莫斯科大鼠疫等等，该卷均有专门章节加以描述。这就要求译者对十八世纪俄国乃至欧洲的政治史、外交史、经济史、文化史、军事学、医学等等都有所了解。可是我当时却仅仅满足于遇到具体问题，查阅一下百科全书或专业字典，就事论事地加以解决，而不去作比较深入全面的研究。因此，一九八〇年，我应海峡出版社之约，修订该卷旧译时，就发现译文中不乏照字面死译、硬译的地方，连我自己也看不懂；另有一些地方，表面上看来似乎还算流畅，可实际上却把一些关键性的字眼"吃"掉了。其所以会如此归根结底都是因为知识不足之故。为此，我决定补此一课，阅读了俄、英、法、德、奥等国的通史及其他专业书籍。为了弄懂十八世纪中叶的军事学，我对照中俄两种译本，学习了《马克思恩格斯全集》第十四卷中所收的恩格斯的全部军事文章。于是，原来依样画葫芦翻译而不知其含意的词句，终于明白了它们的含意；原来误译或漏译的，也得到了纠正。不妨各举一例说明。

《晋加乔夫》一书中，有一章着重描绘了俄军与普鲁士国王腓特烈二世在措伦多夫村郊的那场激战。其中有一句子，原文为："В девять часов утра 14 августа Фридрих излюбленным своим косым ударом напал на правое крыло русской армии..."由于我当时对十八世纪中叶的军事学一无所知，便将这句句子照字面译作："八月十四日晨九时，腓特烈以其惯用的斜形攻击法进攻俄军右翼。"但原文何以要用свой（自己的）这个词呢，却不甚了了。在学习了恩格斯的《步兵》一文后，方知"斜形攻击法"虽早在公元前三百多年即已由古希腊统帅埃帕米农达斯发明，但运用于线式战斗队形却始于腓特烈二世，因此原文中用свой这个字来形容正是要强调这一点。而我的旧译"其惯用的斜形攻击法"固然不能说是误译，却恰恰未把原文要强调的这层意思表达出来。为此，我将这句话改为"八月十四日晨九时，腓特烈施展其故伎，用他那套斜形攻击法进攻俄军右翼。"

也是在这一章，还有这么一句："Он сразу перепутал наши ряды, не стало ни фронта, ни линий..."我将其译作："他轻而易举就把我军的阵脚打得大乱，我军正面不再存在，散兵线全盘溃决。"把原意为"线"的линия一词衍译成"散兵线"，当时我自认为并非没有根据。我曾查阅专业字典，在линия这个词条内，仅линия цепи（散兵线）一个词组属战术用语，其余均为技术用语，显然不适用于本句。至于原文并无цепь这个词，我想或许是作者省略掉了罢。但是为什么линия要用复数呢？这我就无法用任何假设来加以解释了，于是一直存疑了二十年。直到我学习了《步兵》一文之后，才发现把линия一词译作"散兵线"是极其荒谬的，因为散兵线这种战斗队形是在书中所描写的那场激战之后三十八年，即一七九五年才在法国开始采用的。而在一七五八年，俄普两国激战时，双方军人都采用线式战斗队形，把军队编成两线。这线在俄文中就叫作линия，又因为是两条线所以用复数。二十年的误译，二十年的存疑，至此才迎刃而解。

不过，话又要说回来，较之科学研究，翻译中的疑难杂症毕竟容易解决得多，只要有细心的、耐心的求索精神就可以了。我在翻译犹太作家肖洛姆—阿莱汉姆的代表作《美纳汉—曼德尔》时就有此体会。

小说中有一个以做媒为业的人，在一本备忘录中记下了附近一带所有待婚男女的简历。其中有这么一句："诺桑·科腊赫先生……是学者约伊谢夫-伊茨露克的公子……因此也有学者头脑……研究屠格涅夫和达尔文……以及《Тихий омут》。"从这段文字中可以判断出《Тихий омут》是一本书的名字，而且，这本书既然与屠格涅夫和达尔文并列，想必是一部名著。译者有责任查证出此书出于谁的手笔，向读者作出交待，有责任把书名译得尽可能附合书的内容。为此，我去上海图书馆，翻阅了以 T 这个字母起首的俄文图书的全部书名卡，可是一无所获。然而书名卡中没有，只反映了馆藏的图书中没有此书的单行本，并不等于说馆藏的多卷集和全集中未收入此书。为此，我决定大海捞针，把《美纳汉—曼德尔》成书之前，即一九〇七年之前，从事写作的俄国作家的多卷集或全集一一借出查阅。结果终于在象征主义作家梅列日科夫斯基的多卷集中找到了这本书。这是一部文学评论集。通读了全书后，我根据书的内容，将书名译作《静静的深渊》，并做了一条简短的注释，交代了作者的姓名和书的性质。为了译一个书名，为了写一条不到三十字的注释，费去了好几个假日的时间，但我认为这是值得的。

我想，翻译既然不失为一门学问，译者就应当有严谨的治学态度，锲而不舍，尽可能地研究、了解、查证书中所涉及的各种问题，切忌不求甚解，更忌穿凿附会，随意漏译、衍译。这是我的第一点体会。

其二是切忌千人一面。我在学习翻译之初，总是置原作的风格于不顾，翻译任何作品时，都一味追求所谓译笔的优美、典雅，以为译得花里胡哨就属上乘。这就造成了两大恶果。一是不同年代、不同民族、不同笔法的作家的作品，经我一译，就看不出什么区别。都变成了同样一副面孔。原作者的风格荡然无存，存在的只有译者的"风格"。喧宾夺主，大概莫过于此了。另一恶果是原作中不同社会阶层、不同生活经历、不同文化修养、不同年龄、不同性别的人物，到了我笔下便失去了原有的不同，都改用同一个腔调讲话和思想，语言的性格化也不复存在。这样的译作，读者从中除了能了解到故事情节外，已无任何艺术享受可言了。我在二十世纪五十年代所译苏联老作家乌比特的长篇小说《新的源流》就是这样一个辞藻华丽而语言干瘪的下乘译本。在这个译本出版后的二十余年中，如果说我对文学翻译有所领悟的话，那就是终于认识到了表现原作风格是译者责无旁贷的义务。而要了解和掌握原作的风格，只有全面地研究原作者的创作。近年来，我翻译了肖洛姆—阿莱汉姆的《美纳汉—曼德尔》和蒲宁的数十篇小说。这是两位风格迥异的批判现实主义作家。前者是一位幽默大师，其作品虽无曲折离奇的情节，但语言滑稽突梯，发噱的插曲层出不穷，把对于旧俄的强烈愤慨寓于哈哈一笑之中。后者则被高尔基誉为"当代最优秀的修辞学家"，工于细腻的心理描写，其作品结构严谨，语言简洁、优美、锋利，写景玲珑剔透，孔穴明晰，几近于散文诗。

为了能使我的译本多少保持一点原作的风格，我于动笔翻译之前，用了相当多的时间通读了六卷集的《肖洛姆-阿莱汉姆选集》和九卷集的《蒲宁选集》中的二至八卷，以及评论家们论述他们创作的文章和书籍，终于领会和体味到了作者的用语习惯、表现方法和写作特色。

此外，作为一种辅助手段，我还对照原文阅读了这两位作家著作的中译本。蒲宁的作品已译成中文的只有零星几篇，且大都出版于解放之前。因此很难从前人的译本中得到借鉴。但肖洛姆—阿莱汉姆的作品则不然，其主要作品如《卖牛奶的台维》《莫吐尔》《从市集上来》《钟敲十三下》等都已有了中译本，对照阅读，得益匪浅，特别是汤真同志译的《卖牛奶的台维》，译笔流畅，语言生动，相当成功地表达了原作中人物语言性格化的特色，给了我很大启示，使我在译《美纳汉-曼德尔》的过程中得到了借助。

在译这两位作家的作品时，就主观上来说，我是努力矫正过去的那种不顾原作风格，但求译笔优美的不可取的翻译方法的。凡原作粗犷的地方，我不去用典雅的词句；凡原作质朴的地方，我不去用华丽的辞藻；凡原作含而不露的地方，我不去过甚其辞。但客观效果如何呢？我的译本是否已一扫千人一面的那种匠气？我不敢肯定，这要由读者来作出评价。反正我已懂得了千人一面是文学翻译中的大忌。如果天公假我以岁月，我还能再译几部书的话，我将尽力夫表现原作的风格。这是我的第二点体会。

其三是切忌出了事。一部作品，由翻译至出版，译者大都要翻来覆去地精读或修订译文达三四次乃至五六次之多。不知别的同行如何，反正我经过这番"折腾"后，对自己的译文已经生厌，毫无敝帚自珍的感情了。出书之后，除欣赏欣赏封面装帧外，再无兴趣去看译文。

可是有一回，闲坐无事，信手拿过一本旧译来翻阅，那是苏联女诗人英贝尔的创作谈《灵感与技巧》。我发现有好几处地方，如果现在译的话，可能会好些。自此我便养成了一个习惯，每隔一段时间，便翻阅一下旧译，随手把应当改进的地方径自记在书中。

一个人只要不停止学习和实践，其知识和修养总会随着时间的推移而逐步深化。昨天不可能掌握的事物，今天或许就有可能掌握了。从事文学翻译的人自然也不例外。出书之后，不论再版与否，每隔一段时间，抱着批判的态度，翻阅并修订一下自己的译文，据我的体会，对于提高翻译水平和译文质量是大有好处的。

例如，我译的蒲宁的短篇小说《从旧金山来的先生》在《百花洲》杂志创刊号（1979年第一期）上发表后，我曾多次通读译文，每次都发现一些可以改进的地方，有一次还纠正了一处误译。一九八〇年，又作了次校订，改正了一些不当之处，将此文收入了我所译的《蒲宁短篇小说集》中。一九八一年，这本小说集出版后，我偶然在一位苏联作家的随笔中，看到了一则故事，说是古希腊神话中讲，有两个魔鬼分别居住在海峡的山崖上，危害来往的航海人。这则故事正好解决了我在翻译和修订《从旧金山来的先生》一文时百思不得其解的一个问题。那篇小说里边有这么一句句子："在漫天大雪中，那个从直布罗陀的悬崖上，从这扇隔开两个世界的石门上监视着邮船驶入黑夜和风雪中的魔鬼，好不容易才依稀看到了船上那无数像眼睛一般的灯火。魔鬼是个庞然大物，犹如一座峭壁，然而这艘邮船也是个庞然大物……"何谓直布罗陀海峡上的魔鬼？这句句子要说明的又是什么？我当时曾查阅了有关直布罗陀海峡的地理书、历史书、圣经辞典以及有关神话的专门书籍，都得不到解答。我也查阅了该文的英文权威译本。这个译本也只是直译为魔鬼而未做任何注释。在这种情况下，我也只好效法权威，直译了之，但疑问仍悬于心底。

此次偶然发现了海峡上的魔鬼的出典，自然喜不自胜。正好《蒲宁短篇小说集》要再版，我便借此机会，加了一条注释。我想，加上这条注释后，多少提高了此书的译文质量。如果把翻译称之为"再创造"并不为过，那么一个译本对于译者来说，在某种程度上，也可比喻为子女。子女呱呱落地之后，做父母的决不会撒手不管，相反是时时刻刻地关怀着他们。同样，译本问世之后，译者也应当时时刻刻地关怀它，努力去提高它的质量。这便是我的第三点体会。

上述三点体会，都是关于翻译技巧和翻译态度的，纯属小而焉者的枝节问题。对于一个文学翻译工作者来说，更重要的自然不是怎么译，而是译什么。然而像译什么这样的重大原则问题，已不是本人和本文所能谈的了。

玫瑰乎？蔷薇乎？

戴骢

什么年月过什么节。幼时最巴望过的节日是中秋和除夕。在我家乡苏州有中秋夜焚香拜月的习俗。香斗由一支香盘成，其状似盘，大小如茶几面，是夜焚香庭中，但见月色溶溶，树影婆娑，一炷清烟，由桂花香相送，袅袅而上，由细变粗，渐渐消融于月光之中。此情此景，至老难忘。至于除夕就更有一番景致了：挂喜神、祭祖、送灶、接灶、守岁、辞岁、献三牲等等，忙得不亦乐乎，而孩子最高兴的则是可以拿到压岁钱、拜年钱，哪怕磕头如捣蒜也心甘情愿。推翻旧社会后，有两个节日最叫人感兴趣，一是国庆，一是春节。国庆佳节，白天看游行，浩浩荡荡，蔚为壮观，建设成就一览无遗。晚上观焰火，只见稍纵即逝的烟火把夜空打点得绚烂多彩，真正是火树银花，尽收眼底。到了春节又有口福可享。不但平日配给的东西，诸如糖、油、肉等的定量都可增加几两，而且每户还可购一只家禽，一尾鱼，甚至半斤阔别已久的花生米。自打与国际接轨以来，市场名副其实地繁荣了起来，无须再为菜篮子烦心了，于是在节日这件事上，不少人便移情于儿童节和情人节。情人节不仅是情人的节日，更是花主的大喜日子，尤其是在花卉市场尚未像今天这样发育成熟的时候。是日玫瑰的价格扶摇直上，仍供不应求。据说：傍晚花店玫瑰售罄，从二道贩子手里买，一束竟有讨价数十元的！但仍有主儿愿买，以便献给情人，表示自己爱情之强烈。

不惟国人如此，据常居国外的朋友告诉我，外国男士追求女士也是以送玫瑰来表白爱意的。可见已约定俗成，玫瑰乃是象征爱情和预兆幸福的花朵。

虽说玫瑰属蔷薇科，但在中文里，一如在花店里，玫瑰是玫瑰，蔷薇是蔷薇，不会混同。可是换了外文，如不用植物学的正式学名称呼之，就难说了。鄙人略谙俄语。在俄语中，Роза一词就既可作玫瑰解，也可作蔷薇解。据译界一位通数国语言的方家告诉我，在英、法、德等西欧国家语言中也是如此。所以将此字译成中文，就不免智者见智，仁者见仁，例如十三世纪法国寓言长诗《玫瑰传奇》，在我国也有译作《蔷薇传奇》的。十五世纪中叶，英国爆发了一场长达三十年的"玫瑰战争"，可也有史书译作"蔷薇战争"的，而波斯诗人萨迪的故事诗集《蔷薇园》，则有译作《玫瑰园》的。

苏联作家帕乌斯托夫斯基有一部著名的散文集《Золотая роза》，李时先生将其译成中文，取名《金蔷薇》，出版于五十年代后期，在我国读书界产生了广泛而又深远的影响。

一九八二年，即帕乌斯托夫斯基辞世前四年，他对这部散文集作了最终的修订，收入苏联文学艺术出版社出版的他的九卷本文集。我一向喜爱这部著述。见文集本对单行本作了增删，不禁技痒，决意重译。于是一个难题便摆在我面前，书名究竟译金蔷薇还是金玫瑰？

有朋友劝我，还是沿用旧译书名《金蔷薇》为好，因为《金蔷薇》这个名字在我国读书界已相当有名气了，就像鲁迅先生所翻译的果戈理那部巨著《死魂灵》几乎尽人皆知，然而这个书名的译法是值得商榷的，因为"魂灵"在这里其实为"农奴"之误。原文这个词既作灵魂解，亦作农奴解。"后来者重译此书时，将书名译作《死农奴》。译得固然贴切，可是读者会认同吗？人们早就习惯于《死魂灵》这个书名了，可说到了耳熟能详的地步，而《死农奴》为何物却知之甚少。所以我如果把帕乌斯托夫斯基这么好的一部作品的书名译作《金玫瑰》，怕会在书店的书架上备受冷落。

朋友的这番话不无道理。然而我思之再三，决意舍《金蔷薇》而取《金玫瑰》。这要从两个方面讲起。

第一，帕乌斯托夫斯基素来注重给作品起名。他认为书名能起到画龙点睛的作用，好的书名寥寥数字就概括了全书的主旨。就在《金玫瑰》这本书中，他讲："给作品取名，真是一桩经常叫人大伤脑筋的事！给作品取名，是一种特殊的才能。有些人作品写得挺好，可就是不善于给自己的作品取名。有些人则相反。"帕乌斯托夫斯基就是这样一位相反的作家，而我作为他的译者，我应当尽力用贴切的中文来表现他为作品所题的名字。

其次，散文集的第一篇《珍贵的尘土》用抒情的笔触开宗明义地阐明了作者何以要取此书名。这篇散文讲巴黎一名一贫如洗的清扫工默默地爱着一名与他身份悬殊、年龄悬殊的名叫苏珊娜的少女。这是一种超乎情爱的至诚至真之爱。他每天把银坊中打扫出来的浮尘装进麻袋背回家去，从中筛洗工匠打首饰时锉落下来的些许金粉，日积月累，终于铸成一块金锭，用来打了一朵金玫瑰。他要把这朵象征幸福和爱情之花送给那位少妇。不料她已在一年前离开巴黎去了美国,再也不回来了。清扫工受不了这个打击,没几天便郁郁而终。

他留在人间的这朵玫瑰是极其精致的。花朵旁边还有根细枝,枝条上有一朵尖形的小巧的蓓蕾。一位清贫的文学家得知这朵玫瑰花的历史后,倾其所有买下了这朵花,他在札记中深有感触地说:"每一分钟,每一个在无意中说出来的字眼,每一个无心的流盼,每一个深刻或者戏谑的想法,人的心脏的每一次觉察不到的搏动,一如杨树的飞絮或者夜间映在水洼中的星光——无不都是一粒粒金粉。我们,文学家们,以数十年的时间筛取着数以百计的这种微尘,不知不觉地把它们聚集拢来,熔成合金,然后将其锻造成我们的'金玫瑰'——中篇小说、长篇小说或者长诗……这位老清扫工怀着深邃的爱,所铸成的金玫瑰是用于祝愿苏珊娜幸福的,而我们的创作则是用于美化大地,用于号召人们为幸福、欢乐和自由而进行斗争,用于开阔人们的心灵,用于使理智的力量战胜黑暗,并像不落的太阳一般光芒四射。"

《珍贵的尘土》结尾这席话,匠心所在,寓意所在是不言而喻的,那便是:文学家应对文学事业、对人民怀有深厚的爱。这是帕乌斯托夫斯基这部散文集的主旨。所以我的译本便将书名译作《金玫瑰》。

丁鲁（1934— ），湖南益阳人。湖南科技大学人文学院教授。1960年毕业于北京大学俄语系。长期研究中国白话诗歌的格律形式问题，主要以诗歌翻译作为实践，出版专著《中国新诗格律问题》，主要译著有：《叶甫盖尼·奥涅金》《涅克拉索夫诗选》《叶赛宁抒情诗选》等。

诗歌是否可译

朋友们对诗歌翻译感兴趣，我就先来谈谈对翻译的想法。不是老王卖瓜，而是抛砖引玉。

有些问题本来应该放在前面谈，比如：什么是诗歌翻译的第一语言，为什么社会舆论应该承认诗歌译者是诗人，而诗歌译者也应该用诗人的高标准要求自己，为什么不能把诗歌译文直接指认为原作。但这些在别的文章里已经说过，这里就只提上一句，不再谈了。

提到译诗，首先遇到的疑问就是诗是否可译，这里也有朋友提出来了。所以我们就从这个问题议起吧。

一、问题的提起

"诗歌不可译！"——这种说法起源很早，从但丁开始，至今时有所闻。有的论者对所有诗歌作品一股脑儿提出不可译，还有些诗人认为他们自己的作品无法翻译。

可是与他们的主张相反，实际情况却是诗歌年年在译，每个民族、每个国家都在译。在国外，因译诗获奖者有之，被评价为可与原作媲美者有之，有的甚至被评价为超越原作。不过这个"超越论"也遭到非议，认为"超越"也是对原作的不忠实。这也确有其道理。

究竟是哪些因素使这么多人认为诗歌的翻译标准高不可攀？我们不妨看看"不可翻译诗歌作品"这一观点的提出者但丁的话。

他说："……为了谐和而建筑在诗歌的音韵原理之上的任何东西，如果不破坏它整个的谐和优美，就不可能把它从一国语文译为另一国语文。"

很明显，这里指的是"音"和"意"二者的关系。在原作中，它们的关系是和谐统一的；要翻译，必然会破坏这种美。（比如说，原文押了韵，简单地译成别的语言之后却没有韵了。）破坏之后能不能用另一种语言来重建这种美？重建之后如果和原作有一些小的差异，能否得到承认？——但丁的答案是否定的。

二、译诗是一种再创造

世界上没有两片完全相同的树叶。译文和原文使用的语种不同，怎么能绝对一样呢！问题在于采用什么样的标准去衡量它。如果说，译文和原文的差别不超过某种限度就可以算翻译而不算改写，而这个标准又有可能达到，当然就是可译的；如果预期的标准不能达到，那就是不可译了。

我们相信诗歌可译，就是相信有可能在另一种语言中重建这种音美、意美的统一。

但这种重建并不是依样画葫芦地重复原作，在另一种语言中也不可能做这种绝对的重复。因为通过翻译，原作中美的因素，总会要有所丢失。

我们的任务，不是被动地防止这种丢失，而是主动地调动另一种语言中美的因素，来重建或大体上重现原诗的风貌。而这种设想是完全可以做到的。

这就是说，诗歌的翻译和诗歌的创作一样具有创造性的品质。而诗歌翻译的创造性或创新性，又不能脱离原作；这就决定了它的创造性与诗歌创作的创造性有某种不同——是根据原作来创造，是用另一语种对原作进行又一次创造。这就是我们所说的"再创造"。

在我国，对"再创造"曾经有过很多非议，一些人认为"再创造"似乎就意味着脱离原文胡来。其实这不过是一种误解。

如果我们承认没有创造就没有诗歌，那么也应该承认，没有再创造，就没有诗歌翻译。

搞诗歌，搞诗歌翻译，却怕提"创造"，叫人困惑。——既然怕提"创造"，还搞什么诗歌和诗歌翻译？

三、难点在于诗歌形式的传达

诗歌翻译是否应该考虑原作的诗歌形式？用中国的白话（现代汉语）来翻译外国格律诗是否也要采用中国白话的格律诗体？在这方面，一直是有不同看法的。在有些人看来，采用格律诗体来翻译外国格律诗，可以说是多此一举。我们的看法刚好相反，认为以格律诗译格律诗才叫名正言顺；以自由诗来译格律诗，倒恰恰是"少此一举"。

不错，以自由诗或半格律诗译格律诗的例子很多，也不是没有好的或比较好的译文，不能绝对否定。但这种翻译毕竟隔了一层。话就怕反过来说：如果有人硬要用白话格律诗甚至古典诗歌的形式来译《草叶集》，恐怕许多人就会认为这不是单纯的形式问题了。既然以自由诗译自由诗是名正言顺的，以格律诗译格律诗为什么就不能理直气壮呢？

用自由诗体来翻译外国格律诗作品，副作用很多。像马雅可夫斯基这样在格律上力求标新立异的诗人在中国之所以被当作自由诗人，就是译文误导的结果。这一切的原因，就在于社会上对译者不认真研究原作和不认真研究诗歌基本理论的现象采取容忍态度。所以，用中国白话诗中的格律诗体来译外国格律诗，理所当然地要被认为是第一选择。

如果外国格律诗不必用本国的格律诗来翻译，"诗歌是否可译"的问题就不会出现、或者至少不会有多么严重，外国格律诗的翻译标准就会和散文没有太大的差别，而与此有关的一系列问题也就完全不同了。由此可见，格律诗的翻译，确实和小说、剧本等散文体作品的翻译有很大的不同，甚至可以说是质的不同。

至于格律诗的内容，虽然也有可译不可译的问题，占的比重却不是那么大。试看自由诗的翻译，就没有那么多复杂的问题。

四、汉语是最好的译诗工具之一

现代汉语除了有声调之外，还有音节结构整齐、语汇丰富、语法灵活等特点，因而富于音乐性；使用音节又非常节约，可以留下更多的空间给译者支配。应该说，这是一种最宜于用来译诗的语言。所以西洋格律诗的中文译文，往往可以做到既相当准确地传达了原作的词句，又相当准确地传达了原作的诗歌形式；诗歌不可译论在中国也就比较不容易听到。

反之，正由于汉语可以相当准确地传达原作的词句，倒是助长了社会上要求逐字翻译的倾向；而对诗歌形式和声音美的要求，相对来说就降低了。

其实，诗歌是否可译的问题需要根据具体情况来具体认识，不可能对所有语种、所有诗人的所有作品作出一个完全相同的结论。

从整体来看，诗歌应该说是可译的，又是难译的。某些语种、某些诗人，难度可能更大。具体到某些作品，也许至今没有找到优秀的方案；但在某些时候，即使是难译的诗人和难译的作品，也许碰巧却解决得很好。机遇的因素确实是存在的。

如此说来，我们对诗歌不可译论大体上采取否定态度，应该不会有太大的问题吧？不知道我把自己的想法说清楚了没有？

在诗歌翻译中使用单韵的体会

丁鲁

诗歌形式谈的是诗歌的音的方面。一种语言的特点，特别是语音特点，对诗歌形式是会产生决定性影响的。

汉语是元音占优势的、有声调的语言。响亮的音节和多变的声调，赋予汉语以旋律感（曲调感）。因此中国诗歌特别重韵。在对白话格律，特别是对节奏问题还没有统一看法的情况下，中国人的押韵意识却特别强烈，不少人（包括诗人艾青和何其芳）甚至认为自由诗也可以押韵。在研究诗歌翻译的时候，我们就有必要对韵进行更多讨论。由于韵部已经有了公认的标准即"十三辙"，讨论的重点就在于韵式。

一、单韵和复韵

中国古典诗歌用的是单韵。这种韵式只用一个韵，而以非韵句作为调剂。以绝句为例，首句不起韵者，如王之涣的《登鹳雀楼》：

白日依山尽，（非韵句）　X
黄河入海流。（韵　句）　A
欲穷千里目，（非韵句）　X
更上一层楼。（韵　句）　A

首句起韵者，如贺知章的《咏柳》：

碧玉妆成一树高，（韵　句）　A

万条垂下绿丝绦。（韵　句）　A
不知细叶谁裁出，（非韵句）　X
二月春风似剪刀。（韵　句）　A

西洋诗却是用的复韵。这种韵式同时使用两个或两个以上的韵。以四行一节的诗节为例，就有三种不同的配置：

第一、三行押韵，第二、四行押韵，叫作交韵（ABAB）。

第一、四行押韵，第二、三行押韵，叫作抱韵（ABBA）。

第一、二行押韵，第三、四行押韵，叫作随韵（AABB），实际上等于两个两行的诗节（二行＋二行）。

"五四"以来的中国人，在翻译中往往就套用这种西方韵式，甚至在自己的创作中也使用这种韵式。我不反对别人在翻译中使用复韵。不过，有些译者或论者认为只有套用西洋韵式才是忠实于原文，这也不见得。西方人翻译中国诗歌，套用中国韵式的就不多，大部分人还是改用西方的复韵。人家可以这样做，我们为什么不可以试验使用自己民族传统的单韵呢？

不同的译诗方法，是应该百花齐放的，目的是为了建设我们自己的诗歌。至于在创作中使用复韵，做得好的当然不应该反对；不过就目前来看，这件事还是有一定的难度。我自己不仅在创作中使用中国传统的单韵，而且在翻译中也是坚持试验单韵的。下面说说我的理由：

二、中国古典诗歌的韵

诗歌的特点，是由语言的特点决定的。汉语是一种元音占优势的、有声调的语言。复杂的韵母，使音节的形态变得丰富多样；而不同声调的音节，又可以代表不同的意思。这样，汉语使用音节就非常节约，语言的音节结构也非常整齐。这一切，都使汉语成了一种富于音乐性的语言。中国古典诗歌重视韵，特别是重视韵调，以致由重视韵调发展出平仄句式，原因就在于此。

印欧语的单词却长短不一，诗行末尾往往不整齐，相差一两个非重音音节是常有的事。因此西洋诗只能采用复韵，重音结尾的诗行和重音结尾的诗行押，非重音结尾的诗行和非重音结尾的诗行押。

由于重视声调，中国的诗韵和词韵，都是先分声调再分韵部的，到曲韵才变为先分韵再分调。所以，两个字即使韵母相同，如果声调不一样，在诗词中是不能算同一韵，也不能彼此押韵的。（曲韵有些不同的做法。）以近体诗为例，像韩愈的绝句《早春呈水部张十八员外》：

　　天街小雨润如酥，
　　草色遥看近却无。
　　最是一年春好处，
　　绝胜烟柳满皇都。

　　这四句的尾字似乎都是 u 韵，实际上只有一、二、四句互相押韵，第三句没有韵；因为这首诗押的是平声韵，而"处"字是仄声（去声），不能算韵字。
　　除了韵句强调同调相押之外，对于八句的律诗来说，非韵句的尾字却强调声调的不同。如果非韵句的尾字声调一样，就要算是毛病，有一个专门的名字叫作"上尾"。王力先生在《汉语诗律学》第一章第十一节中说到："邻近的两个出句句脚声调相同，是小病；三个相同是大病；如果四个相同，或首句入韵而其余三个出句句脚声调都相同，就是最严重的上尾。"
　　如刘长卿的《寻洪尊师不遇》：

　　古木无人地，（去）来寻羽客家。
　　道书堆玉案，（去）仙帔叠青霞。
　　鹤老难知岁，（去）梅寒未作花。
　　山中不相见，（去）何处化丹砂。

　　绝句只有四句，首句起韵的，单句不可能有同调的情况；首句不起韵的，一、三两句同调算不算毛病，他没有说。不过从作品来看，似乎并不避讳，有的甚至既同调又同韵。比如王维的《鹿柴》：

　　空山不见人，（平）但闻人语响。
　　返景入深林，（平）复照青苔上。

　　这里的单句字不光同调，而且同韵，和西洋诗的交韵完全相同。但这不是特意这样押韵的，只能说是偶尔碰上。

三、我在翻译中为什么改用单韵

　　像押韵这类具体问题，是要大家动手实践，集思广益，才能解决的。这里说的只是我个人的体会，并非否定其他处理方式。

我首先发现，韵调相同或相近，声音就和谐；否则就不容易和谐。后来试验模仿西洋的交韵（ABAB）。发现如果两个 B 韵的调不和谐，等于没有押韵。至于 A 韵，和谐了有时候显得有点烦人（类似上面讲的"上尾"的毛病）。不过这并非定论。由以上王维《鹿柴》可以看出，古人处理这种情况还是用的比较宽松的标准。如果两个 A 韵声调不和谐，那就等于一、三行不押韵，和 XBXB 没有两样。

可见，西洋诗复韵的产生，与诗行的长短及诗行末尾重音位置的不同有很大关系。中国民歌里就有类似情况。比如西北民歌里有一种受少数民族影响的形式，用的是交韵，举例如下：

千层　牡丹　石榴　花，　　A
刺玫花　把我的　手扎；　　B
千思　万想　丢不　下，　　A
硬上个　心肠了　走吧。　　B

这种西北民歌单句四拍，一字结尾，双句三拍，二字结尾。它的句子长度不齐，尾拍字数不等，单字结尾的诗句一般形成阳韵，双字结尾的诗句很容易形成阴韵，出现复韵就很自然。可是在西洋诗的翻译中大量使用单字结尾的句子是不容易做到的。因此我觉得要复制交韵很难。勉强做了，效果不一定理想。

至于抱韵，白话诗中也有像以下这样的例子：

这几天秋风来得格外尖厉：　　A
我怕看我们的庭院，　　B
树叶伤鸟似的猛旋，　　B
中着了无形的利箭——　　B
没了，全没了：生命，颜色，美丽！　　A

徐志摩：《为谁》

这里也使用了长度不同的诗行。而这种结构，也是不容易经常出现的。

因此，我在诗歌翻译中长期坚持使用 XAXA 或者 AAXA 的单韵。

下面是 XAXA 的例子，这是叶赛宁的一首无题诗中的一节：

原文:
Белая береза
Под моим окном
Принакрылась снегом,
Точно серебром.

译文:
有一株白桦,(非韵,去)
立在我窗旁,(韵,平)
覆盖着积雪,(非韵,上)
像披着银霜。(韵,平)

下面是 AAXA 的例子,这是丘特切夫《涅瓦河上》中的一节。

原文:
И опять звезда ныряет
В легкой зыби невских волн,
И опять любовь вверяет
Ей таинственный свой челн.

译文:
星光又在轻波上跳荡,(起韵,去)
跳荡在宽阔的涅瓦河上,(韵,去)
爱情又把它神秘的小船(非韵,平)
托付给涅瓦河中的波浪。(韵,去)

四、换韵和换调

近体诗只有四句或八句,又是一韵到底,大体上只相当于西洋诗的一个诗节。因此,要研究诗节和诗节之间的连接,还要对其他体例做一番考察。

古风中换韵的作品,并没有几句一换的限制。不过唐代有些古风作品受到近体诗影响,采用了四句一换韵的形式。王力先生《汉语诗律学》第二章二十六节对此就有详细叙述。他说：

> 典型的新式古风须具备三个条件：（一）平仄多数入律；（二）四句一换韵；（三）平仄韵递用。[1]

从以上三点看，这种新式古风就类似绝句的叠加。而绝句的首句有起韵和不起韵两类。起韵，就是在新韵到来之前，第一句不用非韵句而改用韵句，对新韵预作提醒。所以凡是首句起韵的，不管韵调是不是变换，全诗的连接都很顺利。张若虚的《春江花月夜》就是例子：

春江潮水连海平，　　A
海上明月共潮生。　　A
滟滟随波千万里，　　X
何处春江无月明！　　A
江流宛转绕芳甸，　　B
月照花林皆似霰。　　B
空里流霜不觉飞，　　X
汀上白沙看不见。　　B
江天一色无纤尘，　　C
皎皎空中孤月轮。　　C
江畔何人初见月？　　X
江月何年初照人？　　C
……

这首诗换韵的时候，有不换韵调的，也有换韵调的。由于换韵处的首句起韵，所以不论换不换韵调，念起来都很流畅而不显得突兀。（不过，《春江花月夜》后面有几处换韵时没有换韵调，不符合平仄韵递用的原则。）

如果古体诗换韵时首句不起韵，这个非韵句的尾字用什么声调，在实际作品中并没有统一规定。下面举一个要求比较严格的例子——李白的《经下邳圯桥怀张子房》。这首诗换韵两次，平仄韵递用，而每韵的首句又不起韵（也就是一律用 X N X N 韵式——N 代表任一韵）。我们看看它是怎样安排尾字的声

---

[1] 王力：《汉语诗律学》，上海教育出版社 1979 年新 2 版，第 353 页。

调吧：

> 子房未虎啸，（非韵，仄）　　X 1
> 破产不为家。（韵，平）　　　A
> 沧海得壮士，（非韵，仄）　　X 2
> 椎秦博浪沙。（韵，平）　　　A
> 报韩虽不成，（非韵，平）　　X 3
> 天地皆振动。（韵，仄）　　　B
> 潜匿游下邳，（非韵，平）　　X 4
> 岂曰非智勇。（韵，仄）　　　B
> 我来圯桥上，（非韵，仄）　　X 5
> 怀古钦英风。（韵，平）　　　C
> 唯见碧流水，（非韵，仄）　　X 6
> 曾无黄石公。（韵，平）　　　C
> 叹息此人去，（非韵，仄）　　X 7
> 萧条徐泗空！（韵，平）　　　C

这可以说是一首中国式的十四行诗（4句＋4句＋6句）。这首诗除平仄韵递用之外，各韵的首句又都不起韵，是很容易显得零乱的。克服的办法，就是在非韵句末尾，特别是在换韵时的首句（非韵句）末尾，采用和韵调（B，C）不同平仄的字（X 4，X 5），来对韵作衬托，像是提示韵的到来。同时，它和前一韵的平仄相同，又有利于加强各韵之间的联系，起到"黏"的作用。

在新诗作品中，闻一多的《死水》一诗，就吸收了以上韵法的特点。请看：

这是一沟绝望的死水，（非韵，上）
清风吹不起半点漪沦。（韵，平）
不如多扔些破铜烂铁，（非韵，上）
爽性泼你的剩菜残羹。[1]（韵，平）

也许铜的要绿成翡翠，（非韵，去）
铁罐上锈出几瓣桃花，（韵，平）

---

[1] "沦－羹"—— en，eng 通押。

再让油腻织一层罗绮,(非韵,上)
霉菌给他蒸出些云霞。(韵,平)

让死水酵成一沟绿酒,(非韵,上)
飘满了珍珠似的白沫;(韵,去)
小珠笑一声变成大珠,(非韵,平)
又被偷酒的花蚊咬破。(韵,去)

那么一沟绝望的死水,(非韵,上)
也就夸得上几分鲜明。(韵,平)
如果青蛙耐不住寂寞,(非韵,去)
又算死水叫出了歌声。(韵,平)

这是一沟绝望的死水,(非韵,上)
这里断不是美的所在,(韵,去)
不如让给丑恶来开垦,(非韵,上)
看他造出个什么世界。[1](韵,去)

  这首诗的韵脚安排是非常考究的。首先,除了第一、二节使用平韵之外,其他各节都是平、仄韵递用。其次,由于每节诗都是用的ＸＮＸＮ韵式,首句没有起韵,所以非韵句末尾都用了和韵调不同平仄的字。
  由于对句末声调做了这样的安排,所以本诗显得一气呵成,丝毫没有零乱的感觉。加以各节经常变换韵调,各个非韵句末尾的声调(平、上、去)又极富于变化,再配上整齐而多变的节奏,使这首诗读来极为抑扬有致。
  作为格律新诗重要代表性作品的《死水》,它的节奏和结构特点常常被提到,韵却很少被提到;对西方的借鉴常常被提到,对传统的继承却很少被提到,甚至被贬低。其实,《死水》的韵脚配置就是不折不扣的民族形式,而且下了很大的功夫。比如它的非韵句的尾字,就像杜甫一样用了多种声调,充分体现出诗人深厚的古典诗歌修养。
  这又一次证明,在诗人风格的研究中,格律分析确实是一种有效的手段。
  自然,我们分析《死水》的韵调配置,并不是具体推广它押韵的办法,而

---

[1] "界"——按 ai 韵对待。

是为了弄清作者是怎样努力向民族传统学习的。

我自己在诗歌翻译和创作中，也一直在学习闻先生的这种办法，注意配置各诗节的韵调。比如我译的普希金的《给凯恩》：

原文：
Я помню чудное мгновенье:
Передо мной явилась ты,
Как мимолетное виденье,
Как гений чистой красоты.

В томленьях грусти безнадежной,
В тревогах шумной суеты,
Звучал мне долго голос нежный
В снились милые черты.

Шли годы. бурь порыв мятежный
Рассеял прежние мечты,
И я забыл твой голос нежный,
Твои небесные черты.

В глуши, во мраке заточенья
Тянулись тихо дни мои
Без божества, без вдохновенья,
Без слез, без жизни, без любви.

Душе настало пробужденье:
И вот опять явилась ты,
Как мимолетное виденье,
Как гений чистой красоты.

И сердце бьется в упоенье,
И для него воскресли вновь
И божество, и вдохновенье,

И жизнь, и слезы,и ллюбвь.

译文：
我记得那个美妙的瞬间：（起韵，平）
你突然出现在我的眼前，（韵，平）
好像转瞬即逝的梦幻，（非韵，去）
好像纯洁的美的天仙。（韵，平）

当绝望的忧郁使我伤神，（起韵，平）
当喧嚣的杂务令我烦心，（韵，平）
我又梦见你可爱的容貌，（非韵，去）
我久久听到你温柔的话音。（韵，平）

时日如飞，往昔的幻想（非韵，上）
被突然爆发的风雷驱散，（韵，去）
我已经忘掉你温柔的话音（非韵，平）
和你那恍若天人的美艳。（韵，去）

岁月啊，我那些幽囚的岁月——（非韵，去）
在穷乡僻壤，流逝无声，（韵，平）
没有心仪的女神和灵感，（非韵，上）
没有眼泪、生命和爱情。（韵，平）

我的灵魂又突然苏醒，（非韵，上）
你又在我的眼前出现，（韵，去）
好像纯洁的美的天仙，（非韵，平）
好像转瞬即逝的梦幻。（韵，去）

心儿又欣喜若狂地跳动，（非韵，去）
对于它——一切都已经复生，（韵，平）
有了心仪的女神和灵感，（非韵，上）
有了生命、眼泪和爱情。（韵，平）

这首诗的译文每节换韵；而且除第一、二节都用平韵之外，节与节之间都换了韵调。由于一、二节都用平韵，所以第二节的首句起韵，使韵的转换不显得突兀。以下各节之间都换韵调，就在每节首句的句尾使用与该节韵调不同的调，以提醒韵的到来。这就容易使全诗既有音乐感，又不显得杂乱。

以上只是我自己在译诗实践中的体会。不对的地方，希望专家和读者们多加批评。

2013 年 4 月 28 日

区分正字和衬字

——节奏处理的基础

丁鲁

在用现代汉语格律诗体来翻译西洋格律诗的时候,处理节奏是一个重要的问题。

自从闻一多先生提出格律诗的"三美",特别是"建筑美"以来,许多人只注意诗行字数的一致,却忘了他还说过"整齐的字句是调和的音节(按:指节奏单位安排)必然产生出来的现象"和"字数整齐了,音节不一定就会调和"。其实,从他以上的话就可以看出:为了达到节奏和谐的目的,他认为节奏单位的恰当安排是第一位的,相应产生的字数一致不过是第二位的。

闻先生是一个杰出的诗人,他本人在创作中可以把这个问题处理好;可是应该说,他的"建筑美",是对格律诗的一种过分要求。即使是就中国古典诗歌而言,他的这种要求也只适用于唐诗中的近体诗,对于古风就已经不适用,对于长短句的词,以及长短句而又带衬字的曲,就更没有概括力。如果只是用于律己,当然无可厚非;可是他的主张影响太深远了。

这种影响也涉及诗歌翻译界。有些诗歌译文,表面看,排列非常整齐;只要一念,就可以听出节奏安排得并不流畅,或者因为缺少必要的虚字而显得呆板。因此这里才不得不着重来研究有关的问题。

一、中国古典诗歌的两个节奏传统

两字一个节奏单位,是黄河流域中原文化的节奏遗产,体现在中国最早的诗歌总集《诗经》中。这部古老的诗集基本上采用四言句式,两字一拍。像《硕鼠》:

硕鼠　硕鼠，　无食　我黍！[1]

偶尔也有打破四言句式，增加一字的，比如《静女》：

静女　其姝，　俟我　于城隅。

所以，四言句式建基于一种相当单纯的节奏。

长江流域楚文化的节奏遗产却复杂得多。散发着浓郁浪漫主义气息的楚辞，采用的是一种多缀虚词的、跳荡的、具有混合形态的节奏，以及丰富多变的句式。如《离骚》：

帝<u>高阳</u>　之<u>苗裔</u>（兮），　朕<u>皇考</u>　曰<u>伯庸</u>。

用横线标出的，是一些节奏鲜明的字。

这里的虚字，"兮"是要重读的，其他则都很难说会要重读。可见从楚辞开始，虚字就可以分为重读和不重读两类。一直到当代民歌，虚字、衬字都有这两种情况。而且，单个字结尾的句式，从楚辞就开始有了。这个单个字（"兮"），要按两个字音长度计算。

楚辞的句型很丰富，常见的是前后两个"半句"形式相同，中间用"兮"（也就是"啊"）连接；至于"半句"本身的结构，形式就多了。最复杂的可以在《离骚》等作品中找到，像：

鸷鸟　之<u>不群</u>（兮），　自<u>前世</u>　而<u>固然</u>。
何<u>方圜</u>　之<u>能周</u>（兮），　夫<u>孰异道</u>　而<u>相安</u>？
<u>屈心</u>　而<u>抑志</u>（兮），　<u>忍尤</u>　而<u>攘诟</u>。
<u>伏清白</u>　以<u>死直</u>（兮），　<u>固前圣</u>　之<u>所厚</u>。

虽然这种句子表面上长短不一，可是如果去掉那些虚词，我们仍旧可以看出"两字一拍"的基本节奏模式。——这里所谓"字"，指的是"正字"而不是虚字、衬字。

---

[1] 这里用的是元曲的节奏表示法，即采用较小的字号来表示虚字（重读的"兮"除外）。

楚辞中的"半句"，有时由三个正字组成。《山鬼》和《国殇》就是这样：

若有人（兮）山之阿，
被薜荔（兮）带女萝。

（《山鬼》）

操吴戈（兮）被犀甲，
车错毂（兮）短兵接。

（《国殇》）

它们的节奏其实就是：

<u>若有</u>　<u>人兮</u>　<u>山之</u>　<u>阿</u>，

或者：

<u>若有</u>　<u>人</u>，　<u>山之</u>　<u>阿</u>，

因此，这种句式和后世的七言句、三三句就完全可以相通了。

这样，一般不用虚字、双收（双字结尾）的《诗经》节奏和大量使用虚字、主要是双收的楚辞句式互相影响，产生了不用衬字的单收（单字结尾）的五、七言句式。

后来发展到词，单收和双收又被作为一种韵律手段同时交错使用。

四言句和五、七言句都是双起（两字开头）。到词，又有了单起（一字开头）的句式。像《水龙吟》句：

<u>念征衣</u>　未捣，　佳人　拂杵，　<u>有盈盈</u>　泪。

（苏轼）

第一句单起双收，第三句单起单收；其中"念""有"都是单起字。（《水

龙吟》这个词牌的作品中，最后四个字也有双起双收的。）不过，五、七言诗和词都是不用衬字的，所以词的单起字不能算衬字。

自从古典诗歌的主流走向两字一拍的单收句式（五、七言句）之后，多缀虚词的楚辞节奏表面上似乎用得少了。其实这种节奏传统对后世诗歌的影响仍旧是十分深远的。

首先要提到的是：这种节奏经过改造之后，为各种骈体作品所继承。骈体作品从赋到对联，体例很多，时间跨度也大。它们的主要特点是讲究对仗（从义的字词到音的平仄都是这样）。其中的不同句式，可以从这种体例高度发展以后的王勃《滕王阁序》中找到：

[1] 台隍 [枕] 夷夏（之）交，
　　宾主 [尽] 东南（之）美。
[2] [望] 长安（于）日下，
　　[指] 吴会（于）云间。
[3] 闾阎　扑地，钟鸣　鼎食（之）家，
　　舸舰　迷津，青雀　黄龙（之）轴。
[4] 落霞 [与] 孤鹜　齐飞，
　　秋水 [共] 长天　一色。

方括中的字类似词中的单起字，一般是动词或者由动词变成的介词、连词，上下联不重复；圆括中的是虚字，上下联可以重复。

这两类都具有轻音音节的特点，后一类更是如此。在上下联中，这两类字的使用都用不着管它是平是仄。这是鉴定它们是不是正字的一个重要标志。

这种句子去掉虚词，也仍旧是"两字一个节奏单位"，和楚辞类似。这里所谓"字"，指的仍旧是"正字"。

对于这种句子，光算汉字数目是不够的。[1] 的七个字不同于 [4] 的七个字（也不同于律诗的七言句），[2] 的六个字不同于 [3] 的六个字。过去所谓"四六"之类说法，并不准确。

其次，楚辞节奏对中国诗歌最重要的影响是采用虚字、衬字和轻音音节。在民间诗歌中，衬字的使用似乎一直没有断过线。像敦煌无名氏的《忆江南》，就是一个例子：

天上　月，遥望　似一团　银。

其中的"似"字,就是衬字。

这里要提到:词和曲,都是入乐的,都是有曲子的。衬字是越出曲子的字;词和曲的一个重要区别,是词不用衬字而曲用衬字。而以上的例子,说明处于文学创作主流之外的民间诗歌,是经常使用衬字的。

到了元曲,衬字被大量使用。元曲的衬字没有严格的字数规定,一处衬字可以多至二十多字,一般是六七字。不过字数一多,就不会只有虚字,也会有一些实字;而且和原来句式的节奏规范也脱离了。所以我们不对它们多加讨论。而去掉衬字的曲文,也仍旧符合"两字(两个正字)一拍"的规则。

由以下例子可以看出,曲虽然要受音乐的限制,它们的衬字在文字方面却有很大的随意性:

青芽芽<u>柳条</u>,接绿<u>茸茸</u> <u>芳草</u>;绿<u>茸茸</u><u>芳草</u>,间碧<u>森森</u> <u>竹梢</u>;碧<u>森森</u>竹梢,接红<u>馥馥</u> <u>小桃</u>。娇滴滴<u>景物</u> <u>新</u>,笑吟吟<u>闲行</u> <u>乐</u>,一步步<u>扇面儿</u> <u>堪描</u>。

无名氏:《哪吒令》

像"(接绿)茸茸芳草",衬字甚至可以把词语切断。

不过在有的情况下,衬字却具有和现代汉语轻读音节相似的特征。像张养浩《沽美酒》:

<u>在官时只说</u> <u>闲</u>,<u>得闲也</u> <u>又思</u> <u>官</u>。
<u>直到</u> <u>叫人</u> <u>做样</u> <u>看</u>。
<u>从前的</u> <u>试观</u>、<u>那一个</u>[1] <u>不遇</u> <u>灾难</u>![2]

这就和白话格律诗的二字三字节奏完全可以相通了。可见白话格律诗最常见的二字三字节奏并不是凭空产生的。楚辞之后,元曲以及各种骈体作品的节奏,都已经越出了两字一拍的框框,为二字三字节奏的产生创造了条件。

在古典诗歌的发展过程中,音乐起了重要的作用。像词和曲,就根本不可能脱离音乐。但由于曲谱的失传,我们现在基本上只能脱离乐曲来研究这些

---

[1] "那"——就是"哪"。
[2] 这里用了白话格律诗的节奏分析办法,轻音音节没有往后划,而是往前划的。

"歌词"了。这是不能不提到的。

二、"正字"和轻音、半轻音音节

从以上叙述可以看出：中国格律诗的节奏单位计算，主要是与重读的字有关；一些不重读的虚字、衬字，可以一带而过。因此，区别这两类字，就成了一件很重要的事情。

可是恰好在这个问题上，我们碰到了一个多年留下的误区。

对于一些轻音、半轻音的字，曾经有过多种说法：

（一）谈到楚辞的时候，我们一般说它"多缀虚词"。"虚词"也就是"虚字"，因为当时主要使用单音词，一个词就是一个字。《诗经》中虚字虽然不多，但对节奏而言，作用和楚辞中的虚字近似。

（二）唐诗、宋词中一般不用轻音、半轻音音节的虚字，每个字（包括虚字）都是重读的。习惯上把这种重读的字叫作"言"。

（三）到元曲，出现"衬字"的说法。但如前所述，"衬字"是指越出曲谱的字，并非专指轻音、半轻音音节。

一到把各种骈体作品称为"杂言"和"四六"之类，事情就起了变化。因为这些作品中，往往是有轻音、半轻音音节的；一律按汉字数目称之为几"言"，就改变了"言"这个术语的意思，使之等同于一个"汉字"，不再管它是不是重读音节了。

"言"的乱用，是前人为我们留下的一个误区。即使是分析古典诗歌，我们也常常上它的当。比如楚辞，在有些论者看来，就是"杂言"。为什么它读起来节奏这么和谐呢？只要把轻音、半轻音音节摘出来，就可以看得很明显。例如：

　　余既<u>滋兰</u>　之九<u>畹</u>　兮，
　　又树<u>蕙</u>　之百亩。
　　畦<u>留夷</u>　与<u>揭车</u>　兮，
　　杂<u>杜衡</u>　与<u>芳芷</u>。

这里的虚字，除了"兮"之外，都是轻音、半轻音音节。摘掉轻音、半轻音音节，两字一个节奏单位的诗歌形式看得很清楚。

可见，轻音不是一般的所谓"言"。如果不明确这一条，我们今后将寸步难行，尤其是在研究白话格律诗的节奏时更是如此。

而"两字一拍，轻音另计"，就是我们处理白话格律诗节奏最简明的办法。

三、现代汉语格律诗中的轻音音节

中国古典诗歌采用吟诵的表达方式，所以轻音音节和半轻音音节一律往后划，像：

鸷鸟　之不群　（兮），自前世　而固然。

现代汉语产生了大量双音词以及一些三音节以上的词，语流速度加快，也不再采用吟诵的口头表达方式。因此轻音就不再往后靠，而是往前靠，成了前面一拍的尾部；而它们的意思，也是和前面的词语联系更紧密。比如：

这是　一沟　绝望的　死水，

至于以动词为代表的半轻音音节，就出现了复杂的情况。它们按意思看，是和后面的词语有关的；可是按节奏看，却同样是前面一拍的尾部。这时我们可以采取变通一点的办法，比如：

不如　让给　丑恶　来开垦，

这里的"来"字虽然按意思划到后面去了，按节奏却是前面一拍的尾部。我给了这种音节一个名字叫"拍前音节"。

四、诗歌翻译中怎样贯彻"两字一拍"的原则

下面我举一个例子来探讨一下这个问题。这里有俄罗斯诗人丘特切夫的一首无题诗，我是用四个节奏单位的诗行来译的。

原文：

Как неожиданно и ярко,

На влажной неба синеве,

Воздушная воздвиглась арка
В своем минутном торжестве,
Один конец в леса вонзила,
Другим за облака ушла,
Она полнеба обхватила
И в высоте изнемогла.

О, в этом радужном виденье
Какая нега для очей,
Оно дано нам на мгновенье,
Лови его - лови скорей,
Смотри - оно уже побледнело,
Еще минута, две - и что ж,
Ушло, как то уйдет всецело,
Чем ты и дышишь и живешь.

译文：

多么意外，多么鲜明，
在蓝天，透过濛濛的水气，
突然升起了一道虹桥，
像是在庆祝它短暂的胜利！
它把一头扎进了森林，
另一头远远地越过白云——
将半个天空揽在它怀里，
在高天变得缥缈难寻。

啊——瞧着这七彩的虹影，
我们的双眼是多么愉快！
我们能见到它只是一瞬间，
快盯住它呀——快！快！
你瞧——它已经越来越暗淡，
一分钟，两分钟——就消逝不见，

似乎 你赖以 呼吸 和生存的
一切，都已经 烟消 云散。

这里有一些值得研究的问题：

（一）字拍：念两个字的长度。比如第二节第一行的"啊"，第二节第四行的两个"快"，就都是。

（二）重重：这是单纯的两字拍。像第一行，就都是这种节奏单位。

（三）重轻：比如"像是"。这也可以算是一个两字拍，因为前一个字会念得长一些。(不过在本诗的第二行，"像是"二字实际上是和后面的拍前音节"在"念到一起去了，变成了"重轻轻"的三字拍。)

（四）重轻轻：像"都已经"。

（五）中轻重：像"另一头""越来越""一分钟""两分钟"。

这样看来，两个字音长度算一拍的计算标准，是可行的——不仅对于格律诗创作是如此，对于格律诗翻译也是如此。

2013 年 4 月 22 日

王守仁（1934—　　），山东乳山人。1962年毕业于苏联莫斯科大学。中国社科院外文所研究员。1961年开始发表作品。著有论文集《诗魂》，《苏联诗坛探幽》、《苏联文学史》(合作)，评传《天国之门》，传记《叶赛宁》，译著《一个陌生女人的来信》、《未列入名册》、《普希金抒情诗选》(合作)、《苏联抒情诗选》、《叶夫图申科诗选》、《普希金童话诗集》等，主编《普希金抒情诗全集》(四卷，合作)、《契诃夫短篇小说全集》(八卷，合作)。

叶赛宁与中国

在俄罗斯诗坛上，叶赛宁（1895—1925）是普希金之后最受读者喜爱的诗人之一。这位来自世世代代农民家庭的天才，被称为"最具俄罗斯民族特色"的诗人。他的家乡康斯坦丁诺沃村，早在苏联时期就已整个被划为国家级"文学保护区"，而"保护区"的重点则是"叶赛宁故居博物馆"。在俄罗斯，各大城市都矗立着叶赛宁塑像，他的肖像则被印在纪念邮票上和中学、大学课本里。而他的作品，如今已被结集七卷本广泛发行了。至于叶赛宁的人生和诗人形象，也早已拍摄成纪录影片和故事片。在俄罗斯，叶赛宁的名字可说家喻户晓，无人不知。他坎坷的一生，传奇的一生，在许多传记文学和文艺作品中得到了栩栩如生的艺术再现。他"剖开自己柔嫩的皮肉／用感情的热血去抚慰人心"的诗篇，成为"别具特色的抒情日记"……然而，在很长一段历史时期里，叶赛宁被视为"颓废诗人"的典型，被打入"另册"，他的作品则被禁锢于"冷宫"。直到二十世纪五十年代后半期，诗人才被恢复名誉，其闪烁异彩的诗作才被"重新挖掘",重见天日。从此,叶赛宁成为一颗耀眼的明星,成为二十世纪俄罗斯诗歌艺术的真正代表之一。此后兴起的"叶赛宁热"一直持续到今天。诗人的各种选集尽管一版再版,仍供不应求。有的叶赛宁诗集,如同普希金的作品,一印就是上百万册,而且当即销售一空。这种现象本身也表明了叶赛宁的诗歌地位,怪不得当代著名诗人沃兹涅先斯基感慨而自豪地说:"美国的强大在于电脑,俄罗斯的强大在于读者!"

叶赛宁的诗歌培养了一代又一代诗人,许多青年诗人从他的诗歌中汲取营养,受到启迪,从而形成二十世纪七八十年代颇具影响的"悄声细语"派抒情诗风。这种诗风至今不衰,在俄罗斯诗坛上仍保持着旺盛的势头。

叶赛宁的诗歌在世界范围内也产生了一定的影响,许多国家都有叶赛宁诗歌译本,例如前南斯拉夫就出版了两套不同版本的《叶赛宁诗歌全集》。早在诗人生前,英国和意大利,也分别于一九二二、一九二三年首次翻译介绍了叶赛宁的诗歌作品。这些国家几乎都是翻译与介绍同时进行,我国则是先介绍诗人,后翻译其作品。中国读者第一次听到叶赛宁的名字是通过愈之先生于一九二二年介绍十月革命后苏联文学的文章《俄国新文学的一斑》(《东方杂志》,第19卷第4册)。愈之先生在这篇文章中充分肯定了叶赛宁的诗剧《普加乔夫》的革命现实意义。从时间上看,这与最早介绍叶赛宁的欧洲国家是同步的。在东方,日本于一九二三年翻译出版了叶赛宁诗选的单行本。有迹象表明,当年鲁迅先生就是根据日文译本了解叶赛宁的。此后,一九二七至一九三〇年间,鲁迅先生曾在《革命文学》等文章和讲话中多次评介过叶赛宁。然而,鲁迅先生首先注重的是诗人对革命的态度,所以对仅仅是革命"同路人"的叶赛宁评价较低,指出他在革命现实面前的思想矛盾。联系到当时的革命现实,可想而知,鲁迅所推崇的是"立意在反抗,指归在动作"。因而叶赛宁的"纯"抒情只会使鲁迅先生感到遗憾。新中国成立后,由于受到苏联文艺界的影响,叶赛宁在我国某些人眼里,乃是"脱离革命"甚至"反革命"诗人。这无疑是历史性的误会和悲剧!

应当说,中国新文学是在外国文学尤其是俄罗斯文学的影响下发展壮大的。中国新诗的发展也深受西方诗歌,其中包括俄罗斯诗歌的影响。从审美的角度来看,我国广大读者是喜爱世界上一切国家的诗歌珍品的。而如果让一位诗歌爱好者列举自己最喜欢的外国诗人的名字时,那么,即使是在今天,他所举出的三个诗人之中恐怕至少会有一位是俄罗斯诗人。俄罗斯诗歌如此深入我国读者之心,是与二十世纪以来我国几代人在翻译介绍方面的历史功绩分不开的。继愈之先生之后,我国革命诗人蒋光慈于一九二八年翻译了叶赛宁的诗

《新的露西》，同时撰写了连载文章《十月革命与俄罗斯文学》，其中包括与译诗一起发表的"叶赛宁专论"（《创造月刊》第 1 卷第 8 册）。此文在阐述"十月革命与俄罗斯文学"的背景上，全面评价了叶赛宁的诗歌创作，对中国读者深入了解叶赛宁产生了一定的影响。李一氓先生则翻译了叶赛宁的《变形》一诗，收在郭沫若编译的《新俄诗选》里，于一九二九年由中华书局出版。在《新俄诗选》的附录中，李一氓和郭沫若先生写道："在青年诗人中，他（叶赛宁）是最有天才的一个。"二十世纪三十年代，戴望舒先生曾翻译过叶赛宁的组诗（《母牛》《启程》《安息祈祷》《最后的弥撒》《如果你饥饿》），发表在上海出版的《新诗》杂志一九三七年第四期上；四十年代，戈宝权先生曾翻译过叶赛宁的组诗（《已经是夜晚啦》《细雪》《喂，你，我亲爱的俄罗斯》《我又重新在这儿，在亲爱的家庭里》《明天一早唤醒我吧》《我离开了亲爱的家园》《在窗子上面是月亮》《你听见吗——飞过了一辆雪橇》《天蓝色的短衫》《风雪在狂烈地飞旋》），发表在上海出版的《苏联文艺》杂志一九四七年第八—九期上。同期《苏联文艺》杂志还刊载了叶赛宁的《自传》（葆荃译）和斯·曼宁撰写的文章《叶赛宁的悲剧》（施蛰存译）；五十年代后半期，孙玮先生翻译过叶赛宁的《大地的船长》和《二十六个人的故事》，发表在《译文》杂志 1957 年第 11 期上。以上便是中国早期翻译和介绍叶赛宁诗歌作品的四个阶段性的过程。此后便是二十年的"空白"。

从一九七八年开始，中国对叶赛宁的介绍和研究，进入了一个新的历史阶段。叶赛宁的诗歌成为中国作家、翻译工作者持续翻译和介绍的热点，对叶赛宁诗歌创作的研究和对他的诗歌作品的翻译工作可以说从未间断过。在短短十几年的时间里，叶赛宁的重要作品几乎全部被翻译介绍了过来，刊物上发表的论文也多达几十篇。爱好外国文学的广大读者，可说没人不知道叶赛宁的了。这一时期所翻译的作品有"叶赛宁组诗"（王守仁等译，《春风》杂志 1979 年第 3 期）；《狗的颂歌》《无题》（王守仁译，《外国现代派作品选》，上海文艺出版社，1980 年）；"叶赛宁组诗"（楼肇明译，《星星》诗刊，1980 年第 11 期）；长诗《安娜．斯涅金娜》（顾蕴璞译，《春风译丛》1982 年第 3 期）、《叶赛宁诗选》（蓝曼等译，漓江出版社，1983 年）、《叶赛宁评介及诗选》（顾蕴璞编选，北京大学出版社，1983 年）、《叶赛宁抒情诗选》（刘湛秋等译，上海文艺出版社，1983 年）、"叶赛宁组诗"（王守仁译，《苏联抒情诗选》，湖南人民出版社，1984）、《叶赛宁诗选》（顾蕴璞译，浙江文艺出版社，1990 年）、诗集《白桦》（郑铮译，外国文学出版社，1991 年）、《叶赛宁诗选》（丁鲁译，湖南文艺出版社，1992 年）、《叶赛宁抒情诗 100 首》（黎华译，山东文艺出版社，1993 年）

等。从整体来看,叶赛宁诗歌的这些中文译本可以印证叶赛宁诗歌创作的情感基础:他的抒情诗只为一种巨大的爱而存在,那就是对大自然的爱,对祖国的爱。这种情感构成了叶赛宁诗歌创作的基调。此外,通过上述翻译作品读者还可以看到,在叶赛宁的诗中抒情与叙事的融合和浑然一体。读者不仅会受其意象和情节的吸引,而且还会被其激情感染,仿佛那就是自己的经历、体验和心声。或许,这也是叶赛宁诗歌深受中国读者喜爱的原因之一。

在翻译介绍叶赛宁诗歌作品的同时,我国译者也没有忘记诗人的理论著作。《生活与艺术》和《玛利亚的钥匙》代表了叶赛宁在诗歌理论方面的建树,被译成中文之后引起我国作家和青年诗人的极大兴趣和重视。而"叶赛宁书信集"的中文版《青春的忧郁》(顾蕴璞译,经济日报出版社,2001)、俄汉对照并附有光盘的《叶赛宁诗选》(顾蕴璞译,外语教学与研究出版社,2006),同样受到广大读者的欢迎,表明我国对叶赛宁诗歌创作的研究更加深入。在我国,近二十年来翻译过叶赛宁诗歌作品的译者还有飞白、高莽、岳凤麟、龙飞、杜家驹、谷羽等人。

熟悉叶赛宁诗歌的中国读者,十之八九会对这位杰出的俄罗斯诗人产生一种独特的亲切感情,仿佛他那诗人的气质便是"中国型"的,就像我国唐代大诗人李白。就豪放旷达的性格、缠绵悱恻的情感和浪漫主义的激情来说,这两位相距一千多年的异国诗人,倒是有许多近似和一致的地方。我们从叶赛宁的好友维尔日比茨基的回忆录中,可以看出中国诗仙李白的形象和浪漫主义的诗歌作品对叶赛宁所产生的影响。也许,古今中外具有浪漫主义气质的诗人,永远也不会受到时空的限制,他们那极其敏锐的情感神经的末梢无论何时都是相通的!

改革开放以来,中国对叶赛宁的研究是十分重视的。一九八五年,值叶赛宁诞辰九十周年、逝世六十周年之际,于十月八日至十一日在北京召开了第一次全国性的叶赛宁学术讨论会。出席会议的有学者、专家、诗人和翻译家五十余人,其中包括艾青、陈冰夷、孙绳武、余振、魏荒弩等。中国当时的"苏联文学研究会"名誉会长曹靖华、会长叶水夫、副会长戈宝权给大会发了贺信,表明我国老一代学者对叶赛宁研究工作的重视和关心。来自全国各地的与会者提交学术论文多达几十篇,涉及的内容包括叶赛宁的思想轨迹、艺术成就以及有关对叶赛宁的评价,甚至还有叶赛宁诗歌与中国古典诗歌的比较研究等等。在这次会议的基础上,由岳凤麟、顾蕴璞先生负责选编了我国第一本《叶赛宁研究论文集》(北京大学出版社,1987年),共收论文十九篇,基本上反映出我国当时对叶赛宁诗歌研究所达到的水平。应当说,不少论文都富有"中国特色",其独特的视角和观点是别的国家学者所无从着手的,如艾青的《关于叶赛宁》、顾蕴璞论叶赛宁的人品和诗品的《思想矛盾和艺术魅力》、笔者探讨诗人感情纠葛的《叶赛宁之死》等等。艾青以自身的感受、创作经验和东方人的眼光对叶赛宁的抒情才华给予了很高的评价:"他的爱情诗是和大自然联系起来的,是和土地、庄稼、树林、草地结合起来的。他的诗和周围的景色联系得那么紧密、真切、动人,具有奇异的魅力,以致达到难于磨灭的境地。正因为如此,时间再久,也还保留着新鲜的活力。"

从那时以来,我国对叶赛宁诗歌创作的研究又向纵深发展,美学探讨颇具新意。不少高等院校和科研机构还开设了叶赛宁课程和研究生攻读硕士、博士学位的论文课题,并取得了一定的成果。而在中国社会科学院外国文学研究所叶水夫先生主编的三卷本、由中国学者撰写的《苏联文学史》(中国社会科学出版社,1995年)中,叶赛宁则占有显著的篇幅,突出了叶赛宁的历史地位。作为学术研究成果,我国已有多本专著和论文结集出版,如《天国之门》(王守仁著,湖南文艺出版社,1995)、《叶赛宁》(王守仁著,辽海出版社,1998)、《叶赛宁评传》(吴泽霖著,浙江文艺出版社,1999)、《诗国寻美》(顾蕴璞著,北京大学出版社,2004)等。

像普希金一样,叶赛宁代表了"俄罗斯诗歌的灵魂"!叶赛宁的诗歌已超越国界,成为世界文化宝库的珍贵财富。一九二四年六月六日,叶赛宁曾在莫斯科特韦尔大街普希金青铜像前,为纪念伟大诗人诞辰125周年而敬献鲜花和朗诵献诗《致普希金》:

虽然命定要受到排挤,
但我还将久久地歌唱……
好让我的草原之歌
也能像青铜般铿锵。

如今,叶赛宁的"草原之歌"当真同普希金铜像一样历久不衰。而且,这种典型的俄罗斯风格的"草原之歌"通过翻译工作者所架设的桥梁,已在中国乃至世界其他国家广大读者心中引起了共鸣!叶赛宁曾在《给格鲁吉亚诗人们》一诗中把自己称为"亚洲人",而今叶赛宁的诗早已通过中文译本找到了通向中国读者心灵的道路,从而使这位举世公认的抒情天才的光辉形象也永远留在我们东方人心中,成为亿万亚洲人也引为骄傲的经典诗人!二〇〇五年十一月二日《人民日报》海外版,旨在纪念叶赛宁诞辰一百一十周年,刊载了拙文

《俄罗斯"伟大的民族诗人"》,笔者代表我国广大读者分享了俄罗斯诗歌的骄傲,也表达了对俄罗斯经典诗歌永葆青春的良好祝愿!

  注:此文基本内容源自拙著《天国之门》(叶赛宁评传,湖南文艺出版社,1995)最后一章,其俄文稿,本人曾在莫斯科召开纪念叶赛宁诞辰一百周年"国际学术讨论会"上宣读过,并被收入俄罗斯科学院版《叶赛宁新史料》(《文学遗产》出版社,莫斯科,1995)一书。随着时间的推移,此次做了相应的修改和补充。

姜明河（1935— ），上海人，高级工程师，翻译家。1952年上海位育中学毕业后考入同济大学，1960年毕业于苏联莫斯科建筑学院。主要文学翻译作品有《尤丽娅》《米佳的爱情》《涅夫佐罗的奇遇》《火坑》《伊万·杰尼索维奇的一天》《癌症楼》。

《伟大愤怒之书》
——库普林及其小说《火坑》

在世界文学发展史上，一批俄罗斯批判现实主义作家以其不朽的名著而占有光辉的席位。小说《火坑》的作者库普林就是其中之一。

亚历山大·伊万诺维奇·库普林（1870—1938）生于奔萨省的一个小职员家庭，早年丧父，生活困苦，在莫斯科度过童年和军校的学生时代。自一八九〇年在驻波多利斯克省步兵团服务，一八九四年退伍，成为职业作家。他的第一本作品集《微型小说》于一八九七年出版，其中多以爱情、友谊、死亡为基本主题，艺术手法则以细腻的心理描写著称。一九〇一年迁居彼得堡，一九〇二年与高尔基相识，在高尔基的进步思想影响下，创作了一系列优秀短篇小说：《在马戏团里》（1902）、《胆小鬼》（1903）、《平静的生活》（1904）等等。

一九〇五年，库普林的长篇小说《决斗》问世。这部对沙皇军队的腐败给予了无情揭露的作品，使作者赢得了广泛的声誉，跻身于第一流作家的行列。第一次俄国革命失败后，库普林的一些短篇小说反映出悲观失望的情绪，但是，在十月革命前的十年里，他也创作了一系列脍炙人口的作品，如《绿宝石》(1907)、《婚礼》(1908)、《电报员》(1911)、《石榴石手镯》(1911)、《黑色的闪电》(1913)、《火坑》(1909—1915) 等等。对十月革命，库普林的态度是矛盾的。一九一七至一九一八年，他的许多文章都流露出对革命领袖及其大无畏的英雄主义精神的赞赏，但与此同时，又为"文化的命运"而担忧，批评新政府的一些措施。一九一八至一九一九年，他在高尔基创办的"世界文学"出版社工作。一九一九年秋库普林在加特奇纳市时，被白匪军队切断了同彼得堡的联系，他携家出走，侨居巴黎，逐渐脱离了政治，直到一九三七年秋天，由于疾病缠身和对故土的思念而返回祖国，受到苏联社会各界的热情欢迎，翌年不幸病逝。

库普林是位伟大的作家，同时又是一位真诚的艺术家，他敢于触及资本主义世界最可怕的恶疮——卖淫制度，他并不由于嫌恶而止笔，没有怕被视为"色情"而胆怯，他"不带偏见、不唱高调"，把资本主义世界人们习以为常的肮脏的一角淋漓尽致地暴露在光天化日之下。小说《火坑》通过对不同阶层的纯朴姑娘如何沦为娼妓、走上自我毁灭道路的描述，无情地揭露和鞭挞了上流社会的无耻、虚伪和没有人性。作者在题头词中写道："我知道，许多人会认为这部小说是色情的和伤风败俗的，然而我还是诚心诚意地把它献给母亲们和青年们。"

一九〇九年三月二十五日，《火坑》的第一部在《大地》丛书第三卷上刊出，立即引起了轰动。"整个莫斯科都在谈论《火坑》"——蒲宁于当年五月二十二日在信中这样告诉库普林。整个俄国各大报刊杂志都发表了有关这部小说的评论文章，称它是"撼人心弦"和"震动了社会根基的作品"。与此同时，也有一些文人持不同的看法，极力贬低它的社会意义。《火坑》的第二部于一九一四年发表在《大地》丛书的第十五卷上，第三部于一九一五年发表在该丛书的第十六卷上。此时正值第一次世界大战之际，反响不像第一部那么强烈。

小说《火坑》是一部公认的"伟大愤怒之书"（K·楚柯夫斯基语）。它的素材是库普林于十九世纪九十年代在基辅搜集的，但小说的故事情节既以基辅，又以敖德萨和彼得堡为背景。从这一方面来说，它对整个俄国，乃至对整个资本主义世界，都是具有普遍意义的。库普林认为，妓院是"大都市腐烂的脓疱"，"卖淫——这是比战争和瘟疫还可怕的现象"。随着小说故事情节的展开，出现在读者面前的是一些不幸的女子：尚未失去人的尊严的叶尼娅，濒临精神错乱的帕莎，心直口快而天真幼稚的尼娜……她们都怀着追求幸福的愿望，挣扎在水深火热的妓院之中，最终被标志着道德沦丧的肉体买卖和充斥着暴力与兽欲的旧社会所吞噬。作为一个人道主义者，库普林不仅描述了妓女们的悲惨遭遇，而且还怀着无限的怜悯和同情展示了她们朴素的内心美。作者明确指出："我只是想把妓女们的生活真实地反映出来，并向人们指出：再也不能那么对待她们了，她们也是人啊……"不能把妓院当成"排泄淫荡乐趣的污水管道"，不能把妓女视为"路旁的垃圾"，不能再让她们在妓院这火坑里受煎熬了……

通过一系列人物性格的塑造，小说明确体现出作者这样一种创作思想：在资本主义社会里，卖淫现象是无法医治的恶疮，任何改良主义的措施都必将以失败告终。例如，反对夸夸其谈、空喊高调的大学生利霍宁，曾以自己的实际行动把妓女柳芭"救出"了火坑，教她学文化和从事力所能及的"自食其力"的工作，但是他的这种良好的愿望和行动最终成为泡影：在腐朽透顶的官僚统治面前，在愚昧、守旧、传统的资本主义道德观念基础上所形成的"铁板"似的舆论面前，在自身思想、感情、志向、毅力等等方面的所有缺陷面前，从事"伟大试验"的主人公利霍宁，必然碰得头破血流，声名狼藉，变成一个可悲而又可耻的人物。那么，有没有根治这一恶疾的灵丹妙药呢？或者说，怎样才能从火坑里把妓女们拯救出来呢？小说作者面对资本主义的残酷现实，束手无策、无能为力，甚至连"药方"也开不出来。这倒不是这位富有哲学头脑的杰出作家的哲学思想的枯竭，恰恰相反，作者精辟、深邃的思想——"拿小孩的喷壶是浇不灭大火的！"会迫使读者去思考更多、更重要的问题。实际上，作者在小说中已经涉及到产生卖淫现象的根源，追溯到"私有制"和"上等人"那里。正是那些所谓高贵的"上等人"才总是以冠冕堂皇的口实使卖淫制度合法化和正规化的。正是那些道貌岸然的伪君子，才不满足于光有"老婆、侍女和姘妇"，私下里还去"偷香窃玉"，甚至到妓院里去发泄兽欲。作者从社会学、历史学、心理学和道德伦理学的角度，通过广泛观察、深入思考、辩证分析的方法，科学地阐述了卖淫现象产生的社会根源和导致人的灵魂堕落、精神毁灭的可怕后果。但是，由于作者世界观的局限，当时还看不到解决这一矛盾的真正途径。书中体现出作者寄希望于乌托邦式的理想国度："或许要等到社会党人和无政府主义者的美好理想国度实现之后，到那时候，土地属于公有，而不属于某个私人所有；爱情绝对自由，只听从自己无约束的愿望的支配；人类融合成一个幸福的大家庭，无你我之分，人间变成了天堂……安乐自在，无罪无恶……"应当说，在俄国最黑暗的历史时期，库普林敢于把自己的羽毛之笔当成锋利的手术刀去解剖卖淫这一"脓疮"的恶根，并寄希望于未来的"理想国度"，已是难能可贵的了。历史的发展已明确告诉读者，在俄罗斯这片国土上,卖淫并不是"永恒的历史现象",作为一种社会通病,它早已随着沙皇专制和资产阶级统治的崩溃而消灭了。

细腻的心理描写是《火坑》的突出特点,这跟作者体现在小说里的"想钻到每一个人的心灵中去,亲眼看看他们的内心世界"的指导思想有着直接联系。库普林的心理描写特点,即使对当今的作家,也有创作上的借鉴意义。

就艺术结构来说,细心的读者一定会感觉出小说中有个别场面的描述,如女摊贩们在市场上喝酒跳舞和主人公普拉·托诺夫在码头上装卸西瓜的情景,似乎与书中的主要故事情节联系不紧,这是因为,作家本打算把《火坑》纳入自己的长篇巨著《穷人》之中,还有几条情节线索有待进一步展开的缘故。可惜的是,《穷人》这部构思丰宏的大部头作品,库普林生前未能来得及完成。

半个多世纪以来,《火坑》曾在世界许多国家翻译出版,如英国、美国、德国、法国、西班牙、瑞典、保加利亚、捷克斯洛伐克等等。在我国,四十年代的时候汝龙先生曾根据英文版本转译过来(《亚玛》),介绍给中国读者。本译本《火坑》是根据苏联国立哈尔科夫大学"高校"联合出版社一九八一年出版的《库普林选集》译出的。

1985 年 12 月于北京

田国彬（1935— ），黑龙江省海轮县人。1957年毕业于哈尔滨外国语学院俄罗斯语言文学系。中国地质大学教授。多年从事俄罗斯文学翻译，主要译著有《普希金童话诗集》《普希金抒情诗选》《叶甫盖尼·奥涅金》，独立完成《普希金全集》（十卷本），此外还翻译了《当代英雄》《死魂灵》《猎人笔记》《钢铁是怎样炼成的》《俄罗斯当代诗选》（合译）等，初译本和再版本共计三十多部。

翻译普希金诗歌作品的心得体会

经过多年努力，一九九八年十月，我独自翻译出版了《普希金十卷集》，其中包括抒情诗、长诗、诗剧、小说和童话。通过翻译实践，以及向翻译界前辈、同仁和后起之秀虚心求教和取经，我更加深刻地体会到文学翻译的艰辛，并且对文学翻译原则有了切实的体会。

文学翻译不是两种语言简单、机械的转换，不是照相、不是复制，更不是复印。翻译时不能不顾及两种语言的差异、语言的不同表达方式，不能不顾及不同的民族特点、历史渊源、宗教信仰和风俗习惯，因此不能机械地照抄，或者生搬硬套。在我国翻译界对此早就有过精辟的论断，即译文要"信、达、雅"。译者体会到"信"就是要忠实于原文（但不是照搬）；"达"是译文要通达顺畅，或通顺流畅；"雅"则是在忠实于原文的基础上，给通顺流畅的译文再加上符合汉语语言习惯的韵律和表现形式，即锦上添花，也就是译出神形兼备、神形合一的上品。

翻译文学作品时，首先要了解作者的身世，所处的时代背景，要了解作者的创作意图、创作目的和创作风格等，要进入作者的创作意境，要能和作者及作者所塑造的人物的心灵息息相通，要能达到同命运、共呼吸的境界。只有这样才能在译文中使作者、塑造的人物和译者（在翻译时应该是第二作者，或者说是再创造者）在喜怒哀乐、行为规范和举止言谈方面达到"神形合一"的效果。也只有这样，在翻译时才会找到恰当而准确的词汇（语言）、音韵、表达的句式和所应该采取的表达方式。

读诗、写诗和译诗要懂得些写诗和译诗的思维方式、语言、格律和韵律的特点。要翻译诗歌，首先必须了解诗歌的特点，要善于利用形象思维（但有时也要利用逻辑思维），要善于运用形象化的语言来表达诗人所要表达的主题思想、感情和意境，要懂得诗人思维的特点和意境的飞跃，有时要穿越时空。不懂得这一点，就很容易把时空和诗人叙述的主题、感情和意境与时空对立或隔裂开来，便不知所云。如果不知道诗人使用的语言要高度凝练、高度精炼，充满理性美而又动人的话，那就切忌写诗和译诗。不要用大白话，使人读起来索然无味，引不起读者的美感和遐思，更给不了诗歌应该给予读者那种视觉上的愉悦或听觉上铿锵有力的节奏感和音乐感（当然，这是诗人运用格律和韵律所创造出来的效果了）。因此，要翻译俄文诗，首先要求译者必须要懂得俄文诗，要会读、会吟诵，要了解俄文诗的句式结构、格律和韵律的特点。因此，我们来对比一下中文诗和俄文诗在格律和韵律方面的异同点。

俄文诗也分格律诗和自由体诗。格律诗：分行，每行只限制音步，而不限制字数，这是由于俄文是拼音文字和以音步作为格律决定的。格律共分为五种：1 抑扬格，2 扬抑格，3 扬扬抑格，4 抑抑扬格，5 抑扬抑格。

韵律。韵脚分为：交义韵，韵式 ABAB；重叠韵，又叫双行韵或相邻韵，韵式 AABB；环抱韵，韵式 ABBA；而普希金创造出的奥涅金诗节，实际上是欧洲十四行诗的变体，十四行的韵律分布为：四行交义韵、四行重叠韵、四行环抱韵，最后两行用的是对韵。

诗歌最难最复杂的问题是词汇的翻译，词汇的翻译不能只靠辞典就可以确定的，一个词的真正含义要看具体的语言环境，上下文，甚至整首诗所表达的内容来确定，甚至由整部文学作品来决定的，千万不要望文生义，轻率地确定词义。

把名词第二格放在被说明词的前面，如：Пушкин《К Чаадаеву》一诗第一句——Любови, надежды, тихой славы/ Не долго не жил нас обман……又如：《свободы сеятель пустынный》。当然，把作定语的前置短语放在被说明词前面的也有。这种说明语放在被说明词之前在诗歌中常见，但除了诗歌，在其他文体中是绝对不可以的。

用疑问形容词（какой）和疑问副词（как）所构成最高级构成的修辞手段，如：Пушкин1827年的《Какая ночь! Мороз трескучий》，这首诗篇名准确的翻译为《太凄凉可怕的一夜了！……》。又如：Как холодно! Всюду снег и мороз. 太冷了：到处都是雪，寒风刺骨。而且这种表示最高级的修辞手段的内容要由下文来揭示。例如：Какая погода! Ветер и снег. 天气太坏了！风雪交加。Какая погода! Яркое солнце, легкий ветер. 天气太好了！阳光明媚，微风徐徐。

采取逆向思维的办法来揭示词义：1）普希金在长诗《鲁斯兰与柳德米拉》的献词中用过的一个贬义词 грешный（有罪的、罪恶的），从前所有的译者都译成"罪恶的诗篇"，从字面上看绝对没有错。只有余振先生译成了"在别人看来是有罪的诗篇"，但是还没有揭示出这个词的真实含义。后来笔者也经过多方考证和查找各种工具书，结果在苏联大百科全书中查到这个词是个宗教词，用逆向思维的方法来求证一下这个词的意义，对宗教来说是有罪的，也就是反叛宗教的，于是笔者大胆推断出，普希金在这里用这个词的真正含义，是"大逆不道的，或离经叛道的"，这正是普希金在这首诗的献词中，用这个词的真实含义，所以翻译成"离经叛道的诗篇"，揭示出这个关键词的含义。而且，普希金写这首诗的真实用意，就是要冲破当时统治俄国文坛的古典主义（以杰尔查文为代表）和消极浪漫主义（以茹科夫斯基为代表）的罗网，同时也是对宗教势力的一种反叛和挑战，因为当时宗教势力是不准随意描写爱情故事的。

普希金一八一八年在《致恰达耶夫》一诗，第一行便用到了……平静的光荣——тихая слава。其中 тихий 一词，过去都译为平静的光荣，似乎有些不妥……现在俄罗斯普希金学者还在探索这个词的词义，有人提出其含义是：невоенный，是想说：并非战争或战斗的荣誉。在发掘这个词的词义时，笔者也伤了不少脑筋，颇费思索。后来便采取了逆向思维的方法来揭示这个词的词义。那么什么叫平静的光荣呢？也就是"不是轰轰烈烈的"，不是"威名远扬的光荣"，因此，笔者将其译为"平庸无奇的光荣"。因为，普希金写这首诗的目的，就是抨击沙皇亚历山大昏庸无能的统治，他所向往的盛世是彼得大帝和卡捷琳娜女皇两朝盛世的文治武功。虽然一八一二年俄国在卫国战争中取得了胜利，打败了拿破仑，那是因为几位英明的统帅和英勇的俄国人民艰苦卓绝浴血奋战的结果，而不是沙皇亚历山大的功劳，他是窃取了这场卫国战争胜利的桂冠，与奥匈帝国组成了"神圣同盟"，充当了在欧洲镇压革命运动的国际警察，当初在奥斯特利兹战役中，被吓得屁滚尿流而临阵脱逃。所以，普希金这首诗中用了一隐意词 тихий，用心是非常良苦的。也正是由于这首诗，《自由颂》和《农村》等几首诗的发表，普希金才遭到流放，时间长达七年之久。(1820. 5. 18—1826. 9. 8)。普希金一生中写了七首讽刺亚历山大一世的诗篇，这里仅举他一八二五年《讥亚历山大一世》一诗为例，便可看出普希金对他的痛恨程度。

代词和名词的转换：

(1) 普希金一九二八年的《Цветок》一诗中的代词 он，она 就要转换，请看原诗第四小节：

И жив ли тот, и та жива ли?
И нынче где их уголок?
И уже они увяли,
Как сей неведомый цветок.

过去都译为：/他可还活着？她是否健在？/如今他们在什么地方？/也许他们也早已枯萎，/像这朵神秘的小花一样。从翻译文的遣词造句和隔行押韵的方式来看，没有什么错误可言。但是朗读起来，中文的他和她发音相同，使人听起来搞不清楚男和女，而且效果也不好。干嘛不把原文中的他和她，用其指代的名词来代换呢？于是，笔者将其改译成：是男朋还是女友？今在何方？/是栖身一隅，还是流落天涯？/啊，也许此君早已憔悴谢世，/正像这朵被人遗忘的小花？/除了代词与被指代的名词以外，普希金还在这里用了个"他们"，从整首诗来看，出现了逻辑思维的混乱，这个问题我在后面还会谈到，就不在这里多啰嗦了。

普希金一八三三年又在《Медный всадник》（《青铜骑士》）的序诗中的第一段和第三段开头就用了一个第三人称代词 он——他。这个"他"是指谁，普希金当然清楚，对俄国读者也许清楚，也许不知道；对中国读者可就困难了，并不是所有人都知道，是彼得大帝在三百年前创建了圣彼得堡，因而在序诗的开头，就应该用彼得来代换这个"他"，即：彼得伫立在烟波浩淼的河岸上，/；第二段的开头：彼得心里正在运筹帷幄/这样来翻译是不是就不忠实于原文了呢？笔者认为恰恰相反！也许有人会说，在这里直呼彼得大帝的名字是大不敬呢？按照俄国人的习惯，对伟人和领袖直呼其名，恰好是表示尊敬而亲切的称呼，就像在前苏联，人们可以直呼列宁为弗拉基米尔一样。

又如普希金在《鲁斯兰与柳德米拉》这首长诗的第六章第十一段中，用了 живая вода 和 мертвая вода 两个词组，其中 вода 是指 ключ（泉水）。

过去的译者都把这两词组译为'活水'和'死水',没有仔细推敲这两个词组在具体的语言环境中的真实含义,只是从字面上就轻率地翻译成'活水'和'死水'。其实这两个词组在这里表达的真实含义:живая вода 是生命之水,是圣水,是活命之水,在医治伤口止血时,洒到伤口上可以使伤口痊愈,因此也可译为神水。мертвая вода 是死亡之水。

总之,词汇的翻译方法很多,诸如对单义词、多义词、中性词、褒义词、贬义词、双关词、隐义词、名词的单复数,要细加斟酌。运用 1. 直译和转译,2. 词义的增减,3. 词的正反向意义,4. 词义褒贬和变换等多种方法和技巧来准确地表达词义,限于篇幅就不再多谈了。但是,在确定和翻译词义时,千万不要忘记:不能光靠查字典,而要在一个词所处的语言环境,即句子中、上下文,乃至整首诗和整篇文章,甚至整部文学作品,比如,像《猎人笔记》和《当代英雄》的书名,不正是如此吗?

普希金的童话诗《勇敢的王子和美丽的天鹅公主》(笔者改译的篇名),原诗的篇名接近一百个字母之多(96 个),是不是太罗嗦,太长了呢?我相信,就是俄国儿童记忆起来也比较困难吧?如果按照原文复制的话,中文译名也长达五十多个汉字,中国儿童能记得住吗?再有,就是在这首童话诗中,天鹅公主三次施展法术,把王子变成了蚊子、苍蝇和蜜蜂,除了蚊子可以主动攻击人,还把纺织娘的眼睛叮瞎了,使她变成了独眼龙以外,那么苍蝇和蜜蜂会主动攻击人吗?因此,这三个会飞的小昆虫,为什么不可以换成(或改成)虻蚊、牛蝇、黄蜂或马蜂呢?这是大人和孩子都熟知其习性的、具有攻击性的小生物啊。综上所述,是不是就是对普希金的大不敬了呢?是不是就冒犯了神明呢?智者千虑必有一失,这篇诗的篇名和对这三个小生物的选择,不能不说是这为普希金老夫子的疏忽吧?笔者认为,不仅应该改,而且应该说改得好。又如,普希金在《小花》一诗中,说摘取这朵小花之人不知是何人,是男朋还是女友,这位摘花的人如今流落在何方,是否和这朵小花一样已经枯萎和谢世了。但是,到这首诗的最后一小节,普希金却写到:他们是否已经不在人世了。显然,在逻辑思维上说不通了。笔者在翻译这一句的时候,既未说是男朋,也没说是女友,也没用"他们"一词,而是用了一个此君是否已经谢世了,不管怎么说,用"他们"在逻辑意义上是说不通的。当然,在普希金四五百万字的著作中,像这样疏忽之处还有,笔者就不在此一一列举了!笔者认为,我在翻译普希金全集的过程中,能把这些诗人疏忽之处,采取变通的办法改正过来,不能说是对这位文学巨匠和俄罗斯诗歌太阳的大不敬,恰恰相反,而是最大的崇敬了!

刘湛秋(1935—　　)，安徽芜湖人。1955年毕业于哈尔滨外语专科学校。曾任《诗刊》副主编。著有诗集《生命的欢乐》《无题抒情诗》《人·爱情·风景》，散文诗集《遥远的吉他》，论文集《抒情诗的旋律》等共22种。译著有《普希金抒情诗选》《叶赛宁抒情诗选》，主编《中国诗歌理论大辞典》《俄罗斯文学名著金库》《泰戈尔文集》《契诃夫小说集》，PTV（诗歌电视）《爱的罗曼斯》等。《无题抒情诗》获全国第三届新诗奖。

译诗的神韵和自然流露

——漫谈叶赛宁抒情诗的翻译

泉水从山涧流出，开始悄无声息，滑过岩缝，滑过青青的草丛，渐渐地，汇成涓涓小溪，注入铺带鹅卵石的沟底，发出叮咚之音，然后水声砰砰，奋然出山……当我接触叶赛宁（同样，接触普希金、费特等）的抒情诗的时候，常常有这种感觉；这诗的泉水随着我不断地吟咏而逐渐发出声音，逐渐显现它美好的身影，最后我觉得我吐露出来的语言，已经不是俄文，而是我赖以生存的汉语。这就是我在诗歌翻译中所习惯的自然流露，这就是我所执着追求的那种神韵，那种奇妙的和谐。

我不知道那是光明还是黑暗？
密林中是风在唱还是公鸡在啼？
也许田野上并不是冬天，

而是许多天鹅落在了草地。

《我沿着初雪漫步……》

Я не знаю, то свет или мрак?
В чаще ветер поет иль петух?
Может, вместо зимы на полях
Это лебеди сели на луг.

——《Я по первому снегу бреду...》

这里并没有什么复杂的语言或难解的结构,但也可能译得生涩或乏味,而现在的译文不管从什么角度上看,都是较贴切的;中文和俄文一样,都能让人自然地记住。这就是神韵的切合。同样——

但是已不需要返回家园了,
因为你那美丽的梁赞的头巾,
犹如爱情,犹如悲哀和苦难,
没有如期地出现在我的眼帘!

——《我没见过像你这样的美人……》

Но и все ж возвращаться не надо,
Потому и достался не в срок
Как любовь, как печаль и отрада,
Твой красный рязанский платок.

——《Я таких красивых не видел...》

这几行诗几乎产生了同样的效果,读俄文和读中文在情绪和韵律的波动上十分接近。这种效果的产生不是单一的韵脚所能奏效,而是对整首诗的发展、抒情的韵味、语言的乐感通盘考虑后所吐露的。比如 как,如译成"像",即"像爱情,……",就不如现在的"犹如爱情……",因为这首诗的舒缓、深沉的抒情需要双音字，而单音字的节奏急促，不易产生那样的韵味。如果放在另一首情趣不同的诗中，也许又不适合译成"犹如"。从整体上看，这几行是近于逐字逐句译的，即使像"我的眼帘""返回家园"，原文中表露得不那么明显，但在你反复吟咏后这些词会自然跳出你的唇舌。这种选择不是人的意志所能强加，它是诗本身的选择，是发展的自然归宿。

一般说来，我觉得还是尽可能地直译为好，但直译并不是死译，是两种语言对同一内容的不同表露。"亲爱的一双小手像对天鹅，在我金发的波浪中浮游。世界上只要有人群的地方，爱情的歌就会反复地歌唱。"（"Руки милой — пара лебедей — / В золоте волос моих ныряют. / Все на этом свете из людей / Песнь любви и повторяют."）"如果把灵魂沉进爱的沟底，／心儿就慢慢地变成金块，／只是德黑兰月亮不能用温暖／点燃起歌中的爱。"（"Если душу вылюбил до дна, / Сердце станет глыбой золотою, / Только тегеранская луна / не согреет песни теплою. ）以上摘自《波斯曲：〈亲爱的一双小手像对天鹅〉》）这些诗行是直译的，但并不是死译或硬译，更不是离开原文去生编硬造。

翻译诗不是自己的创作，你的任务是传达别人已经写成的诗，你的能力就是尽可能恰如其分地把原文表达得精确。恰如其分，这就是你的天地，或者说是你的领域，你的马只能在这片草原上驰骋。因此，就某种意义上说，你把原作的好诗译坏了固然不好，同样，如果一首语言不那么好的诗你改译成语言很好的诗，我认为也不必要。就是说，这首诗给该国读者所产生的感觉怎样，经你的翻译后给我国读者所产生的感觉要尽量近似，不过增，也不过减。并非没有后者的先例，像"生命诚可贵，爱情价更高，若为自由故，二者皆可抛"，这已是一种新的创作，不能完全算翻译，或者说取原意改写。我这么说，是否限制高手的再创造呢？不，我觉得，神韵的移植已经是一种再创造，完全没必要由译者进行新的构思或创造不同的意境。

诗歌译者的最高追求应该说就是这种神韵的移植，移植后给本国读者的感受和该国读者读原文感受近似。因此，在译一个诗人的诗时，要首先理解这个诗人的气质，他的情趣爱好，他观察生活的角度，他表达方式的习惯，这样就较容易理解原诗，自然地切入那种诗的情绪。

当然，这里也还有个译者的气质问题。诗歌的译者即使自己不写诗，至少也是诗的爱好者或鉴赏家，那么他的情趣要尽可能与原诗的作者有某些相通之处，即或不是完全一样。那么，译时就会引起情绪的波动，产生自然的流露。我觉得我译普希金和叶赛宁的诗比较顺手，因为我也写抒情诗，也许我抒情的内容和他们不一致，但是在抒情的方式，在对生活、自然景色、社会风光的观察上可能找到某些共鸣。这样,对一首诗的理解,就不仅是认字面上,而且是从内在的构思上,从抒情的发展中去把握它,从而攫取到了精髓。

从整体上去理解诗和从字面上抠诗是不一样的,前者能做到表面和内在都忠实,而后者只能把握皮毛而丢失灵魂。往往字面上的理解也是不准确的,因为生活的语言、诗的语言是比任何字典都要活泼得多。

我在《叶赛宁抒情诗选》后记中对译诗提出这样的想法:"在忠实原文的基础上下大力气保持译诗在情调、韵味、风格等方面尽可能和原作相似。比如原诗是明快的,不要译成晦涩的;同样,原诗是晦涩的,也不必译成明快的;原诗是长歌,不要译成短调;原诗的节奏短促,不要译成滞长;原诗凝重,不要译成舒展;原诗是民谣风,不要译成长短不齐的自由体;原诗的语言清新,不要译得沉闷;也就是说,给人的感觉情绪尽可能造成和读原诗差不多的境界。"这就是我理解并执行的翻译的忠实,这里面就有追求的艰苦和快乐。

在开始翻译前审视一首诗的时候,应该把这些要求放在相当的位置上。比如叶赛宁较多地写类似我国半格律的自由体,情绪往往较为深沉,但他不是每一首诗都如此,像早期的《头戴野菊编的花环……》,这是民谣体,我以为要用接近民谣体去译。像 "Не нашлось мое колочко, Я пошел с тоски на луг, мне вдогон смеялось речка: У милашки новый друг." 我就译成 "我的指环找不到,奔向草场心里焦,小河追我一路笑:'你的情人有了新相好!'" 如果换成自由体的译法,效果不会好。像《母亲的来信》和《回答》,用口语写成,译时就要采用通俗的群众的语言,像 "算了,管你挣多少 / 你也不用给家 / 寄一个子儿—— / 唉,不是我把话 / 说得那么绝……"(Хоть сколько б ты / ни брал, / ты не пошлешь их в дом, / И потому так горько речи льются, ...) 而另一首《给母亲的信》,情调、语言完全是另一样的,译文也要相应的变化。像《一去不再来》,整首诗平静,忧郁,要求一韵到底,如歌如诉。

> 那春天的夜晚已经飞逝,
> 你不能说:"等等,再回来。"
> 萧索的秋天降临了,
> 绵绵的雨洒尽无限悲哀。
>
> 我的女友正在坟墓中沉睡,
> 爱情在她的心灵深处掩埋,
> 秋天的风雨不会惊醒她的梦,

也不会温暖她的血液，还原她的姿态。

那只夜莺的歌终于沉默了，
因为夜莺已飞向海外，
它已不会唱出更动听的歌了，
就像在那清凉的夜里婉转低徊。

这是其中三节，首尾也是如此，呈现出那哀婉沉郁的色调，也许在韵脚上有点微小的变通，但不是任意杜撰。是的，这首诗我重视了音步和韵脚。由于语言的差异，韵脚有时难以照顾，而且韵脚在一首诗中并不是决定性的，不可硬性押韵而害义或生硬牵强地押脚韵。诗的音乐性是内在的。有些诗在翻译中我不一定求脚韵，希望能达到准确和自然。"你是我的家园，我的家园！／雨淋淋的秋天的锡。／冷得发抖的灯在黑水洼里／反射出自己的没有嘴唇的头颅。"没有脚韵（虽然原文是押韵的），不改词硬凑韵，因为对这首诗来说，重要的是那种"阴郁"。也许，这时没有韵给人的感觉更沉重。

诗歌是语言的艺术。诗人在语言的选择和运用上往往是很费心机的。当然首先是内容上的需要与表达的精炼，但语言本身的丰富性、色彩、音响给同样的意思的词产生了许多不同的效果。这对译者是个考验。一方面，译者要能体会到原诗不同词组（也包括词的结构）的细腻差别，另一方面更为困难的是：为这种细腻差别的表达而踌躇。如果我们把各种细腻的差别都在翻译中磨得平平，用毫无生气的语言去传达那些富有感情或画面色彩的语言，那会多么遗憾啊！有些诗的翻译使人读起来乏味与译者语言的单调是有相当关系的。

这里暂不谈词组的结构，安排的次序（这也很有技巧的，不同的排列方法效果是千差万别的，中文不像俄文那样可以任意颠倒词的顺序，但也有活动余地），就是单词的翻译也要传达那种神韵。我以为最起作用的是动词，还有形容词，它们往往是使文字活跃的翅膀；当然，名词也是有色彩的，尤其是一些表示情绪的名词。不一定原文是动词就一定译成动词，也可能译成加谓语的动名词。过分拘泥容易丧失韵味，要从全局着手。"不可遏止的风，掀起波澜吧！／谁曾用欢乐排除你牧人的忧怨，／他便会舒适满足，神态怡然"。(Волнуйся, неуемный ветер! ／ Блажен, кто радостью отметил ／ Твою пастушескую грусть.) 又比如《在山那边，在黄色的深谷那边》诗中译文"我看见森林和黄昏的火焰，还有绕着荨麻的篱笆的疏影"，"并不是因为春天在田畴上唱歌，宽阔的绿色才叫人望眼欲穿"。还有一首诗题为《道路思忖着美丽的夜晚》的诗,其中 думать 译为"思忖",更接近原义,这里中文词的差别比俄文更细腻些。总之,字眼的选择并不是字典所能解决的(最好查原文字典),而是在细细揣摩原文字义后,去选择中文中相同分量的词。

没有人能给翻译限定一个模式,而且翻译又总是某种表达,从这种意义上说,又是再创造,因此有十个译者,就会出现十种不同的翻译,不可能不对原文有某些不同的解释,甚至造成某些不同的感觉和效果。那么,正像读者寻找自己喜欢的诗人一样,他们也会选择自己喜爱的翻译家!

1983 年 5 月于北京

(附记:这是我应山东聊城师范学院中文系之约,专门写的一篇谈叶赛宁抒情诗的翻译的文章,因为他们要求写得尽量具体,便于青年阅读、对照。这样,我不得不举些自己的译文,只谈了较好的方面,并非说我没有失误,而且更多的是我对自己提出的要求。我在《普希金抒情诗选》中对这追求做了进一步的尝试。我希望别的译者能进行不同的实践。)

王育伦（1936—   ），山东人。1950年入哈尔滨外国语专门学校专修俄语，黑龙江大学俄语学院教授，资深翻译家。译著有小说《大独裁者》、《一天长于百年》(合译)、《第十三支烟斗》等；剧本《车祸》《女鼓手》；主编《苏联诗萃》，翻译《苏联爱情诗百首》、《短诗集萃》和《俄罗斯歌曲集萃》。

《苏联诗萃》前言

　　苏联亦可称为"诗的国度"。除了历史上的普希金、莱蒙托夫和涅克拉索夫等大诗人而外，"十月革命"后从勃洛克、叶赛宁、马雅可夫斯基开始，诗歌创作之风经久不衰，一直繁荣至今。纵观苏联诗歌发展史，我们便能看到，苏联的诗人始终是投身于生活和斗争之中，同人民一起呼吸的，他们的心同时代的脉搏一起跳动。时代的风雨造就了优秀诗人，优秀诗人讴歌了风雨的时代。红色十月的歌手们为新社会的诞生发出了满腔热情的呐喊；二三十年代一批共青团诗人的佳作，我们今日读起来仍不无教益；战前几个五年计划期间，一大批诗人成了社会主义建设、和平劳动的讴歌者；卫国战争中，很多诗人参加了反法西斯的战斗，用他们的笔抒发了爱国主义的激情，鼓舞了人民的斗志，其中不少诗人为祖国献出了生命。残酷的战争产生了优秀的诗篇，也造就了一代优秀的诗人。苏联"战争抒情诗"杰作，可称为世界诗坛瑰宝，永放光彩。当然，个人崇拜时期的诗作，也难免有干涩和空泛的政治口号，这也正是时代特点的反映，但总的说来，诗人在这一时期所表现出的那种生活热情、公民的责任感和爱国主义激情，还是十分令人感动的。

从二十世纪五十年代末开始，苏联诗歌中各种风格和流派应运而生。一批生活坎坷的诗人重新露面；战后成长的一代年轻诗人崭露头角；战争中成长起来的诗人正处于创作的鼎盛时期；而那些"十月革命"后，战前五年计划期间涌现出来的老一代诗人们则开始了对人生价值的冷静思考，向读者献出了深刻的哲理诗篇。什么"大声疾呼"派，什么"悄声细语"派，描绘了社会广阔的生活，抒发了人们的七情六欲，真有百花齐放之势。同时，苏联其他民族一大批诗人的异军突起，更令诗坛精彩纷呈了。

　　苏联被称为"诗的国度"，就其诗人的众多，就其出版诗集的数量，就其人民对诗歌的热爱，就其诗人在社会中、在文学中的地位，确实当之无愧。在苏联没有不登载诗歌的文学报刊，"诗歌节"是全国盛大的节日，诗人诗作朗诵会频频举行，听众踊跃，许多诗人的诗集，成为苏联人民家中宝贵的藏书。从一九五七年至一九七七年二十年间，获得列宁奖金和苏联国家奖金的名单中诗人即占二十七位，其中有人几次获奖，近几年来获奖名单中诗人也占了很大比重。

　　本书的目的是想在苏联的诗海中撷取一些奇光异彩的珠宝，定名为《苏联诗萃》，以飨中国读者。使我们能窥见苏联诗歌六十年来发展的概貌，并从中汲取我们所需要的营养。这里我们选择了一〇七位诗人（以俄罗斯诗人为主，其他民族诗人二十名）的诗作共五百八十五首。所选诗人均在苏联诗歌史上占有一席地位，具有一定影响，代表了各种风格和流派。本书不但选译了中国读者熟悉的一流诗人的佳作，也选译了中国读者比较陌生的一批二流诗人的上品，时间是从"十月革命"后至今。所选诗皆为短诗，能代表诗人特色之作，以抒情诗、哲理诗为主，也选译了一些叙事诗、政治诗、讽刺诗、寓言诗、儿童诗和长诗片断，每人最多不超过十首，平均五首左右。对每位诗人我们都做了简短的评介，五百字之内，因为我们知道，读者对诗人的诗作本身，比对诗人的简历更感兴趣，所以"出生于什么家庭，在何地学习、工作"之类，一律删除，评介言简意赅，省出篇幅多登几首诗，相信读者自己的鉴赏评价能力。据我们所知，至今中国还没有如此规模的苏诗译本，这也算是我们对读者一个小小的贡献吧。

　　关于译诗，我们主张忠实原意，展现诗作的本来面目，在此基础上争取做到情韵并重，没有韵律美的诗歌，感染力将失去一半，当然，只有韵，不重情的顺口溜式也不足取。但最要不得的是译者背离原作，任意增删，自作文章，看译文优哉美哉，一对照原文，全然不是那么回事，歪曲了（所谓的美化也是一种歪曲）诗作的本来面目。

但终因水平所限,加之资料不足,我们在编写和翻译、评介方面难免有疏漏之处,还望读者和同行们指正。

另黑龙江大学俄语系苏联文学专家叶列娜、涅龙斯卡娅在本书编选和翻译过程中,提供了许多资料,解决了不少疑难问题,特此致谢。

1986 年 12 月

哈尔滨黑龙江大学

补 记

  今年四月我们收到了苏联著名诗人叶夫图申科热情的来信,对我们的《诗萃》表示关注,他感谢我们为《诗萃》付出的劳动,对我们的选材表示满意,并建议我们参照他主编的《俄国诗选》(陆续发表于《星火》周刊),那里有不少被埋没了的诗人的名字又重见天日;可惜的是,《诗萃》已经定稿,这些人的诗已无法补进,不能不说是一种遗憾。这里我们向诗人叶夫图申科表示谢意,将来有机会我们愿意翻译他主编的《俄国诗选》。

  另在黑龙江大学俄语系工作的苏联专家文学副博士叶·康·涅龙斯卡娅在《诗萃》编译过程中曾给予不少帮助:解决疑难,提供资料。李锡胤研究员亦一直关怀《诗萃》的命运,并提出过许多有益的意见。在此一并致谢。

1988 年 6 月 10 日

张铁夫(1938—2012),湖南新化人。湘潭大学教授,曾任湖南省比较文学与世界文学学会会长。主要著作有《普希金的生活与创作》《普希金与中国》《普希金新论——文化视域中的俄罗斯诗圣》《普希金学术史研究》;译著有《普希金论文学》《凯恩回忆录》《普希金文集第七卷》《俄罗斯的夜莺——普希金书信选》《面向秋野》等。1999年10月获俄罗斯联邦政府颁发的普希金纪念奖章。

《面向秋野》译后记

看完《面向秋野》的最后一页清样,已经是夜半了。我从椅子上站起身来,轻轻地推开窗子,一股略带寒意的清新空气猛然扑进窗内,使人顿觉神清气爽。我轻松地舒了一口气。几年来,我在业余时间几乎倾注了全部心血的这部译作,终于要同读者见面了。作为一个译者,自然感到无比欣慰。我想,一个人最大的快乐、最大的幸福,莫过于把自己的劳动献给社会,献给人民。

我倚窗而立,沉思郁郁,蓦地,一种不可名状的惆怅袭上心头。我不禁想起了普希金在完成《叶甫盖尼·奥涅金》之后所写的一首题为《劳动》的短诗:

朝思暮想的时刻已经来临:多年的工作业已完成。
为什么一种莫名其妙的忧郁袭进我的心?
莫不是我像一个干完了活儿、结清了账的工人,
无用地呆立着,对别的活儿都很陌生?
莫不是我惋惜自己的劳动——我那深夜无言的旅伴,
金色黎明的朋友,神圣家宅的友人?

此刻，我也像我极其尊敬的这位诗人一样，对自己的这个"深夜无言的旅伴，金色黎明的朋友，神圣家宅的友人"，怀着一种依依惜别之情。他离去了，但我觉得自己的活儿并未干完，账也没有结清。是的，似乎还应该写点什么，于是我又回到了桌边。

记得这是将近三十年前的事了，当时我正在大学念书。有一天，我从图书馆借得一本薄薄的书——苏联作家帕乌斯托夫斯基的《金蔷薇》。这是一本散文体的创作经验谈，作者在书中探讨了构思的诞生、观察力的培养、素材的提炼、语言的磨炼、想象的必要性、细节描写的功能等。翻开第一篇《珍贵的尘土》，我就被它那深刻的哲理、美妙的故事、抒情的文笔吸引住了。读这本书，我感到是一种极大的享受，但是读完之后，掩卷沉思，心中多少也有一种不满足之感。我问那个看不见的作者：为什么不多写一些呢？

其实，帕乌斯托夫斯基在《金蔷薇》的后记《对自己的临别赠言》中已经对这个问题做了说明："第一卷记述作家劳动的札记就止于此了。我清楚地感到，工作只是开始，前面是无边的旷原。还有许多要谈的——我国文学的美学、它那培养具有丰富而崇高的思想感情体系的新人的深湛的意义、主题、幽默、形象、人类性格的塑造、俄语的变化、文学的人民性、浪漫主义、优异的鉴赏力、原稿的修改——是数也数不过来的。"在这段话里，作者把《金蔷薇》称为"记述作家劳动的札记"的第一卷。既然有"第一卷"，而且作者认为还有许多问题值得大书特书，那么也就应该有第二卷、第三卷。于是我的心中便产生了一个隐秘的愿望：找到第二卷，把它译出来。然而，由于二十世纪六十年代接连发生的那些众所周知的事件，我的愿望始终只是一个愿望，它只能埋藏在心的深处。

光阴荏苒，一晃二十多年过去了。一九八二年，我在苏州参加"当代苏联文学学术讨论会"期间，得到一本《北京图书馆馆藏苏联文学研究著作目录》（五十至六十年代）》。这是北京图书馆参考研究部编印的，由田大畏同志带至苏州，给与会代表每人赠送一册。我匆匆浏览了一遍，发现"作家回忆与随笔"栏内有帕乌斯托夫斯基的一本题为《面向秋野》的书，书名下还标有"肖像、回忆、随笔"的字样。我断定，它就是我曾经找过的那本书。遗憾的是，回校后因忙于教学和其他工作，这件事又搁下来了。

同年秋天，一位老同志在谈话中向我提及这本书，并希望我把它译出来。这本是我多年的夙愿。于是我通过"馆际互借"的方式，从北京图书馆借来了这本书。当我通读完毕之后，简直是欣喜若狂。是的，这就是它，就是我多年以来梦寐以求的那本书。书中收辑了作者三十至六十年代三十年间关于艺术问题的文章和回忆录。它不仅继续探讨了《金蔷薇》探讨过的那些问题，而且还探讨了许多新问题，如散文的诗化、旅行的作用、虚构的意义、短篇小说和历史剧的创作、文学与生活的关系等。此外，它还以大量篇幅，记述了许多前辈作家和同时代作家，对他们的生平与创作做了生动的描绘和精辟的评论。这些文章既是给人启示的文艺随笔，又是清新优美的抒情散文。因此完全有理由把它看作《金蔷薇》的姊妹篇。

帕乌斯托夫斯基在本质上是一位浪漫主义作家。美国学者马克·斯洛宁在谈到他的创作时说："与其说是情节，倒不如说是抒情的风采、情感的一致性、一种不间断的音符，使他那不连贯的散文（指广义的散文——引者）具有一种统一性。他的散文还具有某些评论家认为是他对法语的爱好所导致的那种光彩。"《面向秋野》中的文章，同样具有这些特点。他的散文，兼有小说和诗歌之所长，熔哲理和抒情于一炉。他那丰富的思想、广博的知识、天马行空般的想象、行云流水般的文笔，使他的散文具有一种巨大的艺术魅力。

在翻译《面向秋野》的过程中，我力求使自己的译文做到内容贴切，行文流畅，尽可能传达出原作的风采。当然，愿望归愿望，做起来又谈何容易！有时，一种植物，一部作品，一个成语，一位人物，让你绞尽脑汁，搜索枯肠，真可谓"一名之立，旬月踟蹰"。记得一位苏联作家把创作称为"甜蜜的苦役"，翻译又何尝不是如此呢？在同帕乌斯托夫斯基一起度过的几百个夜晚中，我既有成功的欢乐，又有失败的苦恼。即将呈现在读者面前的这部译作，就是这种"甜蜜的苦役"的产物。

湖南人民出版社决定将《面向秋野》收进《散文译丛》，这使我感到不胜荣幸。我向来喜欢散文，每当看到一篇佳作，总是爱不释手，反复诵读。一九八〇年，我和易漱泉等同志还编过一本《外国散文选》，书中选收了三十九位作家的四十八篇优秀作品，在湖南人民出版社出版后受到了评论界和读者的欢迎。由于这本书是国内第一个外国散文选本，因此被评论界誉为"开风气之先"。然而，总的来说，我国翻译介绍的外国散文仍然只是凤毛麟角。湖南人民出版社决定继《诗苑译林》之后，集大成地出版《散文译丛》，这实在是一个有胆有识的壮举，是一件功德无量的事情。

《面向秋野》，原书收六十六篇文章，约三十余万字。由于篇幅限制，这里选译了其中的二十五篇。原书分四辑，基本内容可分为两类：一类是谈创作的文章，另一类是谈作家的文章。为了简便起见，这个译本就按照上述内容分为两部分，书中的注释绝大部分为译者所作。

本书在翻译过程中，得到刘敦健同志的帮助，谨致谢忱。

1985 年 10 月

甜蜜的苦役
——张铁夫先生的文学翻译

曾思艺

　　从二十世纪六十年代开始翻译俄苏文学作品至今，张铁夫（1938—2012）先生已经翻译出版了《普希金论文学》（漓江出版社，1983）、《面向秋野》（湖南人民出版社，1985；湖南文艺出版社，2008）、《普希金情人回忆录》（漓江出版社，1991）、《普希金文集》（第七卷，人民文学出版社，1995）、《罪与罚》（海南国际新闻出版中心，1997）、《父与子》（海南国际出版中心，1997；南方出版社，2003）、《俄罗斯的夜莺——普希金书信选》（经济日报出版社，2001）、《玫瑰——屠格涅夫散文诗集》（湖南文艺出版社，2002）等译著，发表了相当数量的译诗（主要是二十世纪六十年代，有四五十首，其中二十多首发表于《人民日报》《羊城晚报》《湖北日报》《武汉晚报》《鸭绿江》等报刊）、散文（如柯罗连科的《火光》）、中短篇小说（如《塔里河两岸》、《流浪汉的自白——一个国际冒险家的奇遇》以及捷克作家哈谢克的短篇小说、匈牙利作家伊什特凡·艾肯的中篇小说《玫瑰花展》等）。此外，还有索洛乌欣的中篇小说《弗拉基米尔州的乡间小路》、散文集《手掌上的小石子》等，尚待出版。综观张铁夫先生的俄苏文学翻译，其突出特点，一个是简洁明晰，另一个是优美典雅，还有一个是细腻传神。

　　简洁明晰是铁夫先生的性格特点，他办事、说话、讲课、写文章，有一个鲜明的特点，便是简洁明晰，即使是相当复杂的问题，经过他的处理，再摆出来，也变得有条不紊，井然有序，简洁明晰，一目了然了。这一特点也相当鲜明地体现在他的文学翻译作品中。

　　如《罪与罚》中马尔梅拉多夫给拉斯科尼科夫讲述自己的大女儿被迫当了妓女后，只得偷偷地来帮助后母的一段话："И заходит к нам Сонечка теперь более в сумерки и Катерину Ивановну облегчает и средства посильные доставляет",一种译文是:"现在,索涅奇卡多半在天黑以后才来看我们,帮卡捷琳娜·伊万诺夫娜做点家务,减轻一点她的负担,同时尽可能带点钱回来。"另一种译文是:"现在索涅奇卡大多是天黑的时候到我们这里来,帮卡捷琳娜·伊万诺芙娜干活分忧,也尽其所能地送点钱来。"张译则是:"现在索涅奇卡多半是在傍晚上我们这儿来,一是帮卡捷琳娜·伊万诺芙娜干点活儿,二是力所能及地送点儿钱来。""一是""二是"是张译突出的特点,条理清楚而又简明扼要,既译出了原著中"и……и……"的含义,又非常有力地表现了索尼亚的孝心与爱心。

又如屠格涅夫的散文诗《Простота》:"Простота! Простота! Тебя зовут святою... Но святость—не человеческое дело. Смирение вот это так. Оно попирает, оно побеждает гордыню. Но не забывай: в самом чувстве победы есть уже своя гордыня."一种译本是:"纯朴! 纯朴! 人们把你叫作神圣——这不是人类的东西。抑制——这才是。它践踏着,它克制着傲慢。但别忘记:在高兴的感情本身,已经蕴藏着自己的傲慢。"另一种译本是:"纯朴! 纯朴! 人们称你为神圣。而神圣——却与人类无缘。谦虚——这才对呢。它能践踏一切,它能战胜傲慢。但是别忘记:在胜利感本身之中已经有你自己的傲慢在内。"张译则为:"纯朴! 纯朴! 你被称呼为神圣。然而神圣却与人类并不相干。谦虚——这才真了不起呢。它能抑制和战胜骄傲。但是别忘记:胜利感本身就隐藏着自己的骄傲。"这首散文诗是屠格涅夫晚年对人生的反思与经验总结(俄罗斯当代作家帕乌斯托夫斯基有句话正好是它的注脚:"在谦虚里包含着一个人的道德力量和纯洁"),用格言式的方式表达出来,简洁而明晰。第一、二两种译文虽然简洁,但不明晰,有些地方很难理解,如"在高兴的感情本身,已经蕴藏着自己的傲慢",且不说"在高兴的感情本身"一句的语言拖沓、别扭,毫无诗意,就是该句的意思都很难理解——为什么高兴的感情就已经蕴藏着傲慢? 高兴与傲慢有什么必然关系? 而说谦虚"践踏一切",也很费解。张译"胜利感本身就隐藏着骄傲"、谦虚"抑制和战胜骄傲",就用简洁明晰的语言使诗意显豁了。

这种简洁明晰,在铁夫先生的翻译中随处可见,如《面向秋野》中的"大诗人几乎总是用孩子的眼睛来观察世界,仿佛他真的是初次见到它一样。否则,囿于成年人的特点,生活的巨大岩层就会对它紧紧关闭,因为成年人见多识广,对一切都习以为常了。在寻常的东西中发现异乎寻常的东西,在异乎寻常的东西中发现寻常的东西,这就是真正的艺术家的特性",《普希金文集》第七卷中的"在人生的最佳年华,尚未被世故变冷的心跟美是相通的。它是轻信的、温柔的。然而,现实的永恒矛盾在心中逐渐引起了怀疑,这是一种痛苦而又短暂的感觉。待到它把心灵的美好希望和富于诗意的偏见永远毁灭之后,这种感觉便消失了。无怪乎伟大的歌德把人类永恒的敌人称作'否定的'精灵"等等,就是如此。

铁夫先生不仅简洁明晰,而且温和儒雅,到外面旅游时,还经常写点散文,并在国内报刊发表过数十篇。这些散文是学者的散文,很有文化内蕴,但在简洁明晰中又往往蕴含着优美典雅。如《访普希金故居博物馆》:"圣彼得堡是一座水道纵横的城市,有'北方威尼斯'之称。涅瓦河从东南方向蜿蜒而来,把市区分割为两大部分,并在河中造成许多大大小小的岛屿;而无数的人工水道又把城市划分为一个个街区。水道上每隔一定的距离便有一座桥,两岸是鳞次栉比的高楼,桥头饰有艺术题材的雕塑,水中映着楼和桥的倒影。这楼,这桥,这水,和谐完美地融在一起,形成一种奇特壮丽的景观,宛如一幅立体风景画。"即便是学术性很强的序言,铁夫先生也当作美文来写,写得优美典雅,如他为《丘特切夫诗歌研究》写的序:"思艺曾经写过一首题为《野葡萄》的诗:'不能更紫晶一些了/每一颗都已紫晶得够饱满/每一颗都已紫晶得够圆润/每一颗都已紫晶得够深沉/每一颗都已紫晶得够梦幻//一颗颗野葡萄把山林变成星空/一嘟噜饱满的紫晶/就是大自然一嘟噜美妙的童话/一串串圆润的紫晶/就是大自然一串串动人的传奇//这一份饱满而圆润的成熟啊/这一份亮丽而芬芳的野性啊/如此纤柔圆腻的生命里/竟如此熠熠地紫晶着/大自然的七彩神奇'诗中一颗颗饱满、圆润、深沉、梦幻、成熟、芬芳的'野葡萄',就是丘特切夫诗歌的象征。如今,这一颗颗'野葡萄'在一位年轻的中国学者的著作中,闪耀着大自然的神奇的光彩,焕发出了新的生命。这也许是丘特切夫生前未曾预料到的吧!"他进而把这些特质融入翻译之中,从而使其文学翻译具有优美典雅的特点。

他往往用优美的文笔来传达原著的神韵,这在《面向秋野》中尤为突出。《面向秋野》是俄罗斯当代作家帕乌斯托夫斯基关于创作的一本著作,虽然具有理论探索的意义,但采用相当活泼生动的散文方式来写作,因此,既是给人启示的文艺奥秘探索,又是诗意盎然、清新优美的抒情散文。铁夫先生的翻译颇为传神地表现了原著的浓浓诗意和清新优美,如"在童话中,人往往处于强大的自然界的包围之中:茂密的森林,广阔的河流,深邃的大海,神奇的草地。童话世界里处处是鸟语花香、冷泉淙淙、树叶飒飒,还有彩虹、阳光、闪烁的繁星和野兽出没的幽径","那时,隐藏在其中的种种诗意——向四面八方伸展的沉默的田野的诗意，被畜群踏得尘雾蒙蒙的黄昏的诗意，油漆剥落的雕花门窗的诗意，沉甸甸的树叶突然发出沙沙响声的粗壮榆树的诗意，被搬到户外接受温暖的雨水滋润的橡皮树盆景的诗意，满脸雀斑的孩子们的诗意，以及电光在山谷和田野后面阵阵闪耀、并且从那儿飘来被雨水压住的大路尘土气味的干燥的傍晚的诗意，就会开始渐渐苏生"，"普里什文的词汇万紫千红，闪闪发光。它们时而像树叶一样簌簌低语，时而像泉水一样潺潺歌唱，时而像鸟儿一样啾啾啼啭，时而像初结的薄冰一样嚓嚓有声，有时则像林区上空的星移斗转，从容不迫地印入我们的脑海"。

不过，铁夫先生翻译中的优美典雅尤其是典雅，主要通过语言的中国化表现出来。在翻译语言中，鲁迅主张硬译，从而给现代汉语带来了很大的负面影响，这已为当今不少有识之士引以为戒。翻译作品的阅读对象是中国人，适当照顾中国读者的阅读习惯，适当地对语言加以中国化，这从小处说是照顾了中国读者的阅读习惯，从大处说也是保护汉语、纯洁语言的需要。因此，铁夫先生在翻译中让语言适当中国化是很有眼光的，也极有现实意义。其翻译语言适当中国化主要表现在以下几个方面。

一是善于使用中国的成语和四字词等文语。如《罪与罚》中的一段："да...все в руах человека, и все-то он мимо носу проносит единственно от одной трусости...это уж аксиома....Любопытно, чего люди больше всего боятся？Нового шага, нового собственного слова они всево больше болятся...А впрочем, я слишком много болтаю.Оттого и ничего не делаю, что болтаю. Пожалуй, впрочем, и так: оттого болтаю что ничего не делаю."一种译义是："是啊……事在人为吗，可是一个人之坐失良机，尤非是由于胆小……这已是无须证明的公理……有意思的是，人们最怕什么呢？他们最怕迈出新的一步，最怕自己新的独到见解……不过话又说回来，我空话也说得太多了。因为我净说空话，所以什么事也不做。不过也可能是这样：因为我无所事事，所以才空话连篇。"张译则是："对……事在人为嘛，倘若畏首畏尾，必然错失良机……这是一条规律……真有趣，人们最害怕的是什么呢？他们最害怕的是新步子，自己的新的想法……不过我的空话说得太多。由于我尽说空话，因此我无所作为；不过，也许是这样：由于我无所作为，因此尽说空话。"两相对照，张译由于采用了"事在人为""畏首畏尾""无所作为"等较多的成语和四字词"错失良机""尽说空话"而更有文采，更加典雅，也更切合富有思想、很有书卷气的主人公——法律系大学生拉斯科尔尼科夫的身份。《父与子》中的"她被认为行为轻佻和卖弄风情，对任何一种娱乐活动都如痴如醉，跳舞跳得骨软筋酥，跟年轻人在一起谈笑风生"、"库克申娜太太用一种矫揉造作、漫不经心的态度接二连三地抛出许多问题，根本不等别人回答。娇生惯养的孩子跟自己的奶妈就是用这种方式说话的"。《面向秋野》中的"他（普希金——引者）像个孩子似的，聪明睿智而又性情急躁，说话刻薄而又无限温柔，大胆到近乎粗鲁，却又因意识到自己的智力而安详自若，爱笑而又喜欢生气"。屠格涅夫散文诗《两首四行诗》中的"在远处，在雷鸣和涛声般的欢呼中，在普照万物的金色阳光下，尤利乌斯的紫红厚呢斗篷光彩夺目。透过神香的一缕缕轻烟，他的桂冠忽隐忽现。他神态庄重，步履稳健，俨然是一位得胜回朝的国王，从容不迫地移动着他那昂首挺胸的身躯……棕榈树的长长的树枝轮流地向他鞠躬，仿佛在以它们那悄悄的上扬和恭顺的下落，来表达那种洋溢于对他入迷的同胞心中的、高潮迭起的崇拜之情"。《海上之旅》中的"我问了他几个问题，而他的回答却总是吞吞吐吐，支支吾吾；无奈我只得去找我的唯一的旅伴——猴子……凝滞的、湿气很重的雾霭把我们俩给裹住了，令人昏昏欲睡，我们俩同样不知不觉地沉浸于遐想中，像亲人一样促膝而坐"等等，莫不如此。

　　二是善于使用"对称句"。这里的"对称句"，是指精心地让两个句子或两个以上句子的字数大致相等、语法结构基本相同，从而有意形成一种匀称美（而对称美或匀称美，是中华民族酷爱的一种美，我们的对联、北京紫禁城的布局等等，是最明显也最突出的标志），如屠格涅夫的散文诗《没有更大的痛苦》（原文为意大利文：NESSN MAGGIOR DOLORE）："Голубое небо, как пух легкие облака, запах цветов, сладкие звуки молодого голоса, лучезарная красота великих творений искусства, улыбка счастья на прелестном женском лице и эти волшебные глаза...к чему, к чему все это？"一种译文是："蔚蓝色的天空，像绒毛一样淡薄的云彩，花香，年青人美妙的声音，伟大的艺术作品绚丽的美，富有魅力的女人脸上的幸福的微笑和那对诱人的眼睛……这一切有什么用呢？"一种译文是："蔚蓝的天，茸毛般轻轻的浮云，花的芳香，年青的嗓子发出的甜蜜的声音，伟大的艺术创作的光辉灿烂的美，一张迷人的女性面庞上的幸福的微笑，和这两只神奇的眼睛……有什么用，这一切都有什么用场？"张译："蓝盈盈的天空，羽毛般的轻云，鲜花的芬芳，年青人甜美的嗓音，艺术巨著的华美，迷人女子幸福的笑靥，以及这对有魔力的眸子……这一切有何必要，有何必要呢？"这一段文字本来就比较优美，然而第一种译文基本上是直译，诗味不足，而且句子间过于参差不齐，缺乏语言音韵的美感；第二种译文较好地传达出了散文诗的韵味，但句子的长短差别仍然过大，尤其是"一张"句过于欧化，长而拗口，破坏了语言的诗意美；张译则除了用"蓝盈盈""轻云"等生动地传达出诗意外，还精心让这本就不多的几个句子基本整齐，从而更好地表现了散文诗的韵味。《父与子》中"这个季莫费伊奇是个衣衫破旧、身子敏捷的小老头，一头失去光泽的黄头发，一张饱经风霜的红脸，一双老是眯着的、噙着小泪珠的眼睛，他身穿一件很短的厚青灰呢外衣，腰系一根断了一截的皮带，脚登一双涂了焦油的靴子"，《罪与罚》中的"他生得一表人才，一双漂亮的黑眼睛，一头深褐色的头发，中等以上的个儿，身材修长而匀称"等，也是如此。

铁夫先生的翻译不仅简洁明晰、优美典雅，而且细腻传神。文学翻译中的细腻传神，往往是在细细揣摩原著之后，用比较有特色的语言表现出来。铁夫先生在翻译之前，往往再三阅读原著，细心揣摩其中的涵蕴，然后通过重叠词、增加有关数量词或句式的调整等方式，更细腻传神地表现出来。

如屠格涅夫散文诗《玛莎》："Парень лет двадцати, рослый, статный, молодец молодцом ; глаза голубые, щеки румяные ; русые волосы вьются колечками из-под надвинутой на самые брови заплатанной шапоньки. И как только налез этот рваный армячишко на эти богатырские плечи!"一种译文是："他是个二十岁光景的小伙子，身材高大，体格匀称，仪表堂堂；他有一对蓝色的眼睛，红润的面颊，他那一直戴到眼眉边的带补丁的帽子下边，露出卷成一个个小圈圈的淡黄色头发。而且，刚好在宽阔的肩膀上，披着一件褴褛的外衣！"另一种译文是："一个大约二十岁上下的、高个子、身材匀称的漂亮小伙子；蓝眼睛，红面颊；眉梢上低压着一顶打补丁的小帽子，露出一圈圈卷曲的亚麻色头发。还有，这件窄小的粗呢上衣是怎么套上这副魁梧的肩头的哟！"张译："小伙子的年纪二十上下，身材魁伟，体格匀称，真是漂亮极了；一双眼睛蓝幽幽的，两个面颊红扑扑的；他那亚麻色的头发，从那顶一直盖到眉毛上的带补丁的软帽下，一小圈一小圈地露了出来。一件破旧的厚呢上衣把他那勇士般的双肩箍得紧紧的！"对比之下，张译不仅语感更好，符合散文诗的要求，而且通过"蓝幽幽的""红扑扑的""紧紧的"等重叠词，以及添加的数量词"一双（眼睛）""两个（面颊）"，既有一种对称整齐的语言美，又更细腻传神地写出了马车夫健壮英俊的形象。

又如屠格涅夫的散文诗《你哭了……》："Ты заплакал о моем горе ; и я заплакал из сочувствия к твоей жалости обо мне. Но ведь и ты заплакал о своем горе ; только ты увидал его—во мне."一种译文是："你哭的是我的悲痛；而我哭，是由于你对我的怜悯和同情。不过，要知道，你哭的也是自己的悲痛，因为只有你在我身上看到了自己的悲痛。"另一种译文是："你为我的痛苦而哭了；而我也由于感激你对我的怜惜而哭了。 然而要知道，你也是在为自己的痛苦而哭啊；只不过你是在我身上看见了它。"张译："你哭了，为我的忧伤；我也哭了，由于赞许你对我的怜悯。 而其实，你也是在为自己的忧伤而哭；只不过你看到它——是在我的身上。"张译由于对句式进行了适当调整，显得简洁清晰，而且比前两种译文更富对称整齐之美，从而更好地体现了原作的诗意。

实际上，在铁夫先生的翻译中，以上三个方面往往是结合在一起的，只是出于论述的方便，把它们分开来了。如屠格涅夫散文诗《对话》（Разговор）："Вершины Альп...Целая цепь крутых уступов...Самая сердцевина гор. Над горами бледно-зеленое, светлое, немое небо.Сильный, жесткий мороз；твердый，искристый снег；из-под снегу торчат суровые глыбы обледенелых，обветренных скал."一种译文是："阿尔卑斯山巅……连绵不绝的悬崖峭壁……群山最中心的地方。群山上面是浅蓝色的，晴朗的，平静的天空。凛冽、严酷的寒冷；坚硬、闪光的雪；被风吹过的冰封峭壁，险峻的巨石在雪中巍然耸立。"一种译文是："阿尔卑斯山的峰巅……连绵的峭壁……群山的中心。群山之上，是淡青色的、明亮的、静穆的天穹。凛冽而严峻的酷寒；坚硬的、闪烁着金色星点的雪；被狂风吹秃的、冰封的峭崖上，几块险峻的巨石从雪被下耸出。"张译："阿尔卑斯山的顶峰……层峦叠嶂……群山的中心。群山上面是明朗、静谧的浅绿色天空。朔风凛冽，透骨奇寒；坚硬的积雪金光灿灿；几座冰封和风蚀的险峰冲开积雪，直插云端。"相比之下，张译由于用了"层峦叠嶂""朔风凛冽，透骨奇寒"等成语和四字词，并且对后面的句式进行了适当调整，翻译成"坚硬的积雪金光灿灿；几座冰封和风蚀的险峰冲开积雪，直插云端"，从而既避免了"凛冽、严酷的寒冷""凛冽而严峻的酷寒"等比较生硬的句子，显得整齐有力，又简洁明晰、优美典雅，细腻传神地传达了原作的诗意。屠格涅夫散文诗《乡村》："天空一碧万顷，只有一片小云，不知是在飘浮呢，还是在消散。没有一丝儿风，天气暖融融的……空气像刚挤出来的牛奶一样热气腾腾！……空气里弥漫着烟味和草味，还有点儿焦油味，一点儿皮革味。大麻长势喜人，散发出浓郁而芳香的气味。一个底部很深、但坡度不大的峡谷。两旁长着几行爆竹柳，一个个树冠枝繁叶茂，下面的树干却已经龟裂。一条小溪在谷底奔流；透过清澈的水波，溪底的小石子仿佛在微微颤动。在天地相接的远处，一条大河像一道蓝线在天际闪现。"《普希金文集》第七卷中的："拜伦对世界和人类的本性投之以片面的一瞥，然后便抛弃它们，沉浸于自我之中了。他给我们展示了一个自我的幽灵。他再度进行了自我创造，时而扎着叛逆的缠头巾，时而披着海盗的斗篷，时而是一个差点死于苦行戒律的异教徒，时而是一个行踪不定的漂泊者……归根结底，他把握、创造和描写的是同一个性格（即他本人的性格）。除了某些散见于他作品中的讽刺性狂言妄语之外，他把一切都归结于这个忧郁的、强大的、如此神秘的人物。当他动手写自己的悲剧时，他把这个忧郁而坚强的性格的各个组成部分分配给每个角色，从而把自己创造的高大形象分割成几个零碎的、无足轻重的人物。"《父与子》中的："四周一片金绿，一切物体——树木呀，矮树丛呀，青草呀，一切都在暖风的轻轻吹拂下宽广地、轻轻地荡漾，发出夺目的光彩；云雀的嘹亮的歌声不停地从四面八方阵阵飘来；凤头麦鸡时而高叫着在低洼的草地上空盘旋，时而静静地在土墩上跑来跑去；白嘴鸦在嫩绿的、长得不高的春麦地里悠闲自在地走来走去，乌黑的羽毛显得特别漂亮；它们消失在已经微微发白的黑麦地里，只是偶尔从烟色的麦浪里露出它们的脑袋。"也无一不是融简洁明晰、优美典雅、细腻传神于一体的。

正因为如此，铁夫先生的翻译可以说是一种美文翻译。这与他的翻译观密切相关。铁夫先生非常敬重著名翻译家草婴先生，并且从草婴的文学翻译中获益匪浅。草婴提出的翻译小说的五条标准：形象鲜明、动作清楚、对话生动、节奏明快、音调铿锵，对铁夫先生启发尤其大。数十年的比较文学教学与科研工作，与数十年的文学翻译实践相结合，使铁夫先生形成了自己的翻译观。其翻译观的核心是：翻译文学是民族文学的一个组成部分；翻译是一种"甜蜜的苦役"。翻译文学是民族文学的一个组成部分，这个观点有两层内涵：其一，强调了翻译文学与民族文学的关系，因此照顾中国读者的阅读习惯，翻译语言适当中国化，为保护、纯洁现代汉语而努力，这是不言而喻的了；其二，从民族文学的高度把翻译当作一种再创作，既然翻译构成了民族文学的一个部分，那么翻译首先得是文学，这就使翻译必须以美和艺术为追求目标，不仅要求形象鲜明、动作清楚、对话生动、节奏明快、音调铿锵，而且进而追求把自己的个性融入翻译之中，形成独具个性的文学翻译——简洁明晰、优美典雅、细腻传神，于是便出现了美文翻译。他进而认为翻译是一种"甜蜜的苦役"——既说明翻译是一件严肃的事情艰难的工作甚至痛苦的差使，又指出在翻译中由于个性投入、性灵舒张、灵气灌注，把苦役变成了一种再创造，美文翻译也体现了自己的个性和创作，因而自有一种非个中人难以体会的甜蜜与欢乐——铁夫先生在《学海回眸》中谈到：翻译"常常弄得我寝食不安，当然也带给我不少欢乐。"并且幽默地说："用时下的话来说，就是'痛，并快乐着'。"

正是在这种翻译观的指导下，几十年来铁夫先生对文学翻译乐此不疲，经常沉醉于这"甜蜜的苦役","痛,并快乐着",而且形成了自己独特的翻译风格,出版了不少美文翻译的译著。这些美文翻译受到了广大读者的欢迎,也得到有关专家的高度评价。《普希金论文学》出版后,得到了同行专家和读者的好评和欢迎;《面向秋野》出版后更是受到了普遍的欢迎,1985年初版印了一万册,很快就销售一空,第二年又印了一万五千册,还是供不应求。《文艺报》《文汇报》《文汇读书周报》《外国文学研究》等多家报刊发表书评或书讯,散文家陈丹晨、吴泰昌、李元洛等在给铁夫先生的信中称赞它"是一本有价值的书"。《父与子》等作品也一版再版。对铁夫先生的翻译十分了解、多次向他约稿的著名诗人彭燕郊(1920—2008)先生,在和笔者的一次谈话中,认为自《面向秋野》以后,铁夫先生的翻译可以跻身于名家之列。

杨德友（1938—　　），北京市人，山西大学外语系教授，通晓英、俄、波兰、法、德、意等多种外语。出版译著30多种。译自俄语的有《宗教精神：路德与加尔文》、《托尔斯泰与陀思妥耶夫斯基》（上下卷），译自英语的有《理解俄国（俄国文化中的圣愚）》、《帝国意识——俄国文学与殖民主义》，译自德语的有《俾斯麦回忆录》（第一卷），译自波兰语的有《福地》（第一部）、《与魔鬼的谈话》，译自法语的有维庸的《遗嘱集》，译自意大利语的有《米开朗基罗诗全集》。2002年9月，获"传播波兰文化波兰外交部长奖"。

《托尔斯泰与陀思妥耶夫斯基》译后记

一九九四年十月，刘小枫先生在一次电话中建议翻译该书。当时，长子杨念在美国伊利诺伊大学读博士学位，我请杨念帮助借阅和复印到该书第一部和第二部的序言，以后又托莱斯大学汤普逊博士帮助复印到卷二（1914年24卷本全集的第11卷和第12卷）。一九九八年一月译完卷一，二〇〇〇年一月由辽宁教育出版社出版。第二卷的译事在十年后的二〇〇七年四月才开始，二〇〇八年十月完成，这期间又重审第一卷的译文。在此期间，北京大学中文系教授刘东也推荐翻译该书的全译本，并推荐出版社（刘东教授现任北京清华大学国学院副院长）。

翻译梅列日科夫斯基这部著作，有一些值得回忆的细节。

在一九八八年前后校对高骅翻译的赫克《俄罗斯的宗教》（香港道凤书社，1994）译稿的时候，注意到"参考书目"中的梅列日科夫斯基的《托尔斯泰与陀思妥耶夫斯基》。一九九四年在美国讲学完毕准备回国之前，我和老伴周惠文在伊利诺伊大学度假。七月，刘小枫先生在电话里约我翻译梅列日科夫斯基的《路德》和《加尔文》两书（中译合为《路德与加尔文》，上海学林出版社，1999年），并让我寻找俄文原文版。长子杨念立即帮助我从伊利诺伊大学图书馆找到了《加尔文》（Constantin Andronikoff 译的法文版，Gallimard，1942），但在美国，即使通过大学图书馆际借阅系统，也没有找到《路德》。回国以后的一年多的时间里，我想尽一切办法，"动员"可能提供帮助的全部亲朋好友，名副其实地兴师动众。首先找到中国社会科学院外学所李政文研究员（《世界文学》副主编），李先生查遍中国这个级别最高、藏书十分丰富的外文所图书馆未果，又不辞劳苦前往北图寻觅仍然未果。于是，我找到在一九七〇年代教过的英语专业学生郭晋萍，托她在莫斯科工作的先生张银海帮忙。张先生十分热心，给莫斯科各大书店打电话询问此书未果，又前往列宁图书馆，找到一九一七年以前出版的梅氏著作和一九九一年以后出版的梅氏著作，但唯独没有此书。

我的老朋友，山西大学前校长程人乾教授（一九五四年至一九六〇年留学波兰）在阔别波兰三十五年后到波兰做访问研究，为我在华沙大学图书馆查找，看到梅氏许多著作，也唯独没有此书。一九九五年至一九九六年，我小妹杨德玲的先生，西安外国语大学法语系蒋梓骅教授在波尔多大学做访问研究，我请求帮助。经过校际图书馆联网查询，终于找到了这本《路德》的法文版，译者仍然是安德罗尼科夫（Les Editions du Beffroi, Canada, France, 1990年版）。

寻书困难的原因之一大概是，梅氏一九二〇年旅居法国，一九三〇年以后写作的书，有不少大概都是先译成法文出版，当时已是二战前夕，估计印数不大。此外，从一九一七年到一九九一年的七十多年间，梅氏著作在苏联—俄罗斯是禁书，波兰等原社会主义国家图书馆也无法收藏梅氏一九二〇年以后的书。一九九八年，我曾在美国北卡罗来纳大学看到一九九〇年代的新版梅氏著作，四卷本选集，当然不会收入《路德》。书的命运和人的命运一样，常常无法预测却又耐人寻味。

一九五〇年至一九五三年上初中时，我就听说过意大利文艺复兴时代三杰，很感兴趣。"文革"前，在山西大学图书馆里见到过绮纹翻译的《达·芬奇》，还买到了"历史小丛书"《达·芬奇》。须臾之间，到了一九七六年，当时正在北京处理父亲逝世后的杂事，国庆节前夕竟还为散心前往北京王府井老旧东安市场一家少见的外文旧书店浏览。"文革"已经进行十年有余，这家书店竟然还营业，也算是一个小意外了。书店矩形，四壁都是书架，摆满各种外文书，英文图书最多；中间是一长桌，也摆满书脊向上的书籍。长桌两头从地板到桌面高度摆着一摞一摞外文书。我慢慢查看,忽然看到三四十本一样的书,书脊上赫然印着俄文书名 как закалялась сталь(《钢铁是怎样炼成的》,奥斯特洛夫斯基著)。拿起一本翻开封底看价格,却看到"卖主"资料室图章,还有"作废注销"的红印章——原来"卖主"是某自治区某市一家钢铁公司技术科资料室,他们肯定认为这是一本冶金著作,学习苏联先进炼钢技术必不可少,所以订购了三四十本。

又转身查看一壁书架,忽然看到花体德文精装本的梅氏《历史小说:达·芬奇》,München 1922 年,插图十九幅,印数三万四千册到四万三千册(Dmitri Mereschkowski, Leonardo da Vinci, Historischer Roman, 696 页),定价人民币三元;虽然很贵很贵,还是狠狠心买下。其实,从青年时代起,一直到退休后多年的现在,无论在哪里,买书方面都不节省,因为学校图书馆里很难找到,而且,退休之后再办理借书手续十分麻烦。

一九五六年,我被"保送"到北京俄语学院(今天的北京外国语大学)学习。高考前,曾前往北京西城宣武门内大街路西石驸马大街的北京俄语学院留苏预备部听报告,学校一位十分负责的领导信誓旦旦地告诉天真、实际上很幼稚的青年考生:以后,我们的国家干部,凡懂俄语,工资一律比其他人高百分之二十。这位领导鼓励考生时绝对没有想到,到了一九五七年夏天,全国外语院校和系科("外语"在半个世纪以前几乎是"俄语"的同义词,和今天的英语一样)的一年级学生必须转学,二、三年级自愿转学(当时学习俄语和东欧语言的大学生有数千)。一九五六年,中国人口大约六亿,高校招生全国十六万,到了一九五七年,大家被告知,那是冒进,招生太多!——当然,懂俄语的人境遇后来都不理想,工资不仅一分钱不比别人多,不少人到了四十岁上下还得"俄改英",边学边教英文,难啊!一九五七年以后,政策层出不穷、朝令夕改,现在的青年人听起来一定很纳闷。我在三四十岁的时候,参加了从俄语翻译《苏联历史百科全书》第五卷的工作(中译书名是《世界历史百科全书》,北京,商务印书馆,1992),与吴长福教授一起校对他人翻译的《印度近代史》(北京,三联书店,1978),得到了从俄语笔译的修炼。在此年迈之际,从俄语翻译这一名著,值得庆幸,还常常提醒自己忘记那个"十分负责的领导"和当今翻译稿酬很低的事实(家教或者在培训班教一小时英语,大大多于笔译一天所得),不要抱怨,也不必羡慕一天翻译几千字、甚至一万字的高手。

我想起著名俄国文学翻译家余振先生(1908—1996,原名李毓珍,山西原平人),他翻译了普希金、莱蒙托夫、马雅可夫斯基等著名诗人的作品,译文都堪称上乘。一九五七年被划为右派,一九七九年改正之后任教于华东师范大学。一九八〇年，山西大学外语系让我开设本科生英国文学史课程，我有机会去上海收集资料，访问了余振先生。请教了关于文学翻译、尤其诗歌翻译问题之后，与先生漫谈起几十年专心于俄语的感慨。一九四九年到一九五七年，俄语很红，一九五七年至一九七八年，先生几乎完全不能做专业工作，俄语逐渐受到冷遇，一九七八年以后，俄语受到更严重的冷遇；七十岁以后，先生才得安然致力专长，然而，俄国和苏联文学又遭受冷遇。先生中年后期，熬过困苦，在译事上，毕生锲而不舍，当是我们的楷模。

一九七八年，我国高校全面恢复招收研究生制度，我已经四十岁，却还想读研究生。这一年暑假，回到北京，忽然想到了去中央美术学院试试。找见研究生招生办公室负责人程永江先生，被告知报名日期和考试早已经过去。我说自己对西方艺术史感兴趣，有不止一种外语基础，可否看看试题。程先生拿出中央美院英、俄、法、德、日等外语的研究生考试卷子，都是关于美术的论文片段，说考试翻译一篇的时间是三小时，你试试看，做多少都可以，还提供了外语字典。程先生出去，我留在资料室。大约三个小时之后，程先生回来，我立即交卷。五种外语考卷全部翻译完毕，用了三五次字典，赶忙写了三个小时，累得很。只有日语，觉得有些文句翻译得大概不够准确。程先生说，我们看看，你明天来吧。次日，我如约来到中央美院。程先生说，我们看了你的考卷，决定录取你，你必须补充办理报名手续，拿这张表格回山西大学盖个公章就可以了。我很感谢程先生，冒昧索要住址，约好去拜访。程先生热情答应，还鼓励我去见中央美院王琦教授。我贸然到东单西总部胡同见过王教授后，按程先生给的地址又到西四北三条找到程宅，生平第一次看到真正大气、典雅的北京四合院，这才知道，程永江先生是我国京剧著名程派奠基人程砚秋先生的公子。中央美院一些人听说我考外语的事后，使我后来有机会认识了美术史专家邵大箴教授，在以后的大约十年里，中央美院的《世界美术》和浙江美院的《美术译丛》为我提供了翻译西方美术经典论文的机会。——山西大学似乎意识到我"不算无用"，坚决不给表格盖章，我也失去返回北京的唯一一次机会。

二〇〇八年十二月，《三联生活周刊》第四十五期是京剧专刊，我见到程永江先生关于程砚秋的采访，看到程先生的照片和那似曾相识的背景。二〇〇九年四月底到北京小住。在阔别三十一年之后再去程府拜见程先生，先生侃侃而谈，先谈有关京剧的问题，回答了我们关于程派艺术的一些外行问题，然后谈到一九五〇年代在列宁格勒列宾美术学院学习的情况，前往中亚帕米尔高原做美术考察的经历，途径阿斯特拉罕市、塔什干市、咸海、锡尔河，感叹景色之美。先生接着谈到参观托尔斯泰故居，在托尔斯泰书房看到列宾为他画的肖像,又沿着托尔斯泰曾经多年散步走过的林荫路,一直走到终点,到达托尔斯泰的墓地致敬。先生时时用俄语表达,字正腔圆。我虽然无缘到俄国,听来却耳熟能详。先生送我们到大门口,庭院内左侧种了一大片玉春棒(北京话,即玉簪花),又大又圆叶脉清晰的绿叶,非常美丽,先生精心护理的。告辞之时,先生说,他的大门对我常开,到北京时候一定再去访问。

表达了感谢和感恩之意,实现了一个夙愿,畅谈中又得教诲,十分欣慰。

中央美院诸位先生的言谈和接待,鼓励了我在后来的大约三十年里不断努力。有能力做、而且能够争取到机会做有意义的事、有意义的工作就好,就是愉快,就是幸运,应该也是有益于健康的。"工作可以免除三大害处:贫困、罪恶和烦恼"——这是伏尔泰的忠告。真是至理名言,至理名言。

2008 年 12 月
2009 年 6 月又补

沈念驹（1940—　　），浙江德清县人。浙江文艺出版社编审，曾任副总编。主持并编辑出版过大量外国文学名著，大型文集、全集及丛书。主编《普希金全集》（与吴笛合作）、《果戈理全集》。翻译出版有屠格涅夫、高尔基、普希金、契诃夫、帕乌斯托夫斯基等多位俄罗斯名作家的长篇小说、中短篇小说集，散文诗，童话以及多位儿童文学作家的名作，逾三十种。获中国译协授予的资深翻译家荣誉证书。

有关外国文学翻译与编辑业务素养的浅见

"翻译"一词的意义，商务版《现代汉语词典》有两个解释，即"把一种语言文字的意思用另一种语言文字表达出来"，和"做翻译工作的人"。同样，"编辑"一词的意义除了"对资料或现成的作品整理加工"，也指"做编辑工作的人"。所以本文的"翻译"和"编辑"兼指行为和行为人。按照词典里的定义推论，文学翻译就是把一种语文表述的文学作品用另一种语文表达出来。不过翻译的过程绝非解 a+b=c 之类代数式的简单过程。翻译的过程是译者用另一种语文将原著所包含的所有信息准确而恰当地传递的过程。由于语言环境与文化背景的差异，遇到原著的语文环境里特有而译文的语文环境里没有的语言与文化现象，译者往往要苦思冥想，搜索枯肠，努力在译文里用一种恰当的方式将其表现出来。尽可能完美地再现原著的风貌，更需要译者的学养与技巧。所以，说翻译是一种再创造，是不无道理的。由于译者对原著的理解程度、个人的学养以及治译态度的差别，不同的译者翻译的作品，质量往往各不相同。大凡译风严谨的译者的作品，尽管在遣词造句及修辞手段的应用等方面会各有千秋,但是对原著风貌的传达不会相去太远,传达过程中因对原著理解不足而产生的错讹相对地会比较少。反之,译文里就可能出现难以原谅的错误,更遑论准确而恰当地传达原著的风貌。由此观之,翻译的业务素养对译文质量的高下起着关键作用。出版社外国文学书稿的编辑,肩负给译稿质量把关的职责。大凡严肃的出版社,往往要求编辑在审稿和编辑加工的过程中对照原著逐句校读译稿,这对译稿质量的认定和保障,对未来出版物的质量具有重要意义,故他们的业务素养与对翻译的要求是一致的;况且,有的编辑本身就从事着翻译工作。所以这里我把两者结合起来谈。

严复在翻译《天演论》时提出以"信、达、雅"作为译事遵从的标准,现在这一点已为译界广泛接受,而且广大的翻译工作者在翻译实践中也是这样要求自己的。为此,翻译和编辑在业务上必须有所准备,即具备一定的业务素养。根据笔者多年工作实践的体会,就此提出以下几点粗浅的意见,以求教于同行。

随着国际交往的日益频繁,人们对译文准确性的要求也不断提高。早年林琴南式译述文学作品的方法,如今已经不被认可,不会再让一个不懂外语的人借助懂外语的另一个人的叙述来迻译一部文学作品。外国文学的翻译和编辑必须熟练地掌握至少一门外语,能掌握两门或两门以上更好。这是他们从业的前提。所谓熟练掌握,是指掌握相当数量的词汇、固定词组(成语)、句型,熟悉该门外语的语法知识,能在没有工具书的情况下比较顺利地阅读和理解作品的语义。一个人掌握的词汇量总是有限的,要不借助工具书而无障碍地阅读外文作品,对于不是以该门语言为母语的人来说,并非易事,而且绝对不借助工具书来阅读,恐怕大部分人都做不到。这里说的"在没有工具书的情况下"阅读,是指即使不查词典也能把外文作品读下去,而且读懂原著的情节与绝大部分句子的语义,不是说阅读中毫无语言上的障碍,因而不必查词典。我们在用母语阅读时尚且会遇到不认识的字或不解的词汇以及典故等等,阅读外文作品更不用说,当然需要查阅工具书。不过那已经是更高层次上的阅读,即要准确无误地在阅读中理解每一个句子,每一个细节,选择多义词在具体语境里的确切意义,从而使译文达到"信"的要求。要了解不同语种之间相互影响,彼此交融、借鉴的情况,尤其是外来词的源出。在遇到原著中用该文字拼写的他种语言的单词,而词典里又未必能查到的情况下,要能够凭借自己的有关知识判定该词的确切意义。举个小例子:我在翻译留德米拉·彼得鲁舍夫斯卡娅的小说 Время ночь 时,遇到一个词组 Эт сетера,这是用俄文拼写的拉丁文或英文单词 et cetera(简写为 etc. 意即"……等等")。作品里的这个俄文词组在目前国内的大型俄汉词典里都不可能查到,如果不明就里,翻译时可能会在这样的细节上卡壳。类似情况在俄语的文学作品里并不鲜见。外国人名地名的翻译遵从"名从主人"的原则,当原著中出现用该文字拼写的另一个文种的国家或民族的人名或地名时,则要按相关文种的这个名词的汉语音译进行翻译。如俄文人名 Екатерина,汉语音译是"叶卡捷琳娜",其英文名称的汉语音译就是"凯瑟琳"。近来由于学俄语、懂俄语的人较上世纪五六十年代大为减少,有些介绍俄罗斯风光的旅游读物往往借助英语资料翻译过来,于是出现了把俄皇叶卡捷琳娜二世和皇村的叶卡捷琳娜宫译成"凯瑟琳二世"和"凯瑟琳宫"的情况,这显然是不妥的,因为汉语里早就有译自俄文的通行译名。由于基督教的传布,在欧洲不同国家的语种里,同一个教名的发音与拼写会小有差异,中文的译名也不同,如俄文的"伊凡",在英文或德文里为"约翰",法文里为"让",西班牙文里为"璜"或"胡安"等等。翻译者必须了解这种情况,才能在自己的译文里向读者传递准确的信息。

一名称职的翻译或外国文学编辑,光外语好还不够,他还必须有较深厚的汉语言文学的功底,必须具备准确、恰当而流畅地用规范的现代汉语表达的能力。这是最基本的要求,否则其译文要么表述不清,不知所云,要么佶屈聱牙,令人不堪卒读。好的译文不但要准确通顺地传递原著的信息,而且应该有文采,以免阅读起来索然无味。所以要求翻译和编辑具有较高的文学修养。他们应该阅读过相当数量的中国古典和现代的优秀文学作品,有些名篇甚至能背诵,烂熟于胸,从而培养自己的文采和较高的文学鉴赏力。这是他们所以判断作品文学价值和品位的必备条件,也关系到选题的取舍与决策。他们还应该掌握基本的中国古代文化常识,以便在遇到原著文化背景下的某些特殊的文化现象时,能在译文里妥帖地运用汉语的相应手段来表达。比如,每一种语言在一定的语境里都有自己的谦辞和敬辞,假如译者熟悉中国古代文化常识,就能以汉语中相应的谦辞或敬辞恰当地传达原文的语境。有时原著的文体带有较强的书面语色彩,翻译时如能适当使用一些文言词汇或语句,就会使译文的语境更加贴切生动。这都与译者的汉语文修养有关。

外国文学的熏陶,对于翻译和编辑人员文学鉴赏力的形成同样非常重要。他们必须了解东西方文学发展的概貌,了解各国别、语种文学的发展脉络,阅读相当数量的外国文学经典名著。尤其要了解作为欧美文学两大源头的古希腊罗马神话和基督教《圣经》。因为欧美各国的许多文学经典名著以及现代作品,往往涉及这两个源头。翻译和编辑如果缺乏这方面的有关知识,可能寸步难行。早年赵景深先生把英语里的"银河"望文生义地译成"牛奶路",将德语单词"半人半马神"译成"半人半牛神",鲁迅先生不止一次撰文提出批评,还写诗揶揄:"可怜织女星,化作马郎妇。乌雀疑不来,迢迢牛奶路。"许多熟悉中国现代文学的人大概都知道这桩公案。赵先生如果事先读过希腊神话,可能不会闹出这样的笑话。

译者或编辑应当有丰富的国情学知识。"国情学"一词俄文里称为страноведение,该词又译作"区域地理学",系对区域或单个国家综合研究的一门学问。这里包括与一个区域或国家的政治、历史、地理、宗教、文化(包括文学和艺术)、掌故、风土人情等方面有关的知识。文学作品源于现实生活,脱离不了故事发生地的上述方方面面的情况,如果译者缺乏有关的知识,也许就不能正确解读作品,更难以对作品里涉及上述知识的有关内容在翻译时下笔,有时还可能会根据字面的意思望文生义,贻笑大方。编辑如果也缺乏相应的知识,处理译稿时就发现不了问题,以致谬种流传。我自己深感这方面知识的欠缺,往往为别人可能轻松应对的问题而苦苦求索。例如,一次我在编辑一位名家的译稿《罗曼·罗兰日记选页》时,读到其中一句,说"达和兄弟从斯库塔里回来了",译者对"斯库塔里"加的脚注是"阿尔巴尼亚城市名"。从书稿内容得知达和兄弟所来自的地方是第二次巴尔干战争的前线,根据该页日记所示的时间一九一二年三月推断,其时战争已经打到土耳其的伊斯坦布尔,这个斯库塔里该不会是阿尔巴尼亚城市。由于不熟悉第二次巴尔干战争的情况,手头又缺乏具体而详尽的资料,我虽有疑问,却不敢妄下断语。这时我联想到自己的一次经验。我曾经应《苏联文学》之约翻译过俄国作家蒲宁的游记《鸟影》,这是作者沿博斯普罗斯海峡经土耳其入地中海一路旅行的见闻,其中提到伊斯坦布尔城的一个地名"斯库塔里",查刘泽荣主编的《俄汉大词典》,注的是:阿尔巴尼亚城市"斯库台"的旧称。当时我很纳闷:怎么土耳其境内出了个阿尔巴尼亚城市呢?由于自己知识贫乏,在国门初开的八十年代更不可能有到土耳其旅游的经历,译事无法进行下去,为此在各种工具书里苦苦搜寻,终于在中国大百科全书出版社的《世界地名录》里查到,这是伊斯坦布尔一个区的名称,现在译作"伊斯屈达尔"。问题随之解决。由于有过这次经验,我写信与译者商榷,并提出自己的疑问和假设,希望他手头或许有具体的资料得以确证。译者毕竟是治学严谨的学者,在虽有疑问却无资料确证其即为伊斯坦布尔的"伊斯屈达尔"的情况下,回信对注释做了更改:"巴尔干战争某战地"。这样虽然还没有说得很确切,至少避免了张冠李戴。翻译和编辑除了掌握比较丰富的国情学知识,还应该具有世界上三大宗教(佛教、基督教和伊斯兰教)的基本知识,尤其对《圣经》和《古兰经》的内容要大致了解,以便在需要翻译的作品里出现有关典故、人名、地名或故事时不会不知所云。

出版界有一个说法：编辑应该是杂家，意思是说一名称职的编辑知识面要广，举凡文理百科的知识都要有一些。因为他面对的书稿什么样的知识都可能涉及，如果自己的知识面相当狭窄，孤陋寡闻，就无法判断书稿里某些内容的正误。同样，翻译也应该是杂家。因为外文原著的作者是根据自己的阅历、经验和知识创作的，他写作的时候不可能顾及这部作品日后译成其他文种时译者会遇到什么问题。所以译者必须有比较充足的知识准备，方能应对自如。有时为了减少读者阅读译文时的困惑或误解，译者要凭借自己的知识对原文的某些内容加注交代。例如，笔者前年曾经应约翻译原苏联科普儿童文学作家伊林与其妻谢加尔合著的《Рассказы о том, что тебя окружает》(《你身边万物的故事》)，系作者写于二十世纪二十年代的科普作品，绝大部分内容在今天仍然具有普及科学知识的现实意义。其中一篇介绍了平炉炼钢技术。平炉又名"马丁炉"，在纯氧顶吹转炉炼钢技术出现以前，平炉炼钢曾经独占鳌头，笔者念高中时化学课上专门介绍过平炉炼钢技术（当然也介绍转炉炼钢技术）。但是如今纯氧顶吹转炉炼钢技术和电炉炼钢技术早已取代平炉炼钢技术，再在译文里将其作为唯一的炼钢技术介绍，显然不合时宜，所以我在译文里加了注，介绍了有关情况，以使当今的小读者获得准确的信息。又如在翻译苏联儿童文学作家比安基的《森林报》时，出现了"留声机"这个词，在普遍使用光碟、数字音频压缩格式的音频文件播放器（如 MP3）的时代，许多小读者可能不知道留声机为何物，所以也有必要加注介绍。再如该书的一则知识游戏答案里将有毒的蝰蛇背上之字形花纹比喻为"该隐的记号"，这里涉及《圣经·旧约·创世记》第四章亚当的儿子该隐杀弟，被上帝在他身上做记号的故事。这个冷不丁冒出来的词组，定然会使不知《圣经》的中国小读者莫名其妙。所以也需要加注。凡此种种，都要求翻译或编辑有丰富的知识。

翻译和编辑都离不开工具书，而且多多益善。他们必须尽可能多地占有工具书和各种资料，方能得心应手，随时取用。要了解每种工具书的功能和特点，以便在需要时有的放矢地去查找。有时候一本工具书一辈子只使用了一两次，我认为还是买得值，因为它帮我解决了问题。不错，现在网上检索也十分方便，不过我以为电子书仍然不能完全取代纸质书，两者阅读和检索时的感觉是不同的。有时通过鼠标一阵阵在网上检索，还不如翻阅一下手边的词典快。当然手边的工具书和资料未必齐全，网上检索能补不足。

最后还要强调一点：翻译和编辑必须敬业，对原著和译文的读者负责，方能一丝不苟，把尽可能完美的译作呈献给读者。

跨世纪的普希金情结

——新版《普希金全集》出版之际游走的情思

沈念驹

修订增补后的浙江文艺出版社新版《普希金全集》，经过同仁们一年多辛勤的劳作，终于在二〇一二年底问世了。忝为该书两名主编之一，又是部分作品的译者，欣喜之余，更回忆起许多往事。思绪纷繁，兴之所至，随意走笔，姑且将这篇文字称为"游走的情思"。由于暂寓京华，大部分资料不在手边，个别地方可能记忆不确或引述有误，行内人幸勿见笑。

不少中国人对俄罗斯诗人普希金的名字大概不会陌生，上海还立有普希金的铜像。他被自己祖国的同胞誉为"俄罗斯诗歌的太阳"，是现代俄罗斯标准语的奠基人，也是俄罗斯浪漫主义和现实主义文学的开创者之一。自一九〇三年他的小说《上尉的女儿》以《俄国情史》为标题译介到中国，各种体裁和题材的普希金作品开始在我国陆续传播，其时间跨度迄今已超过一个世纪。一九九九年六月，北京大学、中国人民大学和上海两地三处，分别举办了纪念普希金诞辰二百周年的学术研讨会。而一年以前的一九九八年，中国普希金研究会已经在北京大学开了一次普希金学术研讨会，这可以看作是诗人诞辰二百周年研讨会的预备会。北大的两次会议都是风云际会，名流云集，国内研究、翻译普希金的诸多专家学者，中国对外友协的官员和俄罗斯驻华大使、俄使馆文化处官员及在京的俄罗斯媒体都出席了。为了纪念诗人的双百冥寿，浙江文艺出版社专门组织翻译并出版了国内第一套《普希金全集》。一位诗人在自己的祖国之外受到如此隆重的纪念，世上未必多见。一九四〇年代后期苏联塔斯社在上海办的时代出版社出版了戈宝权和俄国人罗果夫（Рогов）主编的中文版《普希金文集》。一九四九年以后，新政府的出版管理条例不允许外国人在中国办出版社，于是苏联把时代社交予中方继续办下去。五十年代初该书得以再版，我最先接触普希金作品，就是借助这个版本，时值六十年代初，进大学不久。书中既有诗歌，也有小说和戏剧，还有关于诗人生平事迹的简单介绍。时隔半个多世纪，对于它的面貌，我的印象已经模糊了。这是我认识普希金的启蒙读物。后来我又分别读到过戈宝权和查良铮先生翻译的普希金抒情诗集，大学一年级时还在一个同学处见到过查先生译的诗体小说《欧根·奥涅金》（现在通行的译法是《叶甫盖尼·奥涅金》，基督教的同一个教名在欧洲不同国家的语言里发音和拼写会小有差异，例如俄语的 Евгений，用中文的译音表达，是"叶甫盖尼"，英语的该名字用中文表达即为"欧根"或"尤金"，法语的则为"欧仁"或"尤仁"，等等，《欧根·奥涅金》的译本最先应是根据英译本转译的），不过当时我未及阅读。

我在外语系学的专业是俄语，因此有机会阅读俄文版普希金诗歌和小说。诗人的才情，他对自由、友谊和爱情的向往与讴歌，对专制政体的反抗倾向，小说中引人入胜的情节，还有他作品里优美流畅、生动形象和铿锵悦耳的语言，令我倾倒、神往，阅读普希金作品成为课余的精神享受。尤其是诗人一生的悲剧性遭遇，更叫人同情、不平和感慨。当时我们同学中颇有几位普希金的粉丝，平时闲谈的时候少不了有关他的话题。普希金出身于显赫的贵族世家，却有着与自己所属的阶级截然不同的爱憎。他因为渴望和讴歌自由，揭露和鞭笞专制制度下的丑恶社会现象，对底层小人物寄予深切的同情，为上流社会所不容，更被最高执政视为异端，因而两度遭遇放逐幽禁。但是这并未磨灭他的意志。当一八二五年十二月十四日发生在首都参政院广场（苏联时期改名"十二月党人广场"，现仍用此名，由于事件发生在十二月，故起义者及其同道被称为"十二月党人"）的起义遭遇残酷镇压以后，沙皇尼古拉一世问他如果暴乱发生时他在首都，他站在哪一边，诗人毫不犹豫地回答说站在暴乱者一边。我们在谈到这件事时，心中充满了对诗人的仰慕之情。当时我们最爱读也最爱谈的，莫过于他的抒情诗，如《我的墓志铭》、《假如生活欺骗了你》、《致凯恩》（"我记得那美妙的一瞬"）、《我爱过你》、《致恰阿达耶夫》、《致西伯利亚囚徒》、《囚徒》、《致大海》、《自由颂》等等。这些篇什，我们或者能背诵俄文的原诗，或者能背诵中文的译诗。毕竟自由、友谊和爱情是青年人最热衷最向往的东西。我曾用俄文手抄过一个普希金抒情诗的小集子。至于他的中短篇小说和诗体长篇小说《叶甫盖尼·奥涅金》以及他的大部分童话诗、叙事诗，则是在课内学过普希金专题以后，我才陆续接触到的。

大学时代以及后来很长一段时间里，省外文书店几乎是我休息日逛书店的必到之处。当时根据中苏两个政府间的有关协议，在俄文书刊的贸易中，卢布与人民币的比价非常低，旧币一卢布合人民币一角三分，后来的新币一卢布合人民币一元三角,一本篇幅约相当于中文二三十万字的精装俄文书,才卖人民币一元左右。所以我买进了不少俄文原版书,其中就有苏联国家文学出版社的三卷本《普希金文集》。这套书收进了普希金除游记、文论、传记以外的所有主要作品,可谓普希金作品的集大成者。可惜的是"文革"期间这套书的第二三两卷与我所有中国古典文学书籍和大部分俄文书籍一样,遭遇以"破四旧"为名的抄家劫难,以后就不知所终。所幸第一卷(抒情诗卷)在"文革"开始前被我的学生白雨借走,竟逃过一劫,风暴过后得以珠还合浦,该卷现在仍然藏于我的书橱,成为一个宝贵的纪念,这真得感谢白雨。后来在一九九〇年,以社长安扎帕里泽为首的苏联国家文学出版社代表团访华来杭,我与安氏谈到我的普希金三卷集的遭遇,希望能买到原版的普希金全集或文集,他慷慨地说:"我们来补偿您的损失。"果然,翌年我回访时安氏送了我一套三卷本的《普希金文集》。这套书用红色人造革面烫金精装,非常漂亮。我如获至宝,珍藏至今,后来还以它为蓝本翻译普希金的小说和童话。此外,安氏还赠我一册小六十四开本暗红色仿皮面精装的俄文版《叶甫盖尼·奥涅金》,系根据十九世纪俄国的一个珍藏本仿制,一共只印制五千本(俄罗斯人好读书,当时苏联的文学类图书每一个印次的数量一般都在几万册),弥足珍贵。苏联中学的文学课本,按照不同年级的程度,由浅入深地依文学史的顺序收入经典作家的代表作,有的是节选,有的是全文,其中当然包括普希金的作品。我购买了从识字课本开始的绝大部分苏联十年制学校文学课本。我和我的一些同学就是通过这样的课本阅读了不少俄罗斯以及苏联文学的原著。那次"破四旧"时,我以这些书是课本为由,据理交涉,使之基本上得以幸存。这使我在十年内乱时期的书荒中仍然有书可读。一九六五年我在杭州古旧书店买到冯至先生翻译的《海涅诗选》,我的邻居好友,语文教师闻乾看了爱不释手,便以自己的俄文版单行本《叶甫盖尼·奥涅金》与我的书交换。"文革"中闻乾被打成"反革命",饱受精神与肉体摧残,他珍爱的那本《海涅诗选》也在抄家后不知下落,而他给我的那本《叶甫盖尼·奥涅金》却鬼使神差,在对我的"破四旧"抄家中竟未被发现,从而得以保全,现在仍然在我的藏书之内,莫非老天有眼?!

我因为不是"红五类",无分参加一九六六年的国庆节游行。我这个人对政治比较麻木,属于不争者,即杭州人所谓"不要好坏",面对身份歧视不像有些人那么感到椎心泣血的痛苦,往往取随遇而安的态度,就如关汉卿在一首小令里所写的:"……闲将往事思量过:贤的是他,愚的是我,争甚么!"(《四块玉·闲适》)或许这也是阿Q精神的一种表现吧,所以反而庆幸自己既免除了队列排练的辛劳,又多了逍遥的闲暇。九月三十日傍晚,我买了一小瓶严东关五加皮,再从食堂打了些菜,请来隔壁的一位同事在寝室里对饮自乐。酒后邻居微醺,回房歇息。我则取出劫后幸存的一本苏联中学文学课本,阅读里面全文收入的《上尉的女儿》,一口气读完,时已夜半,反正白昼无事,可以安心睡懒觉,感到前所未有的轻松与惬意。

自参加工作起,迄"文革"开始,我在中学教了三年俄语。当时课本里有节选的《渔夫和金鱼的故事》。我在课堂里播放北京外国语学院灌制的唱片,内有苏联专家朗诵的这篇童话,若干年后有的学生还能模仿唱片里老太婆骂老渔夫的语调:Дурачина ты, простофиля…(你这个笨蛋,没脑子的蠢货……)可见普希金的作品和文学朗读给他们留下多么深刻的印象。此外我还在学生的俄语兴趣小组里开了普希金的专题讲座,帮助俄语爱好者更多地了解普希金。"文革"期间这成了我贯彻修正主义教育路线的罪状,上了大字报。不过,时过境迁,今天看来,这些都变成了"亲切的回忆":Что пройдёт, то будет мило。("那过去了的事情,将变成亲切的回忆"——普希金《假如生活欺骗了你》)。

我更多地接触普希金已经是二十世纪八十年代,调入出版社以后。一九八四年总编夏钦瀚先生在厦门举行的屠格涅夫学术讨论会上组到一部书稿,系著名翻译家、华东师大教授余振(真名李毓珍)先生所译的《莱蒙托夫抒情诗集》(其实是抒情诗全集)。我担任该稿的责任编辑,因此有幸识荆,进而与李老先生结为忘年交。得知李老手头还译有普希金的全部长诗(即叙事诗),我便向他约稿,他欣然同意,还提出将他早年北大时的学生,如今的同事王智量先生翻译的诗体长篇小说《叶甫盖尼·奥涅金》也收入其中,他信中说诗体长篇小说也是叙事诗,不过篇幅更大而已,而且对自己的意见非常坚持。我便接受他的建议。这就是浙江文艺出版社出版的《普希金长诗全集》。当时我正在酝酿系统出版外国诗人的诗全集,因为除了上述两种,已经出版的还有《纪伯伦散文诗全集》和《泰戈尔散文诗全集》,所以将《普希金抒情诗全集》纳入我的计划是顺理成章的事情。于是我写信给《世界文学》前主编、著名翻译家和画家高莽先生,请他主编《普希金抒情诗全集》。有关与高莽先生的这一次合作情况,发往新老年网的拙文《由〈高莽的画〉勾起的点滴往事》已有详细叙述。有赖高莽先生和众多译者的热情支持,《普希金抒情诗全集》于一九九四年顺利出版,并获得业内人士的肯定。既然有了这样的基础,我就开始酝酿一个更大的计划——出版《普希金全集》。如果这个计划能顺利实施,出书的时候距普希金诞辰二百周年的一九九九年应该很近了,也算是对诗人的一个很好的纪念。我将自己的打算告诉外文室的同仁们,请他们研究是否可行。他们一致赞同。于是我从杭大图书馆借来俄文版普希金全集,摸清底细,随即动手组稿翻译。

除了诗歌部分及诗体长篇小说《奥涅金》已经现成，其余均须重新翻译。我邀请自己的许多师友加盟译事，他们都是具有多年翻译经验，而且成果卓著的专家。例如普希金童话诗的译者南开大学的谷羽，擅长诗歌翻译，我们的《普希金抒情诗全集》里就有他译的不少诗篇，他还译过许多俄苏儿童文学作品。四川大学的邓学禹和他的同事吕宗兴熟悉俄罗斯文学史，对文论及史料的翻译有相当经验，已有的成果也证明了他们的水平，所以把文论和书信交他们翻译。我的恩师杭大的冯昭玙和顾惠生教授夫妇，曾经应约参与国家级项目《国际工人运动史》的翻译，冯先生还是该项目的主持人和总成人，不仅有深厚的中外语文功底，历史与文化知识也极其渊博，所以请他们翻译《彼得大帝传》和《普加乔夫史》这两大部传记。华东师大冀刚教授也是翻译和研究俄罗斯文学的资深专家，著译等身，便请他翻译普希金的全部戏剧作品。安徽师大的力冈教授以译笔传神而蜚声译坛，所以请他翻译普希金的小说。此外还有诗人生前没有发表过的作品的草稿、片断、未完稿等，也请了有相当资质的多位译家翻译。自从成为出版社的编辑，我大部分时间都在"为他人作嫁衣裳"，九十年代的时候我负责外国文学、中国古典文学和文化艺术三个门类书稿的终审，几乎没有余裕再涉足翻译，所以《普希金全集》中没有给自己安排翻译任务，以免影响项目的进度。但是中途出现了一个戏剧性的插曲。一九九五年春，力冈找到我，说他要去俄罗斯探亲，已经订好机票，普希金的小说《别尔金小说集》他已经译完，《上尉的女儿》即将译完，其余小说来不及译了，要我来完成。他说就算是我们合作的纪念吧。我无法推辞，于是有了我续貂的《杜勃罗夫斯基》《黑桃皇后》等七个中短篇小说。当书稿到齐，进入编辑流程，需要对照原著校读译稿时，发觉俄文编辑力量不够。我担任着行政职务又有终审书稿的巨大工作量，显然无力再担当八大卷《普希金全集》的总成与校读，于是请杭大的年轻学者，也是普希金抒情诗的译者之一，好友吴笛与我一起担任全集的主编，请他具体负责全书的总成。吴笛曾经在飞白门下攻读世界诗歌的研究生课题，备受导师青睐，现在已经是该领域的学术带头人，其对普希金情有独钟，而且确实深有研究，手头收有丰富的普希金资料，实是担纲的不二人选。他非常负责，工作十分细致，不仅认真校读译稿，还加了许多必要的注释，使国内第一套名副其实的《普希金全集》更臻完善。《普希金全集》于一九九七年十二月顺利出版。吴笛和我带着它参加翌年在北大举办的普希金学术研讨会，赢得一片好评。该全集以收罗完备、译风严谨、编校细致、用纸考究、装帧精美，受到业内人士充分肯定。至此，我们真有一种"皇天不负苦心人"的感觉。我们为能跻身这样的盛会而无比兴奋，在会间休息的时候，抑制不住内心的激动，情不自禁地在未名湖畔朗诵起了诗人的抒情诗《囚徒》（Узник）：...Мы вольные птицы, пора, брат, пора！/Туда, где за тучами белеет гора./ Туда, где синеют морские края./ Туда, где гуляем лишь ветер да я...（我们是自由的飞鸟，是时候了，兄弟，已到了高飞的时光！/飞向乌云后面那白雪皑皑的山冈，/飞到蔚蓝色的大海边上，/飞往只有风儿和我游荡的地方……）。我接着又参加了第二年北大的普希金诞辰二百周年学术研讨会，同时在人民大学举行的研讨会我只参加了开幕式，因为两个会在时间上有重叠，无法得兼，只能参加一处。两个会议都举办了余兴文娱晚会，主要是朗诵普希金的诗歌以及唱俄语歌曲。在北大的晚会上南开的谷羽将了我一军，递条子给主持人说浙江的某人会背诵普希金的诗，要他上台表演。既然被点名，只好硬着头皮上台，我用俄语说了几句："今天的晚会使我想起了我念大学的年代。那时候我们年轻，我们阅读俄罗斯的诗人和小说家的作品，自己特别喜欢的作品就努力背下来。普希金是我们喜爱的作家之一。这里我背诵《致恰阿达耶夫》，不过只是背诵，而不是带表情的朗诵：Любви, надежды, тихой славы/Недолго нежил нас обман..."（爱情、希望、平静的光荣/并不能长久地把我们欺诳……）我们还将一套《普希金全集》赠送给俄罗斯文化部，如今收藏在北京的俄罗斯文化中心（系俄国政府设在中国首都的文化机构）。我们的社长蒋焕孙参加了一九九九年的莫斯科国际书展，回来告诉我，为了纪念普希金诞辰二百周年，俄罗斯科学院出版了新版《普希金全集》，里面有一卷收进了普希金的全部书画作品，以前没有专门出版过，认为可以设法引进，充实到我们的全集里。我喜出望外，通过中华版权代理公司联系上了俄方出版单位，获得了该书。收入书里的书画作品分"人像画""自画插图与扉页""临摹画与地形图""风景画与室内陈设""书法""武器、军备部件与纹章""动植物图形""船舰、小舟"等几个部分。这些作品以前分别存在于诗人的手稿、笔记本、友人纪念册、单页的画幅和书刊的插画、题花、尾花及诗人自己设计的扉页上，诗人逝世后原件收藏于俄罗斯的"普希金之家"，曾经在载有诗人作品的出版物里零星发表。普希金书画作品的价值不仅在于它们的艺术性，更重要的是它们透露了诗人创作构思的轨迹。有时某一页手稿上的一个人像或图案，看似信手拈来，随意而为，其实正好蕴含了作者创作过程中起伏的心潮和涌动的文思。有的人像正是作品里人物的形象。所以其价值不可与一般的绘画相提并论。这部书里还有时任俄罗斯总统叶利钦一九九六年写的序言。我阅读过后当即着手翻译每一页的文字说明。那些说明包括：该画出现的所在，时间，针对的作品、人物或事件，绘制的手段（如羽笔画，铅笔画等）。翻译过程中对于作品涉及的有些人物或事件，我还加了注，以便中国读者了解背景。由于中文版的全集已经出版在前,《普希金书画卷》暂时只能以单行本出版。我退休以后,当年的同事王晓乐担任了编辑室的负责人,现在更成为社里的副总编。二〇一一年她从杭州打来电话,说打算重新修订出版《普希金全集》,把《书画卷》也纳入其中。我当然乐观其成。她计划将八卷本改为十卷本,使得原先个别比较拥挤的卷帙显得相对宽松一些,从观瞻的角度也可以更加悦目。由于出版社改制(由事业单位改为企业单位)过程中的混乱,原先的《普希金全集》印刷胶片没有得到有关部门的妥善保管,此时竟然不见踪影,所以新版只能重新排版,重新编校,工作量极大。这样的大部头文集,制作成本巨高,总定价必然不低,因而发行量定然很小,这势必给出版社带来巨额亏损。为此晓乐经过多方努力,争取到了国家出版基金的资助。该书的另一名主编吴笛在新版的制作中劳苦功高,不仅重新写了序言,还提供了丰富的插图和照片,使新书焕然增色。同仁们不辞辛劳,同心同德,终于大功告成,使修订增补的十卷本新版《普希金全集》顺利问世。可喜的是《书画卷》回了家,"全集"终于实至名归。新版全集的制作过程中,我身在殊方,鞭长莫及,帮不上一点忙,许多本来可以当面解决的问题还要劳动编辑人员隔山过水,通过长途电话询问,未建尺寸之功,却恬然继续挂着"主编"的虚名,实有欺世盗名之嫌,问心有愧。

  一九八九年十一月我们的总编辑夏钦瀚先生和我应苏联作家协会的邀请访问了苏联。在莫斯科,我们参观过一个小教堂,那是普希金举行婚礼的地方,它在斯大林时期受到破坏,我们参观的时候正在修复。接着在列宁格勒我们俩参观了原皇村学校。皇村是沙皇时代的皇家行宫区,苏联时期曾更名"普希金城",因诗人曾经在此地的学校就学,苏联解体后又恢复旧名"皇村"。该校俄语称 Лицей,意译为"高等政法学校",成立于一八一一年介乎大专和中专之间,是旧俄培养行政官员的教育单位,在别的城市也办有称为 Лицей 的学校,由于本文所述的学校设在皇村,故一般翻译中都称其为"皇村学校"。在皇村办这所学校系沙皇亚历山大一世的旨意,初衷是让两个未成年的弟弟(其中之一即后来继位的尼古拉一世)受教育。其实沙皇的弟弟最终并没有到该校就学,不过入学的倒尽是王公贵族子弟,普希金就名列该校的第一届学生,时年十二岁。学校的校舍坐落在皇家行宫叶卡捷琳娜宫的翼楼里。这幢建筑虽然不像宫殿主体那么金碧辉煌、穷奢极侈,也堪称美轮美奂。一进入礼堂大厅,我脑海里顿时浮现出列宾的油画《普希金在皇村学校参加考试》的画面。我仿佛看到普希金站在大厅中央的长桌前,举着右手在朗诵自己的诗篇《皇村的回忆》,座中人人面露惊喜赞叹的神色,老诗人杰尔查文本来已经被冗长的考试搞得有点昏昏沉沉,疲惫慵倦了,这时也欣欣然扶头站立起来,看着这个才华横溢的少年诗人。我觉得整个大厅的陈设，几乎与列宾的画面毫无二致。接着我们来到学生上课的教室，那是一个扇形阶梯教室，扇形的圆心是教师的讲台与座位。每一个学生配备的都是单人课桌椅。教室里陈列着学生的作业本、美术作业、课程表，还有校歌的歌词。教学区有实验器具，其他各种教育设施。我们还上楼参观了学生宿舍。每个学生都住单间，相邻的房间用间壁分隔，上方无间隔，彼此声气相通。每扇房门的外侧贴着所住学生的姓名。普希金与他的好友普欣是邻居。他们两人经常在就寝以后隔着板壁窃窃私语，彻夜交谈。倾诉的内容有对学校教育制度的不满，也有因日间所遇事情感到的困惑和苦恼，如此等等。室内有一张单人床，小桌子，盥漱器具等生活设施。夏先生感慨地说，我们现在的博士研究生也没有这么好的条件。该校的教师都是当时大学的教授，有的还是颇有名气的学者。如此办学条件委实堪称一流。皇村学校附近驻扎着近卫军骑兵团，那里的军官都是贵族，受过西欧资产阶级的启蒙教育，向往自由，不满专制统治。他们和皇村学校学生过从密切，思想上对后者有很大影响。这些军官，不少人后来成为十二月党人，其中就有一个恰阿达耶夫，是普希金的好朋友，一八一八年诗人十九岁时写的那首著名的《致恰阿达耶夫》就是他们意气相投的见证。皇村学校的学生后来也出了不少十二月党人，普希金的挚友普欣就是其中之一。

  我们在列宁格勒还参观了位于莫伊卡滨河街12号的普希金故居博物馆。这是诗人一生中最后的居处，很大的一幢楼房，普希金仅租赁了其中一层的十一个房间。房东是十二月党人沃尔康斯基公爵，此时已经因参与十二月党人起义而被褫夺爵位，流放西伯利亚服苦役，其妻子甘愿放弃贵族身份跟随丈夫流放。这十一个房间分别用作客厅、起居室、卧室、厨房、育儿室、书房、过道、储物间等等。他妻子的两个姐姐也寄居于此。我们通过一扇白色小门进入内室，门上用炭笔手写着俄文的普希金三个字，还贴着一份手写的《伤情通告》，据说是诗人决斗负伤后探视者络绎不绝，为免受干扰，他的师友，诗人茹科夫斯基写了这样的告示，随时公布信息，以告慰探视者。我最感兴趣的是书房。轩敞亮堂的房间三面墙壁都为书架所占，通往书房的过道里，一面墙壁也为书架所占，这里存放着四千多册不同文种的藏书。书房的一端是一张大书桌，上面杂陈着纸页（手稿）、摊开的书本、文具等物品。桌子的里侧是稍稍斜放的安乐椅。书房里还有一张类似我们中国贵妃榻的皮面单人沙发床，谅是诗人创作之余临时歇息用的，诗人决斗归来，就躺在这张沙发床上，直至逝世。书房里还有诗人使用的手杖，一座台钟，钟面字盘上指针所指正是诗人断气的时刻（凌晨二点四十五分），据说是茹科夫斯基让钟在此刻停摆的。在普希金故居博物馆的其余房间里陈列有他妻子娜塔莉亚的肖像和孩子们的肖像以及日常生活用品。这里还有一件引人注目的陈列品——诗人决斗时穿在身上的坎肩。它放在一个盖着玻璃的小陈列柜里，旁边还有一只手套。这是诗人的朋友维亚泽姆斯基公爵的手套。在诗人葬礼上维亚泽姆斯基曾经哭倒在地，下葬时维亚泽姆斯基脱下一只手套扔进了棺材里，另一只留在了外面，这是要复仇的表示。如今这只手套就与坎肩陈列在一起。我们参观的时候，是请了讲解员的，一同参观的还有许多苏联人。俄罗斯人对普希金的崇拜和热爱简直到了神圣的地步，这给我留下深刻印象。整个参观过程中，除了讲解员的声音，其余人都屏息凝神，鸦雀无声。人们的心情和表情随着讲解而变化，那种凝重庄严的气氛是我至今难忘的。结束参观的时候陪同我们的向导，国际关系学院的教师娜塔莎对我说："沈同志，您不在留言簿上写点儿什么吗？""噢，是的，我该写上几句。"于是我写了自己对普希金的热爱和感受，希望更多中国人能来苏联参观普希金的纪念馆。由于心中的普希金情结，二〇〇七年小白与我到俄罗斯半自助游时，凡是诗人在旧俄两京（莫斯科与彼得堡）留下踪迹的地方，我们几乎毫无遗漏地一一寻访，即使有些地方对我而言是故地重游。在莫斯科我们踏入了普希金父母的故居旧址，这是普希金的诞生地，如今为一个机关所占用。那天正好是休息日，我们只能从临街的花园小门进入院子，看了建筑的外观，无法入室。我们参观了阿尔巴特街 51 号的普希金故居博物馆，那是诗人新婚以后住过的地方。此外，我们还造访了莫斯科的普希金博物馆，那是集中展示诗人生平事迹和创作成果及其影响的地方，我也在那里的留言簿上写下自己的感想。在彼得堡我们瞻仰了皇村学校，滨河街 12 号普希金故居博物馆，还寻访了涅瓦大街上普希金决斗前待过的咖啡馆，位于小黑河树林里的决斗地。

关于普希金的决斗，以往有一个说法，认为是沙皇有意酿成了这场悲剧，把沙皇和上流社会看成诗人致死的杀手。现在看来此说似嫌牵强。诗人所写的那些歌颂自由，反对专制的诗篇，像《致恰阿达耶夫》《自由颂》等等，固然使最高统治者十分头痛与恼火，从而两度将他流放，然而，尽管沙皇对自己的臣民握有生杀予夺之权，但诗人的声名已经不可等闲视之，当局不敢遽加谋害，更遑论使用挑起决斗的那种阴谋手段。况且至今并未发现沙皇或某一个权臣授意制造这桩血案的任何证据。根据现在能看到的资料来判断，那场致命决斗只是一个偶然事件，不带政治因素。决斗对象是诗人的连襟，其大姨子的丈夫法国人丹特士。此人的身份是瑞典驻俄公使的养子，一个花花公子。他对普希金的妻子、绝色美人娜塔莉亚确实垂涎三尺，为了获得接近她的机会，设法追求在她家寄居的大姐亚历山德拉，并且结了婚。因为他，上流社会的好事者传播流言蜚语，其中不乏侮辱诗人人格的恶作剧。这些自然使得普希金怒火中烧。真正的导火线是丹特士设计将娜塔莉亚诱骗出门，对她提出非礼要求，遭到娜塔莉亚严词拒绝。普希金忍无可忍，便提出决斗。决斗在彼得堡北郊一处名叫"小黑河"（Чёрная речка）的树林里进行。正是那次决斗使普希金腹部中弹，不幸饮恨而殁。小白与我特意去过小黑河。那次寻访给我留下深刻的记忆，我更加感受到普希金在俄国人心目中的分量。我们从地图上查到了该处的位置，于是乘地铁到小黑河站下车。出站后问了迎面遇到的一位老太太：Знаете ли вы место，где Пушкин был тяжело ранен на дуэли？（您知道普希金决斗负重伤的地方吗？）她很殷勤地告诉我，向前走到小河边，左拐再往前，那里有一个公交车站，再向前就不远了。我们顺着她的指引，果然到了一条小河边，左面不远处有一个公交站，便继续前行。不久路上迎面而来的汽车遇红灯停下，我便以同样话语问一位小车司机，他从驾驶室探出身说："我知道！"语气里洋溢着一种自豪感："沿河边向前走，会遇到一座桥，过桥向前可以遇到一个小树林，那就不远了，两公里路。本来我可以带你们去，可是我现在有事要赶路。"我们谢过后遵照指引继续前行，一切如他所言。过桥以后果然看到前方的小树林。我们又用同样的问题请教迎面而来的一位老太太，她告诉我们就在马路对面树林里，那里有标记。进入树林后看到一位穿着很体面的老者在散步，便上前同样地询问，他一言不发，微笑着挽起我的一条胳膊，轻轻引导我转身一百八十度，然后伸出另一条手臂向前一指，微微欠一下身，依然含着那样的笑容说道：Вот это！（这就是！）当年的决斗场如今是一处林中开阔地，时值七月盛夏，已然没有当年决斗时铺天盖地的皑皑白雪，一条小道通向中间竖着的一个纪念碑，小道的口子两边各竖立着一块石板，上面分别镌刻着莱蒙托夫和叶赛宁的诗句。我在此地盘桓良久，感慨万端。"但是诗人多薄命，就中沦落不过君。"白乐天如能活到今天，而且也来到此地，也许仍然会发出这样的叹息！如此才华横溢、受人民爱戴的诗人却不能见容于上流社会，被两度放逐不算，最后竟命丧一个无耻之徒的枪口！他有几多未竟的事业要做，本来还应该有多少无比美好的诗篇和小说留在人间，却在三十八岁的盛年匆匆地走了！痛！痛！痛！惜！惜！惜！真是"后土不怜才"啊！

  对于学过俄语、受过俄罗斯文学熏陶的人来说普希金永远是个说不完的话题。我不厌其烦地写下这些啰里啰唆的文字，只是为了对久积心头的情愫做一番梳理，给自己一个交代。不妨以新成的小诗作为本文的终结吧：闲吟爱读普希金，半世浮生慰我心。可叹天才多薄命，几回掩卷哭诗魂。观者如果耐着性子看完了此文，我衷心向他说声谢谢，感谢他的宽容和善解人意，同时为耽误了他的宝贵光阴而深表歉意。如果他感到冗长碎烦，无意听一个老人的絮叨而扭头离去，我也十分理解，并不介意。

谷羽(1940—),河北宁晋人。南开大学外语学院教授,资深翻译家。译著有:《俄罗斯名诗300首》《普希金爱情诗全编》《普希金童话》《我记得那美妙的瞬间》《克雷洛夫寓言九卷集》《在星空之间——费特诗选》《伽姆扎托夫诗选》《接骨木与花楸树——茨维塔耶娃诗选》《蒲宁诗选》《巴尔蒙特诗选》《勃索卡诗选》《别列列申诗选》等;小说《在人间》《契诃夫中短篇小说选》和《恶老头的锁链》;传记《茨维塔耶娃:生活与创作》,主持翻译《俄罗斯白银时代文学史》。1999年获俄罗斯联邦文化部颁发的普希金纪念奖章。

俄诗汉译的音乐性及其他

教学工作的余暇我喜欢读诗、译诗。在学习译诗的过程中曾向一些前辈讨教,得到有益的指点。经过十几年的不断实践,积累了感性认识,归纳起来可以概括为三点:译诗应当是诗,像诗;译诗应当追求神形兼备;译诗应当选择自己理解并且喜爱的作品,只有自己情动于中,才能通过译文感动读者。

下面,想就俄语诗译成汉语诗的音乐性及其他问题谈几点粗浅的体会:

一、注重格律,再现原诗的音乐性

诗歌是精湛的文学艺术。语言凝练,注重节奏和韵律,讲究音乐性,便于吟唱或朗诵。因此,我认为,对于原诗的理解与把握不仅要侧重内容、形象、意境,同时也应包括诗的外在形式,对于诗的格律、句式、韵脚,即诗的音乐性应给予充分的研究和重视。

俄罗斯诗歌创作至今仍以格律诗为主流。许多俄语诗歌作品都是格律诗。俄罗斯诗歌中的诗节、诗行、音步、韵脚、韵式多姿多彩，极富变化，不同的诗人，有不同的风格。不同的作品在形式上多有差别，或轻灵，或奔放，或细腻委婉，或深沉凝重。这些形式上的特征，在翻译过程中应尽力加以把握，予以传达再现，以便使译诗更接近原作的风韵。

由于俄语和汉语分属不同的语系，无论是语言结构，还是诗体格律都存在重大的差异，比如，俄语词汇有重音，汉语词汇讲四声；俄语诗律以轻重，重轻，即抑扬、扬抑的规则变化为基础，而汉语诗律则注重平仄的调配。这种种差异为俄诗汉译增加了难度。因此，可以说，音韵格律是不能照直翻译的。但是在诗歌的节奏、韵律方面有意识地参照原作，再现原诗的格律和风采，尽力去传达原诗的音乐性，却又是可以做到的，而且应当刻意追求的。

如果原作是严谨的格律诗，我以为译成格律诗最好。原作是楼梯式，译作最好也是楼梯式。原作是自由诗，译作自然也应是自由诗。假如原诗诗行工整，字句匀齐，而译作诗句却七长八短，甚至上一行七八个字，下一行却有十四五个字，那么不仅视觉上看来不美，从听觉上更背离了原诗的音乐性，这未尝不是一种损失。同时，这种译法会给不懂外文，不能阅读原作的读者造成一种错觉，使人以为这位外国诗人的作品本来就信笔由之，了无拘束。假如注重音乐性的读者据此而指责外国诗人的话，那这个诗人可实在冤枉。

《苏联当代诗选》（外国文学出版社，1984）收入了我译的马尔夏克、斯麦利亚科夫、卡扎科娃等诗人的作品。这几位诗人的作品都是格律诗，我在译诗的形式上力求工整和严谨。

斯麦利亚科夫的《皮埃罗》是一首叙事诗，讲的是一位流亡歌手回归祖国的故事。全诗共十七节；每节四行，每行四音步，韵式为abab，形式上极为工谨。我经过反复修改，把这首六十八行的诗歌译成了格律诗：每节四行，每行九个字，分为四顿，基本上以两字为一顿，一行中有一顿为三个字。这个三字顿可前可后，比较灵活，我自己称它为"内部曲折"，它能起一定的调节作用。这样译出来的诗句，较为流畅，易于上口。比如诗中开头描写歌手出逃的一节：

俄罗斯大地隆隆轰鸣，3222
车站倒塌喷射着火焰，2232
皮埃罗匆匆逃避革命。3222
身穿一套洁白的衣衫。2232

最后写他的回归：

漂泊的歌手双膝跪倒，3222
边境的国土动人心弦。3222
他不是跪在土地之上，3222
而是匍匐在她的面前。2322

再以卡扎科娃的《我向光又向影子学习》为例。原作五个诗节，每节四行，奇数行八个音节，偶数行九个音节，每行四音步，抑扬格，韵式为 abab，阳性韵与阴性韵交替，形式凝重，适用于哲理性的抒情。原诗第一节译文是：

我向光又向影子学习，3222
如今领悟了一个道理：2322
发现失去的那些东西，2322
比其他发现更有意义。3222

仿照原诗做到了每行四顿，押 abab 韵，较为工整。

这首诗的第三节原文中的三、四两行译起来颇费斟酌，句子总是超过九个字。全诗工整，两行超出规范，总显得刺目，读起来也不谐调，经反复琢磨，最后才定稿为：

恰似置身古老的童话，2232
答案的真诚令人忧虑：3222
向右，坐骑遭遇不测，2222
向左，人无葬身之地。2222

后两行每行八个字、四顿，上下句形成对仗，诗句精警有力，功夫没有白费。

卡扎科娃的另一首诗《秋天的歌》(载《苏联女诗人抒情诗选》，漓江出版社，1985) 抒写失去伴侣的女性心理，笔调深挚哀婉，形式工整而有变化，长短句穿插，运用排比，很有特色。诗的第一节原文如下：

У речки женщина стояла,
белье в речке полоскала.
Полоскала,
полоскала,
полоскала –
как ласкала.

诗中的"полоскала"一词重复四次，并且分行排列，表现了女主人公孤寂无奈的隐痛，再现了沉思凝想中动作的机械单调，笔法生动传神。使我们仿佛听到了那持续不断的洗涮衣衫的声音。我的译文是：

一个女人蹲在小河边，
在河水里洗涮衬衫，
洗涮，
洗涮，
洗洗涮涮——
爱抚的情意无限。

"洗涮，洗涮，洗洗涮涮"这重叠排列的句法衬托出女主人公的一片深情。她的爱人在战争中阵亡了，留给她的只有一件血染的衬衫。她反复洗涮这件衬衫，幻想重新得到爱抚，让"巴掌上粘满爱情，像河面上粘满浮萍"。然而她只是徒劳地空想，正如冬天的树木不能长出绿叶一样。她那缠绵不尽的悲哀令读者不能不为之慨叹。

罗日杰斯特文斯基是苏联著名诗人，属于大声疾呼派，诗风雄浑奔放。他的诗呈楼梯式排列。字句间饱含力度，读起来顿挫铿锵。这种诗与音节重音诗又不同，属于重音诗律，所以在翻译中尤其要注意字句的节奏以及韵脚的安排。我译过他近百首诗。其中有一首题为《瞬间》，开头一段原文是：

Не думай о секундах свысока.
Наступит время,
                сам поймешь, наверное –
свистят они,
Как пуля у виска,

　　　　мгновение,
　　　　　　　мгновение,
　　　　　　　　　　мгновение...

译成中文是：

看待分分秒秒不容傲慢。
时候一到，
　　　你自己——
　　　　　想必会明白：
分秒呼啸着，
似掠过鬓角的子弹，
瞬间，
　　瞬间，
　　　瞬间……

　　译文的诗行排列接近原文，只是将个别诗行做了调整。这样的排列形式具有鲜明的节奏感，特别是最后几行，真使人生发出时光飞逝，疾如流弹的感触，似一颗颗子弹"嗖嗖"飞过耳鬓，擦过肩头。瞬间，瞬间……读这样的诗，必然觉得触目惊心，从而使你更珍惜时光，珍惜生命。

二、特殊音韵，须下人力把握

　　俄罗斯诗歌中有些作品的诗节、韵式很别致，那是许多诗人艺术上进行探索的结晶。比如有的诗节每节五行，韵式为 aabab 或 abbab；有的每节六行，韵式为 aabbcc 或 aabccb；有的每节七行，八行，十行。多到十四行的，就是我们比较熟悉的商籁体了。有的诗节长短又交互穿插，而行与行之间在音步多少又有变化，成为节奏鲜明的长短句。我觉得这些丰富多彩的格律形式都有翻译介绍的必要。

　　诗歌翻译界许多有造诣、有成就的前辈正是这样做的，长期以来，经过一代又一代翻译家的努力，我国读者逐渐认识了莎士比亚的十四行诗体，但丁的三韵体，《奥涅金》中的奥涅金诗节，以及欧美诗歌中诸多的韵律。这种注意形神兼备的译法为我国的新诗创作提供了有益的借鉴。进而丰富了我国诗歌的格律，因而是一项十分有益的创造性劳动。试想，如果墨守陈规，以不变应万变，把无比丰富的外国格律，一律以"一、三、五不论，二、四、六分明"的框架处置，岂不失之单调和贫乏？我在译诗过程中，起初比较重视诗句顺畅，认为应顾及中国读者的欣赏习惯和审美情趣，注重偶句押韵，一韵到底。但后来看法有所转变，转变的原因是认识到外国诗必带点洋味儿，这洋味儿不仅体现在诗的意象情境方面，也体现在韵律方面。

有鉴于此，我在参与翻译《普希金抒情诗选》（人民文学出版社，1989）时，对于韵律的运用就多了一点自觉意识，力避习以为常的"偶句押韵，一韵到底"，更多地考虑了原诗的韵式及其转换。

普希金一八三二年写的一首诗《我们又向前走……》仿效但丁《神曲》的三韵体，每节三行，每行六音步，韵式为 aba，bcb，cdc……韵脚环环相扣，前后呼应，颇具匠心，这种连环韵与诗句的戏谑嘲讽十分协调。头四节的汉语译文是：

我们又向前走——我不禁毛骨悚然。
一个魔鬼，蜷缩着他的魔爪，
凑近地狱烈火把高利贷者颠倒翻转。

热辣辣的脂油滴进烟熏火燎的铁槽。
火烤得高利贷者皮开肉绽。
我问："这刑罚用意何在？请予指教。"

维吉尔说："孩子，此刑用意深远：
这阔佬向来贪财，生性凶恶，
他总是狠毒地吮吸债户们的血汗，

在你们阳间，他把债户任意宰割。"
火上的罪犯发出持续的叫声：
"啊，我不如跌进阴凉的勒忒河！"

译文采用连环三韵式，诗句未能译成六顿一行，但注意了诗行的整齐，每节一、三两行较长，第二行稍短，排列起来也呈现出某种节奏。这译文虽然还有欠缺，但有心的读者透过这些诗行或许约略能窥见普希金用韵的才气。

十九世纪后半期俄罗斯诗人康·托尔斯泰有一首短诗非常有名,许多俄文诗选集都收录了这首具有民歌风的作品。原诗采用了头韵,韵脚格式为 aabb,ccdd。修辞手法运用了排比句。这些都明显地借鉴于民间诗歌。译成汉语是这样的:

要恋爱,就不顾一切地爱,
要阻止,就手疾眼快,
要咒骂,就骂个热血喷头,
要劈砍,就砍掉脑袋!

要争执,就大胆泼辣地争,
要惩罚,就罚个明白,
要饶恕,就饶个心意真诚,
要欢宴;就红火气派!

译文采用了排比句式,诗行节奏与韵式与原作稍有出入,韵式 aaba,caca。句式长短穿插,自呈规律,语言上尽力采用口语入诗,以再现原诗风采。

类似风格的诗我还译过一首。这是一位年轻诗人的作品,原诗刊载于一九八七年九月二日的苏联《文学报》,作者是叶甫盖尼·布尼莫维奇。译成汉语是:

俄罗斯没有一片天空没有云,
俄罗斯没有一块面包没有汗,
俄罗斯没有一处湖泊不泥泞,
俄罗斯没有一个词汇不新鲜……

俄罗斯没有无妖无怪的森林,
俄罗斯没有不敬家神的宅院,
俄罗斯没有不来生客的节日,
俄罗斯没有幸福可信手白捡。

诗中扑面而来的生活气息,以及面包浸透汗水,幸福靠艰辛创造的哲理,都深深打动了我的心。我相信喜欢这首诗的人决不会只有我一个。

三、斟词酌句，达传原诗的语言特色

俄罗斯诗歌中有些作品，不仅句式、韵式新颖，在语言运用上也别具一格。纯艺术派的代表诗人费特潜心艺术探索，写出了一些不同凡响的诗歌。他的抒情诗，有的通篇不用一个动词，只用名词和形容词，想来，这和诗人追求和谐宁静的审美情趣直接相关。

费特有一首著名的无题情诗就是以这种笔法写成的。

Шепот, робкое дыханье.
Трели соловья,
Серебро и колыханье
Сонного ручья.

Свет ночной, ночные тени,
Тени без конца,
Ряд волшебных изменений
Милого лица,

В дымных тучках пурпур розы,
Отблеск янтаря,
И лобзания, и слезы,
И заря, заря!..

原诗为扬抑格，四音步与三音步交叉，韵式为 abab。我的译文最初刊载于《世界情诗选》（山东文艺出版社，1985）：

絮语声声，呼吸轻轻，
夜莺呖呖鸣转，
潺潺溪水，沉入幻梦，
摇荡银色光斑，

夜晚的光。夜间的影，

暗影茫茫无边,
面庞可爱。眉目多情,
令人心意飘然,

云霄似烟,玫瑰色红,
光如琥珀晕染,
久久亲吻,珠泪盈盈,
朝霞明艳璀璨!……

译文注意了格律,句式四顿与三顿交织,韵式也有特点,偶句押寒字韵,奇句押东字韵,不仅合乎原诗 abab 的格式,而且一韵到底,当时自己比较满意。后来为学生开了《俄苏诗歌赏析》课,备课时重新对照原文阅读译文,发现存在不少缺点。七、八两行用词太滥,加词太多,最后一行也欠妥当,而最重要的是忽略了原诗用词的特点,使用了"沉入""摇荡"等动词。这期间我仔细阅读了其他译者的译稿,感到有些地方处理得很好。最后参考朱宪生老师的译文对自己的译作再度加工,形成了修改稿:

耳语,怯生生的呼吸,
夜莺的鸣啼,
轻轻摇曳的银色涟漪,
梦中的小溪,

夜的清光,夜的幽暗,
幽暗无边际,
可爱面容的表情变幻,
神奇的魅力,

云霞中,玫瑰的紫红,
琥珀的明丽,
久久亲吻,珠泪盈盈,
晨曦呀晨曦!……

修改稿仍保留了长短句式,押 abab 韵,并且尽量不使用动词,我自认为向原作又接近了一步。

费特的这种艺术手法类似电影中的蒙太奇，通过镜头的转换，展现一幅幅画面，最后给读者以综合印象。这种手法在我国古典诗词中也有近似的例子。我读费特的爱情诗，常常联想起"花间派"小词和温庭筠的作品。而不使用动词这一点又使我想起马致远的《天净沙·秋思》：

枯藤老树昏鸦，小桥流水人家，
古道西风瘦马，夕阳西下，
断肠人在天涯。

通篇是形容词和名词，只有末句用了两个动词，一个"下"字，一个"在"字。从用词角度着眼，费特的诗与此颇有相通之处。

费特另一首类似的名诗题为《春天》，译成汉语是：

这清晨，这欣喜，
这昼与光的威力，
这长空的澄碧，
这叫声，这雁阵，
这鸟群，这鸣禽，
这流水的笑语，

这柳丛，这桦林，
这露珠，这泪痕，
这蓓蕾与花絮，
这峡谷，这山峰，
这蜜蜂，这昆虫，
这哨音的尖利，

这晚霞的超脱明丽，
这乡村日暮的叹息，
这无眠的夜晚，
这卧榻的闷热幽暗，
这夜莺断续的鸣啭，

这一切——是春天。

诗中通篇运用排比，罗列出种种自然现象，声色光影，刻画入微，整个环境，生机勃勃，而奇妙的是原诗不用一个动词，你不能不由衷地佩服诗人的才华。

四、关键词语，尤须译出神韵

诗歌翻译中，"诗眼"——即关键词语的翻译至关重要。关键词处理得当，则满篇生辉；关键词处置欠妥，则诗味不足，甚至会使一首好诗变得平淡无奇，使芳醇的美酒化为一杯白开水。

罗日杰斯特文斯基有一首诗《你好，妈妈！》（《献给妈妈》，外国文学出版社，1989），在苏联可说是家喻户晓。其中第一节的 заполонен 是个关键词。我在翻译中先后尝试过"充满""充溢""笼罩""覆盖"等词汇，总觉得不够贴切，最后在苦苦求索中偶然想到了"涵盖"一词，分外欣喜，用在句中恰当自然：

你好，妈妈！
你的歌，
　　　　又在我梦中萦绕。
你好，妈妈！
你的爱，
像记忆那样明光普照。
世界呈现金色并非由于太阳——
你的善良
　　　　涵盖了天涯海角。

罗日杰斯特文基的爱情诗也很出色。他有一首情诗是赠给妻子的，题为《给阿廖娜》。诗中 совпали 一词至关重要。从辞典中查看，词义为：相符、相合、相同、不谋而合、意见一致等，但这些词意中的任何一项都与诗中的情境不符，经过推敲筛选，最后我决定使用"钟情"一词：

我和你一见钟情，
　　　　一见钟情，

那一天，
　　　　永远铭记心中。
像语言
　　　钟情于双唇。
像水
　　钟情于焦渴的喉咙。
我们一见钟情，
　　　　　像鸟儿钟情天空。
像大地
　　　与久盼的瑞雪
一见钟情
　　　　在初冬。
我和你
　　　就这样一见钟情

新颖的比喻，奇特的想象，鲜明的节奏与韵律为诗歌插上了双翼，这样的诗广为流传是情理中事。

译诗中最棘手的莫过于翻译成语、谚语、双关语、歇后语和谐音词汇。因为这些语言材料凝聚着民间的智慧。具有强烈的民族特色和地域特色。别林斯基说过，克雷洛夫寓言具有不可译性，我理解也是从这一角度论断的。因为克氏寓言中大量的成语和谚语，译起来颇为不易，遇到这种难点，往往要变通处理，生译、硬译、直译、死译，全都无济于事。即便译出来往往令读者费解，而如果变通处理得法，偶或能收到较好的效果。当然这种地方得花费脑筋，冥思苦想，事倍功半的时候居多，事半功倍的机会极少。可以谈谈的一个例子是米哈尔科夫的一首寓言诗。

这首寓言诗题为《丰富的印象》（译文载天津《文艺》，1986年第3期），作品讽刺了苏联某些出国人员不务正业，不学无术，连外国的名胜古迹都一无所知，更不用说学什么先进的技术和知识了。寓言用对话体写成，其中一段巧妙地运用了谐音词。

"Ты видел Нотр-дам? Понравилась ли Сена?"
"Я сена не искал. А что до нотр дам,
Скажу по совести, что их премного там,

И всех мастей! Но только нет, шалишь!
Не дам смотреть я послан был в Париж!"

问句中的 Нотр-дам 指法国的巴黎圣母院，Сена 指塞纳河。不学无术、孤陋寡闻的先生听也没有听懂。他把 Сена 听成了сено（干草），所以回答说："我没有寻找干草。"他不明白 Нотр-дам 的意思，误以为 Нотр 是 hoter，Нотр-дам 是妓女接客的地方，因此他说那种地方很多，各等各色。不过，他马上意识到自己言多语失，立刻又改口说"不是为看女人才被派往巴黎"。

这一段如果据词直译，把"干草"一词放入句中，则不仅中国读者难以理解，而且原文的诙谐俏皮的格调也损失殆尽。经变通处理译文如下：

"你可游过圣母院？你可喜欢塞纳河？"
"在那儿我挺欢喜。至于说到什么院，
说句良心话，那种地方挺多挺多，
各等各色！但是且住，你说话真俏皮！
我可不是为看女人才被派往巴黎。

译文中"塞纳"与"在那儿"谐音，"圣母院"与"什么院"谐音，且"什么院"隐含"妓院""红灯区"之意，与原诗意思吻合，上下语气连贯，虽然个别词做了调换，但整体风格接近原作，保留了幽默的双关语气。我自己认为这是变通处理难点较为成功的一次尝试。或许读者读这首寓言时，对这些微妙之处只是一掠而过，并不留意。而译者花费的时间和心血则只有自己知道。当然，这样的读者也体会不到苦苦探寻偶有所得的快乐。这就叫作："译诗费斟酌，甘苦寸心知。"

1990 年 10 月 23 日
（原载《中外诗歌交流与研究》1993 年第 2 期）

穿透时空的声音

——《俄罗斯名诗300首》序言

谷羽

子在川上曰:"逝者如斯夫,不舍昼夜。"

光阴如流水。转瞬之间,又度过了十个春秋。记得那是一九八九年秋天的一个夜晚,当时我正在列宁格勒大学语文系进修,我的导师盖尔曼·瓦西里耶维奇·菲里波夫先生请我到他的住所做客。临别时,他把一本厚厚的书递给我,望着我的眼睛说道:"谷羽,我知道你爱诗,喜欢译诗。这部诗集,一定有用,拿去吧!"先生说话的口吻有几分难以割舍的挚爱,眼睛里充满了友好的深情。

双手捧过这本诗集,顿时感到沉甸甸的。《Три века русской поэзии》(《俄罗斯诗歌三世纪》)我轻轻念出了灰色封面上两行蓝色俄文字母组成的书名。

菲里波夫先生送我下楼,走到门外,已是夜里九点多钟。我们俩几乎同时看见了东边夜空一轮大得出奇的月亮。银子般流泻的清辉把楼房、街道、树木、草坪全都镀上了一层亮色,四周像是神话世界。我和先生不约而同地赞叹说:"多好的月亮啊!"

从那个时刻起,那个夜晚便深深印在了我的脑海里。业余时间,当我读诗或译诗的时候,眼前常常浮现出溶溶的月光,浮现出一双微笑中隐含期待的眼睛,那是导师的眼睛,学者的眼睛。

一九八九年十二月底,我从列宁格勒回到国内,继续在大学教书,课余时间反复浏览和阅读《俄罗斯诗歌三世纪》。这本书编选了上起十八世纪下至二十世纪七十年代的一百零一位诗人的八百零七首诗。每个诗人都附有小传,简明扼要地介绍诗人的生平及其诗作的风格与特色。对于俄罗斯诗歌的爱好者、翻译者和研究者来说,这的确是一本不可多得的好书。

夜深人静，灯下读诗，我常常有一种感觉：隐隐约约，似有声音从远方传来。这些声音或激昂，或哀婉，或悠扬，或沉郁，或雄浑，或恬淡，或痛苦，或洒脱……抑扬顿挫地倾诉着人生的体验与感悟。那些看似平常的外文字母，原来注入了心血与生命，字里行间有跳动的脉搏，有吟哦的灵魂！

俄罗斯第一位荣获诺贝尔文学奖的诗人布宁一九一五年以《语言》为题写了八行诗：

陵墓、木乃伊和尸骨沉默无声——
唯独语言被赋予生命；
从茫茫远古，在宁静的乡村古坟，
只有文字才发出声音。

我们再也没有什么别的财产，
时代充满了忧患！
我们对文字务必要尽力爱护，
语言——是不朽的财富。

是的，只有语言，诗的语言，能穿透时空，传之久远。真正的诗人，思接千载，视通万里，任诗思飞翔，不受时间和地域的局限。普希金用他的作品为自己树立了一座非人工的纪念碑。茨维达耶娃深信她的诗如陈年佳酿，积存愈久，便愈发香醇。倾听这些诗人的声音，与他们进行心灵对话，体验他们的人生况味，接近他们旷远的情怀，分享他们的审美情趣，自己的性情不知不觉便会受到陶冶，心境得以净化，胸襟也日见开阔。

在未去列宁格勒大学进修以前，对于俄罗斯十九世纪的诗歌，我有所涉猎，译过普希金和莱蒙托夫的一些诗作，知道十九世纪二十年代至三十年代末是俄罗斯诗歌的黄金时代。但对于十九世纪末至二十世纪二十年代初的白银时代，这一时期的诗歌流派、重要诗人及诗作，则所知甚少，甚至可以说是一片空白。是《俄罗斯诗歌三世纪》让我眼界顿开，通过作品得以认识许多有个性有才华的诗人。吉皮乌斯的冷峻，索洛古勃的奇崛，巴尔蒙特的浏亮，谢维里亚宁的潇洒，戈·伊万诺夫的执着，霍达谢维奇的深沉，阿赫玛托娃的简洁，茨维塔耶娃的奔放，都让我怦然心动，击节赞赏。由此我才知道，"十月革命"前后，俄罗斯诗坛除了马雅可夫斯基、叶赛宁、帕斯捷尔纳克等大诗人之外，原来还有那么多杰出的诗人，优秀的诗歌作品。

真正的诗人追求真善美,他们大都是特立独行的人。他们追求思想自由,不愿歌功颂德,因而常常触犯执政者;他们维护人格尊严,不甘随波逐流,因而往往为世俗所不容;他们力图在艺术上有所创新,所以经常与传统产生矛盾,因而被视为叛逆。这就是为什么诗人的命运大多坎坷,常常产生悲剧的根源。十九世纪至二十世纪三十年代,俄罗斯诗人的命运尤其悲惨,许多诗人为了诗歌创作付出了惨痛的代价。监禁、流放、死刑、贫困、疾病,使得许多诗人年纪轻轻就死于非命。还有一些诗人由于政见的不同而被视为"颓废派"或"反革命",长期蒙受歧视和误解。读了《俄罗斯诗歌三世纪》,通过诗歌作品去认识诗人的内心世界,使我悟出一个道理:不读作品,只看文学史,难免产生认识上的偏颇。任何一个时代的文学史,都带有那个时代的烙印与局限。有些诗人与诗作,被文学史忽略,并不意味着历史遗忘了他们。

　　从某种意义上来说,有些受时代排斥的作品可能从某个侧面更能反映时代的真实。随着对俄罗斯白银时代加深了理解,我决定选译一本俄罗斯诗歌。我以《俄罗斯诗歌三世纪》为蓝本,同时参考从俄罗斯带回来的《诗国漫游》、《十九世纪末二十世纪初诗歌流派作品选读》、《十九世纪俄国诗选》和其他诗集,以黄金时代和白银时代为重点,选择了四十二位诗人的三百首诗,其中包括了古典主义诗人杰尔察文,感伤主义诗人卡拉姆津,消极浪漫主义诗人茹科夫斯基,十二月党诗人雷列耶夫,俄罗斯伟大的民族诗人普希金和莱蒙托夫,哲理诗人丘特切夫,农民诗人柯里卓夫,公民诗人涅克拉索夫,纯艺术派诗人费特,象征派诗人吉皮乌斯、巴尔蒙特、勃留索夫、勃洛克,未来派诗人马雅可夫斯基、赫列勃尼科夫、谢维里亚宁,阿克梅派诗人古米廖夫、阿赫玛托娃、曼德尔施坦姆,意象派诗人叶赛宁,以及不属于任何流派的茨维塔耶娃、霍达谢维奇、布宁等人的作品。从中大致可以窥见俄罗斯十九世纪至二十世纪初抒情诗的发展脉络及概貌。

　　在诗歌作品的取舍方面,把诗的审美价值提到首位,同时兼顾思想性与艺术性,尽可能通过作品多侧面、多层次地展示诗人的个性与才情。以普希金的诗为例,既选他影响深远的政治抒情诗,也选他吟咏爱情、友情的抒情诗;既选他的哲理诗,也选他在诗歌音韵与结构方面具有创造性的佳作。有些诗人虽属二流诗人,但其某些杰作却影响持久,像奥陀耶夫斯基、雅泽科夫、奥加廖夫的入选诗篇就属于这种情况。有的诗人久负盛名,如马雅可夫斯基,由于我国翻译介绍得较多,加之他的作品往往篇幅较长,所以选译的就少一些。基于同样的考虑,像莱蒙托夫的《诗人之死》、布宁的《落叶》,虽都是有定评的名篇,但因篇幅过长而只能忍痛割爱。

就诗歌翻译而论,我主张以诗译诗,以格律诗译格律诗。在内容忠实于原作的前提下,尽最大努力传达原诗的形式特色与音乐性。闻一多先生提倡诗歌应具有音乐美、绘画美、建筑美。说到写诗,闻先生有一个生动的比喻:戴脚镣跳舞!"诗的所以能激发情感,完全在它的节奏;节奏便是格律。因难见巧,愈险愈奇……这样看来,恐怕越有魄力的作家,越是要戴着脚镣跳舞才跳得痛快,跳得好。只有不会跳舞的才怪脚镣碍事,只有不会写诗的人才感觉到格律的束缚。对于不会作诗的,格律是表现的障碍物;对于一个作家,格律便成了表现的利器。"(《闻一多全集》,第三卷,413页)先生的真知灼见深得我心。有才华的诗人能驾驭格律,有出息的诗歌翻译家决不会畏惧格律,能否正确认识格律、掌握格律、传达格律,应当成为衡量译诗成败的一项标准。

俄罗斯诗歌绝大多数作品是严谨的格律诗,音节、音步、音韵、句式,自有规律。即便是自由诗,也不同于我们的概念。他们所说的"自由",是每行的音步不拘定数,而扬抑格或抑扬格则不能混淆,因此有自由步抑扬格和自由步扬抑格之分,正所谓自由体也有不自由的一面。在我国译诗界,有的译者忽视原诗的格律,把诗行工整的格律诗译成了七长八短的自由诗,甚至上一行六七个字,下一行十三四个字,视觉上失去了建筑美感,读起来也没有和谐的音乐感。译诗过于随意,忽视形式及音韵是对原作的极大伤害。还有一些译诗者主张"归化",不管原作的韵律及节同情配、意随行转、随节换韵的特点,在译诗中一律偶行押韵,一韵到底。这样做的好处是顾及到中国读者的审美习惯,读起来朗朗上口,但毕竟背离原诗音韵太远,使丰富多彩归之于呆板单调,失去了异域风采,也就使译诗的艺术价值打了折扣。其实,呕心沥血再现外国诗的神韵,译诗界许多前辈已经为我们作出了榜样。梁宗岱、卞之琳、查良铮、飞白等诸位先生的诗歌译作,真正做到了形神兼备,对照原文读他们的译作,我们能得到双重的艺术享受。

在《人与诗:忆旧说新》一书中,卞之琳先生写道:"放手译诗,既忠于内容,也忠于形式,在译格律诗场合,看究竟是人受了格律束缚还是人能驾驭格律,关键就在于译者的语言感觉力和语言运用力。掌握了这一着,前面就会是好像得心应手的成果,虽然可能还是绞尽脑汁的结果。"前辈译诗大家的气质、素养、驾驭语言的能力,都令人景仰。由此我领悟到,对于译诗的人说来,在提高外语水平的同时,切不可忽视母语,要锲而不舍地钻研汉语,多读诗歌,尤其是唐诗宋词和现当代的名篇佳作,从中汲取营养,以便在译诗时能充分挖掘汉语的潜力与韧性。

长期的翻译实践使我认识到,汉语大概是世界上最适宜于写诗的语言。它的语汇丰富、简洁、灵活、朦胧、巧妙，无论是英语诗还是俄语诗，在优秀译诗家的笔下，都能转化成意蕴神采与原作相当的汉语诗，关键的一点，在于精益求精的意志和达到化境的高超能力。

效法前贤，我在译诗过程中特别注意形式与音韵的传达，其中不仅包括常见的节奏、韵脚、韵式，而且包括头韵、内韵，以及特殊的诗节结构和不同凡响的修辞手法。举例说，费特的《这清晨……》一诗，全诗三节，每节六行，扬抑格，四音步与两音步交叉，长短行相间，韵式为 aabccb，除去韵脚，还有头韵与内韵，此外，全诗没有一个动词，所有这些特点在译诗中都得到了再现。勃留索夫的《我透过迷雾注视……》一诗，仿照但丁《神曲》英雄三韵体的形式，每节三行，韵式为 aba，bcb，cdc，ded……首尾呼应，环环相扣，音韵流畅而和谐，译文也进行了忠实的传达。巴尔蒙特的《苦闷的小舟》，原诗采用了辅音同音法，以头两行为例，七个词开头的辅音字母都相同：

Вечер. Взморье. Вздохи ветра.
Величавый возглас волн.

这样的诗句翻译起来自然难度很大，但经过苦苦思索、反复推敲，最终找到了对应的诗句：

黄昏。海滨。寒风呼啸。
骇浪吼声撼天地。

用汉语拼音写出来，音韵特点一目了然：

Huanghun。Haibin。Hanfeng huxiao。
Hailang housheng han tiandi。

有人断定辅音同音是不可译的，我不敢说自己译得多好，但总算是一次尝试，从形式上与原作接近了一步。不过有些奥妙之处，如这首诗原作的元音对称，仍然难以再现，只能自叹能力不足。

翻译诗歌，另一条原则是只选择自己看得懂的，自己喜欢的，让自己怦然心动或眼睛一亮的作品。我认为，如果自己不受触动，则很难通过译作去感动读者。诗句，不仅仅是文字，那是情感与生命的载体。读不懂的诗，勉强去译，味同嚼蜡，自己昏昏，岂能使人"昭昭"？这就是我为什么选译帕斯捷尔纳克的诗较少的原因。尽管我知道他在文学史上的影响和地位，知道许多学者和诗歌评论家对他推崇备至。好在有人能懂能译，我只想做自己力所能及的事。

经过几年努力，《俄罗斯名诗300首》终于付梓，有机会问世了。从得到蓝本，到译本出版，相隔整整十年。十年间，人世沧桑，多少变化！苏联已经解体，列宁格勒又更名为圣彼得堡。被镇压、被流放、被冷落的诗人，已恢复名誉，流亡国外的侨民诗人的作品，又得以在俄罗斯出版，这些在几年之前似乎还难以想象。许多诗人在逆境中坚持创作，把他们的感悟与体验，凝铸成诗句。他们的诗，让人感动，让人深思。我愿意为他们当一名向导，让他们走近中国读者，让中国读者走近诗人。如果读者读了这本译诗集，对俄罗斯的黄金时代与白银时代加深一层了解，如果他们能认真倾听来自远方的声音，并与诗人产生心理共鸣，得到慰藉，受到启迪，那么我就深感欣慰了。

我还想，如果有机会再去俄罗斯，去彼得堡，我一定再次拜访我的导师菲利波夫先生，并把一册《俄罗斯名诗300首》呈献给他。我想，他必定会点头微笑，我们两个人会愉快地回忆那个月光皎洁的夜晚。

一九九五年六月去南京大学参加学术会议，得以认识漓江出版社的宋安群先生。特向他谈了自己的工作与设想，得到了他的支持与鼓励。在本书出版之际，我向宋安群先生，向本书的责任编辑文龙玉女士表示由衷的谢意，他们为这本书也花费了许多心思、时间和精力。在一切都讲究经济效益的商品经济时代，对一本未必能赚钱的外国诗集予以重视，并精心筹划给予出版，这种精神让人肃然起敬。

最后要说的是，限于本人中外文水平，译文中不妥与错讹，乃至选编不当之处，在所难免，敬请学者、专家与读者批评指正，不吝赐教。

1998年9月18日于南开园

（原载《俄罗斯名诗300首》漓江出版社，1999）

谷兴亚（1941—　），河北顺平县人，1965年河北大学俄语专业毕业后到内蒙古自治区海拉尔市工作，1979年调回母校外文系任教，1984—1994年任俄语教研室副主任、主任。从1983年开始发表译作。主要译著有：《死刑台》（合译）、《邪恶势力》（合译），《贼王》《羊奶煮羊羔》《崩塌的山岳》《莫斯科商人秘史》等。

"雅"无止境"化"无涯
——文学翻译杂谈

谈翻译，首先便是标准问题。谈文学翻译，首先也是标准问题。严复的"译事三难：信、达、雅"，在翻译界几乎人所共知，虽然对"雅"的理解、解释不尽相同。但是，在众说纷纭中，大都是泛指翻译，而专门谈文学翻译标准的却比较少。而文学翻译与非文学翻译差距之大是谁也无法漠视的。因为，学术、科技翻译，商务翻译，公文翻译等对信与达的要求明显是第一位的，而在文学翻译中，在讲究信与达的同时，还必须格外重视读者的感受，否则便一切都是空话。无论翻译的是诗歌、小说还是剧本，最终都必须给人以美的享受，否则译本便失去了存在价值。如果译者与作者及读者的关系，像杨绛先生在《杂忆与杂写．失败的经验》中说的那样，是"一仆二主"，那么，读者这位主人对文学作品译者的要求便格外严厉，有时近乎苛求，简直就是最后的审判。严复的译著主要是学术著作，除此之外只译过几首英语诗歌。他的翻译理论涉及的也主要是学术著作的翻译。

在近百年间，翻译界名家频出，鲁迅、瞿秋白、巴金、林语堂、朱生豪、钱锺书、杨绛等都为文学翻译事业做出了巨大贡献。特别是林语堂"两脚踏东西方文化"，在翻译活动中卓有建树。他不仅把许多外国文学译成中文，还把一些中国文学名著译成英语，介绍到国外，如《老残游记》《浮生六记》等。他继承与发展了严复的译学理论，认为信、达、雅的提法，实质上，"信"是译者对原文的理解上的问题，"达"是译者对中文方面的问题，"雅"是翻译与艺术的问题。其实质是："第一是译者对原著者的责任，第二是译者对中国读者的责任，第三是译者对艺术的责任。"

我认为，对文学翻译作出巨大理论贡献的则应首推钱锺书先生。钱先生在《林纾的翻译》一文中对文学翻译做了精辟的论述。他说："文学翻译的最高标准是'化'。把作品从一国文字转变成另一国文字，既能不因语文习惯的差异而露出生硬牵强的痕迹，又能完全保存原有风味，那就算得入于'化境'。……换句话说，译本对原作应该忠实得以至于读起来不像译本，因为作品在原文里决不会读起来像经过翻译似的。"钱先生充分估计到文学翻译之难："彻底和全部的'化'是不可实现的理想，某些方面，某种程度的'讹'又是不可避免的毛病。"因为："一国文字和另一国文字之间必然有距离，译者的理解和文风跟原作品的内容和形式之间也不会没有距离，而且译者的体会和他的表达能力之间还时常有距离。从一种文字出发，积寸累尺地度越那许多距离，安稳到达另一种文字里，这是很艰苦的历程。一路上颠顿风尘，遭遇风险，不免有所遗失或受些损伤。因此，译文总有失真和走样的地方，在意义或口吻上违背或不尽贴合原文。"

就笔者所见，这是关于文学翻译至今最为精当的论述。"化境"说将一般人心中严复的"雅"具体化了，实际上，也包括了对"信"和"达"的要求，可谓"化"字当头，"信"与"达"自在其中。因为一位值得将其作品译介到外国去的作家，其作品在他本国读者读来绝不会是不"达"的。佶屈聱牙，词不达意的作品，在其本国便会被编辑枪毙，也当然不会被译者选中。在文学翻译中，我想可以仿用某位外国论者的话：可能时不妨尽量逐句，必要时尽管自由[1]。"化"这条准则十分接近"等值"要求[2]，掌握住这一简洁的总体标准，就可以做到"从心所欲，不逾矩"。实际上，追求"化"，或臻于"化境"，很难做

---

[1] 见《翻译研究论文集（1949—1983）》471页。
[2] 见《语言与翻译》（[苏]巴尔胡达罗夫著 中国对外翻译出版公司）第3—5页："翻译是把一种语言的话语转换为另外一种语言的话语。……译者的任务是争取尽可能的等值，争取把损失减到最小限度。"

到尽善尽美，完美无憾。这是每位译者的最高理想，是值得终生奋斗的目标。

笔者三十年来有时做些翻译工作，主要是俄译汉，近几年翻译了几本长篇小说，积累了一些教训和体会，深感钱先生关于文学翻译论述的珍贵。

首先是书名的翻译。无论译什么书，这恐怕都是首先遇到的问题。墨子说："以名举实。"名不正自然就实不举。有的书名很单纯，译者没有选择的余地，也没有妄加改动的必要。如《安娜·卡列尼娜》《静静的顿河》《钢铁是怎样炼成的》等，有的书名充溢着本国传统文化，蕴藏着特有的语言内涵，凝聚着作者的深度思考，体现着作品的韵味，风格，这就难译了。必须全面分析，仔细斟酌。否则，"化"便无从谈起。据说，钱锺书先生自己将《管锥篇》英译为《有限的观察》，《谈艺录》译为《中国古诗研究》。一九五〇年代初苏联人要翻译郭沫若的《棠棣之花》，问中国大使馆书名是什么意思，如何翻。大使馆里谁都不知道，只好由文化参赞戈宝权打电报问郭沫若本人。郭沫若说，是姐弟情深的意思，可译为《双胞胎》。不是译每本书都能够找到作者本人咨询，译者只好通读全书，搞懂书名真正的深层次含义，然后再做最后的选择。

我在翻译《ВОР В ЗАКОНЕ》的时候，这个书名让我着实犯了大难。就字面理解，这是"合法的大盗"。大盗巨寇还合法，岂不荒唐？全书读了多半，才知道这个书名的含义：一、某人为著名强盗；二、他在某强盗圈子里是公认的头子，甚至举行过任命或接班的仪式。借鉴"球王""拳王""跤王"的例子，我将其译为《贼王》。二〇〇五年我译《КОЗЛЕНОК В МОЛОКЕ》的时候，面对这个书名久久不知该如何是好。牛奶中的羊羔？羊奶中的羊羔？莫名其妙。只好细读原著。原来这是出自《圣经·旧约》的典故。耶和华告诫摩西："不可山羊羔母的奶去煮山羊羔。"用这十四个字作书名显然不行。这句话的本意是"不要用母山羊的奶去煮它自己的羊羔"，很接近我们的"煮豆燃豆萁"，即不可做惨无人道、灭绝人性的事，但程度上更为惨烈。它在小说中出现过多次，其含义不断产生微妙的变异。旬月踟蹰，我将书名简化，译成了《羊奶煮羊羔》。与旧约圣经里的含义有一定的出入，不完全合适。可是，再想不出更好的方案，只好这样将就了。寄希望于读者读完全书后能理解，也会谅解。翻译艾特玛托夫《КОГДА ПАДАЮТ ГОРЫ》的时候遇到的是另类情况。自然，书名可以译为《当群山崩塌的时候》，或《山岳崩塌》，但总觉得不够味，似乎缺少了对主人公与理想人物的歌颂与崇敬。作者二〇〇六年初发给我小说的电子稿，书名是《永恒的新娘》，二〇〇六年十月正式出版时书名定为《КОГДА ПАДАЮТ ГОРЫ（ВЕЧНАЯ НЕВЕСТА）》。小说写的是在全球经济一体化的大潮下，吉尔吉斯斯坦的传统经济几乎崩溃，道德观念发生巨变，而以主人公及其女友为代表的社会精英,像传说中的"永恒的新娘"那样,宁为玉碎,不为瓦全,不改变追求真理的初衷。悲剧中蕴含着希望。新书名突出了小说中的悲剧意识。主人公的浩然正气代表着民族的未来,国家的未来。我觉得,书名译为《崩塌的山岳》既有面对时代转型的危机感与民族悲剧的悲壮感,又是对牺牲者的悼念与歌颂,比较贴近作者的本意。

在文学翻译中也会遇到形式各样的译名问题,特别是某些关键事物名称的译法,可能直接关系到读者对整个文本的接受。尤·波利亚科夫的长篇小说《羊奶煮羊羔》总体风格为调侃,挖苦,嬉笑怒骂,荒诞变形,黑色幽默。几乎句句话中有刺。全书三十二章的小标题几乎都有出处,是暗用、化用俄罗斯文学或世界文学中的成语、典故,把这些内涵都译出来,或者加以注释,都无法做到。作者通过描写文学界的丑陋现象,暴露苏联解体前后社会生活中的种种弊端。几乎所有领域都要借助金钱、权势等外在力量才能得以生存,或达到升迁乃至飞黄腾达的目的。于是作者推出了一种兴奋剂。先是写一些人借助该兴奋剂过性生活,一些作家则借助它捕捉灵感进行文学创作;继而写各界人士纷纷用类似兴奋剂那样的歪门邪道谋取私利,青云直上,让人瞠目结舌。于是,该兴奋剂аморалoвка便成了小说中的关键词,处理它的翻译问题至关重要。Аморалoвка是作者杜撰的新词,词冠а…表示"没有某种特征或某种属性",词根морал…则为"道德",аморалoвка有道德缺失,道德败坏的含义。在书中这是一种用鹿角泡的药酒,其主人谈到它时总是面带淫笑,邪笑,称之为"治疗丈夫戴绿帽子的特效药"。最简单的办法是音译:阿莫拉洛夫卡。但这样一来,它原来有的诸多内涵便都消失了。译为"鹿茸酒"或"鹿角酒"这样的中性词,也有失原来的调侃风味。斟酌再三,我译成了"败德汤"。文化界需要"败德汤",官场上更需要"败德汤"。五花八门的"败德汤"在俄国横流,无处不在,表达出了作者的愤怒、无奈与自嘲。在翻译全书的过程中我也力求保全这种后现代主义的荒诞特色。

译《崩塌的山岳》时情况就不同了。艾特玛托夫的许多小说都有浓郁的抒情风格与深刻的哲理思考。一九八六年我译他的《死刑台》的第三部。当时我尚未读到钱先生的《旧文四篇》,不知道何谓文学翻译中的"化境"。但我自己已经意识到,翻译艾特玛托夫这样的大家,必须努力将其特有的风格译出来。第三部一开始就是:

Люди ищут судьбу, а судьба—людей... И катится жизнь по тому кругу... И если верно, что судьба всегда норовит попасть в свою цель, то так оно случилось и на этот раз. Все произошло на редкость просто и оттого неотразимо, как рок...

动笔前我已通读过全文，知道这是一段统御全局的文字，必须尽可能译好。我第一个方案是：

人总是在寻找命运，而命运也在寻找人……生命就是这样围着这一圆圈不停地转……如果说，命运总想一箭中的，那么，这一次她是成功了。这一切来得异常简单，宛如劫数已定……

方案有了，检查几遍，并无大错，但就是觉得既不够顺畅，也没有统领下面文字的气势，味道不够。几个月之后，第三部都基本定稿了，再回头来看这一段译文。此时突然想到，假如我本人是作家，想表达这个意思，会怎样写呢？如此一想，眼前一亮，便摆脱原文的束缚，只保持原来的内涵、神韵，放开笔写。最后形成了这样的译文：

人在寻找命运，命运也在寻找人……生活就是这样循环往复……如果说命运确实总想击中目标，那么这一次它是如愿以偿了。这一切来得那么自然，可以说是在劫难逃。

两个方案一比较，觉得后面这个好多了。后来读到钱先生关于文学翻译中的"化境"说，立刻茅塞顿开。觉得自己竟然于无意中努力"化"过一回。

艾特玛托夫去世前写成的长篇小说《崩塌的山岳》是他经历了苏联巨变之后最重要的作品，悲剧气氛更加浓郁，宗教宿命韵味更加强化。第一页第一段便是：

"存在着一种不容置疑的现实，任何人，任何时间都不能例外——谁也无法预先知道自己的命运如何，前程怎样。只有生活本身才能向人展示其宿命，否则，命运就不能成为其命运了……"接着是："Так было всегда от сотворения мира, еще от Адама и Евы, изгнанных из рая, — тоже ведь судьба, — и с тех пор тайна судьбы остается вечной загадкой для всех и для каждого, из века в век, изо дня в день, всякий час и всякую минуду..."

这一段作者独白也是纲领性的，为整部小说定下了悲剧、宿命、论辩与抒情的基调。一开始，按常规，我是这样翻译的：

"从创世以来，自从亚当夏娃被逐出天国——这也是命运——以后，命运对每个人便是永恒的秘密，从一个世纪到另一个世纪，每一天，每一小时，每一分钟，都是如此……"

接着是第二个方案：

"从创世以来，自亚当夏娃被逐出天国——这也是命运——之后，命运对每个人便是永恒的秘密，从一个世纪到另一个世纪，从这一天到那一天，到每一小时,到每一分钟,莫不如此……"

对这两个方案都不满意。反复寻觅,发现该段的末尾是抒情高潮,是人类历史的总括,应尽量用符合中文习惯的修辞方式表达出抒情主体的历史凝重感。主要是必须总体上再现原作的风格,为此,即便在某些地方突破原文的限制也是应该允许的。我将时间顺序改为我国读者较为习惯的由小到大,由近及远,还加入了年度单位。最后定稿为:

"从创世以来,自亚当夏娃被逐出天国——这也是命运——之后,命运对每个人便是永恒的秘密,时时刻刻,日日夜夜,岁岁年年,一个世纪又一个世纪……"

我认为,在文学翻译中,如果把严复的"雅",理解为"雅正","雅驯",即用最恰当的文字,准确通畅地译出原作的内容,同时尽力保持其原来的风格、神韵,则严复的"雅"与钱锺书先生的"化",相去并不遥远。只不过钱先生"化"的要求更具体,更形象。至于每位译者"化"得如何,与"雅"一样,将取决于他的汉语功底以及翻译技巧。文学翻译自身便包含着再创作的成分,"化"无止境,"雅"也无止境,文学翻译的苦恼与乐趣也就在这个追求的过程之中。

在追求"化"的过程中,我感到最难的还是汉语的表达,这是决定一个译者能在何等程度上接近"化境"的关键。这使我屡屡想起蓝英年先生对我的教诲。一九八三年初他让我为苏联文学杂志翻译小说《滨湖市的一场冲突》的第三部。此前我尚未发表过任何译作,面对俄文原作,说是"战战兢兢,如临深渊,如履薄冰"一点也不过分。蓝先生鼓励我大胆译,并对我近万字的试译稿详加修改,让我仔细咀嚼过修改稿之后再继续译。这份经严师批改过的"作业"成了我学习翻译丰富而珍贵的教材。后来老师又告诉我应该如何加强母语的锤炼。在蓝先生的启发下,我陆续买来《语法修辞讲话》《语病汇析》《现代汉语虚词词典》等书恶补过一阵子,遗憾的是未能持之以恒。从事文学翻译,我明显感觉到在母语上的先天不足,而弥补这一缺憾远非几个月乃至几年所能奏效的。在翻译事业上真是"路漫漫其修远"啊,我只好活到老学到老了。

常谢枫（1941—1999），原名常玉华，1965年毕业于北京外国语学院俄罗斯语言系，从事过中央广播事业局俄语播音兼翻译，1980年毕业于南开大学外文系俄语专业，获硕士学位，1982年起在天津社会科学院文学研究所工作，副研究员。主要译作有：普希金长诗《叶甫盖尼·奥涅金》，尤里·鲍列夫《美学》等；撰写《冈察洛夫的小说语言》《"铜骑士"还是"青铜骑士"》《挣脱美与用的困扰》《论美即对象的功利价值》等多篇论文。

车尔尼雪夫斯基对"美即生活"定义的论证

对于车尔尼雪夫斯基"美即生活"的定义，国内外美学家们已作过反复的探索和研究。但所取得的成果却不能使人感到满意。人们甚至普遍觉得，以前的研究迄今为之还没有挖掘出定义的基本内涵，对已经"领会"的东西实际上也仍感到模糊不清。所以会出现这种情况，主要原因恐怕有以下两点：一是研究家们差不多都陷入了车尔尼雪夫斯基用论述中反复出现的"Жизнь"一词布设的"语义迷宫"[1]，始终未能克服这道概念屏障的堵截；二是由于这个缘故，大家也就始终未能摸清车尔尼雪夫斯基对"美即生活"定义的论证思路。所以，彻底澄清车氏论述中"Жизнь"这一概念的语义内涵，并与此同时，精确把握

---

[1] "Жизнь"这个俄语名词共有"生存；生命"、"日常生活"、"生活方式"、"生命力"、"一生"、"生平"、"现实"、"生动景象"等八个基本涵义和若干转义与歧义。车尔尼雪夫斯基在对美的论述中，不是只用其中一个涵义，而是先后调用了第一、二、三、四、七共五个具体涵义，并随着论述的展开，在这些涵义中回旋往返，从而给车氏著作的研究者和译者带来扑朔迷离、难以定向的感觉。正是由于原译者未能帮助国内读者辨识这座迷宫中的特殊走向，我国美学界才对"Жизнь"一词产生诸多误解。

车尔尼雪夫斯基的整个论证思路,就成为真正理解车氏定义的关键与前提。

在拙文《车尔尼雪夫斯基美学中"Жизнь"一词的涵义问题》(《美学评林》第四辑)中,我对车尔尼雪夫斯基的论证思路已附带作了一些探索和剖析。为了增益理论研究的明晰度,我感到对这一方面还有必要作系统的说明。

大家记得,"美即生活"的定义是车尔尼雪夫斯基在《艺术与现实的审美关系》这篇著名学位论文(以下简称"论文")中提出来的。在作了充分的预前性说明之后,论文作者写道:"在人感到可爱的东西中,最有一般性的、他觉得世界上最可爱的,就是 Жизнь(生活),首先是他所愿意过、他所喜爱的那种 Жизнь(生活),其次是任何一种 Жизнь(生活),因为活着终究比不活好;一切有生之物从本性上都恐惧死亡,恐惧不存在,而爱 Жизнь(生活)。"所以车尔尼雪夫斯基便下定义说:"美即 Жизнь(生活)"[1](见《车尔尼雪夫斯基论艺术》[以下简称《论艺术》]俄文版,莫斯科,1950,第17页。以下引文均出自该版本)。

为了使读者便于把握这个概括性很强的定义,车氏紧跟着又提出了两个对总定义起说明作用的分定义:"凡是在其身上能看到我们[2]所理解的那种理想生活的标志(Жизнь)的人就是美的;凡是显示出旺盛的生机(Жизнь)或使我们想起生活(Жизнь)的对象就是美的(我加的下划线是为了使读者注意"Жизнь"一词在不同语境中的语义变化和精确内涵——常注)。这样,车尔尼雪夫斯基就将总定义中的"生活"具体化为几个方面和侧面,为读者开设了几个从不同角度欣赏和领略生活美的窗口。这些侧面和"窗口"主要有三个:一个是人身上所显示出来的"理想生活"(译作"理当如此的生活"或周扬同志的"应当如此的生活"亦可)的标志,另一个是人和动植物身上所洋溢着的"旺盛的生机",第三个是动植物乃至无生命世界在人心中所唤起的美好生活影像。车尔尼雪夫斯基认为,他所提出的定义和分定义,确切地说,他的分定义所提及的上述三个方面,"可以圆满地说明一切在我们心中唤起美感的东西"。

定义与分定义已经提出,接下来就是论证的问题了。车氏的论证思路是依据常识、作者的观察体验和人类的良知,逐项论述分定义中所提及的三方面(它们覆盖着"各个现实领域中")美的表现。只要圆满地说明了这三个方面,分定义也就成立了,作为两分定义高度概括的总定义"美即生活"当然也就成立了。

---

[1] 在这段论述中,车氏所使用的五个"Жизнь"虽有不尽相同的涵义,如一、四两个泛指人类的生命活动,二、三两个却含有生活的水平、方式等具体内容,但都紧扣着人的生命活动(生存)这一涵义中心。所以,"美即生活"的真正涵义也就是"美即生存"、"美即活着"、"美即生命"。

[2] 车氏在硕士论文及其姊妹篇《当代美学观念批判》中所说的"我们",均泛指各阶级、各阶层的人们。

论文作者首先说明第一个方面：人身上所显示的"理想生活"的标志。这位俄国美学家描述了"普通人"特别是乡下农民的生活方式和该种生活方式所派生的特定审美观，并把这一切同上流社会的生活方式及其审美观作了对比。车尔尼雪夫斯基指出，所谓"理想的生活"，"理当如此的生活"，在不同阶级和阶层的人们看来，具有不同的内容和标准：对于"普通人"来说，"理想的生活"就是"吃得饱，住得好，睡眠充足"（《论艺术》，第 17 页）；在乡下农民看来，除了这些之外，还必须加上劳动，因为不劳动的生活他们会感到空虚而无聊；然而上流社会的人们所"理想的生活"，却恰恰是不从事体力劳动和无所事事。农家少女"鲜艳的脸色"、"布满双颊的红润"、"结实、粗壮的身腰"（《论艺术》，第 17 页）——这些是乡下人所理解的那种"理想生活"的标志，所以，乡下人认为是美的；贵族小姐"纤细的手足"、"较小的耳朵"和"弱不禁风的身材"（同上）则是上流社会所理解的那种"理想生活"的标志，因此，上流社会认为是美的。如果农民只认为健康和精力旺盛是美，那么贵族阶层则常常把小姐太太们的"憔悴"、"慵倦"甚至她们的"偏头痛"和"神经衰弱"（同上书，第 17、18 页）看作是美，因为这两者正是平民和贵族各自所理解的那种"理想生活"的标志。假如让他们去品评对方阶级的美人，那么，乡下农民就会把贵族女性的"小手儿"和"小脚儿"看作是"某种与畸形相近的现象"（同上书，第 121 页），而上流社会的膏粱子弟则会对乡下少女粗壮的身腰报以厌恶的目光，因为这时，他们双方所看到的，都不是她们各自所理解的那种"理想生活"的标志，而是与这种生活正相抵触的现象。

除"普通人"和贵族以外，车尔尼雪夫斯基还提到与前两者都不同的、"真正有教养的人"。对于他们来说，"真正的生活"（亦即"理想的生活"、"理当如此的生活"）乃是"理智和心灵的生活"，因此，作为这种精神生活之标志的面部表情（特别是眼神）就是很美的。论文作者总结道："……我觉得，这一切（指各阶级、各阶层人们的各种外形美特征——常注）所以使我们产生美的印象，是因为在它们当中我们看到了我们所理想的那种生活的表现"（《论艺术》，第 18 页）。在《当代美学观念批判》中，车尔尼雪夫斯基又用很大篇幅论述了不同阶级（阶层）成员的外形美和美的观念，并也总结说："我们觉得，从这些例子中可以相当清楚地看到：人身上的美就是这样一种东西，在它上面我们看到了生活的标记，具体地说，也就是使我们感到美好、感到迷恋的那种生活的表现"（同上书，第 123 页）。就这样，车尔尼雪夫斯基通过一系列家喻户晓的事实，很有说服力地论证了美即人身上所显示的"理想生活"的标志这一思想，剖明了美的观点的阶级（阶层）性和习惯定向性，也就是阐发了第一分定义的全部内涵。

紧接着，车尔尼雪夫斯基转入了对体现生活美的第二个方面——美即对象所显示的旺盛的生机（大家不妨注意一下，这正是第二分定义前半部分的内容）——的论说，顺序是：先说人，后说动植物。

什么是美？什么是丑？论文作者写道："如果旺盛的生机及其表现是美，那么，很自然，疾病和它的后果就是丑"（《论艺术》，第18页）。车尔尼雪夫斯基在学位论文和《当代美学观点批判》中，用许多事例说明自己的这一公式。他述及少女"白里透红的脸色"、"浓密的头发"、"适度的丰满和匀称"等外形特征，说它们所以使人感到美，就是因为它们显示着"健康"和"旺盛的生机"。反之，许多疾病和发育障碍则往往给人带来丑陋的外形特征，例如"难看的体形"、"粉刺和雀斑"[1]、"女人面部皮肤的粗糙"等等。说到这里，有些同志也许会提出一个问题："美即旺盛的生机及其表现"这一公式同"美即生活"的总定义具有什么联系？这里的联系应该说是很明显的。我们知道，"旺盛的生机及其表现"乃是"生活"（即"生存"、"生命"）的赐予：只有活着，我们才可能有青春，有健康；如果死了，这一切都将不复存在。在这个意义上说，"美即旺盛的生机及其表现"这一公式实际上可以扩展为"美即生活所能给予人的旺盛的生机及其表现"。从另一个角度来看，如果生命，一般来说，能给予人诸多欢乐与幸福，并因而使人感到美，那么，蓬勃的生机，旺盛的青春活力——这种最佳状态下的"生活"，最热烈、最充实的"生命"，就更能给人带来巨大的欢乐与幸福，因而也就益发是美的。

人的外形美离不开"健康"，离不开"旺盛的生命力"，动物和植物的美也莫不如斯。车尔尼雪夫斯基指出：动物身上的美与丑建立在与人的类比之上，因此，如果人的生机勃勃是美，那么，动物的美就也是"表现出朝气蓬勃、充满着健康和活力的生命"（《论艺术》，第19页）的那些方面的特征，例如，哺乳动物"形体的浑圆"、"丰满"、"体形的匀称"等。论文作者在《当代美学观点批判》中举了很多动物为例，反复说明动物的外形美也是"生机勃勃"的观点。植物的美，按车氏的意见，不依赖于任何类比，但它们同样是"生机勃勃"的表现：在植物界里，人们喜欢"色彩的鲜艳"、枝叶"茂盛"和"形态的丰富多姿"，因为正是这些方面"体现着充满活力的、朝气蓬勃的生命"；"凋萎的植物是不美的，缺少生命液的植物是不美的"（《论艺术》，第19页）。

在认为自己已经说清了生活美的第二个方面表现（人和动植物身上所显示

---

[1] "难看的体形"、"粉刺和雀斑"等等是被作者当作"生机不够旺盛"的一种表现来看待的："……体形难看的人，在一定程度上都是畸形的人，他的外形所表现出的，不是生机勃勃，不是良好的发育，而是发育不正常和在发育中遇到了不利的条件"（《论艺术》，第18页）。

的旺盛的生机),阐明了第二分定义前半句的内涵之后,车尔尼雪夫斯基又为我们推开了观赏生活美的第三个窗口——动植物的声响、动作和姿态所显示的美。诚然,动植物在它们生活中的各种声响、动作和姿态与人的生活的关系似显得有些遥远,但它们却毕竟通过人的联想、物我融一等心理机制与后者勾连了起来,从而使自己在人类的心目中获得了美的意义。论文作者的思路是:因为"生活"是美好的,能给予我们许多"欢乐"、"幸福"和"希望"(《当代美学观念批判》),因此,那些能唤起我们对生活中美好方面的联想的动植物声响、动作和姿态就也是美的,也能引起我们由衷地欢爱。

从这个窗口,车尔尼雪夫斯基还把我们的视线引向广大的无生命世界的美。他认为,无生命世界的美存在于那些与人相似的现象中。这些与人相似的自然物,一旦作为对人的一种象征时,就获得了美的意义。因此,只要证明了,人的美是"生机勃勃",那么,一切自然物的美就一定也是"生机勃勃","因为在人看来,后者所以会显得美,就因为它们是对于人的美和人的生活之美的一种暗示"(《论艺术》,第19页),或者换句话说,就因为后者以它们的某些方面和特征使人们联想起人本身的美和人的生活之美。

这样,车尔尼雪夫斯基又圆满说明了第二分定义后半部("凡是……使我们想起生活的对象就是美的"的蕴义)。至此,车尔尼雪夫斯基通过两分定义内涵的全面阐述,圆满完成了对"美即生活"定义的论证。整个论证思路可直观于下表中:

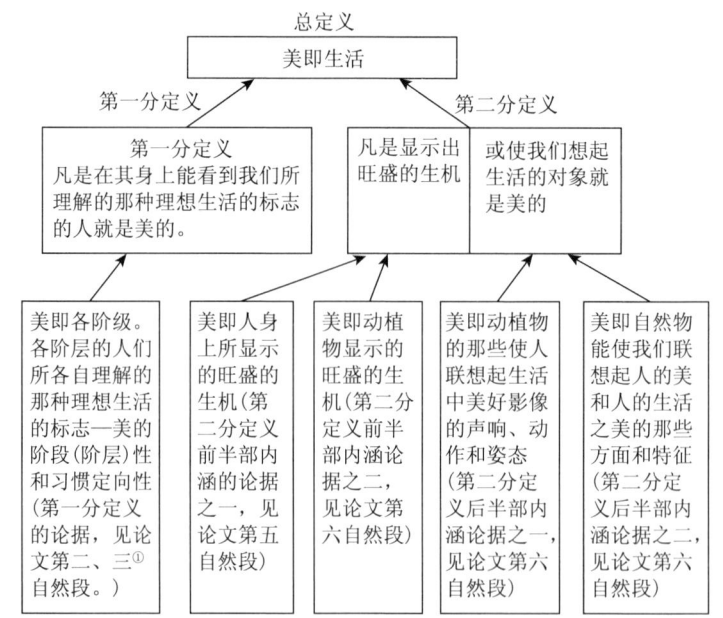

这张图表勾画出车尔尼雪夫斯基论证"美即生活"定义的整个思维走向,当能帮助我们准确理解和把握论证中各主要论点和论据间直接(或间接)的逻辑关系。通过自上而下地提出论点和自下而上的、逐层逐项的"对号式"论证,车尔尼雪夫斯基深入浅出地剖析了"美即生活"的定义,为世世代代的读者开启了他的美学思想的大门。

---

[1] 为说明的方便,我们把提出定义的那一自然段称作第一自然段。

甘雨泽（1942—   ），辽宁台安人。哈尔滨师范大学中文系教授。著作有《爱伦堡》《涅克拉索夫》《欧美文学史》上、下册，合著《美国文学发展史》《俄罗斯诗学》、传记《弓马天骄——成吉思汗》。译著有《故乡》（合译）、《生活正应该这样》《托尔斯泰和俄国作家通信选》《涅克拉索夫论》《俄罗斯作家情书集》（合译）、《文学回忆录》等。主编翻译"俄罗斯最新反犯罪小说"系列（五部）。

我是怎样学习文学翻译的

　　我是从一九七九年才真正开始文学翻译实践的。四年来，我几乎放弃了一切娱乐，放弃了节假日的休息时间，在外国文学教学之余，翻译了一百万字左右的文学作品。这些东西，有的已经出版，有的已经交稿，即将出版。虽然我已人到中年，是四十岁的人了，但在文学翻译上，我还是一个学徒。

　　说实在的，谈翻译经验，对我来说，还为时过早。但说到翻译中的甘苦，我多少还亲自尝到了一点。所以，在这里，我想谈谈我在学习文学翻译过程中的点滴甘苦。一方面，我想借此机会就教于翻译界的老前辈们，另一方面，我想，这篇短文也许会对初学文学翻译的青年朋友们多少有点启发。

　　我是一个业余文学爱好者。我的第一首小诗是我在高中读书时发表的。从那时起，十几年来，我写了几十首诗，一百多篇长短不一的文艺随笔、有关外国文学方面的短论和论文。我还练习写过散文、中篇小说和电影剧本。为了写作，我曾背诵过一些古今中外的名篇，研究过一些著名作家和诗人的作品。特别是在语言的积累上,我曾下过一段笨功夫。记得在大学时,我利用课余时间,读了大量文学名著,摘记了大量卡片,写下了一本本读书笔记。后来,我又把这些材料分门别类地加以整理,汇成了一本本"专集",如:我把人物描写、景物描写、心理描写、人物对话、抒情插笔等方面的精彩段落分别归纳在不同的本子里,取名曰:《人物描写手册》《景物描写手册》等等。后来,当我翻译到人物描写的段落时,我就抽出《人物描写手册》,看看那些大作家是怎样描写人物的,然后再回过头来看原文的人物描写。其他情况亦然。这种读书功夫和写作上的亲自实践,并没有白白浪费时间,它对我日后翻译文学作品,确实起了潜移默化的作用。有人说,译者的天才要与作者的天才相等时,才能译出上好的作品。这话是否全面,我们且不去管它,但它至少是有一定道理的。我想,一个文学翻译家不一定是一个作家,但是,一个文学翻译家如果具备一个作家所应具备的文学修养,那么,对他所从事的文学翻译工作,无疑将会起到重大影响。后来,在翻译苏联著名老作家巴巴耶夫斯基的长篇小说《故乡》时,我过去读书和写诗的那一段经历帮助了我。《故乡》的第一章只有一千八百多字,全是抒情诗式的景物描写,如开头两段:

Как все горные реки, Кубань осенью пряталась в берега, искала покоя. Мелело русло, стыдливо оголялись камни. Вода становилась синей, прозрачной—не вода, а стекло, и текла она спокойно, шумела только на перекатах, да и то лишь в лунные ночи. В низовьях и вовсе замеляла бег, успокаивалась, и то тут, то там блестели по степи, как зеркала в желтых рамах, густо поросшие камышами лиманы и заводи.

Летом же, в пору таяния ледников и частых грозовых дождей в горах, Кубань просыпалась на степной простор, она набирала скорость, заливала луга, затапливала гизины, лески, несла песок, мелкую гальку, корневша, и тревожная песня ее не смолкала ни днем, ни ночью. Вспененные волны, не зная устали, проносились то вблизи станицы или хутора, то бугрились возле садов или рядом с пшеничным полям. И не было такого человека, кто не подошел бы, так, любопытства дали, к берегу и, задумчиво глядя на бурлящий, буро-серый поток, не покачал бы от удивления головой и не сказал бы: "Да, вот это силища!"И если вы стоите на круче и смотрите вниз, на необузданную красоту разгулявшейся стихии, то взору вашему открывается могучее половодье, и невольно кажется вам, что в широченном разливе Кубани, в ее стремительном беге есть, есть что-то схожее с жизнью людей, населяющих ее берега... Но в чем именно это сходство? Кто может сказать? Возможно, один только Кубань и знает, в чем таится это сходство и как его отыскать, да вот молчит, не хочет поделиться секретом.

这两段文字描写了库班河河水泛滥时的景色，语调深沉而铿锵，字里行间饱含着作家对故乡的深情厚意。这两段文字，我最后是这样译的：

库班河像所有的山间河流一样，到了秋天就潜入崖岸底下，寻找安宁。河床变浅了，石头羞答答地露出水面。河水变得湛蓝、清澈，宛若一块明净的玻璃。它静静地流着，只是流到浅滩上才发出哗哗的声响，而且那也只是在皎月当空的夜里。一到下游，它就完全减缓了速度，安静下来了。芦苇丛生的河口湾和小河湾像一面面镶嵌在金黄镜框里的镜子，在草原上时而在这里、时而在那里闪烁着。

可是到了夏天，冰川消融，山中雷雨时时袭来，库班河苏醒过来了，哗哗地溢出河的两岸。河水冲向辽阔的草原，它加快了速度，淹没了牧场，淹没了洼地，淹没了树丛；河水夹带着泥沙、小卵石和树根。这样，库班河就日夜不停地唱起了它那使人忐忑不安的歌儿。泡沫飞溅的波浪不知疲倦地一会儿从哥萨克镇或农庄的附近奔腾而过，一会儿在果园或麦田的近旁掀起滔天巨浪。有谁能不受好奇心的驱使，走近河岸，沉思不语地注视着那汹涌澎湃的灰褐色水流，惊讶地摇着头，叹道："是啊，这是一股浩大的力量啊！"如果你站在陡岸上，俯瞰那无法遏止的壮丽的大自然的力量，那么，在你面前一定会展现出一片壮阔的春汛景色。你会情不自禁地想道，在这一片泛滥的库班河水中，在它那湍急的奔流中，有某种……有某种与库班河两岸人民的生活相似的东西……

这里，我是采用散文诗的笔法来翻译的。比如第二段开头两句，按照一般情况完全可以直译过来，也不必考虑语言的韵律和节奏。但我从整章语言的音乐性出发，觉得用诗的语言更能传达出原文的语言美和音乐性，所以，我用散文诗式的语言译成了："可是到了夏天，冰川消融，山中雷雨时时袭来，库班河苏醒过来……它加快了速度，淹没了牧场，淹没了洼地，淹没了树丛……"上面所引的译文并不一定好，但我主要想说明的是，译者在从事文学翻译之前，如果自己也试着写点东西，也许能更深地体会到作家创作的甘苦和写作上的特点。这样，在翻译时，就能时时想到作家的风格和语言特色，力求传达出原文的神韵来。当然，要做到这一点，以我这样平庸的才智，是一辈子也难以实现的。但我愿把它作为我从事文学翻译的最高目标，孜孜不倦，努力追求之。

草婴同志有一次曾谈到他有时请演员朗诵他的译作。这个经验对我很有启发。我曾专门跟演员学过朗诵，在学生时代也常常自己登台朗诵。这个特长在翻译中曾帮了我不少忙。在翻译《故乡》第十章时，我就用了"朗诵法"（这是我杜撰的名称）。我先是在房间里一遍又一遍地高声朗读俄文，反复琢磨作家在字里行间所蕴含的思想感情和弦外之音，反复体味原作内含的韵律和节奏。译成中文后，我又一遍遍地朗读，直到认为接近原文的韵律和节奏时才算罢休。这样，经过十几次修改才最后定稿。这种"朗诵法"，并不一定对所有人适用。但我个人感到，这样反复朗读的过程，实际上也是一种反复理解、反复钻研作品内容的过程。正如同一个演员准备扮演一个角色时应该研究这个角色，细心地、不断地深入这个角色的内心世界那样，歌德在谈到读书时曾说："头脑简单的人不能理解：一个人学会读书需要付出多少时间和劳动。我在这上面已经花费了八十年的时间，直到现在还不能说，我已如愿以偿了。"这当然是自谦。但这句话对我们译者有一点启发，就是说，我们在动手翻译之前，应该学会读书，力求读懂原文，即对原文要有较为透彻的理解。这种理解又将随着译者翻译的进行而进一步加深。没有正确的理解，便谈不上正确的翻译。这是人所共知的道理。可是，如何学会正确的理解，如何提高对原文的理解力，恐怕每人在方法上各不相同，那么，我这里所说的"朗诵法"，能否算是其中的一种呢？

我在承担出版社交给我的翻译任务之前，曾花了三年时间学习和研究翻译界老前辈的优秀译作。最初，我曾用老前辈曹靖华同志的译作《第四十一》作范本。我先找来《第四十一》的俄文版，不看译文，自己先试着一章一章地翻译，然后再一句一句地与曹老的译文相对照。我首先找出我对原文理解错了的字句，接着又找出我虽然理解对了，但表达笨拙的地方。这样一对照，感到曹老译文水平高超，而自己相差甚远，应当加倍努力提高自己的外语水平和文学水平。后来，我又用同样办法学习和研究了草婴同志的《当代英雄》的译本、叶水夫同志译的《青年近卫军》以及满涛同志译的果戈理的中短篇小说，等等。这样的学习，我觉得收益很大，从中悟出了一些译好文学作品的"窍门"。这样做当然要花费时间，是一种笨功夫，但我从中尝到了不少甜头。在这之后，我又用了一年半的时间，练习独立翻译，译了大约二十几万字的东西。我没有拿出去发表，只把它看作我练笔阶段的习作。我总觉得，翻译也是一种创作，不过是在某种范围之内的创作罢了。这里需要的是实实在在的功夫。因此，我宁愿在发表译作之前准备得充实一些，也不愿轻易地拿出去一、两篇自己不满意的东西发表。

　　学无止境，译海无边。我每译完一篇东西，又开始译一篇新的东西时，总感到自己非常空虚，新的东西对我是那么陌生。怎么办？只得再学习。比如说，不同体裁、不同文体的文学作品都有自己的特殊性。因此，在翻译之前就要研究它，从中找出规律性的东西来。我在翻译文艺理论方面的文章之前，曾学习了辛未艾同志翻译的《车尔尼雪夫斯基论文学》中的部分章节；在学习诗歌翻译时，我找到了戈宝权同志译的普希金的一些抒情诗；在动手翻译《托尔斯泰和俄国作家通信选》之前，我研究了曹宝华同志的译作《高尔基文学书简》中的部分书信。最近，我在翻译俄国作家安年科夫的《文学回忆录》之前，又学习了蒋路同志译的《巴纳耶娃回忆录》中的两章……我从这种学习中悟出了翻译不同体裁、不同文体的一些规律。等到我自己翻译时，觉得有些地方容易处理了。

　　我个人以为，用老翻译家的优秀译作作范本，一边自己试着译，一边对照译本，找出差距，总结经验，这办法虽有些"笨"，有些"慢"，但却是实实在在的功夫。我愿向跟我一样初学翻译的青年朋友们推荐这个笨方法。

　　我在文学翻译道路上才刚刚迈出了第一步。但就是这第一步，也包含着许多翻译界老前辈以及出版社编辑同志（我要特别提到上海译文出版社的郭振宗同志）的热情扶植和辛勤浇灌。我常常怀着一种感激之情，回忆起他们对我的关怀和培养，因为这种关怀和培养，体现了党和人民对中青年知识分子的殷切希望。

1982 年 7 月

于哈尔滨师范大学

欧茵西（1942—　　）福建福州人，奥地利维也纳大学斯拉夫语文学博士。台湾大学外文系专任教授，政治大学斯拉夫语文学系等校兼任教授。著作：《阿布洛莫夫典型与结构》《皮萨列夫的文学评论》《俄国文学面面观》《俄国文学史》《新编俄国文学史》《布宁作品中的主题与思想》《俄罗斯文学风貌》等；译著：《俄罗斯童话故事选译》、《浪漫与沉思——俄国诗歌欣赏》及论文、译文百余篇。

《浪漫与沉思——俄国诗歌欣赏》绪论

　　公元第九世纪后期，俄罗斯才出现书写文字，文学上的起步，远远落后其他国家与民族。但与许多民族一样，口传的民谣及民俗诗歌，如庆收成、颂四季及婚丧礼仪的歌谣，皆早已存在。且至今部分流传了下来。虽然我们无法推断它们是否保存了千余年以前的面貌，但淳朴地反映了人民的习俗、信仰和感情，形式上并无定规，韵律广泛而重复。仪式歌谣以外，基辅罗斯时期发展成形的英雄歌谣，歌颂凯旋的战士，具有神奇威力的勇士及忠于祖国与人民的志士，皆以丰富的修饰表现强烈的感情，韵律简单，诗句长短不一，行末多为扬抑抑格，已较前述之仪式歌谣规范明确。十二世纪鞑靼人入侵以后，十四至十九世纪流行于北俄的历史歌谣，则以历史事件为主题，内容具体，文字上继承了英雄歌谣的特点，这些民间诗歌都有许多呼语和叠句，表现激越的情绪，富有节奏感，因为俄语是有重音的语言，民间诗歌很早便善用此特性，每一行中出现二至四个重音，虽然位置并不固定，轻音音节字数不一，但诗行连续朗诵，便自然出现节奏效果。

世俗诗歌以外，古俄时代还有希腊正教宗教仪式中使用的诗歌，因系取自拜占庭教会之原有曲调，诗行音节数目受限，韵律及修辞皆以拜占庭为典范，艺术价值甚高，长久以来受到尊重。另有圣徒诗，是以圣经人物及教会圣人为主题的叙述性诗歌，结构近似英雄歌谣，为无韵的重音诗，早期亦为口传诗歌。

十七世纪开始，与其他文学一样，俄国文学接受愈来愈多来自西欧的影响，波兰曾扮演中间人角色。波兰诗与西欧各文字的诗歌有一共同点，即诗行的尾韵。尾韵于是成为十七世纪初叶俄诗的重要规律。诗人原先认为重音数目固定，便能在朗诵中产生节奏，演变成为诗句可以长短随意，但结尾必须押韵，两行诗句对韵，表现更清楚的韵律。十七世纪后半叶，出身自俄罗斯，博学多才，曾任沙皇宫中教师的波洛茨基（Симеон Полоцкий，1629—1680），为俄诗引进当时西欧流行的诗歌规则：确定音节数目，即每行音节数目一致，一般为十一、十二或十三音节，即所谓音节诗。波洛茨基本身多为十三音节诗，并在第六或第七音节安排一个重音，此重音之后的非重音音节使全行语气出现小停顿（休止符），每诗行倒数第二音节为重音所在，最末音节为非重音，这是"阴性韵"，比重音落在最末音节的"阳性韵"，更能凸显诗意，诗行中其他重音的位置则仍不固定。行末为阴性韵脚的规定其实源自波兰语的重音皆在词的倒数第二音节上。波洛茨基照单全收，忽略了俄语重音并不固定的特性，未能赋予俄文诗更多灵活性与节奏感，是为缺失。但当时的俄国文学以语言形式庄严的宗教文学为主流，不同于一般口语或世俗文字：朗读时，语气平淡，缺少起伏，重音与非重音音节的区别不明显。波洛茨基等教会诗人的音节诗是符合需要的。此后历时约七十年，音节诗体为俄诗的重要格律，直至彼得大帝时代，追求更新、更开明的文化，才带动了诗歌的新发展。康德米尔（Антиох Кантемир，1709—1744）的音节诗中固定第二个重音位置：十一音节诗之停顿（休止符）置于第五与第六音节间。第五音节为重音；十三音节诗之停顿在第七音节与第八音节之间，并于第七或第五音节为重音所在，使诗行前半段也有固定的重音音节，增加韵律与节奏变化。

十八世纪时，俄国文学才比较清楚地脱离了宗教的影响。两位学者为俄诗开启新页，正式走向重音音节诗律。他们是特贾科夫斯基（Василий Тредиаковский，1703—1769）与罗曼诺索夫（Михаил Ломоносов，1711—1765），都是接受过良好教育及欧洲文化薰陶、学识渊博的语文学者和诗人。他们研究俄诗本身的特性与条件，吸取欧洲其他诗法的精髓，倡导俄诗改革。特贾科夫斯基在论文《俄诗写作新论》（1735）中指出，因为俄语中的重音为区分词的重要因素，重音音节应成为制约俄诗格律的基本规定，并主张以十一和十三音节诗为俄诗基本格律，除了诗行末尾的阴性韵以外，诗句内亦须井然有序地分布重音，由一对轻、重音节组成一个音步，数个音步组成诗行。当时歌颂英雄事迹的颂诗为诗坛主流，特贾科夫斯基认为，扬抑格有较强烈的韵律感，对抑扬格持否定态度，并以十一音节诗中第六音节之后为停顿，第七音节仍为非重音（－∪－∪－∪//－∪－∪－），十三音节诗之停顿在第七音节之后，第八音节仍为重音（－∪－∪－∪－//－∪－∪－）。但俄语单词除了单音节和双音节以外，还有多音节词，因此有可能出现应该有重音的音节却为非重音的情形，此外十三音节诗中之第七及第八音节为两个重读音节紧邻，其实也破坏了轻重音间隔的原则，都有待修正。

罗曼诺索夫以特贾科夫斯基的理论为依据，参酌德、英、法国诗歌的长处，一七三九年发表《论俄文诗律》，确定俄诗重音音节诗律，迄今为俄文诗人所遵循，贡献至伟。罗曼诺索夫认为，使诗歌有效区别于散文的最重要基础是诗行中轻重音节的规律配置，也就是每一诗行由数个排列相同的音步组成。此外他主张俄文诗歌不仅可以有扬抑格，也可以有其他诗格，除了双音节的扬抑格（－∪）与抑扬格（∪－）外，也可以使用三音节扬抑抑格（－∪∪）、抑扬抑格（∪－∪）和抑抑扬格（∪∪－）；诗句不限于十一与十三音节，行末不仅可以押阴性韵，也可以为阳性韵。依据以上逻辑，俄文诗歌的形式得以大大扩充，真正奠定俄文诗法的传统格律，成为后世俄文诗歌创作者的主要依据。

罗曼诺索夫对俄罗斯文学语言也有重要贡献。他根据古典修辞学理论，将俄语区分为上、中、下三级文体：大量使用教会斯拉夫文者为上级文体，适宜写思想性、政治性或宗教性等主题较严肃的作品及颂诗；以高雅的俄语搀杂少量教会斯拉夫语者为中级文体，适于悲剧、宗教剧、挽诗、讽刺诗和学术论文；下级文体则为通俗但绝非粗鄙的俄文，适宜用于歌词及私人信笺。这种简明的分类予写作者以清晰的准则，也使文学写作从此戒律分明。不过罗曼诺索夫自己创作的颂诗却被认为欠缺诗人应有的"陶醉"之意，形式完美，太少真情。

幸亏随后不久俄国便出现一位在创作中注入活泼生命力的诗人——德扎文（Гавриил Державин，1743—1816）。他在格律上遵循罗曼诺索夫，但力求文字生动。例如在庄严的颂诗中渗入戏谑，三等级文体混用于不同作品，韵脚常具独创性。德扎文语气真挚地歌颂造物主的全能、凯萨琳女皇的开明、爱情的力量……使俄文诗歌于庄重之外，也展现了热情，开启更宽广的发展之路。

十八世纪末期,因为西方感伤文学的影响,俄诗终于摆脱古典主义的理性框框和学院派修辞,把个人的生活和感情置于君主和国家之上,从宫廷与神殿来到乡村茅舍,以哀歌、牧歌、田园诗歌取代颂诗。俄文诗歌于是在形式、题材及主题上都更丰富,个人主观的表达更重要,感觉的描绘更深入和富有自信,格律更活泼。十九世纪初,普希金(Александр Пушкин,1799—1837)及其同时代人的浪漫派诗歌成就非凡,是俄文诗的高峰时期。但普希金并非革命者,亦非创始人。卡拉姆金(Николай Карамзин,1766—1826)、朱可夫斯基(Василий Жуковский,1783—1852)、巴鸠斯可夫(Константин Батюшков,1787—1855)等人在他之前已铺设了道路。此外普希金有许多杰出的同时代人:维泽姆斯基(Петр Вяземский,1792—1878)、德维(Антон Дельвиг,1798—1831)、巴拉汀斯基(Евгений Баратынский,1800—1844)、雅泽科夫(Николай Языков,1803—1846)。他们的文学与普希金一样精致,内容深度与形式亦不弱于普希金,但从作品整体观察比较,普希金则无疑才华惊人,无人能比。十九世纪三十年代起,散文文学虽逐渐呈现优势,普希金自己也开始写小说,俄诗却跨越十九世纪后半叶写实小说盛行的时代,持续保存了下来,并为新时代的新内容发展了新的形式,在俄国人的文学与文化生活中,受到珍视。

与普希金一样死于决斗的莱蒙托夫(Михаил Лермонтов,1814—1841)擅长写三音节诗,有更强烈的音乐感。多首作品几乎不再是表达思想的工具,而是诗最初的用处——音乐曲调重于意义和内容。

民谣诗人卡尔佐夫(Алексей Кольцов,1808—1842)则延续了文字诗领域中长期备受忽视的民歌曲调与题材,使严格的重音音节诗律得到解放,并开拓俄国诗韵作品的视野,使庶民与旷原的呼声和精神力量展现魅力。涅克拉索夫(Николай Некрасов,1821—1878)承继此路线,在民谣诗中加入强烈的社会控诉与意识形态。

十九世纪后半叶,俄国文坛为小说所垄断。托尔斯泰、屠格涅夫、杜斯妥也夫斯基等大师级的非韵文作品令世人侧目,俄国文学从此登上世界舞台。这段时间,诗韵文学不再重要,只有少数几位诗人能与小说家并列,其中第一位是裘契夫(Федор Тютчев,1803—1873)。裘契夫以精短的诗篇抒写对生命、对爱情的敏锐感应,并沉思基督教信仰与自然科学实证精神之间的矛盾。他的诗不多,只结集为一本小册,却迄今深深感动读者。

对俄诗格律的发展,裘契夫也有其重要性。他多次在诗中刻意挑战重音音节诗律的限制,例如置入过长的音节或过多的重音,重返早期民间诗歌诗行长短不一，重音不固定的现象，使重音诗自十九世纪末起与重音音节诗并行于俄文诗坛上。

此外，十九世纪中期俄诗韵脚的规定出现转变。自十七世纪初至普希金，诗行尾韵的规则历经二百年日益完整而具体的发展，可以应用于尾韵的字却也受到局限，诗歌语言因此逐渐萎缩。此时另一名诗人将俄诗带上新阶段：亚历克谢・托尔斯泰（Алексей Толстой，1817—1875）。他对德文诗甚有研究，特别是歌德、席勒、海涅等浪漫诗人的洒脱随意，印象深刻，决心超越当时俄诗韵的规格，其诗尾韵活泼，用字大胆，变化多彩。托尔斯泰是一位很受读者喜爱的诗人，作品传播甚广，对俄文诗歌发生相当程度的影响。几乎所有自认并未与古典传统脱节的二十世纪诗人都或多或少接续托尔斯泰的努力，在韵的表现上自我发挥。俄文诗歌遂能在"不明确的韵"中展现光华，每一位诗人也能同时展现自己的风格。

哲学家索洛维夫（Владимир Соловьев，1853—1900），则在思维及用字上带领十九世纪末期的俄文诗歌进入新阶段。他是具有神秘思想的基督徒，自认通灵，肩负救世之责，哲学观超越国界及现实的世界。影响所及，催生二十世纪初的象征主义诗歌，特别是布洛克（Александр Блок，1880—1921）、别雷（Андрей Белый，1880—1934）等人偏重哲学表抒的作品，蕴含深刻的文化思维。当时另有一些象征主义诗人较少哲学性，对各种世界观与宗教观均持保留态度。对他们而言，艺术本身便是他们的信仰，艺术就是艺术，没有"善"与"恶"之别，认为应与主观的意识形态保持距离，在纯艺术的范畴中表现和发挥，布留索夫（Валéрий Брю́сов，1873—1924）为其中主要代表者。这两股象征主义诗潮都对俄诗的题材选择及诗歌语言的发展产生重要影响。他们寻求新的表达方式，对学术的兴趣与对艺术形式的觉醒，使象征主义与其他俄诗形式汇集成为全新的巨流，除了重音音节诗律仍受一定程度重视，俄诗的题材、感情表达及语言都更深刻、更细腻而富于变化。所谓变化，其实不可避免的也出现在声调上，即重音与非重音音节的位置及韵脚的安排。重音音节诗律之余，较自由的形式早在十九世纪初期已有多位诗人尝试。他们努力使诗歌形式简单自然，回归口传诗歌重音与非重音音节数不固定，没有复杂诗行，不使用韵脚等特性，可以称之为自由诗。但二十世纪初期，自由诗才真正渐有发展。

二十世纪二十年代有两股新的派别，他们一方面都延续象征主义求新求变的精神，但在基本原则上互相对立。其一为阿克美派（Акмеи́зм），另一为未来主义派（Футури́зм）。阿克美派排斥哲学性象征主义玄学的世界观，强调希腊文"Акме"的境界：描写敏锐，表达清晰，文字明朗。三位诗人迄今发挥深远影响：古密略夫（Николай Гумилев，1886—1921）、阿亨玛托娃（А́нна Ахма́това，1889—1966）、孟德斯丹（О́сип Мандельшта́м，1891—1938）。他们三人都执着原则，坚持抒写真挚的语言，以至于一九一七年以后，都与苏联政府的政策直接抵触。

未来主义则关心当代社会、政治、经济及思想，自许为革命派创作者，内容、格律、语言都要除旧布新。玛亚科夫斯基（Владимир Маяковский，1893—1930）、赫列布尼科夫（Велимир Хлебников，1885—1922）及早年的巴斯特纳克（Борис Пастерна́к，1890—1960）皆为代表。玛亚科夫斯基的诗歌中，重音排列是最不重要的一环，韵脚也十分松散。赫列布尼科夫用字新潮，艺术技巧较佳。巴斯特纳克早期崇拜玛亚科夫斯基的新形式，但并不赞同布尔什维克的政治主张。他的后期作品返回传统的重音音节诗律，韵脚严谨，文字稳重清新。

与阿克美派及未来主义派都很不相同的是叶谢宁（Серге́й Есе́нин，1895—1925）。他出身农家，对大自然有深切而独特的感应，多写重音诗，韵脚灵活自由。其诗是乡村生活的生动图案，纯朴真诚却极多彩，非常受读者喜爱。

不属于任何派别，但与各派重要诗人皆有密切友谊的茨薇塔耶娃（Мари́на Цвета́ева，1892—1941）意象活泼，音韵节奏强烈，婉约深挚，与阿亨玛托娃并列为俄国最杰出的女性诗人。

继起的一代则自童年时期便生活于革命后的苏联政治、社会、思想与文化世界中，俄文诗歌展开全新的阶段。与其他文学一样，创作者在现实与统御教条的矛盾中寻求因应之道，他们大部分追随布洛克与玛亚科夫斯基的革命哲学，内容与形式都求新求变。二次世界大战期间以战争为主题的诗歌为数甚丰，铿锵动人，是俄诗的另一高潮。史达林死后，特别是一九五六年他被公开批判以后，俄国文学开启了新的时代。写于此时的战争诗歌，许多并不将俄国士兵塑造为英雄，而是描写惊人的残酷事实，例如阿库札瓦（Була́т Окуджа́ва，1924—1997）或如叶夫图升科（Евге́ний Евтуше́нко，1933— ）指责史达林的恐怖统治以及反犹太主义，并警告类似情况切莫再现。

另一类诗歌并未直接标示政治主题，但也表现了清楚的世界观。他们认为，永恒的人类主题是生命与死亡、心灵的自由、良知与永远的安宁；换句话说，把官方的政治与社会问题推向一旁，只专注生命的根本意义，这类诗人常不受官方信任，有时会遭遇批评，但只要不超出一定尺度，仍被容忍，可以在俄国国内写作。超越界限的人，就必须移居国外了，曾获诺贝尔文学奖的布洛茨基（Ио́сиф Бро́дский，1940—1996）为其中之一。

大部分当代俄国诗人的形式相当保守——比西方诗人保守得多，完全脱轨的格律并不多见。事实上，重音音节诗甚至比重音诗更受欢迎，但韵脚确较从前宽松许多。此外很少有诗人追求全新的诗歌语言，在俄文诗歌中，严肃内涵的重要性一向超过形式的表现，亦为俄诗的特性。

因为学术研究及教学之需，长期以来，阅读俄文诗歌是我的重要功课，将它们译介给中文读者，亦为多年宿愿，却因种种原因，一再拖延。如今幸获国科会支持，利用一年教学休假，进行系统的阅读与翻译。我投入许多时间读诗，窗前灯下，在绮丽文字与宕逸意境中，深感诗的感染力震撼人心。但从十二世纪迄至现代，杰出诗人甚多，而且创作丰富：以普希金一人为例，便在八百首以上。尽可能蒐集齐全作品与资料，是非常重要的工作，但面对浩如瀚海的诗作，阅读与筛选实为极大挑战。

希望这本《浪漫与沉思——俄国诗歌欣赏》可以帮助读者朋友对俄诗的发展过程获得大略认识，因此依据时代先后，选取每个阶段的代表者，先精简介绍其诗风，然后译诗。诗的取舍首顾及代表性，例如表现当时的流行题材与格律，及诗人的艺术与思想，但难免因个人喜好，选择了较能扣动我心，舍弃读后觉其无味或不明其意的作品。本书共选208首作品，因涵盖的时代甚长，恐篇幅过大，除极少数例外，未选长诗。事实上，短小的题材亦可具有大容量，达到举重若轻的境界，也能充分表达诗人的风格，深入读者心灵。与非韵文相较，译诗的挑战很大。俄语是音感强烈的语言，俄诗大部分格律严谨，音步、声韵甚有规律，译成外文，必有失落。我力求遵照原诗，在诗句上整齐，若能做到译文每行字数与原诗音节数目相符，便雀跃欢喜。此外，要求自己注意原诗的形式与节奏，以及各诗人不同的修辞方式。有的如洪波滔滔，有的杳蔼深邃，我尝试转达，但以能力所限，必有不逮，请专家指正，请读者原谅。

徐振亚（1943—   ），上海嘉定人，华东师范大学教授，台湾中国文化大学客座教授，原上海翻译家协会副会长，2006年获俄罗斯作家协会颁发的高尔基奖。主要译作有：《罗亭》《烟》《彼得堡故事》《另一种生活》《火灾》《美好而狂暴的世界——普拉东诺夫小说》《马背日记》等；与他人合译《陀思妥耶夫斯基书信选》《陀思妥耶夫斯基论艺术》《卡拉马佐夫兄弟》《断头台》《阿赫马托娃诗文选》《精神领袖》《捍卫记忆》等；主编《陀思妥耶夫斯基文集》。

《另一种生活》再版后记

徐振亚

上世纪七十年代后期，由于教学的需要，我看了特里丰诺夫的小说《滨河街公寓》。这部小说当时不公开发行，属于内部参考，供批判之用。在那个年代，苏联被我们定性为修正主义，称作"苏修"，后来更是从修正主义上升为社会帝国主义，成了我们的头号敌人。苏联文学便成了"苏修文学"，"社会帝国主义的工具和帮凶"，是批判的对象。内部出版《滨河街公寓》，目的便是对政治结论作文学性注释。《滨河街公寓》当初留给我的总体印象是比较沉重压抑，无论是思想倾向还是艺术手法，与作家的成名作《大学生》截然不同。这反而激发了我对这位作家的强烈兴趣，促使我系统阅读了他的几乎所有作品。随着对作家作品的深入了解，我发现特里丰诺夫后期的作品是苏联文学中不多见的佳作，《交换》、《初步总结》、《长别离》、《另一种生活》和《滨河街公寓》这五部系列中篇和长篇小说《老人》，具有非常鲜明的特色，大致可以用"真"与"深"两个字加以概括。所谓"真"，是指他的作品写得真实，不像传统的苏联文学那样为现实涂脂抹粉，塑造虚假的高大全式的英雄人物，他笔下的人物似乎就是你在周围看到的活生生的现实中的人。所谓"深"，就是他不仅停留在生活的表面现象，而且深挖这些现象后面的政治、经济、社会和伦理道德方面的原因，提出种种让读者思考的问题。特里丰诺夫继承了俄罗斯文学的优秀传统，吸收了陀思妥耶夫斯基、托尔斯泰、尤其是契诃夫的精神，又有自己的时代特色。特里丰诺夫成了我最欣赏的苏联作家之一。于是，我开始翻译自己比较喜欢的《交换》和《另一种生活》这两个中篇。译出初稿后，我征求了几位朋友和同事的意见。他们都认真仔细地看了译文，做出了肯定的评价，也提了不少修改意见。衷心感谢我的恩师、已故冯增义教授，是他把我几经修改的译稿推荐给了辽宁的《春风译丛》。辽宁方面决定刊登我的译文，但不知什么原因，《春风译丛》突然停刊了，我的译作也未能及时面世。

一九八二年春天，我参加了在苏州召开的中国苏联文学研讨会。我向大会提交的论文就是《论特里丰诺夫的创作特色》。这次苏州会议，是我参加的所有学术讨论会中间最令人难忘的一次。照例，文学研讨会就是研讨文学，大家可以畅所欲言，交换不同的观点，切磋学术，但苏联文学研讨会却与众不同。此前不久，黑龙江的文艺杂志《文艺百家》因为刊登了一篇与中央观点不一致的评论苏联文学的文章，结果不但杂志负责人受处分，连杂志也遭封杀。苏州会议的组织者吸取了《文艺百家》的教训，显得十分谨慎小心，研讨会的气氛自始至终相当紧张而神秘。会议成立了临时党组掌握方向。大会宣布纪律，严格规定会上不准谈论政治，不准讨论苏联的社会性质，向大会提交的论文一律不得发表。另一个意想不到的重要收获是我有幸结识了浙江文艺出版社的编辑沈念驹先生，后来他成了我十分敬重、彼此能够推心置腹的好朋友。由于他的关心，我的《另一种生活》列入了浙江文艺出版社的"苏联当代文学丛书"，并于一九八四年与读者见面。我向苏州会议提交的论文，经压缩并删去那些敏感的内容后作为该书前言得以刊出。

毋庸讳言，这篇写于三十多年前的文章虽然我花了很大力气，但限于主客观原因，难免显得肤浅，思想受到束缚的痕迹也非常明显。对作品主人公的评价就有穿衣戴帽的弊病，分析也不够细腻到位。比如，将《交换》主人公列娜和《另一种生活》的主人公奥尔加列入市侩行列并加以严厉谴责就有失公允，难免公式化和简单化之嫌。列娜不顾亲情，乘婆婆患病之机坚持要求换房的行为确实不道德，暴露了她自私的性格。作者对此也持批判的态度。但另一方面，这个形象又是复杂、多面的，她换房又有合理的一面。女儿已经长大，与父母同居一室毕竟有诸多不便之处，她希望改善居住条件，也合乎人之常情，对此理应抱一丝理解和同情的态度，一味谴责就显得过分了，也违背了作者的初衷。其实，六七十年代的住房问题在莫斯科、列宁格勒等大城市是个十分尖锐的带有普遍性的社会问题。一家数口蜗居在窄小的空间内，几家人家合用一个厨房和卫生间，这种状况屡见不鲜。而计划经济体制下的住房分配制度，让无数的家庭长期处于焦虑、无奈、无望的窘境，因为按照正常次序，分到新房改善居住条件至少要等待十至十二年。据统计，直至上世纪九十年代还有百分之四十五的列宁格勒居民和百分之十六的莫斯科人仍然居住在筒子楼里。这样的居住环境势必会影响人们的精神和心理，特里丰诺夫的莫斯科小说真实而细致地描写、记录了城市居民的真实处境，也触及了"停滞时期"的严重社会问题，迫使读者深刻反思造成这个局面的体制原因。在不少主流作家不遗余力地赞美"发达社会主义"的合唱中，特里丰诺夫发出的是与"社会主义现实主义"格格不入的声音，他创作的是"另一种文学"，不仅反映了苏联社会整体道德堕落的悲剧，还挖掘了造成这悲剧的根源。他的莫斯科小说与获得斯大林奖的早期作品《大学生》不可同日而语，他的敏锐、勇气、深刻和成就也远远超越了许多同时代的作家。特里丰诺夫理所当然地受到广大读者的热烈欢迎，成为七十年代拥有读者最多的三位作家之一，产生了广泛影响。特里丰诺夫以及后来形成的"特里丰诺夫流派"，成了苏联文学发展过程中重要的一环，在苏联文学史上占有一席重要位置。

　　承蒙著名俄罗斯文学专家蓝英年先生的大力推荐，上海久久文化公司决定再版《另一种生活》。我对译文仅做了少量改动，基本上保留原貌。不妥和错误之处，请专家和读者指正。

　　感谢蓝英年先生，感谢久久文化公司的编辑陈丰女士和任战先生。

2013 年 6 月 9 日

陈训明（1944—　　），江西抚州人，生于贵州修文。贵州省社会科学院研究员，享受国务院特殊津贴。著有《普希金抒情诗中的女性》《苏联当代文化》《外国珍宝风俗传说》等，译著有长篇小说《野猫精》《文化》《夏加尔自传》《达利的秘密生活·一个天才的日记》等。1999年获俄罗斯联邦文化部颁发的普希金纪念奖章。

红莓花是什么花？

今年夏天中央台某频道的节目中，演唱了《莫斯科郊外的晚上》、《红莓花儿开》和《山楂树》这三首俄罗斯歌曲。我不知道现场的中俄嘉宾和观众听后会有何想法。作为一个粗通俄语的中国人，我感到有几分羞耻：这三首在我国流传最广的俄罗斯歌曲，竟有两首的标题是翻译错的。

早在一九九二年，莫斯科大学亚非学院一位懂得汉语并研究中国文化的副博士问我：中国是不是没有花楸树？我反问他是什么意思，他说他在北京听到将俄罗斯歌曲《乌拉尔的花楸树》唱成了《山楂树》，感到很奇怪。老实说，《山楂树》这首歌，我一九六一年上大学时就会唱了，后来又学了俄文原曲，但从未将二者进行比较，因而对这位副博士的问题，只好含糊回答："我生活在南方，的确没见过花楸树。"

事后寻思，才发现我们所唱的所谓"山楂树"俄文作 рябина（读若"梁宾娜"，学名 Sorbus），其实不是山楂树，而是与之同科（蔷薇科）不同属的花楸树。俄人称山楂树为 боярышник（学名 Crataegus），从不与花楸相混淆。

这一查，把我也弄懵了：明明是花楸树，为什么偏要译成山楂树呢？为什么大家稀里糊涂地唱了半个世纪竟没能改正呢？

如果说将花楸树译成山楂树并未改变其木本植物特征，那么将另一首俄罗斯歌曲（影片《幸福的生活》插曲）中的"荚蒾"译成"红莓"真可谓匪夷所思。所谓《红莓花儿开》中的"红莓"原文作 калина（读若"卡琳娜"，学名 Viburnum），中译名为"荚蒾"，属忍冬科荚蒾属植物。而"红莓"，天知道是什么东西！它与同音的"红梅"毫不相干，倒容易使人联想起鲜红的草莓或树莓，但无论是科属还是形态，都跟荚蒾不沾边。我曾有幸请教某位著名俄罗斯歌曲译配者为什么要这样译。他没有正面回答我的问题，而是讲了一通译歌词跟译一般诗歌不同的道理。结果正如一位先哲所云："你不说我还明白，你越说我越糊涂了。"

在公认的翻译准则"信、达、雅"中，信是第一位的。不讲求信，也就是说脱离原意胡乱翻译，再达再雅也是白搭，甚至比欠达欠雅者危害更大。"花楸"之唱成"山楂"，"荚蒾"之唱成"红莓"，流毒半个世纪，根深蒂固难以纠正，除了其他原因之外，跟这几首歌曲着实译得"雅"亦即好听有关。

然而译配者在随意改变原歌中的关键词语时是否想过，他这样做会严重歪曲乃至毁灭原来的意象，是在有意无意地误导唱歌者和听歌人呢？

在大千世界中，花木以其生机勃郁、姿态万千、色彩缤纷，特别为人类喜爱。无论古今中外、僻乡闹市，概莫能外。由于气候条件不同，文化传统有异，各个国家和民族对于某些花木又特别偏爱，赋予它们特殊的涵义。这些花木所特具的民族文化内涵和诗意象征，在民间传说和诗歌中体现得最为突出，也最为充分；而其微妙之处，往往只可意会，难以言传。

即以本文涉及的花楸而言，在俄罗斯城乡随处可见。在俄罗斯民间传说中，花楸是一种神奇的植物，一年有三个"花楸之夜"：第一个在春末花楸开放之时，第二个在仲夏花楸结果之际，第三个则在果实成熟的初秋。在这三天夜晚，花楸具有消灾纳福和指示宝藏、地下泉水乃至指认盗贼和杀人凶手的魔力。有的地方还在九月末尾过"彼得保罗花楸节"。这一天要将花楸枝挂在屋檐下或插在田边地角，据说这样可以驱邪逐魔，百事平安。

由于花楸果的红亮颜色与电闪相似，人们也把雷电之夜称为花楸之夜，把花楸树枝称为雷神大锤的象征，据说可以用来打鬼。不过，俄罗斯人还迷信，若是某年的花楸果实结得特别多，也不是好兆头：可能会发生饥荒、瘟疫或战争。而梦见花楸也不吉利，认为会发生伤心之事。（阿法纳西耶夫《斯拉夫人的自然诗意观》第二卷第 193—195 页，莫斯科，当代作家出版社，1995 年。）

由于花楸这么神奇，俄罗斯人甚至将它奉为神树，房前屋后都喜欢种植，并且不准随意砍伐和攀折。民间传说，若是有谁犯忌，即使他本人不死，他的亲人也会遭灾遇难。俄罗斯人结婚时，往往要把花楸树叶洗净，放进新郎、新娘的鞋子和衣袋中，说是这样可以防止巫师和巫婆的危害。(《花楸》，见 http://www.kraj.vitebsk.net/index.php）

与此同时，由于花楸像白桦一样婀娜多姿，诗人和歌手喜欢用它来比喻美丽的俄罗斯少女；而其果实苦涩的味道，又使它成为忧伤与爱情烦恼的象征。本文所谈及的《乌拉尔的花楸树》，说的是一个俄罗斯少女应两个小伙子之约，于同一个时间到同一株花楸树下去与他们相会。这两个小伙子都在追求她，而她也觉得他俩都很可爱，不知该选择谁，只好请花楸树来当参谋。在这首歌中，两个小伙子之所以会不约而同地邀请心爱的姑娘到花楸树下而不是别的地方相会，系因美女化身这一人人皆知的意象会令她高兴。而歌词作者特意强调约会的时间是在花楸雪白花儿开放的春天，而不是红果满枝的秋日，显然意在突出青春爱情的纯真与美好。特别是少女请花楸来帮助确定哪个小伙子更可爱这一细节，更突显了俄罗斯初恋少女的特殊心态，于不经意间赋予本歌以浓郁的俄罗斯色彩。显然，这首俄罗斯歌曲之将花楸作为标题并在歌中反复吟唱，乃是因为它在俄罗斯传统文化中的象征意义恰与该歌的主题合拍。因此，把歌中的花楸树译成山楂树，不仅是一词之误（决不是看走了眼的笔误），还完全破坏了整首歌的意蕴与民族特色。

尽管山楂也同花楸一样开白花、结红果，但由于山楂树比较挺拔，不像花楸树那样柔曼；山楂枝上长着利刺，不像花楸枝那样光滑，因而俄罗斯人虽然也将山楂喻为少女，但指的是那种意志坚定、很有主见的女性，与用花楸树比喻的多愁善感、情意缠绵者大不一样。

俄罗斯民间传说，某个村子里有位美丽的山楂姑娘，她的面庞白里透红，犹如沐浴着朝霞的山楂花；她的眼睛碧蓝纯净，好似刚长出的山楂果。她的美色惊动四方，连成吉思汗的孙子拔都也来向她求婚。可是她说自己已经订婚，拒绝了这个有权有势的王子。当拔都威逼她时，她背靠山楂树，抽出随身带的匕首自杀，倒在树下。据说为了纪念这刚烈的姑娘，从此之后，俄罗斯妇女的头饰和衣服都喜欢以山楂的花果为图案。（克拉希科夫《花的传说》第99—100页，莫斯科，青年近卫军出版社，1990年。）

如上所述，所谓《红莓花儿开》中的"红莓"本来是荚蒾。据俄国学者考证，俄语中的"美"（красота）这个概念即源于荚蒾艳若红宝石的果实，而荚蒾则是少女美色的化身。俄罗斯民间传说，有两兄妹在海里游泳，哥哥游到了岸边，而妹妹却溺死海中。垂死之时，她对哥哥喊道："哥哥啊，你别喝海里的水，别钓湖里的鱼，别割田野里的草，别折荚蒾的枝，别摘园里的苹果；因为海水是我的血，鱼儿是我的身子，青草是我的头发，苹果是我的脸蛋，荚蒾是我的美色！"（阿法纳西耶夫《斯拉夫人的诗意自然观》第二卷253页。）

在俄罗斯，由荚蒾果而扩展到荚蒾花乃至荚蒾这种植物都是少女美色的象征，荚蒾花萎谢自然就获得了美人迟暮的寓意。因此，如果说把《乌拉尔的花楸树》译成《山楂树》是歪曲原意，将《荚蒾花儿开》译成《红莓花儿开》更是无中生有。因为这"红莓花"无论你在什么地方、什么植物学著作里都找不到，它纯然是被莫名其妙地杜撰出来的。或许有人会问："神奇的宝石花不是也是凭空想象出来的吗？为什么就不可以想象一种不那么神奇的"红莓花"？"答曰："这里所说的是翻译，不是创作。"创作可以驰骋想象，什么稀奇古怪的花儿或是别的什么东西都可以出现；而翻译则必须尽可能确切地传达原意，不允许随心所欲地乱改，甚至将子虚乌有的东西强加给原文。一位好心的朋友在解释将"荚蒾"译成"红莓"的动机时推测：一、"荚蒾"这种花名，国人知道者不多；二、"荚蒾"一名不如"红莓"好听。由于《红莓花儿开》的译者没有站出来说明自己的理由，这种推测是否符合实情，很难作出判断。但是我认为，既然原文的意思是荚蒾，就要译成"荚蒾"。而荚蒾这种植物，早在《唐本草》中就有记载："荚蒾，叶似木槿枝似榆，作小树。其子如溲疏，两两相并，四四相对，而色赤，味甘。"（引自《汉语大词典》第九卷414页。据《本草纲目》木部第三十六卷，溲疏果实略似枸杞。）如果嫌"荚蒾"一名太平淡，也并非没有更美的别名可替代，比如陈俊渝院士等主编的《中国花经》中所载的"琼花"（陈俊渝、程绪珂主编《中国花经》第530页，上海文化出版社1990年第一版。此书是中国花木学的权威著作，近年来还在重印）。书中对于琼花科属的确定（忍冬科荚蒾属）与俄文歌中的калина相同，对其植物特征的描绘也与俄文花卉图书对荚蒾的描绘几乎完全一样："枝广展。树冠呈球形。叶对生形成椭圆形，先端钝或略尖，边缘有细齿，背面疏生星状毛。花序周围是白色大型的不孕花，中部是可孕花。"只有一点与俄国荚蒾不同：中国琼花是"半常绿灌木"，而俄国荚蒾由于气候原因是落叶灌木。

由于近年来不断有文章指出"红莓花"译名荒唐但又未说明荚蒾到底是什么样子，有人根据在北京某植物园的观察认为"калина"就是"雪球花"，因而让"红莓花"的译者们似乎找到了一个可以退守但绝不认错的台阶：把俄罗斯歌曲中的"荚蒾"译成"雪球花"。

这种译法是否站得住脚呢？

不错，忍冬科荚蒾属植物中，的确有一种"雪球花"，但这不是俄罗斯城乡随处可见的野生或家种的"欧洲荚蒾"（直译为"普通荚蒾"），亦即与我国琼花极其相似的品种，而是花繁如球但却不会结实的人工培育者。这个品种从国外引进的时间不长，连"雪球花"之名也是从法文翻译过来的，至今仍只在植物园和富贵人家花园中才能见到。即使是在克里姆林宫墙下无名烈士墓旁的花园中，种植的也是开白花（有的略带鹅黄色）结红果的普通荚蒾，而不是稀罕的雪球花。俄罗斯诗文和俄罗斯人平时所说的 калина，就是指普通荚蒾或"欧洲荚蒾"，对于雪球花则有专门的称呼：снежный шар 或 снежный ком，更常说的则是 снежок。顺便说一下，还有一种红蕾荚蒾是二十世纪二十年代才从中国和朝鲜引进的，自然不是俄罗斯吟唱了几百年的普通荚蒾。之所以补充这一句，是因为在俄罗斯诗歌中，"荚蒾"前面经常加上"红色的"这个形容词。如前所述，俄语中的"美"与"美色"均源于荚蒾亮丽的红果，而"红色"一词又兼有"美丽"之意，如莫斯科的"红场"并非说这广场是红色的，而是谓其美丽。其实汉语中的"红"字有时也当作"美"解，比如"红颜"。

行文至此，我还想为《喀秋莎》中的苹果花鸣不平。国人在唱这首歌的第一句"正当梨花开遍了天涯"时，恐怕极少人知道原文中"梨花"前面还有"苹果花"。关王爷的这一刀虽说痛快，但砍掉苹果花就等于砍掉了这首美妙歌儿的灵魂。此歌所唱的是少女喀秋莎对于戍边卫国恋人的怀念与忠贞之情。作者以苹果花与梨花起兴，寓有深意。这两种花都在早春开放，显然是以美景烘托美人，以春花比喻青春少女：粉红的苹果花有如她的香腮，雪白的梨花则似她随风飘舞的纱巾。作者特意将苹果置于梨花之前，足见其重视，并非可有可无，翻译时决不能随意去掉。因为在俄罗斯民间传说中，苹果乃是能使人青春永驻、返老还童的神物，而守护苹果的女王则是一位美丽、贞节而又英武的处女。在诗歌中，苹果树与苹果花是美丽而又刚烈的贞节少女的化身。《喀秋莎》中的苹果花所包含的正是这层意思。

总而言之，无论是翻译诗歌，还是翻译其他文艺作品，都要努力寻找最能传达原文含意和意趣的词语。尽管这样做了也难免会出错误，但由于理解欠缺乃至学识不足而产生的错误，与异想天开、随心所欲所造成的错误，其性质和影响都不可同日而语。

（原载 2004 年 4 月 16 日《大公报》）

余一中（1945—2013），浙江瑞安人。南京大学教授，《当代外国文学》杂志主编。著作有《俄罗斯文学史》(合著)、《俄罗斯文学的今天和昨天》，编著《俄罗斯文学选集》(合著)等；译作有：《〈鳄鱼〉六十年》、《不合时宜的思想》、《生》，长篇小说《悲伤的侦探》《安娜·卡列尼娜》(合译)、《白银时代精品文库·诗歌卷》(合译)、《半人半马村》、《另一个高尔基》(合译)等。1999年获俄罗斯文化部颁发的普希金奖章，2006年获俄罗斯作家协会授予的高尔基奖章。

"姑娘"是怎样变成"老马"的？

冰雪覆盖着伏尔加河，
冰河上跑着三套车。
有人在唱着忧郁的歌，
唱歌的是那赶车的人。

小伙子你为什么忧愁？
为什么低着你的头？
是谁叫你这样的伤心？
问他的是那乘车的人。

你看吧，这匹可怜的老马，
它跟我走遍天涯。

可恨那财主要把它买了去,
今后苦难在等着它。

上面是俄罗斯民歌《三套车》的歌词,译者是高山先生。

《三套车》这首歌在二十世纪中期被译为中文后,很快就在神州大地上流传开了。可以说,二十世纪五六十年代,我国没有一位音乐爱好者不曾唱过这首俄罗斯民歌。而且几十年来,它一直是我国大众最喜爱的外国民歌之一。

记得我第一次听这首歌是一九六〇年代初的一个冬天,在济南山东剧院举办的一场春节音乐会上。在那饥饿寒冷的日子里,那雄浑而又忧伤的音乐,歌中那赶车的人和老马的命运都给我留下了深刻的印象。那时,作为一个喜爱俄国文学的少年,我已经读过了契诃夫的短篇小说《忧愁》。小说的主人公是一个叫姚纳的老农夫。他的妻子和独生子不久前在贫病中相继去世。他在乡下生活不下去,就带着自己的老马来到城里,以赶车为生。在一个寒冷的冬日,他等了一整天,才在深夜拉到一趟客人。他想向乘车的人诉说一下郁积在心头的忧愁,但乘车的人却冷漠地拒绝听他的倾诉。他只得在回到大车店后独自向自己的老马诉说心中的忧愁。第一次听《三套车》时,我就想到了契诃夫的《忧伤》中的老农夫姚纳,并觉得歌里"那赶车的人"比小说里的姚纳还要惨。你看,姚纳有了伤心事,还可以向他的老马诉说;而"赶车的人"却很快将失去跟他"走遍天涯",相依为命的"老马",连他倾诉忧愁的对象都将被"财主"剥夺了。

说来也惭愧,作为一个和俄语打了大半辈子交道,同时又"读书不求甚解"的人,我在后来的四十多年里就一直是这样理解《三套车》的歌词的,根本没有想到歌词有什么问题,直到几年前蓝英年先生的文章《世事关心天地间》发表为止。

蓝先生在文章里写道:"财主买老马干什么?当年译者误把'姑娘'译成'老马',把同样可以代替'姑娘'和'老马'的人称代词弄错了。以讹传讹,一直唱到今天。但是至今仍然是你批评你的,他照唱他的。"

我曾和蓝先生谈到他批评《三套车》歌词译文的事。他告诉我,以前他也是按高山译的歌词唱的,尽管觉得那意思很别扭。后来,有一次在朋友家听《三套车》的俄文唱片,才发现高山确实是译错了。于是,就在文章里顺便指出了这一流传多年的错误。蓝先生还说,因为当时是和朋友们一起欣赏音乐,他也无法记下俄文的歌词。他建议我找到《三套车》的完整歌词,把问题说得更清楚一些。

于是,我在俄国的网站上找到了《三套车》的俄文歌词。下面是我补译后的《三套车》的完整歌词(前两段基本保留了高山的译文):

冰雪覆盖着伏尔加河,
冰河上跑着三套车。
有人在唱着忧郁的歌,
唱歌的是那赶驿车的人。

"小伙子你为什么忧愁?
为什么低着你的头?
是谁叫你这样的伤心?"
问他的是那乘车的人。

"唉,好心先生您听我言。
有位姑娘我爱了快一年,
坏村长总骂我没有钱,
急得我心里似油煎。

唉,很快就要过圣诞节,
姑娘她出嫁在大年夜。
她不爱的富人要娶走她,
从此我俩将永远隔绝。"

赶车人讲完沉默不语,
把鞭子、手套塞进腰里。
"到地方了,我的好马,吁!……"
说完又伤心地长叹气。

原来,《三套车》这首俄罗斯民歌实际上是一首情歌,它抒发的是沙皇时代一个农村青年未能和自己相恋的姑娘成为眷属的痛苦之情。但作为民歌,《三套车》不只是抒情,而且还承载着丰富的有关当时俄国农村的社会面貌、民间风习的文化信息。而它的抒情,正是寄托在这些深厚的文化信息之上的。这也是它在俄国及俄国以外的其他国家长久流传的原因。因此,要想深入地理解《三套车》这首俄国民歌,还须对歌词做一点文化国情方面的说明。

当时,俄国各地已经有了官办的遍布城乡的驿站,为出差公干的人提供马车和赶车的车夫。普希金的名篇《驿站长》讲的就是发生在一个驿站里的故事。

《三套车》里的"赶驿车的人"正是一个被驿站雇用的农村青年,他赶的是公家驿站的驿马(这些马是不能随便买卖的,即使财主想买也不行),拉的是出差公干的官吏。他虽然有固定的收入,但毕竟工资不高,还住在农村,并爱上了一个农村姑娘。在俄国农村,青年男女之间产生爱情,因而热恋,是很平常的事,但并不是所有的恋人,即有情人都能成为眷属。父母、长辈的意见往往起了决定性的作用。他们考虑得更多的通常不是感情,而是子女婚后的生活,尤其是物质生活。《静静的顿河》中的主人公格里高利就是由父母做主娶了殷实人家的女儿娜塔莉娅为妻的。看来,《三套车》中赶驿车的小伙子也没有被恋人的父母、长辈们,包括村长这位权威人士看好。歌中的"富人"并不是财主,而只是比"赶驿车的人"富罢了。这里的关键不是"富人要娶走她",而是"她不爱的富人要娶走她",因为在"赶驿车的人"眼里,没有爱的婚姻才是不幸的婚姻。这样,在"赶驿车的人"的心头,除了无法娶心上人的痛外,又加上了为心上人未来担心的痛,痛何如哉!

把两种译文对照一下,就可以看出,高山先生漏译了歌词的第三和第五段,错译了第四段。而正是第三、第四段歌词说出了"赶驿车的人""为什么忧伤"的原因。如果把漏译和错译的原因简单地归结于译者的疏忽,那显然是说不通的,因为漏译和错译的部分毕竟占了全部歌词的五分之三。更合理的解释是:译者在"左"倾思想泛滥的年代,把文艺作品当作打击敌人、宣传群众的武器,对《三套车》的歌词进行了穿凿附会的"再创作",得出了他的译文。于是,一首青年人反抗旧婚姻的忧郁情歌就带上了强烈的阶级斗争意识,和当时译介到我国的《华沙工人歌》(一译《仇恨的旋风》)、《同志们,勇敢地前进!》、《共青团员之歌》等俄苏歌曲一起流行开了,而姑娘也就变成了"老马"。但是,"财主"买"老马"却成了一代代唱歌人感到别扭的东西。这似乎又一次证明了"信达雅"不仅应当是翻译工作者的追求,也应当是翻译工作者的原则,而"信"在这里又是最基本的。失去了"信",即翻译工作者的诚信,翻译作品的质量就很难保证了。

最后,想再说一下歌词的第五段。这一段描述车来到一个驿站时的情景。通常,驿站的人会过来料理马匹——喂马或更换休息好了的马,而"赶驿车的人"则会收起鞭子,脱下手套,从乘车人手里接过小费,走进站里去喝一杯酒。这里没有说明"赶驿车的人"是否喝酒了。但我们可以想到,刚刚诉说完自己苦衷的他,即使喝酒,那也是喝的闷酒和苦酒,是借酒浇愁。

(原载 2009 年 3 月 19 日《中华读书报》)

《不合时宜的思想》[1] 译后记

余一中

高尔基是伟大的俄国作家，他对二十世纪的俄国文学以及世界产生了极其重要的影响，这是人所共知的。

然而长期以来，关于高尔基，我们只知道他是《鹰之歌》《海燕之歌》《母亲》《阿尔达莫诺夫家的事业》等充满革命激情的作品的作者。他似乎是一个只有匹夫之勇的人，一味喊着"谁不和我们在一起，他就是反对我们"，"敌人不投降，就叫他灭亡！"，而缺乏马克思、恩格斯在他们一系列文章与书信中所分析的巴尔扎克和列宁在《列夫·托尔斯泰是俄国革命的一面镜子》等文章中所分析的托尔斯泰所具有的那种包罗万象的博大、洞察人世的深邃、言人状物的优美，以及与这一切相伴的复杂与矛盾。这里的原因只有一条：列宁以后的几任苏联领导人及文化官员从他们自己片面的形而上学的教条主义文学观出发，一方面恣意删改高尔基的作品（连《回忆列宁》这样的作品也遭到了有关部门的刀笔加工），或者干脆扣压高尔基的作品，不予发表（如政论集《不合时宜的思想》和大量特写、短评、书信）；另一方面又制定了与教条主义文学观相配套的文学理论、文学批评和文学政策，把高尔基打扮成他们所需要的文学家的典范。

这样做的结果造成了许多令人不解的历史空白，例如，高尔基在十月革命前后到底做了些什么？他在十月革命前后同列宁到底有过什么争论？他到底为什么要在一九二一年侨居国外？他对列宁逝世后的苏联政治到底持什么态度？他对斯大林的文艺方针到底是欢迎还是反对？……这些问题都是高尔基研究中的重要问题，而且也是关系到列宁研究、斯大林研究，乃至整个苏联史研究的

---

[1] 高尔基著《不合时宜的思想》，余一中、董晓译，1998 年由中国作家出版社出版。

重要问题。

正是有这些空白，俄罗斯作家特里丰诺夫才说，高尔基是一座森林，这里有乔木、灌木、花草、野兽，而现在我们关于高尔基的了解好像只是在这座森林里找到了蘑菇。

我们翻译这本《不合时宜的思想》目的就是给我国的俄罗斯文学研究者、俄国史研究者及热爱高尔基的广大读者提供一种可能，使他们知道高尔基在十月革命前后到底做了些和想了些什么，他在十月革命前后同列宁到底有过什么争论；从而也了解到高尔基思想中我们以前所不知道的一个方面。

一九一七年，在经历了三年第一次世界大战之苦的俄国，爆发了二月革命，二月革命推翻了罗曼诺夫王朝在俄国长达三百余年的统治，但并没有、也不可能解决俄国社会方方面面的问题，俄国同诸帝国主义列强的矛盾，俄国国内的阶级冲突、政治集团之间的争斗依然存在，灾难深重的俄罗斯人民依然处在经济贫困、政治无权、文化落后的境地。在这种情况下，俄国社会民主工党中的所谓"国际主义者"派别在彼得堡创办了《新生活报》，在俄国工农大众中享有崇高威望的高尔基出任该报的编辑。高尔基在《新生活报》的编辑工作中投入了自己满腔的热忱和大量的心血。从《新生活报》发刊的第三天（一九一七年五月三日）起，他就在该报以《不合时宜的思想》为题，开辟了一个专栏，发表政论文章，直抒自己对时局及人民迫切关心的问题的看法。高尔基的这一工作一直持续到十月革命后的一九一八年七月十六日《新生活报》停刊为止。

在《新生活报》出版的十四个月多的时间里，高尔基在该报的《不合时宜的思想》专栏中共发表了五十七篇政论文章，一九一八年秋，高尔基经过筛选将其中的四十八篇结集，在彼得堡以单行本的形式出版，书名就用《新生活报》原来的专栏的名称——《不合时宜的思想》。关于高尔基的这本书，苏联权威书刊长期以来讳莫如深，或者避而不谈（如《苏联百科字典》），或者用"表达了错误的思想"之类的话淡淡带过（如一九五八年苏联科学院编写的《苏维埃俄罗斯文学史》），而根本不提高尔基在这本书中究竟发表了什么样的"不合时宜的思想"。直到一九八八年，莫斯科的《文学评论》杂志才在《文学档案》栏内重新发表了《不合时宜的思想》一书中的全部四十八篇文章。

《不合时宜的思想》一书篇幅不长，但内容丰富，可以称得上一本"独特的1917—1918年俄国历史百科年鉴"。特别引人注目的是，在这本书中高尔基极为坦诚地发表了他对二月革命以后的局势以及十月革命前后的社会变动的看法，他认为，二月革命实现了"俄罗斯与自由的联姻"，饱经了沙皇制度的奴役和世界大战的摧残的俄国人民应当避免社会的继续动荡,他主张曾经一起参加过二月革命的所有政党与政治派别停止相互之间的争论与攻击,致力于实际的文化工作,将二月革命开始的俄罗斯民族复兴事业和平地推向前进。甚至在一九一七年十月三十一日,十月革命已成"箭在弦上,不得不发"之势时,高尔基还在《新生活报》上学着他的文学前辈列夫·托尔斯泰九年前的样子,发表了他自己的《不能沉默!》一文,同样地带着列夫·托尔斯泰的政治天真(或糊涂)要求布尔什维克党中央"批驳"关于发动起义的"传闻"。在十月革命爆发后,高尔基继续批评布尔什维克发动了又一次革命,造成了俄国的无政府状态。正是因为这些,习惯于形而上学思维的苏联领导人与文学官员才长期将《不合时宜的思想》一书列为禁书,他们希望后人只从"正面"理解十月革命,把十月革命看成是一场戴着白手套完成的、干净、高尚的革命;另外,他们还想塑造一个永远和自己的政策相一致的高尔基形象,供苏联作家仿效。

在对待一九一七年至一九一八年高尔基的思想的问题上,列宁的态度与后来的苏联领导人,包括斯大林的态度大相径庭。在十月革命前夕,针对高尔基的思想言论,斯大林曾经在报刊上撰文,粗暴地称他是"背叛的知识分子",预言他将被抛进历史的档案馆里。列宁作为伟大的十月社会主义革命的组织者和领导人,高屋建瓴地看到,当时的迫切任务是推翻代表资产阶级利益、打算继续帝国主义战争的临时政府,建立和巩固代表广大人民利益的苏维埃政权。没有这一革命的转变,就谈不到俄罗斯的和平发展及复兴,因此他对高尔基的思想进行了及时的、有时甚至是很严厉的批评。但是与此同时,列宁对文艺工作的特殊性质和文艺工作者的特殊思维方式表现出宽宏的理解态度,他对高尔基的文学成就和高尚的人格非常尊敬,他深信"高尔基是一个伟大的艺术天才,他给全世界无产阶级运动做出了而且还将做出很多贡献"。出于对高尔基的创作生命的爱护,列宁在十月革命前后从未在报刊上公开点名批评过高尔基,而是宁愿或者批评高尔基所赞同和代表的《新生活报》的立场,或者在私下交谈、通信中对高尔基做耐心细致的说服、教育工作。从《不合时宜的思想》一书的最后几篇文章中,我们可以看到,高尔基对革命的态度已渐渐转为平和地接受了:他认识到,革命中的许多问题出自季诺维耶夫之流的"暂时的革命者",而不是源于列宁这样的"永远的革命者","布尔什维克……已经为俄国人民立了大功,他们推动人民群众脱离了僵死的静止状态,在人民群众中激起了对现实的积极态度,没有这种态度我们的国家就会死亡"。而高尔基对自己这一时期的思想错误的反思,则可在稍晚些时候他的书、文章、回忆录中看到。这是革命现实教育的结果,也是列宁耐心说服、热情关心帮助的结果。

我们说《不合时宜的思想》一书特别引人注目的一点是高尔基对十月革命的反对态度。但是如果把这本书的内容简单笼统地归结为反对十月革命，那就大错特错了。因为高尔基毕竟不是阿维尔钦科那样的右翼作家，"愤怒得几乎发疯的白卫分子"（即使这样的作家列宁还于一九二一年十一月二十二日在《真理报》上撰文，建议发表他的攻击十月革命的《插在革命背上的十二把刀子》一书），而是一位出身下层人民，以自己的创作为人民解放事业不懈奋斗的现实主义作家。

在《不合时宜的思想》中，高尔基以其现实主义作家的敏锐目光，对一九一七年五月至一九一八年七月间的俄国社会生活做了细致的观察。在书中我们可以看到二月革命推翻沙皇政权后俄国各民主阶层的欢欣鼓舞，十月革命后人民大众对文化知识的渴求，俄国科学院的紧张工作，大学开办自由的科学学习班的计划，旨在发展"全俄的文化与启蒙工作"的"文化与自由"启蒙协会的成立等等光明的现象。在高尔基笔下表现的还有第一次世界大战中的帝国主义对各国人民犯下的杀戮暴行，民族沙文主义者对犹太居民的歧视、迫害，宣扬色情的格调低下的文化垃圾的泛滥，工人、士兵"仓促的""未经深思熟虑的"自发游行示威，大量俄国珍贵文物的流失，奉行无政府主义的水兵对政敌的暗杀行动，街头私刑，对文化工作者（学者、演员、画家、作家、出版家）的不尊敬，对农村的掠夺，商业行为中空前野蛮的欺诈，苏维埃工作人员中官僚主义者的简单粗暴……当时俄国社会生活的正面现象和反面现象尽收书中。我们还可以读到高尔基关于个性、良心、理智、理想、正义、法制、社会主义、俄国工人阶级的历史使命及现状、知识和知识分子作用、革命同盟军、经济、文化等当时的社会问题的思考，所以我们才称此书为"独特的1917—1918年俄国历史百科年鉴"。高尔基错误的根源在于他如同列宁在一九一四年批评他的那样，"作为艺术家常常在情绪的支配下行事的，他的这种情绪会产生一种压倒其他一切思想的力量"，而产生这种情绪的则是那些革命转变中的反面现象，在这种情绪的支配下，他认为十月革命的准备与实行背离了他认定的当时俄国面临的中心任务——开展文化教育工作，强调人道主义、精神文明，重视文化价值，鼓励创造性劳动。总之，在时代的主题是革命斗争的时候，《不合时宜的思想》把精神文化建设和经济建设当成了自己的主题。

列宁是怎样对待革命中的阴暗面的呢？列宁在砍伐旧制度这株老树，用以构造新制度大厦时虽然也强调尽量减少不必要的破坏与浪费，但并没有拘泥于砍树修枝时飞溅的碎木片。但是当新制度大厦的框架已经搭成，即苏维埃政权得到初步巩固时，他就开始认真考虑起高尔基在《不合时宜的思想》中阐述的关于精神文化建设和经济建设的思想了。

例如：

高尔基说过，第一次世界大战"是欧洲的自杀"，"是毫无意义的人杀人"（这些例子中所引高尔基的话都出自《不合时宜的思想》一书）。列宁就发布了《和平法令》，并与德国签订和约，使俄国退出了世界大战的战场（这些例子中所引列宁的话都发表于十月革命之后）。

高尔基反对政治空谈，说："哪里政治太多，哪里就没有文化的位置。"列宁也指出："现在，老一套的政治鼓励——政治喧嚷——占的篇幅太多了。"并呼吁报刊上少一些政治空谈。高尔基说："革命期间已经有一万次'私刑'了"，"觉悟的工人应该特别努力地反对'私刑'"。列宁在反对抢劫、盗窃、"私刑"及其他破坏法制的行为时，尤其主张重证据，他公开批判拉齐斯（当时的全俄肃反委员会委员）所发表的"在处理案件时不应当寻找被告……反对苏维埃的罪证"的言论，称之为谬论。

高尔基说，那些"肮脏的文学"的小册子和低劣的"宫廷生活"小说在煽动人民"所有的愚昧的本能"。列宁就表示，在这方面"我们决不可以无所作为，听之混乱随意扩散开来"。高尔基说："愚昧的人对知识分子的那种怀疑，且常常是敌视的态度"，"把知识分子从群众身旁推开"。列宁说，资本家尚且"善于利用知识分子……来为自己服务"，"难道我们比这些资本家愚蠢，竟不会利用这种'建筑材料'来建设共产主义的俄国吗？"

高尔基说，革命阶级应当从精神上"脱胎换骨"，"清除自己身上的过去的尘土和污垢"。列宁提出，劳动人民应当抛弃那种"从吃奶的时候起就染上了的"旧社会的"心理、习惯和观点"，培养起"共产主义的道德"。

……………

可以说，一九二一年列宁决定实行新经济政策，就是吸取了高尔基《不合时宜的思想》一书中的俄国财富的增加要靠人民创造性的劳动的思想和其他许多思想，这些思想在四五年前之所以"不合时宜"，是因为当时还没有解决革命的根本问题——政权与制度的问题，而在解决这一根本问题之后，当时的"不合时宜的思想"，即进行经济文化建设的思想，也就成了"极合时宜的思想"，这就如同一座新房子的框架已经搭成之后，下一步工作自然而然将是如何把新房子建得尽可能牢固、美观、实用、舒适一些了。正是由于推行了包含着高尔基"不合时宜的思想"的新经济政策，苏维埃俄国及一九二二年十二月三十一日建立的苏联才得以在短短的几年中，在经济、文化、科技、社会生活等方面得到迅速的恢复。遗憾的是列宁于一九二四年初英年早逝，致使充满生机的新经济政策无法切实贯彻执行，而在一九二八年后斯大林干脆抛弃了新经济政策，从而也抛弃了新经济政策时期受到列宁重视的高尔基的那些曾经是"不合时宜"的思想。对农村摧毁性的掠夺，对经济的粗暴的行政指挥，接连不断的政治运动，对法制的恣意破坏，对个性及知识、文化和知识分子的不尊重，大俄沙文主义的民族政策，苏维埃官吏的特权，等等当年高尔基所深恶痛绝并猛烈抨击的丑恶现象，又在"深入革命"的旗帜下变得合法了。列宁建立的苏联大厦遭到了结构性的破坏，大厦的"承重墙"就是在列宁逝世后开始被人一堵一堵地拆毁的。在某种意义上，《不合时宜的思想》一书映照出了后来苏联瓦解的原因。

《不合时宜的思想》的主题是精神文化建设和经济建设。相信这本书的翻译出版会为我国的社会主义精神文明建设，为我国的伟大的改革事业，即社会主义的自我完善事业提供有益的借鉴。

1997 年 4 月于南京南秀村

马海甸（1948— ），原名马文通，原籍广州。报刊编辑，翻译家，曾任大公报副刊课主任、副总编辑。1992至2011年主编大公报《文学》周刊。业余翻译和研究西洋诗歌，著（合）译有《英美十四行诗新编》《莎士比亚诗全集》《阿赫玛托娃诗文选》《布罗茨基谈话录》《俄罗斯的安娜》《我的西书架》。合编《梁宗岱文集》等书。

《俄罗斯的安娜》译后记

马海甸

　　一九六六年三月八日，即阿赫玛托娃辞世三天后，诗人、学者科尔内依·楚科夫斯基在日记中写道："眼下需要开始编纂她的大型传记。这将是一部有益的书。"可惜，无论是苏联还是俄罗斯学者，都有负前辈的嘱托，四十二年一晃而逝，迄今为止，我们所能读到的阿赫玛托娃俄文传记，仍是阿列克赛·帕甫洛夫斯基两部不足两百页的小册子（《阿赫玛托娃》和《阿赫玛托娃：生活和传记》）。这不但与英语世界的三部皇皇然阿氏传记（它们是阿曼塔·黑特的《诗歌的朝圣》，罗贝塔·里德的《阿赫玛托娃：诗人与预言家》以及本书）适成对比，就与中国学界的两部（它们的作者是辛守魁和汪剑钊）也相形见绌。我们再来看看诗人亲友传记的撰写情况：与她一时有瑜亮之称的茨维塔耶娃，已出了三部翔实的传记，帕斯捷尔纳克的传记我手边就有两部；阿赫玛托娃的前夫尼古拉·古米廖夫和儿子列夫·古米廖夫的传记，也分别由著名的《名人传记丛书》出版了。我们只能为斯人独憔悴而叹惋不已。

　　阿赫玛托娃传记的撰写难度不会高于茨维塔耶娃，它之所以迟迟未能问世，原因当然不一而足，也非我们这些外人所能妄加揣测。可能是为弥补这个缺陷，伊莱因·范斯坦的《俄罗斯的安娜》出版不到两年，俄罗斯的两家出版社先后出版了该书的俄译本，这在俄国出版界是罕有先例的。

伊莱因·范斯坦，英国诗人，传记作家，在写成《俄罗斯的安娜》之前，她已有诗集传世，撰有关于普希金、茨维塔耶娃（书名《被俘的狮子：玛丽娜·茨维塔耶娃的一生》）及塔德·休斯的传记。她还译有茨维塔耶娃诗选。《俄罗斯的安娜》一书的特点在于，在充分使用现有材料的同时，作者还与阿赫玛托娃的后辈如安娜·卡明斯卡娅，米哈伊尔·阿尔多夫有过接触，走访了阿赫玛托娃四大弟子中的阿纳托利·奈曼和叶甫盖尼·莱茵。《俄罗斯的安娜》一书，与《诗歌的朝圣》相比，高头讲章的味道稍弱，可读性较强；与《阿赫玛托娃：诗人与预言家》洋洋数十万言相比，它十来万字的篇幅更适合一般诗歌爱好者阅读。阿赫玛托娃一生经历琐碎而复杂，感情生活极其丰富，对其人的生活有所了解，无疑有助于深入了解她的作品。我虽忝为阿赫玛托娃诗歌的译者之一，但向来视《没有主人公的长诗》为畏途，迟迟不敢动笔，翻译此书后，再阅读了一些有关的俄文资料，自觉腹笥较广，可以试行移译了。

我在决定移译此书时，又购得莫斯科埃克斯莫出版社出版的俄译本（塔吉娅娜·诺维科娃译），原想能对译事有所帮助，令人失望的是，诺维科娃的译本只能说是改写本，而不是严格意义上的翻译。它惟一可取的地方在，俄文的引文直接录自各种第一手材料，我在翻译时即部分以之为据（也有一部分即被俄译删掉的引文译自我自己的俄文藏书），而不是译自范斯坦有各种问题的英译。范斯坦翻译的引文大体上还可以，但为了适合英美读者的阅读习惯，对俄国人复杂的人称作了简化，引用时也时见伤筋动骨的删节，我在中义译义中都作了还原。范斯坦本人是诗人、作家，但似乎少了点学者的严谨，行文偶有粗疏，我在脚注中一一作了订正。

2008 年 4 月 20 日于香江

附言：拙译交稿不久，俄罗斯便出版了两部阿赫玛托娃传。其一为安娜·科瓦年科著，列入青年近卫军出版社的《名人传记丛书》，凡三百八十二页，算是中等篇幅的著作。丛书都有一定之规，此书谅也不会有什么大突破。科瓦年科是俄罗斯著名的阿赫玛托娃专家，著有《阿赫玛托娃的彼得堡之梦》，参与编纂《阿赫玛托娃六卷集》。其二为阿拉·马尔琴科著《阿赫玛托娃传》，由莫斯科 AT 出版社出版，凡六百八十八页，堪称迄今为止俄国学者撰写的最大型阿赫玛托娃传。其特点是,"该书不是一部科学的诗人传记,作者在阿赫玛托娃诗作的周围建立了自己'研究'的方式",云云。马尔琴科专门研究阿赫玛托娃和叶赛宁,今年又出了一部莱蒙托夫评传。无论如何,俄国学术史上阿赫玛托娃传的空白总算被填补了。两部传记我都已买到,有暇当仔细捧读,曾想过动笔翻译,但此念仅一闪而过,其奈"译竣有日,出版无期"何!

2010年1月25日

想起了丽尼

马海甸

丽尼翻译的两部屠格涅夫小说《贵族之家》和《前夜》，对我一生的为人和为文，产生了很大的影响，其影响应该说并不稍逊于穆旦的翻译，尽管从数量来说，前者远少于后者。然而踏入二十一世纪后，我就不曾再读过这两部小说，主要原因当然是俗务猬集，直到今年年中，仍无暇他顾；另一个原因是，多年苦心收罗的各种屠氏版本（包括丽尼所译屠格涅夫小说和契诃夫剧本的新旧版本，其他翻译家所译两位作家的著作），悉数于二〇〇五年被鼠窃之徒一扫而光，以致想对丽尼的遗译作一系统的探讨和研究的夙愿迟迟未能实现，而且还很可能胎死腹中。虽然在这之后，我还是陆陆续续补买了前贤的一些译著，但限于精力和财力，想恢复旧观已势所不能。

丽尼早年的屠译和契译都转译自加尼特夫人，先天诚然不足，加尼特对原文的错误理解都不可避免会影响到他。我研究的目的之一，就是想探讨两者的关系；而在新版中，他又如何据俄译作了改动，由于转习俄语时已臻中年，当然难称精审，这方面的缺失对他的译作有何影响。丽尼的译本虽然失之上述的不足，但由于对两位俄国作家作了深入研究，译者自身所具备的诗人气质，文字灵动而富于质感，令他的译文在前前后后十数家译本中脱颖而出，至今仍难以逾越。丽尼擅写散文和散文诗，由于基础扎实，在这方面又作了不懈的追求，因此他的文字得以突破时代的樊篱，典雅而明净，既摆脱了早期白话文粗疏生造的窠臼，又不致陷入时人套话连篇的恶习。可以说，犹傅雷之译巴尔扎克，穆旦之译雪莱，卞之琳之译莎士比亚，杨必之译萨克雷，丽尼所译的屠格涅夫是有标志性意义的。

我之所以捡起了丽尼的话题，很大程度上是因为最近淘得了一册名为《忆丽尼》的小书（人民文学出版社二〇〇五年版）。读毕此书，昔日有点儿朦胧的翻译家的形象，变得具体了，显豁了，甚至令我重燃再拾夙愿的念头。但经过日前一番网上的检索，终觉得资料搜集的工程太大，非眼下的条件所能承担，只能以此一芜文聊作总结。

《忆丽尼》有文叹曰，作家因家累太重，以致未能像他的挚友陈荒煤一样，远赴延安，反而揹上了沉重的历史包袱。这里指的是上世纪四十年代中他任职南京国防部的一段经历。然而，纵然丽尼去了延安，他就能继续自己的创作和翻译之路吗？文坛上有所谓「何其芳现象」，姑不论这种现象的成因何在，是出于诗人自身才尽抑或为环境所囿，何其芳后期文学创作成就远不如前期即他的「画梦录时期」，乃是板上钉钉的事实。丽尼走的是与何其芳相近的路子，为个人的遭际而吟哦，而伤叹，为文踢天踏地，幽远蕴藉，毋庸异议，这与其时延安提倡的文风大相径庭。他要么搁笔，要么改变自己已趋于定型的散文风格，从而成为「何其芳现象」又一成例，没有第三条道路可走。事实一如我们所见，即使不曾赴延安，丽尼还是放弃了散文创作，而把所思所感寄情于文学翻译。

丽尼选择了屠格涅夫和契诃夫，是不无原因的。两位作家都敏感而艺术格局不大，作品精致而诗情洋溢，这都与他本人的散文作品相近。屠格涅夫的六部长篇小说，除《父与子》外，从篇幅来说，实在是加长了的中篇小说而已；而契诃夫压根儿不写长篇小说，他的剧本比起列夫·托尔斯泰和高尔基，人物少，场景小，如果说前二者是大型交响乐的话，那么后者无非是室内乐而已。为屠格涅夫的三部长篇小说（连所校陆蠡译的《罗亭》在内，为了纪念这位死难的挚友，他几乎重译了《罗亭》），契诃夫的三部剧本（《海鸥》、《万尼亚舅舅》和《伊凡洛夫》），由译出付梓而推倒重译，以今日之我否定昨日之我，他几乎投下了一生的精力。然而，到六十年代中，不但散文写不下去，连迻译屠格涅夫和契诃夫也被迫中止，而中止也就是终止。他将旧译、无政府主义思想家克鲁鲍特金的《俄国文学史》重译以后，满以为可供内部出版（据作家王西彦回忆），然而从「文革」前延宕及今，已历半世纪之久，就是出不了书，最令我关心的是，修改稿还在人间否？

由「何其芳现象」，我杜撰了另一个名词：「曹葆华现象」。曹氏是诗人，早年毕业于清华大学研究院外文系，他诗名虽不如老乡何其芳，有一段时间也算声名藉藉，连为文不涉时人的钱钟书，也曾就其诗写过书评。曹葆华更以翻译西方文论而为人所知，他译过梵乐希（今译瓦雷里）、瑞恰慈（今译理查兹）等人的诗论。抗战军兴，曹氏远赴延安，创作上走的也是何其芳的路子，今日读来，质木无文，略无诗意；令人感叹的是，他译的文论也由梵乐希、瑞恰慈变为日丹诺夫一类假政治正确之名，行对文学横加干涉之实的大批判文章。

丽尼的翻译也出现过类似的现象。早在三十年代中，在致朋友的信中说，他想译苏联文学作品。应该说，苏联文学作品并不乏可读之作，如果认真加以筛选，对读者还是有裨益的。但从他挑选的两部书来说（一为《苏瓦洛夫元帅》，一为《伟大水道建筑者》），都没有任何的文学价值。所幸他对此很快就有所觉悟，晚年除译出剧作家杜甫仁科的一个艺术性不低的剧本外，基本上都在校改旧译。也就是说，早在「文革」前，他已基本搁笔。丽尼现象不但在创作中，在翻译方面留下的教训也足发人深省。

翻译家的悲剧

马海甸

日前读了俄罗斯诗人叶甫盖尼·莱茵〔(1935—　)俄国当代诗人、随笔作家〕的一则随笔《乘积》，颇有感触。文不长，兹译如下。

事情发生在多年前的8月28日。8月28日是瓦西里·阿克肖诺夫〔(1932—　)俄国当代著名作家。1980年移居美国〕的生日。

阿克肖诺夫其时已出版了他的第一批优秀著作如《带星星的火车票》和《来自摩洛哥的橙子》。瓦西里·帕甫诺维奇的大名无人不识，他的名字给复兴俄罗斯散文带来了希望。

阿克肖诺夫交游甚广，过得既像绅士又豪奢。他挣钱不少，可一个子儿都没存下。

生日庆祝会就是按这两个原则来办的。租用文学工作者中央之家整整一个晚上。餐桌设在两个大厅里，一个像巨大的冰斗，另一个像字母"П"，来宾多达数千人，外加一队爵士乐队。

到处摆放着切开的成熟的阿斯特拉罕西瓜和菲利浦·莫里斯牌美国香烟。食物，葡萄酒，伏特加——一切都是优质的。

我从列宁格勒去参加阿克肖诺夫的生日庆祝会，我们是多年的老朋友了。

"就你一个？"瓦夏问我。"就我一个，"我回答说。"任尼亚有事儿来不了。"

"那就请和我的日译者坐在一块吧。他的俄语讲得很流利。我这就介绍你们认识。无论谈什么都行。"

瓦夏把我领到一个根本说不清年龄，戴眼镜，身穿浅色外套，梳着平整的分头的汉子旁边。我们在餐桌摆成"П"字形的大厅里并排坐着。

我们用高脚玻璃杯喝伏特加，佐以上等鲟鱼子和鲟鱼肉。应该找些话题聊聊。

"您翻过阿克肖诺夫?"我问,以便挑起话题。

"是的,"日本人谦恭地说,"十分愉快。两部小说《带星星的火车票》和《来自摩洛哥的橙子》。"

"您研读俄国文学很长时间了吗?"

"毕业于东京大学俄文系。打那时候起便开始翻译。"

"请问,除阿克肖诺夫外您还翻译过谁?"

"我翻了九十六卷本的列夫·尼古拉耶维奇·托尔斯泰伯爵全集。"

"您大概在说着玩吧。""不,完全不是说着玩。我还翻了陀思妥耶夫斯基二十八卷集,别谢勉斯基(俄国小说家)八卷集,冈察洛夫六卷集和许多单行本。"

"这不可能,"我激动起来,给邻座的玻璃杯斟上伏特加。

"怎么不可能?"日本人不动声色地说。"您这就会相信,我没有过甚其词。"

那时候还没有袖珍计算器。日本人除去餐巾,掏出一支名贵的蒙布兰牌钢笔,写上一沓数目字。然后向我解释说:"我五十二年前大学毕业。每天都工作,难得离开家。我用一个特别系数来统计自己的进程。我一年放假两天——我的妻子的生日和天皇的生日。我的定额是——每天六页纸。对,大学毕业后我病过二十一—二十五天。这些天我也要算上。现在我把这一切互乘,"日本人边说边凑近了稿纸。

尽管在我看来,他在耍我,但我仍然激动起来。就在我喝酒和吃小食时,日本人算好了他的数学习题,他强调的双重特点的结果,一旦看见这个难以置信的数字,我马上明白过来,他一点也没夸张。我差点想吻他的手,但管住了自己。看见桌子边还有一听装得满满的鱼子,便推给了他。

每当我想起逃避工作,或者在书桌前找不到写作的状态,又或者想到哪儿去时,我总想起这个日本人互乘的那一沓数字。

我国翻译文学史上,专业俄国文学翻译家以汝龙和草婴成就最大,称之为量多质优,毫不溢美。但是,从量来说,比起上文提及的那位日本人,毋庸讳言,两人仍远有不逮。汝龙去世已二十年,他晚年倾其全力译校的《契诃夫文集》,可说是翻译生涯的曲终奏雅。草婴三十年来虽然翻了列夫·托尔斯泰的小说全集,但也仅得十二卷。两位翻译家除契诃夫和托尔斯泰外,还翻过不少别的俄苏作家的作品,如果出版社要出他们的译文全集的话,大概也就只有三十至三十五卷。是他们不如日本翻译家勤快吗?当然不是;是他们不珍惜时间吗?也不是。汝龙一九四九年后就弃去公职(他曾当过上海平明出版社的编辑主任),不领工薪,仅以版税维生;上海译文出版社七八年欲聘草婴为总编辑，他却而不就，原因都在惜时如金，视名山事业重于一切。那么他们的翻译量何以会比日本人少一大截呢？

日本翻译家大学毕业后几乎可以两耳不闻窗外事，一门心思地摆弄自己的翻译，汝龙草婴一旦卷入"以革命的名义"掀起的各种运动，他们能够独善其身吗？能躲得过这些瞎折腾吗？"文革"中，汝龙藏书被抄，房子被占；草婴下干校，两次险死还生，后期被迫去翻供批判用的所谓内部参考小说，这才是造成他们的人生悲剧的主因。

吴笛（1954— ），安徽铜陵人。浙江大学中文系教授，中国作家协会会员。从事俄罗斯文学、英美文学、比较文学研究及英、俄语文学翻译，出版专著《比较视野中的欧美诗歌》《浙江翻译文学史》等5部，译著《帕斯捷尔纳克诗选》《20世纪外国抒情诗选》等20余部，编著《普希金全集》《外国诗歌鉴赏辞典》等，撰写学术论文数十篇。

《普希金全集》序言

普希金无疑是一位世界文坛的巨匠，"是俄罗斯民族优秀文化传统的恒定代表，是俄罗斯民族精神文化的象征。"[1]他的许多优美的作品不仅在俄国而且也在中国受到了广泛的欢迎，深深地植根于中国读者的心灵，同时也对中国文学的发展产生了深远的影响。他不仅是俄国浪漫主义文学的主要代表，同时也是俄国批判现实主义文学的奠基人。他不仅在诗歌创作领域，而且在小说、戏剧、童话、文论等多个方面为俄罗斯文学树立了典范。这位"俄罗斯文学和世界文学的天才"[2]以短暂的一生为世界文学宝库留下了丰厚的遗产。

一、短暂的生命历程，辉煌的艺术成就

亚历山大·普希金（1799—1837）一生作有八百多首抒情诗和十多部长篇

---

[1] 查晓燕：《普希金——俄罗斯精神文化的象征》，北京大学出版社，2001年版，第5页。
[2] М. М. Калаушин. Пушкин в портретах и иллюстрациях. Государственное учебно-педагогическое издательство, 1954 . стр. 3.

叙事诗，一部诗体长篇小说，近十篇中短篇小说，另有多部戏剧、童话、游记、传记，被尊称为"俄罗斯文学之父"和"俄罗斯诗歌的太阳"，"在俄罗斯语言文学的发展进程中，是一个伟大的里程碑"[1]。他在浪漫主义的抒情诗和叙事诗的创作中，十分注意书面语与口头语的完美结合，广泛吸取民间语言的精华，使文学接近民族的生活和周围的现实，不仅为俄罗斯文学语言的最终形成作出了贡献，而且在俄国文学并非处于优势的前提下，普希金充分发挥民族语言的长处，并汲取英国拜伦等诗人的艺术精华，解决了文学的民族性问题，使俄罗斯文学走向了世界文学的前列。

普希金的创作大约分为四个阶段。

第一时期是"皇村学校时期"（1811—1817），主要从事诗歌创作。他的抒情诗创作是从皇村学校开始的，而且在诗歌创作的每一个发展阶段，他都力图进行创新，在各种领域进行开拓，从而为俄罗斯文学在各个方面提供了典范的作品。

在皇村学校读书期间是普希金的第一个创作阶段，普希金主要创作了被称为"巴库尼娜情诗"的一些以爱情为题材的抒情诗。如《秋天的早晨》等。这一时期，主要是他学习、模仿和掌握传统的诗歌技艺的阶段。

一八一七年至一八二〇年，是普希金的第二个创作阶段，即外交部供职时期（1817—1820）。在外交部供职时期，普希金的诗歌创作得到了极大的发展。自一八一七年开始创作的长诗《鲁斯兰与柳德米拉》，在此期间完成，这标志着俄罗斯诗坛天才的诞生。这时，他已抛开了早期的模仿，作品表现出了强烈的个性特征。在这一阶段，他还扩大了题材范围，也打破了古老的诗歌体裁的规范性，使诗歌语言日益与口头语接近。由于他崭露头角，当时的诗坛泰斗茹可夫斯基即刻把自己的画像赠给普希金，并附题词："被征服的老师赠给获胜的学生。"

普希金这一时期主要诗歌成就是一系列揭露暴政、向往自由的政治抒情诗。包括《自由颂》（1817）、《童话》（1818）、《致恰阿达耶夫》（1818）、《乡村》（1818）等著名诗篇。

这些诗篇在爱国主义的军官中秘密流传，它们表达了人民对专制暴政的无比愤怒和憎恨。如在《自由颂》一诗中，诗人毫不妥协地写道：

---

[1] I. Lezhnev. "The Father of Modern Russian Literature", Collection of Articles and Essays on Great Russian Poet A. C. Pushkin, ed. by USSR Society for Cultural Relations with Countries, University Press of the Pacific, 2002, p. 73.

我要给世人歌唱自由，
我要打击皇位上的罪恶。

　　普希金所写的这些诗篇也惊动了沙皇。沙皇认为，"普希金以煽动性的诗充斥俄罗斯……"因而下令把普希金流放到西伯利亚。多亏茹可夫斯基和卡拉姆津等著名诗人向亚历山大一世一再求情，沙皇才将普希金改判流放南俄。
　　一八二〇至一八二五是普希金的第三个创作阶段，即南方时期（1820—1824），主要成就是浪漫主义长诗。普希金在南俄流放期间，写下了许多感情纯洁真挚，意境清新迷人的抒情诗。比较著名的有《短剑》、《囚徒》、《我多么羡慕你》以及《致大海》等。普希金在这一时期写的抒情诗反映了诗人当时对自由的强烈渴望以及激进的民主思想。尤其是他完成了代表他浪漫主义创作高峰的"南方组诗"。这些充满叛逆精神、歌颂诗意化反叛英雄的"南方组诗"，包括《高加索的俘虏》、《巴赫齐萨拉伊的喷泉》、《强盗》等，既是对英国浪漫主义诗人拜伦的继承和发展，同时又为而后的《叶甫盖尼·奥涅金》的创作奠定了基础。
　　在一八二五年以后，普希金步入了创作生涯中的最辉煌最成熟的阶段，即现实主义创作阶段（1825－1837），在诗歌、小说、戏剧等方面都取得了卓越的成就，创作了《别尔金小说集》、诗体悲剧《鲍利斯·戈都诺夫》、叙事诗《青铜骑士》等许多作品，并且完成了他的代表作——诗体长篇小说《叶甫盖尼·奥涅金》。在普斯科夫省米哈伊洛夫斯克村幽禁期间，所创作了《假如生活欺骗了你》等抒情诗充满了乐观主义的精神，而《致凯恩》等诗篇则体现了诗人对欢乐、灵感、生命和爱情的敏锐的感悟能力。
　　一八二六年结束流放，回到莫斯科和彼得堡之后，普希金的创作达到了炉火纯青的地步，他的《上尉的女儿》、《驿站长》等小说作品充满了人道主义精神，在后期的抒情诗的创作方面，普希金密切结合现实，关注于社会和人民，写下了《在西伯利亚矿山的深处》、《阿里昂》、《先知》等动人心弦的与现实生活密切联系的诗篇，正如诗人在生命最后阶段所作的《纪念碑》一诗中所作的陈述：

我所以永远能为人民敬爱，
是因为我曾用诗歌，唤起人们善良的感情，
在我这残酷的时代，我歌颂过自由，

并且还为那些倒下去的人们,
祈求过宽恕和同情。

这一段动人的诗句是诗人对自己短暂的一生所作的具有浓郁的人道主义精神的诗的总结,更是他诗歌创作生涯的真实的写照。

二、优美的抒情意境,明朗的忧伤气质

普希金不仅被誉为"俄罗斯文学之父",同时被誉为"俄罗斯诗歌的太阳"。在一生所作的八百多首抒情诗和十多部长篇叙事诗中,普希金从社会政治、人生体验和自然风景等多个方面介入,创作了多首风格独特、清新优美、哲理深邃的抒情诗作,为后世留下了丰厚的文化遗产。在普希金身上,俄罗斯的民族精神与时代精神得到了充分的展现,"俄国大自然、俄国灵魂、俄国语言、俄国性格反映得如此明晰,如此纯美,就像景物反映在凸镜的镜面上一样。"[1]

普希金所创作的一些杰出的政治抒情诗反映了当时的社会历史特征和进步人士的思想情感,传达了时代的精神,表达了人民对沙皇专制暴政的无比的愤怒,也表达了人民群众对自由的渴望。

如在《童话》一诗中,普希金以戏剧诗的形式表现了对亚历山大一世的讽刺。该诗通过圣母玛利亚和圣婴耶稣这两个人性化的形象,表明了涉世不深者被沙皇蒙骗,而涉世较深者则看穿了沙皇的真实面目。圣诞之日,基督哇哇哭吵时,圣母玛利亚吓唬他说:妖怪来了——沙皇来了!可见这代表了觉醒了的人民对沙皇的看法。诗中还通过沙皇的独白来揭露他的欺骗性以及他所作所为的虚伪性。最后一个诗节的小基督受骗以及圣母安抚的话语进一步突出沙皇的虚伪性,暗中劝解人们不要上当受骗,而应觉醒过来。

而《致恰阿达耶夫》一诗表现了强烈的爱国主义激情,传达了对祖国前途所怀的一种坚定的信念。该诗在开头八行典型地表现了那一代贵族青年知识分子的探索追求以及被爱国主义思想所激发的热情。此时此刻,爱情的甜蜜、青春的欢愉——这些属于小我的问题不再骗得他们的痴情,而是在考虑着一个更为重要、更为严肃的问题:祖国的命运。接着诗人用恋人等待幽会的急切之情来比喻他们这些进步的爱国青年对自由的向往。而最后一节,是全诗的精华所在:

---

[1] 果戈理:《关于普希金的几句话》,冯春编:《普希金评论集》,上海译文出版社,1993年版,第6页。

> 同志啊,请相信:空中会升起
> 一颗迷人的幸福之星,
> 俄罗斯会从睡梦中惊醒,
> 并将在专制制度的废墟上
> 铭刻下我们的姓名!

这些抑扬格四音步的诗句,显得格外豪迈,并且富有激情和乐观主义的信念。这节诗还被刻在十二月党人秘密徽章的背面,对十二月党人的斗争起了强烈的激励作用。

而著名的《在西伯利亚矿山的深处》则表现了诗人高风亮节的品质,诗人高度赞赏十二月党人的杰出功绩。作者以铿锵有力、豪情激昂的诗句表达了对战友的如海深情,相信他们的事业必将获胜,相信自由必将来临。

> 沉重的枷锁定会打断,
> 监牢会崩塌——在监狱入口,
> 自由会欢快地和你们握手,
> 兄弟们将交给你们刀剑。

普希金也是一位个性化很强的诗人。作为浪漫主义诗人,他善于抒写自我。诗歌是他心灵历程的记录。他的很多以人生感悟和爱情为题材的诗,构思精巧、思想深邃、风格清新,受到了普遍的欢迎。他在评价同时代诗人巴拉丁斯基的时候写道:"没有人能像巴拉丁斯基那样,思想中包含着丰富的情感,情感中具有高尚的审美力。"这一"情感—思想—审美"三者之间的和谐统一也正是普希金的追求。

在爱情抒情诗创作方面,正如别林斯基所说:"普希金是第一个偷到维纳斯腰带的俄国诗人……他的每个感觉、每钟情绪、每个思想、每个情景都充满着诗。"[1] 他的爱情抒情诗多半与他自身的情感经历有关,所以写得情真意切、细腻缠绵,而且意境深远。

《致凯恩》可以说是普希金爱情抒情诗中传诵最广的一首。该诗作于普希金在普斯科夫省的米哈伊洛夫斯克幽禁时期。从彼得堡来到当地姑妈家做客的

---

[1] 转引自童庆炳著《维纳斯的腰带——创作美学》,上海:上海文艺出版社,2001年版,第64页。

美丽姑娘凯恩与他相逢,叩响了他紧闭的心扉:

> 我记得那神奇的一瞬:
> 在我的眼前出现了你,
> 犹如瞬息即逝的幻影,
> 又像纯洁美丽的天使。
>
> 当我遭受难遣忧愁的煎熬,
> 当我在喧嚣世事中忙乱不堪,
> 你温柔的话语在我耳边萦绕,
> 你可爱的面容在我梦中显现……

该诗描绘了水晶般晶莹透彻的、纯真圣洁的爱情,表现了"纯洁美丽的天使"这一净化的女性形象在诗人的内心世界以及创作灵感方面所起的神奇的复兴作用。全诗层次分明地叙述了心灵的嬗变。过去,当抒情主人公遭受着"难遣忧愁的煎熬",并且在"喧嚣世事中忙乱不堪"的时候,因为心灵中有着亲切的记忆,所以,挨过了艰难的岁月。然而,生活中的意想不到的"暴风骤雨"驱散了一切,甚至驱散了美好的梦想。尤其当他被"囚禁于阴暗的穷乡僻壤"的时候,他几乎丧失了心灵的记忆,几乎屈从于命运的安排。正是在这一激情快要丧失殆尽的时刻,纯洁美丽的形象又神奇般地出现在眼前,使得整个心灵重新获得灵感,获得新生。

普希金还同其他许多浪漫主义诗人一样,对大自然中的一切物体有着极其敏锐的感受力。在他的自然主题的诗作中,景色描绘极为美妙,常常显得逼真如画,而且,对自然意象的歌颂,不只是为了诗情画意的渲染或展现自己的才华,而是借外部自然意象来表现内心世界的感受,或是通过自然意象来反映人类社会的理想情怀。

著名的《致大海》一诗便是这方面的代表性作品,是以自然意象来歌颂自由主题的典范。普希金以对大海意象的歌颂来表现对自由的赞美。全诗气势磅礴,意境雄浑,洋溢着强烈的浪漫主义的激情。

在语言风格方面,普希金更是一位独到的诗人,他以自己杰出的创作,奠定了俄罗斯文学语言的基础。在这方面,他的作用和地位犹如英语文学中的莎士比亚,在书面语贴近日常生活方面,在使文学语言富于生活气息方面,迈出了重要的一步。因此,他的抒情诗具有了鲜明的特色。

我们读着他的抒情诗，可以感受到，他的诗既洋溢着浪漫主义的激情，又具有强烈的现实主义因素。按俄国作家的理解，浪漫主义也具有现实主义成分。普希金就曾认为："真正的浪漫主义"的特点"是对人物、时间的忠实的描写，是历史性格和事件的发展……"这其中的现实主义成分是不言而喻的。由于采用了浪漫主义与现实主义相结合的手法，他的作品诗句流畅，铿锵有力，豪迈自信，尤其是他创作的一些政治抒情诗，渗透着浓郁的抒情和丰富的想象，体现了一种不畏暴政、向往自由的民主精神。俄国浪漫主义诗人也特别强调民族性，所谓民族性，是指一种民族的精神和民族的独特的气质，诗歌应该通过自身来传达和反映民族的生活和风貌。普希金在这方面是一个典范，所以他当时就被人誉为"民族诗人"。果戈理在《关于普希金的几句话》一文中就首先认为："一提起普希金，立刻就使人想到他是一位俄罗斯民族诗人……这个权利无论如何是属于他的。在他身上，就像在一部辞典里一样，包含着我国语言的一切财富、力量和灵活性。"[1]

由于他深深懂得文学语言贴近生活的重要性，所以他的抒情诗语言质朴简洁，诗句凝练流畅、清新易懂，韵律严谨、多变、和谐、优美。普希金在抒情诗创作方面善于贴近生活，并充分发挥俄罗斯语言的音响和韵律特征。他注重书面语与口头语的完美结合，广泛吸取民间语言的精华，把民间语言、民间传说以及文学传统融为一体，为新的俄罗斯文学语言的发展奠定了基础。如他的"奥涅金诗节"节奏感特别鲜明，听起来使人感到灵活多样，清新轻快，优美舒畅。

他的抒情诗情真意切，并有着俄罗斯人固有的民族气息。他的诗句没有过度的渲染、夸张，他较少表现狂风暴雨般的激情，而是善于抒发内心深处的忧闷之情，因此，他的许多抒情诗作基调忧伤，但是，忧伤之中往往有一种磅礴的气势，以及明朗和乐观的成分，其深沉的忧郁或凄婉是服从于乐观主义基调的。这就是评论家们所称的"明朗的忧伤"。如在《致凯恩》中诗人表现了一种晶莹、纯洁、神圣的情感，那情感不是虚构，而是诗人的真实的感受。还有在人们熟悉的《假如生活欺骗了你》一诗中，诗人认为尽管现在却总是苦闷，但心灵生活在未来之中，所以他说："一切转眼即逝，成为过去；/而过去的一切，都会显得美妙。"

"明朗的忧伤"不仅是普希金许多抒情的一大特色，而且也影响了杰出抒情诗人叶赛宁等许多作家，构成了俄罗斯许多优秀的抒情诗人的固有的气质。

普希金的抒情诗不仅语言生动流畅、简洁优美，而且还充满了哲理和人

---

[1] 冯春编：《普希金评论集》，上海译文出版社，1993年版，第6页。

格的魅力。他继承了伏尔泰、孟德斯鸠等法国作家的启蒙主义思想,也汲取了英国诗人拜伦的激情和叛逆精神,并在前辈思想精髓的基础上,不断充实和发展。他淡泊名利,追求独立的人格,在《致诗人》一诗中,他就明显地表达了这种超然豁达的精神境界:

> 诗人啊!不要重视世人的爱好,
> 热烈的赞美不过是瞬息的喧闹;
> 你会听到愚人的批评和世人的冷嘲,
> 但你应该坚定沉着,安详勿躁。
> 独自生活吧,你就是帝王。
> 自由的心灵在前指引,沿着自由之路奔向前方,
> 要使你那珍爱的思想成果日臻完善,
> 不要为你的高贵的功绩索取奖赏。[1]

因此,他的一些抒情诗虽然在形式方面质朴简洁,然而容量很大,具有广博的思想内涵。如脍炙人口的《假如生活欺骗了你》一诗,就仿佛是一个饱经风霜的长者对涉世未深的少女的诚挚的告诫。这首题在三山村女地主奥西波娃十五岁的小女儿耶夫普拉克西娅纪念册上的诗,尽管诗句简洁,但诗中蕴涵着强烈的乐观情绪和深邃的生活哲理。

> 如果生活将你欺骗,
> 不必忧伤,不必悲愤!
> 懊丧的日子你要容忍:
> 请相信,欢乐的时刻定会来临。
>
> 心灵总是憧憬未来,
> 现实让人感到枯燥:
> 一切转眼即逝,成为过去;
> 而过去的一切,都会显得美妙。

(乌兰汗译)

---

[1] 普希金:《普希金论文学》,张铁夫等译,漓江出版社,1983年版,第35页。

在这首诗中,普希金如同一个诗人哲学家,以"时间"为角度来审视生活。他不同于别的一些诗人,不再抒发时间的无情和残忍,而是强调时间的积极作用。在普希金看来,时间是医治一切的灵丹妙药,诗人认为心灵是生活在未来之中,凡是未来的,都是很有希望的,凡是现实的,都不是完美的,都是要成为过去的,而时间会医治心灵的创痛,因此,凡是过去了的,都会变得可亲而令人怀念。这其中蕴涵着多么深刻的生活的哲理和乐观的信念!正是这种乐观的信念,使得普希金承受了种种磨难,也正是这种信念,感染了无数的读者,安抚了众多的心灵。

三、诗体长篇小说的独特创新

在小说创作领域,普希金同样为俄罗斯文学的发展提供了典范。他的诗体长篇小说《叶甫盖尼·奥涅金》在俄国文学史上首次塑造了"多余的人"这一系列形象,直接影响了莱蒙托夫、屠格涅夫、冈察洛夫等人的小说创作。

普希金的诗体长篇小说《叶甫盖尼·奥涅金》创作于一八二三年至一八三〇年,于一八三三年定稿出版。

这一时期,在俄国历史上,是亚历山大一世王朝末期和尼古拉一世继位之初,也是俄国著名的十二月党人的革命和起义活动酝酿、爆发和最后归于失败的时期。

诗体小说《叶甫盖尼·奥涅金》(1830)是普希金最重要的一部作品。它是俄国现实主义文学的一块奠基石,"标志着俄罗斯文学中从世纪初对'小说'的不信任到接受新的艺术概念的一个重大突破"[1]。这部作品的意义首先在于它塑造了俄国贵族革命时期奥涅金这个开始觉醒又找不到出路的贵族知识分子的典型形象。他受到西欧民主思想的启蒙,具有人道主义和民主主义的思想倾向。他的品格和气质远远高于周围的贵族子弟。但他没有明确的政治主张和社会理想,在令人窒息的社会现实中看不到出路,看不到希望,所以苦闷、彷徨、忧郁、痛苦,对生活极端的冷漠。他愤世嫉俗,对腐朽黑暗的社会深恶痛绝,同时又非常脆弱。他希望改变现状,但又不可能与这个社会彻底决裂;所以他不会与社会正面对抗,他的生活态度往往是消极的逃避。

诗体长篇小说《叶甫盖尼·奥涅金》具有极其丰富的思想意义。这部历时

---

[1] Andrew Kahn ed. Cambridge Companion to Pushkin, Cambridge University Press, 2006, p. 42.

八年时间的作品广泛、深刻地展示了十九世纪二十年代俄罗斯的社会生活的画卷,同时通过奥涅金悲剧命运的描写,表达了当时俄国先进的、觉醒的贵族青年在探索过程中的思想上的苦闷和迷惘以及找不到出路的悲剧。而这一典型的时代精神是通过主人公奥涅金的社会探索与婚姻爱情之间的悲剧冲突来表现的。

"我们在《奥涅金》中首先看到的,是俄国社会在其发展过程中最重要的一段时间里的诗体的画面。从这一点来看,《叶甫盖尼·奥涅金》是一部真正名副其实的历史的长诗,虽然它的主人公当中并没有一个历史人物。它在罗斯是这类作品中第一次的经验,也是一次光辉的经验,因此这部长诗的历史优越性也就更高。在这部作品中,普希金不仅是一位诗人,而且是社会中刚刚觉醒的自我意识的一位代表者:史无前例的功勋啊!普希金之前,俄国诗歌只不过是欧洲缪斯的一个聪敏好学的小学生而已——因此那时俄国诗歌的一切作品都更像是习作临摹,而不像是独特的灵感所产生的自由作品。"[1]

诗体长篇小说《叶甫盖尼·奥涅金》被誉为俄国文学史上的第一部优秀的现实主义文学作品,全书分为八章。这部作品的结构极为独特。

其中在第一至第三章中,每一章都导出一个主要人物。第一章抒写厌倦了京都社交生活的奥涅金为了继承他伯父的遗产,从城市来到了乡村。第二章写奥涅金在乡村结识了邻村的刚从德国归来的青年诗人连斯基。连斯基当时正在同女地主拉林娜家的小女儿奥尔加相恋。第三章写奥涅金在连斯基的介绍下,结识了女地主拉林娜家的大女儿达吉雅娜。作品中的女主人公对奥涅金一见钟情,并向他大胆地表露爱情。

第四章写奥涅金拒绝了达吉雅娜的爱情,而且讲了一些冠冕堂皇的理由,受到感情打击的达吉雅娜痛苦不已,日益憔悴。

第五章描写达吉雅娜的命名日聚会。奥涅金看到达吉雅娜愁眉不展,感到厌烦,因而怪罪连斯基不改带他前来参加这一无聊聚会。他因此故意向连斯基的女友奥尔加大献殷勤,引起与连斯基的冲突。在第六章,容易激动的连斯基要求决斗。在决斗中,奥涅金打死了连斯基。

在第七章,主要描写达吉雅娜在奥涅金外出漫游之后,访问他的故居,然后遵从母亲的意愿,嫁到城市,做了将军夫人。

第八章是写三年之后的情景。经历了三年漂泊的奥涅金在彼得堡的上流社会意外地遇到了达吉雅娜,对她倾诉爱情,但达吉雅娜出于对丈夫的忠诚,拒

---

[1] 别林斯基:《论〈叶甫盖尼·奥涅金〉》,王智量译,文艺理论研究,1980年第1期,第179页。

绝了奥涅金。于是，奥涅金只得又出发旅行了。

仅从叙事场景我们便可以看出，这部诗体小说随着主人公奥涅金的活动，从乡村到城市，从外省到京城，俄罗斯社会的广阔场景展现在读者面前，因此，别林斯基认为这部小说是"俄国生活的百科全书和最富有人民性的作品"。

作品的正文八章各自相对完整，又各有中心和主题，各自在整个作品中承担一部分构造情节和表达思想的任务，而又共同组合为一个不可分割的整体；这是一种很出色的结构特点，它便于作家集中地安排情节和描写人物，也便于把作品分章分节地独立发表，这是这部作品在前后八年之久的创作过程中客观形成的一个结构特点。

这部作品的情节并不复杂，之所以能成为"百科全书"式的作品，主要得益于奥涅金等一些典型性格的刻画。作为俄国文学史上第一个"多余的人"的丰满典型，奥涅金的性格具有时代的特征。他身上有着后来的俄罗斯文学中陆续出现的"多余的人"的共性。像其他"多余的人"一样，他出生于贵族家庭，受过良好的教育，有改造社会的理想，本来可以在社会探索方面成就一番事业，但是由于远离实际，脱离人民，加上时代和社会的局限性，他只能到处漂泊，找不到生根的地方，结果一事无成，成了生不逢时被社会所不容的"多余的人"。而他那种忧郁、彷徨、孤傲、愤世嫉俗的个人性格，也是促使他悲剧命运的重要原因。像同时代的许多接受过启蒙主义思想的青年一样，他为了集中精力进行社会探索而毫不顾及个人的爱情生活，以免影响自己的事业，这在某种程度上仍是不甘随波逐流，勇于探索，改造社会的典型表现，是不同于一般青年而具有一定的精神境界的体现。然而，他的理想并没有实现，曾经因为事业而舍弃爱情的奥涅金到头来也只是想在爱情生活中获得一丝慰藉，尽管连这点的慰藉后来也难以实现了，这位曾经拒绝达吉雅娜纯洁爱情的贵族青年，最后在彼得堡与达吉雅娜重逢时所遭受的却是达吉雅娜的拒绝。

可见，奥涅金是一个不满于现实生活，鄙弃上流社会，为了进行社会探索甚至舍弃个人幸福爱情的进步青年的典型形象，但他也正是这样脱离实际，从而找不到出路，导致了社会探索和个人爱情的双重的失败。他的悲剧概括了那个时代觉醒过来而没有出路的贵族青年的悲剧命运。

作品中的另一主要形象达吉雅娜是普希金心目中理想的俄罗斯女性的典型形象。这一形象，在俄国文学史和俄国长篇小说的发展史上，也占有重要地位。达吉雅娜是俄国妇女形象画廊里占据第一个位置的具有一定的叛逆精神的形象。莱蒙托夫、屠格涅夫、奥斯特洛夫斯基和托尔斯泰笔下的妇女的命运，都同她有着或多或少的共同点。

普希金把达吉雅娜看成是自己心目中的理想人物。按照他最初的构思,女主人公的形象应该是对奥涅金形象提出的问题的解答,体现着贵族人物解脱精神矛盾的出路。达吉雅娜是被美化的宗法制生活的化身。同时,达吉雅娜的命运也反映了当时俄罗斯女性的悲惨处境。而且,达吉雅娜身上凝聚着作者普希金自己的理想观念和思想情感。"普希金对自我的追求转移到了达吉雅娜身上,她构成了一个极富思想个性,具有理智的精神、崇高的心灵、真实而深刻的情感、对责任的忠诚的形象。她对奥涅金的拒绝,……也象征着徘徊于普希金内心的矛盾与挣扎。"[1]

《叶甫盖尼·奥涅金》这部诗体长篇小说有着鲜明的艺术特征。普希金既是优秀的现实主义作家,同时又是浪漫主义文学艺术的卓越的体现者。尤其在对照艺术和"奥涅金诗节"使用方面,表现得尤为出色。

首先是结构上的对照手法。在诗体小说《叶甫盖尼·奥涅金》中有两条主线的对比,一条是奥涅金与达吉雅娜之间的刻骨铭心的恋情和永无止境的精神追求,另一条是连斯基与奥尔加的世俗的平庸的婚恋。作品中也有两个男主人公的对比,一个孤傲冷漠,一个狂放热情。还有两个女主人公的对比,一个感情真挚,有着丰富的内心世界,一个轻浮平庸,内心空虚。另有具体情景的前后对照,譬如达吉雅娜与奥涅金的不同场景的相互求爱,以及两者的被拒等,起初是以达吉雅娜的求爱和被拒形成冲突,最后又以奥涅金的表白和达吉雅娜的拒绝形成又一个高潮,使得整部作品在情节的发展方面有起有伏,引人入胜。

其次是理想与现实的对照。男女主人公都有着自己的独特的强烈的理想与追求:事业与爱情,结果男女主人公的各自的理想与追求都未能实现,从而各自妥协于社会:曾经为了事业而唾弃爱情的奥涅金到后来却乞求哪怕一点爱情的施舍;曾经大胆追求爱情,视爱情为生命的达吉雅娜却为了服从于社会现实和母亲的意旨而嫁给了自己所不爱的一位将军,并且,当她愿意舍弃一切而去追求的爱情降临的时候,当她曾经全身心向往的奥涅金真的出现在自己的眼前的时候,她却除了流泪之外再也没有任何举动和激情了。无论是奥涅金的从社会探索到乞求爱情,还是达吉雅娜从追求爱情到妥协于社会,作者都是通过对照艺术来相互映衬,使得作品感人至深,也使得人物性格更为丰满,尤其是突

---

[1] J. Douglas Clayton. "Towards a Feminist Reading of Evgenii Onegin", Canadian Slavonic Papers, Vol. 29, No. 2/3 (June-September 1987), p. 261.

出了普希金心目中理想的贵族妇女达吉雅娜那种既大胆追求爱情、要求个性解放，又具有坚忍克制、道德纯洁等传统美德的性格特征。

最后是"奥涅金诗节"的独特使用。"奥涅金诗节"是对产生于中世纪的传统十四行诗体的成功的改造。在欧洲文学史上，著名的十四行诗体有"彼特拉克诗体"和"莎士比亚十四行诗体"等。

"彼特拉克诗体"是一种十四行诗体。是欧洲文艺复兴时期的重要诗体，从此之后，便一直经久不衰。在结构上，"彼得拉克诗体"是 4433 结构，前面是一个"八行组"(Octave)，后面是一个"六行组"(Sestet)。前 8 行展现主题或提出疑问，后 6 行是解决问题或作出结论。前 8 行使用的是抱韵(Embracing rhyme)，韵式为 ABBA ABBA，后 6 行韵式为 CDE, CDE, 或 CDE, DCD 等。总之，富有变化，韵脚错落有致，听起来并不单调，长度也较适中，所以极为风行。

莎士比亚十四行诗体也被称为英国十四行诗体，通常有五个音步，每个音步有一轻一重两个音节（抑扬格）。韵式与彼得拉克的诗有所不同，不再是 4433 结构，而是 4442 结构，也就是全诗分为三个"四行组"(Quatrain)和一个"双行联韵组"(Couplet)。韵脚排列形式是 ABAB CDCD EFEF GG。而且有的论者认为莎士比亚许多的十四行诗都有鲜明的起、承、转、合。头四行是"起"，中间四行是"承"，后四行是"转"，最后两行是"合"，是对一首诗所作的小结。

在《叶甫盖尼·奥涅金》中，普希金发挥了俄罗斯诗歌艺术的音律特征，对欧洲文学史上传统十四行诗体的成功的改造，创造了别具一格的"奥涅金诗节"。这一诗体也是由三个"四行组"和一个"双行联韵组"所构成的，但韵式更为丰富多彩，其中包括交叉韵、成对韵、抱韵、双行韵。这一诗体不仅格律严谨，而且富有变化，具有鲜明的节奏感，显得优美舒畅，清新明快。

"奥涅金诗节"的一个突出的特点是将韵脚排列形式与每一行的音节数密切结合。其韵脚排列形式是 ABAB CCDD EFFE GG；而相应的每行的音节数目是：9898 9988 9889 88。

而在功能方面，"奥涅金诗节"与莎士比亚十四行诗体比较接近，每节诗中的四个韵组都分担着鲜明的表意功能。一般来说，第一个交叉韵起着确定话题的作用，接着在成对韵和抱韵中继续展开和发挥，最后在双行韵中收尾或者作出带有警句色彩和抒情意味的结论。

"奥涅金诗节"在普希金著名诗体长篇小说《叶甫盖尼·奥涅金》中的成功使用，使得十四行诗体这一传统的艺术形式显得更为丰富多彩，也为十四行诗体的流传和发展作出了独特的贡献。

四、中短篇小说——俄国现实主义散文的良好开端

普希金不仅创作了抒情诗、长诗、诗剧和诗体长篇小说《叶甫盖尼·奥涅金》等诗体作品，而且创作了中短篇小说《上尉的女儿》、《杜勃罗夫斯基》、《彼得大帝的黑教子》、《黑桃皇后》、《别尔金小说集》等许多散文体作品。

普希金的散文体作品，风格简洁、清新。他在《论散文》一文中曾经写道："准确和简练——这就是散文的首要特点。散文要求有思想，思想，——没有思想的华丽词藻是什么用处也没有的。"中篇小说《上尉的女儿》以及小说集《别尔金小说集》都典型地体现了普希金的这一特征。

《上尉的女儿》是普希金中篇小说中最为杰出的一部。普希金在这部爱情历史小说中描述了著名的农民起义领袖普加乔夫所领导的俄国农民起义运动，以及作品主要人物——格里尼约夫和上尉女儿玛莎小姐的感人的爱情故事。作品将真实的历史事件和历史人物与虚构的故事情节和男女主人公巧妙地交织起来，显得即真实可信又曲折动人。

这部作品不仅情节优美，结构明晰，语言质朴、明快，而且通过各个不同阶层的人物之间的微妙的情感，通过在特定的历史条件和特定的自然环境下的彼此交往和彼此关怀，反映和刻画了深刻的人情之美和人性之美，成为这部小说感人肺腑的一个重要因素。

这部中篇小说自面世以来，一直受到广泛的关怀和高度的赞赏，同时代的俄国著名作家果戈理曾经对这部作品发出了由衷的赞叹，认为如果把他自己的作品与《上尉的女儿》相比较，那么，"我们的长篇小说和中篇小说，都像是一碗油腻的菜汤，《上尉的女儿》的朴素与自然达到了那样的高度，以致现实本身在它面前倒像是人工模拟和滑稽可笑的东西。"[1] 他这番话道出了这部小说风格上的本质特征。

普希金《别尔金小说集》同样以质朴的美学原则为特色。这部小说集共由五个短篇小说组成，从各个不同的角度展现了19世纪20年代俄罗斯广阔的社会生活场景，洋溢着浓郁的人道主义精神，并且富有重要的艺术价值。

尤其是其中最具特色的短篇小说《驿站长》，以作者虚构的叙述人的三次访问驿站，向读者讲述了一个完整的故事，描写了十四等文官驿站长维林的悲

---

[1] 果戈理：《果戈理选集》，第六卷，苏联国家文学出版社1937年版，第436页。

惨遭遇，充满了深深的同情和人道主义关怀，由于作者以满腔同情描写一个处于社会底层的小人物的遭遇，从而开创了俄国文学史上描写"小人物"形象之河，直接影响了其后的果戈理、陀思妥耶夫斯基、契诃夫等著名作家的创作。

俄罗斯作家高尔基在《论普希金》一文中讲道："他的《黑桃皇后》……《驿站长》和其他几篇短篇小说为近代俄国散文奠定了基础，大胆地把新的形式运用到文学中去，并将俄国的语言从法国和德国语言的影响下解放出来，也把文学从普希金的前辈们所热心的那种甜得腻人的感伤主义中解放出来。"[1] 同时高尔基还讲："我们有充分理由说：俄国文学的现实主义始于普希金，就是由他的《驿站长》开始的。"[2] 更有学者认为：《驿站长》"预示着别林斯基时代一个文学流派的诞生，它仿如自然学派的一个宣言，宣告社会——心理现实主义在俄国古典小说中已经获得前所未见的发展。"[3]

五、普希金的戏剧艺术

普希金在戏剧创作方面同样具有卓越的艺术成就。普希金所创作的诗体悲剧《鲍里斯·戈都诺夫》，是俄国文学史上重要的现实主义历史题材的悲剧作品。创作这一剧本时，"普希金对俄国历史的广阔领域以及其中的困境和悲怆发生了深厚的兴趣"。[4]

这部戏剧是在卡拉姆津的俄国史的影响下写成的。正是因为阅读俄国史，所以对俄国十六世纪末至十七世纪的一段历史发生了浓厚兴趣。在戏剧序言中，普希金写道："我遵循卡拉姆津的思路明快地展开事件，我从编年史中竭力揣摩当时的思想方法和语言。多么丰富的源泉！能不能充分利用它们——我不知道，至少我的著作是严肃认真的。"在普希金的笔下，戈都诺夫是一个复杂的具有双重性格的形象。接受皇冠的时候，他觉得责任重大，但决心做一个造福于人民的好君主。他声称："我要继承威震四方的历代伊凡皇帝的伟业，也要继承仁慈贤明君王的德行！"五年之后，他总结皇帝的年岁，觉得没有任何幸福可言："我本想用富足，美名安抚百姓，用慷慨，宽容赢得民众——但我打消了这无谓的用心，百姓憎恶活着的皇上，只喜欢死去的帝王。"又说：

---

[1] 高尔基：《论文学》（续集），人民文学出版社，1979年版，第210页。
[2] 高尔基：《俄国文学史》，上海译文出版社，1979年版，第219页。
[3] 格罗斯曼著：《普希金传》，天津人民出版社，1996年版，第427页。
[4] Ervin C. Brody, "Pushkin's Boris Godunov: The First Modern Russian Historical Drama", The Modern Language Review, Vol. 72, No. 4 (Oct., 1977), p. 859.

"我觉得人世间伤心事太多,什么也不能使我们宽心。"

该戏剧不仅有着戈都诺夫内心的强烈冲突,而且有着有关权利之争的悲剧冲突。尽管伊凡四世的皇太子季米特里早年被害,但是,戈都诺夫执政数年之后,一位自称季米特里皇太子,利用俄国国内对戈都诺夫的不满情绪,起兵讨伐戈都诺夫,并且当上皇帝。

除了《鲍里斯·戈都诺夫》,普希金还写了《吝啬的骑士》、《莫扎尔特和沙莱里》、《瘟疫流行时的宴会》、《石客》等悲剧。普希金尽管撰写了不少剧本,但是,一个鲜明的特色是,普希金所创作的剧本基本上都是悲剧作品,而没有喜剧作品。这在一定的意义上说明,普希金偏好悲壮风格,而对于一般意义上的讽刺,却缺少兴趣。而且,更在一定意义上说明了普希金时代的社会历史特征。诗人所选择的艺术形式之一——悲剧,完全适合表现"最新历史上的极富于戏剧性的时代"。[1]

六、作为书画家的普希金

作为书画家的普希金,他的作品同样有着很高的艺术才赋和独特的品质。普希金所画的不仅有肖像画,也有风景画。俄国学者将他的画分为"人像画","自画插图及扉页画","临摹画及模仿画","风景画及室内陈设画","武器、军备部件及纹章画","绘有动植物图形的画","船舰、小舟画","书法"等八个部分。

他尤其擅长肖像画。无论是他的自画像,还是拜伦、雷里耶夫、恰阿达耶夫的画像,或是沃隆佐娃、凯恩等女性的画像,寥寥数笔,就能勾画出人物典型的特征,而且极为传神,惟妙惟肖,栩栩如生。他的四百多幅画作,尤其是自画像和素描等,线条明晰,神情各异,精巧优雅,值得品味。而且,有些画还透露了他文学创作构思的轨迹,或是他人物形象的独特的视觉展现。而他那些描绘得形态丰富的自画像,更是蕴涵着他创作心理的变化发展和思绪分起伏,展现了他创作过程中的复杂丰富的内心世界。

普希金不仅在美术本身,而且,在文学作品中体现了画家的技巧以及画家的视野。

如在《上尉的女儿》开头部分,叙述者到达驿站后,所欣赏和着力描述的是简陋的屋子里所出现的"浪子回头"四幅画。这四幅画不仅折射了维林

---

[1] 布拉果夫:《普希金的历史悲剧》,贵阳师专学报(社会科学版),1990年第1期,第30页。

的道德伦理观以及他的理想与期冀，同时也为作品结局时叙述者所期盼的杜尼娅的返乡埋下了伏笔。

而在《叶甫盖尼·奥涅金》中，自然景色的描绘极为美妙，诗体长篇小说中对春、夏、秋、冬四季景色的描绘，逼真如画，独立成篇，然而，这种描绘，绝不只是作为诗情画意的点缀，而是与情节的展开和思想的推进融汇一体。如果没有画家的天赋，他的文学作品也是很难达到这一水准的。

七、俄罗斯民族精神与中俄文化交流

普希金是俄罗斯民族诗人，同时也是一位对世界文学有着广泛而浓厚的兴趣并且具有世界意识的作家。他从古希腊罗马文学、法国古典主义、英国浪漫主义等各种文学思潮中汲取营养，服务于自己的创作。作为俄罗斯民族作家，他在各个文学领域为俄罗斯文学树立了典范，他的创作，影响了许许多多俄罗斯作家。他的诗歌风格，不仅影响了同时代的莱蒙托夫、丘特切夫等众多诗人，而且他的散文体作品也深深地影响了托尔斯泰等小说家。托尔斯泰早期重要作品《哥萨克》无疑在精神以及叙事方面受到了《茨冈》的启发。托尔斯泰的史诗性著作《战争与和平》也同样受到了《上尉的女儿》的结构艺术的影响，即由普通的家庭故事发展成描绘恢弘的时代历史悲剧。托尔斯泰评价普希金说："美的感情被他发展到登峰造极的地步，这一点是谁也难以企及的。"[1]

普希金不仅是俄国文学和俄罗斯民族精神的象征，也是中国读者极其喜爱的作家。他的中篇小说《上尉的女儿》是我国翻译介绍的第一部俄国文学作品（最早的中译本出版于一九〇二年，书名为《俄国情史》），从此以后，普希金作品的译介，取得了辉煌的成就，为我国的新文学运动的发展以及中俄两国之间的文化交流发挥了难以想象的重要作用。

自二十世纪初在中国译介之后，他的作品感染了一代又一代中国读者，受到中国读者普遍的欢迎。普希金作品的研究同样取得了辉煌的成就，成为我国外国文学界普遍关注的一个重要研究领域。

这次，《普希金全集》能够获得国家出版基金的立项，充分反映了国家和学界对普希金译介工作的关怀以及普希金的作品对我国文化建设的重要意义。自从二十世纪初普希金的作品开始介绍到我国，在一百一十多年后的今天，我国终于翻译出版了真正意义上的普希金的全集，为此我们感到无比欣慰。

---

[1] 格罗斯曼著：《普希金传》，天津人民出版社，1996年版，第600页。

这套十卷集《普希金全集》,作为全面译介普希金艺术成就的作品全集,不仅包括普希金所创作的抒情诗、长诗、诗剧、诗体长篇小说、诗体童话、中短篇小说、传记等全部文学作品,还包括他的全部批评著作、全部书信、杂记,甚至包括他的全部书画作品,从而展现了普希金作为文学家、思想家、艺术家的全貌。在主编《普希金全集》的过程中,我们尽可能发挥全国学界的力量,组织最为优秀的译家、选择最为优秀的译本。我们相信,经过大家共同的努力,这套积聚了数十位著名译家共同智慧的《普希金全集》,一定会为我国的文化建设事业作出应有的贡献,一定会为中俄文化交流以及普希金在中文世界的传播发挥重要的作用。

沈念驹、吴笛主编:《普希金全集》(10卷集),浙江文艺出版社,2012年版。

《帕斯捷尔纳克诗选》前言

吴笛

作为二十世纪俄罗斯诗坛的巨匠和现代诗歌史上的一位抒情大师,诺贝尔奖得主帕斯捷尔纳克在抒情诗中力图寻求自然与人类的同一性,探索自然意象与人类灵魂的契合,以大自然的意象来表现人类的丰富的情感世界,从而不仅是一位抒情大师,也成了人类灵魂奥秘的成功的探索者。本文拟从结构艺术、自然与艺术的关系、比喻体系等几个方面来对帕斯捷尔纳克抒情诗的自然意象进行分析研究,从一个侧面对这位具有独特诗学体系的诗人的艺术成就作一探讨。

一、听觉与视觉功能并重的结构艺术

大自然是帕斯捷尔纳克灵感的源泉。他的抒情诗之所以富有自己的特点,这与他的抒情诗的结构因素有着密切的关系。而帕斯捷尔纳克诗歌的结构特征进一步证实了自然在诗中的位置和意义,因为帕斯捷尔纳克诗歌的结构因素是与自然密不可分的。况且在现代诗学中,由词语所载负的意义无论如何也是离不开诗的词语结构本身的。帕斯捷尔纳克的诗,无论是音响结构、词语结构或意象体系,或是比喻体系,都是从大自然中汲取成分,吮吸大自然的营养,创作出的充满灵性的艺术作品。

构成帕斯捷尔纳克抒情诗的独特的魅力的因素在结构艺术方面得到了充分的体现。帕斯捷尔纳克具有独特的音乐天赋和语感能力,善于把握结构艺术。

首先,他善于使用音响结构(Sound Texture),突出自然意象的听觉效果,把诗歌的音响作为重要的结构因素。在许多诗作中,他听任自己被音响的相似性所驱引,构成奇特的并置,让一首诗的创作成为一次语言的探险。而各种自然意象既是进行这种探险的对象,又是构成他探险的内容和工具。他大量捕捉大自然的声响,并在诗中模仿这些声响,运用声音类比(Sound Analogy),使得他的自然风景诗充满自然的活力:"云遮雾障。木船噼啪直响。/码头不停地拍打冰凉的手掌。/马匹当当地敲过石子路面,/便悄没声地走上潮湿的沙滩。"

他对大自然中的声响极为熟悉,对树枝的摇曳、叶儿的颤动、雨丝的飘拂、雪花的飞舞、鸟雀的鸣啭、雷雨的轰响等等都异常敏感,灵活地运用这些声响来塑造富于音乐感的诗的形象。如在《又是春光明媚》一诗中,诗人在描述溪流那断断续续的絮语时,写道:"这是悬崖边上的雪姑娘。/这是半疯的饶舌的妇女/从峡谷的深处溢出/喋喋不休的急促的呓语。//这是在她面前,湍流/淹没一切障碍,沉入狂欢,/吊灯般悬垂的瀑布/钉于峭壁。唑唑发响。/这是一道冰冷的细流,/牙齿打着寒颤,淌进池塘……"

帕斯捷尔纳克在该诗中通过拟声、重复等语言手段以及元音相谐等修辞方法描绘了复苏的、充满活力的、钻出林地的小溪,使得这首诗本身就像春天的溪水一般发出了丁冬的颤音。

其次,帕斯捷尔纳克语感能力独特,善于通过诗歌的词语结构来展现他对大自然的敏锐的感受。具体来说,他善于使用视觉意象,表现触觉感受。

帕斯捷尔纳克的诗歌常给人一种极为强烈的触觉感受,西方学者在形容帕斯捷尔纳克诗歌的这一特色时,动情地说:"帕斯捷尔纳克作品中的视界和可触知性几乎是立体的,如同沾满露珠的湿漉漉的枝叶从书页中伸了出来,轻柔地抚动着读者的睫毛。"[1]

他的诗歌给人的这一触觉感受,与他强调视觉意象的使用密切相关。他在开始走上诗歌创作的青年时代,就表现出了独具的描绘景色的才能。他曾与先锋派画家伦图洛夫等有过广泛的接触,并受到一定的影响。[2] 由于对美术有着很深的造诣,所以,"视觉意象恒定不变地为帕斯捷尔纳克的早期诗作提供了起点。"[3] 尽管他的头两部诗集《云中的双子星座》(1914)和《越过壁垒》(1917)显得晦涩难懂,联想古怪奇特,但这是就语言风格而言。而在自然景色的描写方面,他一开始就注重从哲学的意义上以外部世界的细致描绘来展露人类灵

---

[1] A. C. Todd & M. Hayward eds: Twentieth Century Russian Poetry, New York: Bantam Doubleday Dell Publishing Group, Inc., 1993, p. 191.

[2] John E. Malmstad: Boris Pasternak – The Painter's Eye, Russian Review, vol. 51, Issue 3, (July 1992), The Ohio State University Press, p. 302.

[3] John E. Malmstad: Boris Pasternak – The Painter's Eye, Russian Review, vol. 51, Issue 3, (July 1992), The Ohio State University Press, p. 307.

魂的深沉复杂的内心世界。

正如帕斯捷尔纳克在论及诗集《生活——我的姐妹》时所说："这部诗集是一块立体的炽热的冒着火焰的心灵。"[1] 可见他是有意识地以风景抒情来作为展现人的心灵的手段。而且，"他在这方面的探索，和二十世纪俄罗斯写生画艺术的发展是相适应的；在这一时期的俄罗斯写生画中，风景画的'人学'的作用急剧增长了，而这种作用正是现代人崇高精神境界的反映，正是现代人像星球、像宇宙一样辽阔无边的内心世界的指示器。"[2]

再则，帕斯捷尔纳克以自然个性化来体现诗中词语的形象化和形象的流动性，力图充分体现大自然的特性，使自然意象高度人格化。在帕斯捷尔纳克的诗中，不是简单地使用"雨丝飘拂"之类的词语，而是写成："与其说来自屋顶，/ 不如说醒自梦中，/ 与其说胆怯怕事，/ 不如说记忆不好，/ 雨儿在门口踱着脚步。"诗人力图使自然人格化，领悟大自然中各种事物的生命的躁动，力图洞察大自然的"灵魂"，展现大自然的"灵魂"，即使在沉默的植物身上也要发现它与人的心理状态相类似的地方。在帕斯捷尔纳克笔下的自然中，自然意象总是以自己的名义引导着人类通往真善美的道路。他把宇宙万物的运动都看成是人类激情的表现和人类心灵的展露。正如有的学者所说："人与自然的联系和一体性是著名的'帕斯捷尔纳克式比喻'的基础。……在大自然中，帕斯捷尔纳克识别出了人类的特性。"[3]

这样，自然意象便有了自己的性格、自己的情感、自己的爱好，在他的诗中，各种意象都是流动的、飘忽不定的，没有固定的东西，没有静止的形象，一切都在流动，犹如轻轻波动着的水面上的天空星光的映像。我们不妨看看他笔下的"一颗水珠"，来体会一下他诗中自然意象的流动性："雷雨吓呆了的水珠儿 / 在花朵儿上滚来滚去，/ 摇晃着芳香的花枝儿，/ 黑暗中吮吸着甜汁儿。// 在花朵儿上滚来滚去，/ 滚到两片花萼儿里，/ 水珠儿变成一粒玛瑙，/ 挂在花萼上闪烁、嬉戏。"

在帕斯捷尔纳克的自然风景抒情诗中，云块能够玩起捉迷藏的游戏，雷电能够替夏天摄影留念，河流能够唱起浪漫小调……而且，同一个自然意象也在诗歌中不断变换角色，发挥多重作用。因此，"帕斯捷尔纳克的世界是一个各种

---

[1] Ел. В. Пастернак: Лето 1917 года, Звезда, 1990, №2. c. 158.
[2] 柯瓦辽夫．鲍利斯·帕斯捷尔纳克诗歌特色，丁鲁译，《国际诗坛》，第1辑，漓江出版社，1988年版，第30页。
[3] А. К. Жолковский : Работы по поэтике выразительности: Инварианты - тема - приемы - текст. Москва: Прогресс-Универс. 1996, c. 209.

力量辉煌地进行表现的世界，天然而成，又充满奇迹，在此世界，一切物体，无论是大是小，室内或是户外，片刻或是永恒，与别的物体构成一个统一体。"[1]

我们现以《瞬间永恒的雷雨》中的雷的意象为例来予以阐述。在《瞬间永恒的雷雨》中，一开始，雷是拍摄眩惑夜景、让夏天景色永存的摄影师，而在第二诗节中，雷霆"从田野中采来一抱闪电，/将管理局大楼照得通明。"在此，丁香花穗的出现改变了意象，闪电变成了从田野采摘而来的花束，于是，雷从第一诗节的摄影师变成了采摘闪电、为房屋照明的"园丁"。到了在该诗的最后一节中，场景扩张了，放大了，毁灭性的雷魔术般地引来了内心意识的"崩溃"，生理上的照明变幻成心理上的启蒙，于是，本来明白如昼的理性的角落也被照得如梦初醒，从而使诗歌的境界和含义都得到了升华，不是简单地捕捉雷雨时分的瞬间的图象，而是把自然界的剧烈的运动看成是人类的崩溃与人类的重生。

二、自然与艺术一体性的新型关系

在人类历史上，各个时代或多或少都有一些诗人热衷于描写自然风景，但是，这些描写自然风景的诗，其特征和性质却由于各个时代不同的审美情趣和各个诗人不同的感受力而千变万化，各不相同。有的是注重客观的摹仿，有的强调主观的表现，有的诗人在自然中看到的是原始主义和乐观的希冀（如华兹华斯），有的诗人在自然中寻找的是悲剧的源泉（如托马斯·哈代），或绵绵不断的忧伤（如叶赛宁），还有诗人把自然看成是人的生死轮回的一个组成部分（如迪伦·托马斯）。但不管诗人的审美情趣或思想感受怎样千变万化，都不是自然本身所造成的，而是诗人自身特殊的洞察力使得自然力产生了特殊的效力，使诗人的自然有别于常人的自然。

帕斯捷尔纳克的自然更是有别于一般诗人的自然，他以自己的风景抒情诗始终反对美学上的实用主义或功利主义。在艺术与自然的关系方面，帕斯捷尔纳克由于深受泛神论哲学思想的影响，既反对艺术对自然或生活的刻板摹仿，也不赞成艺术是对自然或生活的再现，而是过分夸大自然本身，常常把自然看得高于艺术，他坚信："诗歌（艺术）是生活（自然）直接的结果和产物。"[2] 作

---

[1] Alexander Zholkovsky: Rereadings in Russian Literary History, Stanford: Stanford University Press, 1994, p. 213.
[2] В.Пастернак: Стихотворения, Москва, Советский Писатель, 1965, с. 21.

为展现人类心灵的艺术,是被包容在自然的内核之中的,由于自然的复苏,才引起了艺术的复苏。因而,艺术的复苏成了帕斯捷尔纳克所钟爱的一个主题。

这一主题以多种变奏的形式出现,唯一没有变化的是:在他的这类诗中,生活本身就是诗的源泉,自然本身就是艺术的源泉,诗人在最佳的情况下也只不过是其参与者或共同作者,诗人只不过是在集聚已经准备好了的韵律、形象之时,偶然感到顿悟或惊奇。

所以,他的诗中时常出现艺术与自然相联系的一些概念或文学术语:"荒凉的沙漠响声嘶嘶/为这本小书写下题词……""周围披上了绿装的树林/疾速奔驰,如同小说展开情节……"

自然景色甚至是艺术的形式和内容的统一:"在这个时刻,香气/扣人心弦,组成/书的内容和主题,/而公园和花坛则是装帧。"

他在《诗的定义》一诗中也是这样给诗下定义的:"这是充满力量的尖利的哨声,/这是相互挤撞的冰块的咯吱,/这是让树叶结满冰霜的夜晚,/这是两只夜莺决斗的声息。"

这种艺术与人生、诗歌与自然的等同感,总的来说,是具有一种目的,那就是引起我们注意到诗歌是大自然本身所创造的,作者只不过是向我们证实这些诗歌的真实性。而这种证实和真实则是帕斯捷尔纳克诗歌创作的最高艺术标准。即使在表现自然界的剧烈运动时,他首先联想到的也是自然与艺术的交替,如在他的名诗《瞬间永恒的雷雨》中,他写道:"暴雨在篱笆上隆隆扑打,/犹如炭笔在画布上写生。"诗中简单的"炭笔"一词的出现突出地表现了自然力与艺术品的相似性。

这样,诗人的诗情和灵感也理应受到大自然的控制,每当大雨哗然,诗人即便浑身上下浸透了灵感,也要被雨声吞没:"我在黎明前起身吟诗,/但我的声音被紧紧锁住,/广场上大雨哗哗下个不停,/是雨声裹住了我的吟咏声。"

在这种泥泞的日子里,诗人的灵感被"裹住"之后,自然界的万物开始织就艺术作品:"无数的秃嘴乌鸦/像晒焦的梨似的从树上落下,/落在一个水洼儿里,/织成一幅凄凉、忧伤的图画。"

而每当雨过天晴,万物充满生机的时候,又是大自然以其意象来进行优美的创作:"等到阳光的炭火燃烧起来,/就会在树丛中画出彩虹。"

可见,在艺术与自然的关系方面,帕斯捷尔纳克在泛神论哲学的影响下,具有"崇尚自然"、过分夸大的一面,而正是这一点使他的诗歌意象充满活力,扩展了诗的想象与幻想,同时也体现了艺术与自然、主体与客体的相互渗透和契合,构成了他风景抒情诗独特风格的重要因素。

三、角色互换的比喻体系

从以上的一些分析中,我们可以看出在帕斯捷尔纳克的诗歌中,诗人与自然的角色是经常互换的。在他由自然意象建构而成的诗歌比喻体系中,同样有着角色互换这一重要特色。

在帕斯捷尔纳克的诗中,自然界的意象常常不是描绘的客体,而是行为的主体,事件的主角和动力。他自己很少以自己的身份叙述自己,而是企图把"自我"隐藏起来。读他的诗时,常会使人产生一种假象,仿佛诗人是不存在的,而是由自然以自己的名义在倾吐情愫或表达思想。有时,风景与诗人——观赏者之间甚至调换角色。

帕斯捷尔纳克坚持认为,诗歌"不是自己发明了比喻,而是在自然中发现了它并且虔诚地复制它。"[1] 各式各样的自然意象都被他信手拈来,作为比喻,奇特而又恰如其分地运用于诗歌作品之中。具体的从自然界捕捉的意象被用来比喻各种具体的或抽象的物体或事件。这些自然意象总是被巧妙地发现与其他意象或行为之间的互比性:"一群群白嘴鸦空中展翅,/像黑色的梅花漫天飞翔。"帕斯捷尔纳克的诗中,抒情主体和抒情客体的角色时常进行互换,人的意象与自然意象时常通过角色互换,相互成为对方的喻体,构成独特的比喻体系。甚至连描述恋人的话语用的也是自然意象的比喻:"你很快脱下自己的衣裙,/就像丛林抖掉身上的树叶。"

相反,形容大自然意象时,帕斯捷尔纳克则喜欢使用人的意象来作比喻:"像石膏塑成的白衣女人,/冬天仰面栽倒在大地。"

或者使用类比,将抽象的大自然的意象塑造成具体的、活生生的人化的意象:"在海滨浴场的深深的底部,/夜晚迫切寻求一切东西,/并用颤抖、潮湿的手掌,/把星星送到养鱼池里。"

这样,自然风景栩栩如生,难以捉摸的抽象的自然意象成了人化的、有灵性的自然,成为与人类生活有着不可分割的联系的世界。从而,"自然在人类事务中扮演着积极的角色。"[2]

而在名诗《瞬间永恒的雷雨》中,在帕斯捷尔纳克看来:自然是艺术家,是比喻的创造者,诗人只是记录器。在这一名诗中,作者通过摄影这一意境的

---

[1] Peter France: Poets of Modern Russia, Cambridge University Press, 1982, p. 77.
[2] Evelyn Bristol: A History of Russian Poetry, Oxford: Oxford University Press, 1991, p. 239.

捕捉，典型地突现了瞬间感受的永恒性。他表现出：雷犹如摄影师，闪电就像闪光灯，每一次闪动，便拍摄了眩惑的夜景，使瞬间得以永恒。在此，帕斯捷尔纳克看到了自然力与艺术家之间、自然物体与艺术作品之间的一体性和辩证关系。因此，"夏天"成了一个正在辞别而去的访问者，"雷电"按动快门，给离别的夏天摄影留念。诗人企图在诗的形象中把感觉与现实、瞬间与永恒连成一体，赋予瞬间捕捉的画面以永恒的涵义。

帕斯捷尔纳克诗中反复出现的这种角色互换的比喻体系有着双重的意义。一方面，人通过自然，通过与自己的相比，来获得在世界上的位置。另一方面，自然也由于与人类相比，而获得了纯粹的画面和永恒，获得了神性、灵感、性格和心理。

这种比喻体系所起的与其说是修辞方面的功能，不如说是结构方面的功能。因为两者之间更重要的不是相似性，而是联结性，也就是说，他诗中的比喻所起的主要是一种联结作用，他通过比喻来摆脱空间的枷锁和生物学意义上的隔阂，力图把相互作用、相互渗透的现象建构成一个统一的世界。

综上所述，帕斯捷尔纳克力图寻求自然与人类的同一性，探索自然意象与人类灵魂的契合，构成帕斯捷尔纳克风景抒情诗特色的因素是多方面的，而他的词语与音响结构艺术使得他的诗歌产生了强烈的听觉与视觉效果，使得他诗歌意象具有了大自然的个性，诗歌的声音系统中具有了大自然的音响；他在诗歌中所表现的自然与艺术一体性的新型关系，也使得艺术创作与自然的关系更为密不可分，而他由自然意象构造而成的角色互换的比喻体系，更是让自然意象获得了神性、灵感、性格和心理，将人与自然以及艺术与自然紧密地连成了一个统一的整体。

> 吴笛译:《第二次诞生——帕斯捷尔纳克诗选》，
> 上海人民出版社，2013年版。

刘文飞（1959—　　），安徽六安人。研究员，中国作家协会会员，俄罗斯文学研究会秘书长，出版著作有《诗歌漂流瓶——布罗茨基与俄国诗歌传统》《墙里墙外——俄语文学论集》《阅读普希金》《布罗茨基传》等十余部；译著有《俄罗斯文化史》《俄罗斯侨民文学史》《文明的孩子》《布罗茨基传》《抒情诗的呼吸》等近三十部。

《布罗茨基传》译后

一

在北京译完了此书的最后一个字，而这篇译后的第一行却是在密歇根写下的。

布罗茨基一九七二年离开苏联来到美国，第一个落脚点就是密歇根州的安阿伯市（Ann Arbor），这里是密歇根大学的所在地，布罗茨基应邀担任了这所美国名校的住校诗人。此后，他还在该校的斯拉夫系和文学院讲授俄国文学、现代诗歌和诗学等课程。从涅瓦河畔的大都市来到"这座骄傲地图上有它的简陋小镇"，从一个世界范围的"新闻人物"变成了安静的校园里一位安静的诗人兼教师，离开热衷诗歌的社会环境和朋友圈子，突然面对课堂上那些有些天真也有些无知的美国"纨绔子弟"，布罗茨基一定有过不适。但是，他毕竟在这里生活了近十年，他在这里写作、讲课、举办诗歌晚会，他在这里的报刊上发表诗文，他在这里被授予密歇根大学名誉校友（1980）和名誉博士

(1988)称号,在他去世的当年,密歇根大学举办了"布罗茨基国际研讨会",布罗茨基来到美国后的所有诗集,即《美好时代的终结》(1977)和《话语的部分》(1977)、《献给奥古斯都的新章》(1983)、《乌拉尼亚》(1987)以及《水灾风景》(1996),都是由设在安阿伯的"阿尔迪斯"出版社(Ardis)出版的。在安阿伯,在密歇根大学,布罗茨基留下了深刻的痕迹。译者的夫人第一次走进密歇根大学图书馆,图书管理员在向她示范如何利用电脑查找馆藏图书时,输入的第一个名字就是"布罗茨基"。如果要在美国为布罗茨基树一座纪念碑,安阿伯或许是一个理想的处所。

据说,布罗茨基在安阿伯先后租住过三个地方,其中之一位于安阿伯东北的普利茅斯街(Plymouth Road),此刻,译者就坐在普利茅斯街上的一间公寓里,布罗茨基当年肯定曾置身于这条街道上那稀疏的车流和行人之间,窗外的一切或许就是布罗茨基曾经目睹的景色。

二

本书的作者列夫·洛谢夫(Lev Loseff)也与密歇根大学有缘,他于一九七六年移居美国,经布罗茨基推荐在安阿伯的"阿尔迪斯"出版社工作,同时在密歇根大学攻读学位,一九七九年获得博士学位,次年便成为了美国另一所名校达特默斯学院(Dartmouth College)的教授。

洛谢夫原名列夫·弗拉基米罗维奇·里夫希兹,一九三七年六月十五日生于列宁格勒,他的父亲也是一位诗人,父亲为儿子取了"洛谢夫"的笔名,因为他认为俄国文学中只能容得下一个名叫里夫希兹的诗人。洛谢夫于一九五九年毕业于列宁格勒大学语文系,后担任记者,到过苏联境内的许多地方。他早年写作儿童诗和儿童剧,在列宁格勒的儿童文学杂志《篝火》担任编辑时,他设法发表了布罗茨基的诗作,这是布罗茨基在苏联最早发表的作品,也几乎是仅有的公开发表作品。洛谢夫是布罗茨基的好友、诗友,同时也是世界范围内布罗茨基研究的开拓者之一,他主编的两部文集《布罗茨基的诗学》(新泽西州特耐夫赖,1986)和《布罗茨基的诗学和美学》(伦敦,1990),为所谓的"布罗茨基学"奠定了基础。他已经在美国出版三部诗集,即《神奇的突击》(1985)、《私人顾问》(1987)和《后记》(2002)。他的诗以冷静的态度、睿智的思考和丰富的互文性见长,他也因此被称为"语文学诗人"、"教授诗人"、"哲学诗人"和"反抒情诗人"。有人评论说:"他对俄国诗歌所做的事情,就像是契诃夫为俄国散文所做的事情,即将一组精妙的荒诞转化成了井然有序的文本。"

如果说洛谢夫的诗写得过于冷静,但以这样的冷静来写作诗人的传记,则有可能使我们看到一个更为客观的布罗茨基;如果说洛谢夫与布罗茨基过于亲密的关系使他在分析、评价布罗茨基时的"学者"身份有所淡化,但他也因此给了我们一个近距离观察布罗茨基的契机。这是一位教授所写的诗人评传,也是一位生者对于逝去友人的文字,是一个诗人关于另一个诗人的评说。学者的冷静和诗人的激情,教授的学术性和朋友间的友情,简约的生平介绍和细致的文本分析,关于"布罗茨基学"及其成果的全面观照和对于布罗茨基命运及其诗歌的形而上思考,这一切共同合成了这部《布罗茨基传》的特色。

译者来到美国后才获悉,本书作者洛谢夫身染重病,曾在医院长住,如今还要每周三天前往医院接受治疗。他接受译者的建议,抱病为此书中文版写作了《致中国读者》。在这部《布罗茨基传》中文版即将问世之时,译者祝愿其作者早日康复!

三

研究了十几年的外国诗歌,译者越来越感觉到:诗的确是不可译的!诗说到底就是一种文字游戏,这种游戏中最有价值的东西往往就是那些只能在原文中体味却无法等值地转化为另一种语言的东西,如音调、韵律、节奏、双关语、文字典故等等,硬要去译,就不仅仅是"带着镣铐跳舞",而只能是所谓的"再创作"了,问题在于:再创作出来的东西还是原作吗?或者,就只好认同一位美国著名诗人所说的那句能让全世界一切诗歌译者都感到心灰意冷的话:一首诗中能够翻译过来的,仅仅是原诗中非诗的成分!译者也译过一些诗,有时,同一首译诗能得到好评,也会挨批,甚至是来自某位朦胧诗大师的批评,这让译者感觉到,译诗不仅是一项出力不讨好的苦差事,同时也是一种没有什么客观评判标准的工作,人人都可以自行其是,就连那些不懂原诗作者所使用语言的人也都可以随意地评头论足,说长道短。然而,这里是一本诗人的传记,其中自然少不了引诗,也自然免不了译诗,已然没有了译诗的冲动和兴致的译者,不得不在这里面对翻译诗歌的难题,译者采取的对策就是"硬译":把字面意思"忠实地"翻译过来,尽量保持原诗的"样式",尽量避免"再创作",更不敢去"凑韵"了。

四

在翻译这本《布罗茨基传》期间,译者以《布罗茨基诗歌研究》(The Study of Joseph Brodsky's Poetry)为题申请了美国的"富布赖特访问学者项目"(The Fulbright Visiting Research Program),并获提名。英语并不出众的译者深知,能得到这个很有声誉、竞争也比较激烈的奖学金,主要还是因为布罗茨基,因为布罗茨基在当今美国诗歌界和学术界所具有的影响力。反过来,这也使译者坚定了把布罗茨基研究继续做下去的信心和决心。译者将把在美一年的研究重心放在"布罗茨基创作中的美国时期"上,希望能有所收获。

五

本书的作者和传主都是"双语作家",这部用俄文写成的传记中因而也不乏英文,此外还有不少拉丁、法、德、意语词汇,这给翻译带来了许多困难,好在译者所在的中国社科院外文所人才济济,许多同事都是译者可随时请教的老师,感谢余中先、吴正仪、吕大年、树才、焦仲平诸君向译者提供的帮助!同时还要感谢人民出版社的刘丽华女士、《世界文学》编辑部的李政文先生为本书的出版所付出的心血!

2009 年 2 月 15 日
于美国密歇根州安阿伯市

《布罗茨基传》译后附记

五月九日,我打开电子信箱,看到美国耶鲁大学教授、著名诗人,布罗茨基生前好友托马斯·温茨洛瓦发来一封邮件,邮件是托马斯发的,标题却是"Lev Loseff",我见了便有一种不祥的预感,打开信来,果然是噩耗:

Dear Wenfei,
As you may already know, Lev Loseff has died. What a pity!
Tomas.

(亲爱的文飞:
你或许已经得知,列夫·洛谢夫去世了。太可惜了!
托马斯)

我赶紧上网查看,发现关于列夫·洛谢夫去世的消息已经铺天盖地,其中的一则新闻是这样的(见 http://russianews.ru/news/23565):

诗人列夫·洛谢夫在美国去世

俄国诗人、作家和文艺学家列夫·洛谢夫由于长期患病在美国新罕布什尔州去世,享年七十二岁。洛谢夫在其中长期工作过的"美国之音"俄语台发布了这一消息。

列夫·弗拉基米罗维奇·洛谢夫于一九三七年生于列宁格勒一个作家家庭,父亲是弗拉基米尔·亚历山大罗维奇·利夫希茨。在列宁格勒大学语文系新闻专业毕业后,他在儿童杂志《篝火》任编辑,并创作了一些木偶剧本和儿童诗。

一九七六年移居美国后,他取了"洛谢夫"的笔名。在美国,列夫·洛谢夫做过"阿尔迪斯"出版社的编辑,后毕业于密歇根大学研究生院,以《当代俄国文学中的伊索式语言》为题完成学位论文(后出版单行本)。1979年起,他开始在新罕布什尔州的达特默斯学院教授俄国文学。

他从一九七四年开始写作抒情诗,十一年后出版第一部诗集《神奇的突击》。洛谢夫将卡瓦菲斯的诗作、约瑟夫·布罗茨基的散文和书信译成了俄语。二〇〇六年,他编写的《布罗茨基传》作为"杰出人物生平丛书"之一种面世。洛谢夫曾获"北方巴尔米拉奖"、"旗"基金会奖和俄国侨民界的"自由奖"。

就是这类干巴巴的报道,在无情地宣布一个鲜活的人的消失。凝视着网上配发的列夫彩照,我心中不禁涌起一阵阵悲伤。

我与列夫相识已有十几年,我在二十世纪九十年代初以布罗茨基创作为题写作博士论文时曾求教于他,他热情回复,寄来他主编的《布罗茨基诗学》一书,还在扉页上题辞:

赠刘文飞教授,并祝创作取得成就。

列夫·洛谢夫
1993年12月29日
于新罕布什尔州汉诺威

之后,我们一直保持联系,他也常常寄来或托人捎来他新出的学术著作和诗集。一九九九年底,我们终于在北京见面,我们一起看了北京城,一起谈了布罗茨基。他的《布罗茨基传》在二〇〇六年由莫斯科的青年近卫军出版社出版后不久,他就寄来一册,并在扉页上写道:

怀着最友好的情感赠刘文飞,我希望有朝一日能见到此书中文版。

列·洛谢夫
2007年4月21日

他的愿望与我的想法不谋而合,在我为他的书找到中方出版人后,他又十分爽快地答应无偿出让版权。接下来,在我翻译此书的过程中,我们频繁往来电子邮件，对于我提出的问题他总是有问必答。数月的翻译，就像是一段持续的长谈，不仅加深了我对布罗茨基的生活和创作的理解，同时也加深了我对列夫的文字、观念乃至为人的了解，加深了我们两人之间的友谊。

得知我在译完《布罗茨基传》之后还想再进一步研究布罗茨基美国时期的创作，列夫建议我申请美国的富布赖特奖学金，并主动为我写了热情的推荐信。得知我获得福布赖特项目的提名后，列夫表示祝贺，但却十分委婉地拒绝了我请他担任指导教师的请求，只淡淡地说了句："我身体不好，又快要退休了，你还是去耶鲁吧，约瑟夫的档案在那里，那里还有托马斯……"这时，我才意识到他可能已身染重病。

二〇〇八年底，我去美探亲，到美后即给列夫打电话，可他家的电话老是无人接听，终于有一次，电话那边传来了列夫亲切的声音，他说他一直在住院，现在虽然出院了，但还要每周三次去做化疗。关于他的病情，他似乎不愿多谈，谈起布罗茨基和他的《布罗茨基传》来，他却兴致勃勃。我说："您的书已经发排，很快就要在中国面世了。"他打断我的话："不仅仅是我的书，是我们的书。"谈到为此书中文版写序的事情，我感觉到他病情很重，就建议他不必再写，由我在《译后》中传达一下他的意思就可以了，可他坚持要写，并在几天后就寄来了电子稿。在电话的最后，在我们已经开始告别的时候，列夫突然轻声地问了一句："文飞，你什么时候能来我们这里呢？"（Вэньфэй, когда вы приедете в наши края?）列夫所在的新罕布什尔州汉诺威和我所在的密歇根州安阿伯相距数百英里，当时又是隆冬季节，美国的北方到处是厚厚的积雪，这让我有些迟疑远行，更为重要的是，我不愿空着手去见列夫，于是我对列夫许下的这样的诺言：九月再去美国时，将带上几册"中文版"的《布罗茨基传》去看他……如今，这竟成了我一个永远的内疚和遗憾，我的耳边似乎在一遍遍地回响着他那亲切的召唤：в наши края, в наши края, в наши края...

从美国回国后的这十来天里，我一直在抓紧看《布罗茨基传》的清样，想尽早地让列夫看到他的书在中国面世，可是……我打电话把这个不幸的消息转告了本书的编辑刘丽华女士，她也叹息了一句："还是没赶上。"

还是没赶上。如今，这部《布罗茨基传》和列夫赠我的书一样，都顿时成了遗著，我们的往来邮件和合影等等也都成了他留在人间的遗迹。看着他的书以及他留在扉页上的笔迹，看着清样中他那已经变成了中文的文字，尤其在读到他书中那些分析布罗茨基诗歌死亡主题的章节时，我不时会生出一些异样的感觉来。就像布罗茨基曾在他的《献给约翰·邓恩的大哀歌》中与邓恩进行过生者与死者的交谈一样，列夫·洛谢夫在他的《布罗茨基传》中也与布罗茨基实现了这样的聚会，如今，又轮到我们来与列夫·洛谢夫做某种跨越时空的交流了。

列夫·洛谢夫是一位严谨、内敛甚至有些刻板的学者和教授，他在接受波鲁希娜的访谈中自称"对各种极端的东西都感到怀疑"，他甚至将"出风头"当成一种"禁忌"。他是布罗茨基最好的朋友之一，但在这部《布罗茨基传》中，他依然会谈到布罗茨基系统教育的缺失及其后果，坚持自己关于"诗人只能有一种母语"的观点，并直称布罗茨基始终"没有用英语成功地写出任何一部能像他的俄语作品一样好的作品"。与此同时，列夫又是一位非常温情、善良的人。在我陪伴他游览北京时，听到他不断提起布罗茨基，嘴里老是重复着这样的句型：约瑟夫要是看到这个……约瑟夫要是尝了这个……他对故友的深情让我十分感动。

列夫·洛谢夫将本书的最后一章定名为《未归人》，如今他像布罗茨基一样，也成了一个客死他乡的"未归人"。作为流亡者，他们被迫"生活在一片永远不会成为你祖国的土地上"（见洛谢夫访谈录），可他们却又始终在异域坚守着祖国的诗歌和文化。不幸的被逐者最终却成了祖国文化的忠诚捍卫者和传播者，而以俄语诗歌和文学的创作和研究终其一生的他们，却又将长眠于异国他乡。

列夫是在五月六日下午三点去世的。他一生留下九本书，这本《布罗茨基传》是他的最后一部；他一生写下了大量的文字，而此书开头的《致中国读者》可能就是他最后的文字之一。

一路走好，列夫！布罗茨基去世时，你曾在他的追荐弥撒上朗诵了他的诗作《相遇》："他去了。他用双手打开门，／却没有迈向街道上的喧嚣，／而是走近了死神那寂静的领地。／他去了，行走在没有生命的空间，／他听到，时间已经失去了声响。"如今，该由何人来为你朗诵一段安魂曲呢？

安息吧，列夫！今年九月再度赴美，我将带去你的——不，是我们的——《布罗茨基传》"中文版"，我将把一册新书轻轻地放在你的新坟上……

谨以此译作献给约瑟夫·布罗茨基、列夫·洛谢夫以及他们间的诗人友谊，以及他们共有的对于诗歌的忠诚！

刘文飞
2009年5月13日
附记于京西近山居

《抒情诗的呼吸》中译者序

刘文飞

我们终于读到了这些原本不是写给我们的书信。

这些几十年前的旧信，读来却很新鲜。这首先自然是因为，其三位作者均为本世纪欧洲杰出的大诗人。诗人以写诗为业，但诗人的书信无疑也是其创作的组成部分，而且是重要的组成部分，因为书信尤其是情书，与诗歌尤其是抒情诗，至少在一点上是一致的，即情感的真诚袒露。诗贵在真诚，而这些真诚的书信，应该视为三位诗人笔下真正的诗。这些书信，不仅让我们了解到了欧洲诗史上的一段珍闻，更使我们得以窥见三位大诗人心灵的一隅。读着这些书信，我们似直接步入了诗人们那封存着的内心世界。

三位大诗人是在孤独中相互走近的。三人通信的契机，是帕斯捷尔纳克的父亲致里尔克的一封贺信。但这段信缘，还有着比这封贺信更为重要的内在动因。

里尔克在青年时代就十分向往俄罗斯，并于一八九九年和一九〇〇年两次访问俄国，拜会过托尔斯泰。与世纪初充满资本主义危机的西欧相比，里尔克更欣赏古朴、自然的俄罗斯，他一直将"童话国度"的俄罗斯视为他的"精神故乡"。他学会了俄语，曾潜心研究俄罗斯文学和斯拉夫文学，翻译过陀思妥耶夫斯基、契诃夫等人的作品。这就是其传记中所谓的"俄罗斯时期"（一八九九年至一九〇二年）。他曾想移居俄国，甚至，在逝世前的最后两个月里，他还聘请了一位俄国姑娘做秘书，为他朗读俄文作品。而帕斯捷尔纳克和茨维塔耶娃对德语文学和日耳曼文化的兴趣，也并不亚于里尔克对俄罗斯的兴趣。他俩都精通德语，都曾旅居或留学德国。他俩步入诗坛时，里尔克已名扬全欧，他俩便成了里尔克及其诗歌虔诚的崇拜者。然而，最终使他们走到一起的，却是孤独，一种面对战后文明衰退而生的孤独，一种面临诗的危机而生的孤独，一种在诗中追寻过久、追求过多而必然会有的孤独。分别面对孤独的三位诗人，蓦然转身对视，惊喜、激动之后，吐露了心曲，交流出一份慰藉。

这段通信，发生在里尔克生命的最后几个月里。一九二六年春，里尔克似乎已"写完了"他的诗。一生浪迹天涯的诗人，终于隐居在瑞士一个幽静的古堡中。严重的白血病，使他感到死亡的迫近。他在怨叹："我这个人就像折断的树枝。"就是在这样的情形下，里尔克接到了茨维塔耶娃热情洋溢的信，并接受了女诗人的感情表白。可以说，茨维塔耶娃的信，是投向里尔克晚年生活的一束阳光，它无疑曾给里尔克带去一些激动，唤起过里尔克身上尚存的激情。

十月革命后，对现实不理解的茨维塔耶娃感到苦闷。一九二二年，她携孩子流亡国外，先柏林，后布拉格，最后随曾是白卫军军官的丈夫埃夫隆侨居巴黎。她眷念祖国，眷念俄罗斯的文化，可是有家难回或有家不愿回。在她目为"喀尔巴阡的罗斯"的俄国侨民界，她时时感到格格不入。她在孤独中写诗，抒写"没有祖国"的忧郁，那些诗后来集为《俄罗斯之后》（巴黎，一九二八年）。她也在孤独中积蓄感情，这份感情后来她以不同的方式分给了里尔克和帕斯捷尔纳克。可以想见，一封封里尔克和帕斯捷尔纳克的来信，曾给独在异乡的女诗人带去多少欣喜。她是这段通信的中介，她书信中的炽烈，让我们感觉出了女诗人一贯的坦荡，同时也反映了茨维塔耶娃当时心境的孤苦，她似有太多的话、太多的情要与她所信赖的人分享。

帕斯捷尔纳克的父母和两个妹妹于一九二二年流亡德国后，诗人仍留在莫斯科。一九二六年的帕斯捷尔纳克，正处于创作危机阶段，他试图去理解现实，试图继续他"知识分子与革命"的一贯主题，可是他无可奈何地感觉到：一切都早已写尽。然而，在这段通信开始的那个春日，帕斯捷尔纳克却完成了作为一个诗人的"再生"。在这一天里，这位苦闷中的诗人接连受到两次巨大的心灵震撼：读了茨维塔耶娃的长诗《终结之诗》，他终于意识到，还可以用另外的方式继续写诗；从父亲的来信中他得知，里尔克知道自己的诗名，欣赏自己的诗才，这使他明确了自己作为一个诗人继续存在的理由。受到震撼的帕斯捷尔纳克，走到窗边哭了，在他的泪水中就有走出孤独的欣喜。在此之后，帕斯捷尔纳克连续创作出了长诗《一九〇五年》、《施密特中尉》、《斯佩克托尔斯基》和自传《安全保护证》等重要作品。

一九二六年的通信，对于三个诗人而言都极有意义。他们在孤独中彼此敞开心扉，真诚地互诉心曲，同时，也在"对话"中把他们当时的心境敞向了后来的我们。

除往来于里尔克和帕斯捷尔纳克之间的几封短笺之外，这段所谓的"书信三角罗曼史"中的每一信函，都是真正的情书。这些书信，完整地记录了一段三角恋情。这不是一场争风吃醋的情场角逐，也不是一种消闲解闷的两性游戏，这是一种在相互敬慕的基础上升华出的柏拉图式的精神恋爱，或曰，是一阵骤然在爱情上找到喷发口的澎湃诗情。

帕斯捷尔纳克与茨维塔耶娃相识虽早，但一开始交谊并不深。对茨维塔耶娃，帕斯捷尔纳克一直怀有一种钦佩交织爱恋的感情。茨维塔耶娃的诗歌天赋令帕斯捷尔纳克倾慕，茨维塔耶娃自由奔放的天性，也很吸引生性谨慎的帕斯捷尔纳克。但直到茨维塔耶娃流亡国外之后，帕斯捷尔纳克才通过书信向茨维塔耶娃表达了爱情。他深情地称茨维塔耶娃为他"生活的姐妹"，视她为自己"唯一的天空"，他将自己对茨维塔耶娃的爱称作"初恋的初恋"，希望与她共享"高层次的生活"。他把茨维塔耶娃介绍给里尔克，同样也出于对女诗人的爱，他想与自己所爱的人分享每一份享受。他没有想到，在他拉着茨维塔耶娃共同膜拜他们共同的偶像时，他也将作为男人的里尔克横亘在了他与她之间。茨维塔耶娃从一开始就没有对帕斯捷尔纳克隐瞒她对里尔克迅速产生的爱。帕斯捷尔纳克感到震惊，但他表现得很克制，在致茨维塔耶娃的信（六月十日）中，他自称"如今一切全都清楚了"，"此刻我爱一切（爱你，爱他，爱自己的爱情）"，他甚至对茨维塔耶娃说："我只怕你爱他爱得不够。"在这勉强的宽容中有一种淡淡的绝望。对爱的克制，迫使帕斯捷尔纳克更深地埋头于写作。他不再给里尔克写信，却不是因为怨恨他，他继续崇拜里尔克，并在几年后把自传《安全保护证》题词献给了里尔克。帕斯捷尔纳克欲以沉默悄悄地退出这样的爱情。

里尔克一生爱过许多女人，也曾为更多的女人所爱。但对于来自茨维塔耶娃的爱，他还是有些始料不及的。这位已近暮年的智慧长者，面临突如其来的爱，似乎有些失措，但他很快就坦然起来，平静地、有节制地接受了茨维塔耶娃的爱。他在致女诗人的第二封信（五月十日）中写道："我接受了你，玛丽娜，以全部的心灵，以那因你、因你的出现而震撼的全部意识。"在里尔克的信中，虽没有滚烫的字眼，但字里行间仍流露出了他的欣悦。他称茨维塔耶娃为他"硕大的星星"，他给女诗人寄去了诗集和照片，还为她写了一首长长的《哀歌》。这首后来被茨维塔耶娃称为"玛丽娜哀歌"的佳作，既是一首献给茨维塔耶娃的情歌，更是一首探究生与死、物质与精神、爱与永恒的哲理诗。这是诗的结尾：

诸神起先欺骗地把我们引向异性，像两个一半组成整体。

> 但每个人都要自我扩展，如一弯细月充盈为圆圆的玉盘。
> 只有一条划定的路，穿过永不睡眠的旷野，通向生存的饱满。

里尔克将爱情视为一种形而上的存在，他欲越过爱抵达某种"生存的饱满"。他对爱表现出的超脱，曾引起茨维塔耶娃的不满。听说帕斯捷尔纳克因为他与茨维塔耶娃的关系而沉默了，他曾致信女诗人，因自己成了某种"障碍"而不安，并认为茨维塔耶娃对帕斯捷尔纳克"过于残酷"。

茨维塔耶娃是这段三角恋史的主角，她接受了帕斯捷尔纳克的爱，然后又爱上了里尔克，她同时为两个男人所爱，也同时爱着两个男人，不，是三个，——茨维塔耶娃一直很爱她的丈夫。这种爱，绝不是轻浮女人的作为，这是茨维塔耶娃那份过于丰盈的爱在以不同的方式展现。茨维塔耶娃曾说：她不爱大海，因为大海是激情，是爱情；她爱高山，因为高山是恬静，是友谊。对激情的恐惧，反过来看，正是她对自己躁动的内心世界的压抑。其实，就其性格实质而言，茨维塔耶娃本人就是一片激情的海洋。她需要多样的爱，也需要多样地去爱。贵族出身的她，面对丈夫是个"贤妻良母"，在他乡含辛茹苦地抚养着儿女。她爱帕斯捷尔纳克，但那爱情带有某种抚慰性质，有些像姐姐在爱一个"半大孩童"。她爱里尔克，爱得大胆而又任性，有时近乎女儿对父亲的爱。这是一种爱的分裂，同时又是一种爱的组合。

茨维塔耶娃与里尔克的爱，是一个短暂的爆发，而她与帕斯捷尔纳克的交往却持续了很久。一九三五年，帕斯捷尔纳克去巴黎出席世界作家反法西斯大会时，看望了茨维塔耶娃；茨维塔耶娃于一九三九年回国后，与帕斯捷尔纳克也会过几次面。然而看来，现实的相会并未比往来的书信带给他们更多的激动。这是因为，茨维塔耶娃有她独特的"爱情观"。茨维塔耶娃认为，真正的爱只可能是不可企及的神圣，因此她只爱遥远的、非实在的爱。她在致里尔克的信（八月二十二日）中说："我不是靠自己的嘴活着的，吻我的人会从我旁边走过。""爱情只活在语言中。"她追求的爱，是一种"无手之握，无唇之吻"。

里尔克生前得到的来自茨维塔耶娃的最后一封信，是女诗人于一九二六年十一月七日寄出的一张明信片，茨维塔耶娃写道："你还爱我吗？"三位诗人之间的通信，最后结束在一个爱的疑问上。

一九二六年通信中所表达出来的爱，是真正的诗人之爱。三位大诗人用非诗的书信传达着他们诗化的感情。他们的爱，是真正的爱情，更是一种崇高的精神寄托。

作为三个大诗人间的书简，这些信函中谈论最多的自然是诗本身。通过书信,三位诗人对彼此的创作都有所评论。这些评论十分珍贵,因为它们是一个诗人对另一个诗人的评论,而且是精神上、感情上十分亲近的诗人们相互之间的评论。

里尔克的几封信都很简短,但他对帕斯捷尔纳克"早来的荣誉"的肯定,却被后者视为"命运之声"。将里尔克称为"诗的化身"的茨维塔耶娃,将来自里尔克的每句话都视为"天籁"。帕斯捷尔纳克和茨维塔耶娃,都在信中反复地将里尔克及其诗歌创作称为难以逾越的高峰:里尔克活着时,诗人们无法写诗;里尔克死后,诗人们又不得不学着他写诗,里尔克因此而必将再生,因此而不朽。

三位诗人都将诗视为生命。茨维塔耶娃说:"诗人,就是在超越(本应当超越)生命的人。"促使他们走到一起的,正是他们不约而同地具有面对诗歌之命运的责任感和寻求新的艺术可能性的使命感。读着这些书信,我们每每感动于他们对诗的忠诚,感动于他们甘愿为诗而献身的精神。

在帕斯捷尔纳克和茨维塔耶娃的通信中,关于创作的讨论要更为具体一些。他俩对他们当时正在写作的每一部作品几乎都有议论。比如,帕斯捷尔纳克认为茨维塔耶娃的长诗《捕鼠者》"结构奇妙",是一个"种类的创新"。茨维塔耶娃认为帕斯捷尔纳克的长诗《施密特中尉》的主题,就是经历一九○五年革命的俄国知识分子的命运。茨维塔耶娃针对这部长诗的某些不足发表的意见,后来大都为帕斯捷尔纳克所采纳了。

这场通信也直接影响着三位诗人的创作。里尔克和帕斯捷尔纳克都曾在致茨维塔耶娃的信中夹寄过自己的献诗,其中,里尔克的《哀歌》后来被公认为他晚年的上乘之作。茨维塔耶娃的长诗《房间的企图》,就是在她从帕斯捷尔纳克的来信中得知他做过一个与她相会的梦之后写成的。里尔克的死,不仅促使茨维塔耶娃立即写下了感人的《悼亡信》,还促使她在一个月后写作了长诗《新年书信》,也促使帕斯捷尔纳克后来写成了他的自传《安全保护证》。书信,成了他们三人当时生活和创作的一部分。书信引发的情感起伏,有许多都在他们的诗歌创作中得到了直接的反映;而创作的甘苦,又时常成了他们书信中的话题。

通过这些书信,也能揣摩出三位诗人诗风的异同。他们是有共同语言的,这不是指里尔克懂俄文,帕斯捷尔纳克和茨维塔耶娃懂德文,而且他们三人又都懂法文,而是说,他们对诗有着相近的理解,即视诗为生命,视写诗为生命能量的释放、生命价值的实现。这就决定了他们三人的诗都是严肃的,执着的。然而,他们又是各具风格的:里尔克的诗哲理深邃,情绪超然,句式悠长;帕斯捷尔纳克的诗更多苦吟,用词遣句都很复杂,显然费过一番苦心;而茨维塔耶娃的诗感情充沛,像蒙太奇般地跳跃,随意的形式包容着悲剧性冲突的内涵。这些诗歌个性,在他们各自的书信中恰好都有着相吻合的印证。文如其人,诗如其人,书信亦如其人,如其心。

从一九二六年四月至年底,这段往来于瑞士、法国和苏联之间的通信持续近一年,穿过了春花秋月、夏风冬雪。读完这段通信,我们似听了一部四季的交响乐。三颗蛰伏的心在春风中苏醒,茨维塔耶娃的激情是夏,秋的落叶飘进帕斯捷尔纳克的心田,为里尔克送葬的是冬日的白雪和雪白的书信⋯⋯

帕斯捷尔纳克与茨维塔耶娃在这段通信之前和之后,有过多次机会相见。帕斯捷尔纳克见过里尔克,这在他的《安全保护证》中有记载:一九〇〇年夏日的一天,准备去敖德萨的帕斯捷尔纳克一家,在莫斯科的库尔斯克车站与第二次游历俄国、正准备去图拉的托尔斯泰庄园的里尔克偶然相遇。当时帕斯捷尔纳克才十岁,这是他一生中第一次、也是最后一次见到里尔克。在相互通信的一九二六年,三位诗人始终未曾谋面。然而,他们通过这段书信,却完成了文字上的交谈,完成了精神上的会见和情感上的拥抱。

这些书信是一份珍贵的遗产。早在几十年前,茨维塔耶娃就为里尔克给她的那些书信的面世规定了时间:"五十年之后,那时候所有这一切都将会过去,而且是完全过去,躯体也会腐烂,墨迹也会淡化,那时候收信人早已去见发信人(我就将是抵达那里的第一封信!),那时候里尔克的书信将成为单纯的里尔克书信——不是单单写给我的,而是写给所有人的书信,那时候我自己已经融化在万物之中,——啊,这是最主要的!——那时候我已不再需要里尔克的书信,因为我已拥有整个里尔克。"茨维塔耶娃还说,要把里尔克给她的一切都交给后来者,当后来者接到这一切时,"这便是他的思想在肉体中的复活日"。(见《茨维塔耶娃散文选》第一卷第 269 页、272 页)就像帕斯捷尔纳克终生珍藏着里尔克和茨维塔耶娃给他的信一样,茨维塔耶娃也终生珍藏着里尔克和帕斯捷尔纳克给她的信。一九四一年,茨维塔耶娃疏散至苏联南部的小城叶拉布加,后来在那里自戕。离开莫斯科前,她将里尔克和帕斯捷尔纳克的信细心包扎好,交给了国家文学出版社中一个她很信赖的女负责人。她是在安排好这份遗产后,才走向死亡的。后来,人们又从茨维塔耶娃的笔记本上发现了她写给里尔克和帕斯捷尔纳克的信的底稿,加上其他来源的资料,终于收齐了三位诗人一九二六年间的通信。

如今,这些书信终于属于我们,属于全世界了。

《抒情诗的呼吸》译后记

刘文飞

　　一九九〇年冬天，在莫斯科新阿尔巴特街的"图书之家"书店里，我偶然看到一本封面设计很独特的书：浅蓝色的书皮上交叉着一个十字架形状的细麻绳，右上角是书名《一九二六年书信》，还有三个熟悉的姓名——莱内·马利亚·里尔克、鲍里斯·帕斯捷尔纳克和玛丽娜·茨维塔耶娃。封面的设计者在暗示我，这是一扎尘封的、珍贵的旧书信；而三位欧洲大诗人的姓名，则使我立即感觉到了此书的价值。回到住处，我迫不及待地读起这本由莫斯科"书籍"出版社一九九〇年出版的书信集，在阅读的同时就萌生了翻译此书的念头，并动手译了一些段落。回国之后，我将经过加工、补充的译文发表在一九九二年第一期《世界文学》杂志上，给译文加上《三诗人书简》的题目，并撰写了一篇题为《心笺·情书·诗简》的文章。这篇译文刊出之后，我意外地收到大量来信，来信者中有我的朋友，更多的则是不相识的人，他们中间既有享誉诗坛的诗人，也有偏远地区的乡村教师，他们在信中对三位诗人的书信表达出强烈的兴趣，同时也为没有读到全部的书信而感到遗憾。为了弥补这种遗憾，我将三位诗人的书信全部译出，于一九九九年在中央编译出版社出版了《三诗人书简》一书，作为由我主编的"诗与思文丛"之一种。这个单行本的出版，与《三诗人书简》在《世界文学》上的首发相距七年，而在这个单行本面世七年后的二〇〇六年，我又接受上海译文出版社约请，以俄罗斯"阿尔特-费列克斯"出版社最新推出的《抒情诗的呼吸》为母本（为一九九〇年"书籍"出版社版本的再版，三位编者依旧，但内容有所扩充），再次重新修订自己的译文。在十多年的时间里，我三次翻译《三诗人书简》，似在不间断地谛听三位大诗人关于诗歌的隐秘交谈。

　　我曾在《三诗人书简》（中央编译出版社，一九九九年）的后记中写道："需要说明的是，三位诗人在书信中畅谈人生和诗歌，涉及面甚广，且他们的文字都很艰深复杂，在书写内心情感时又多旁敲侧击，而在通信双方都易明晓的地方自然也多有省略，所有这些，都给本书的翻译带来了很大的困难，加之，译者学识不足，水平有限，故错误之处当不在个别，望有关专家和广大读者给予指正。"这些话既非谦虚，亦非在替译文中的错误开脱，而是译者的真实体会。一般而言，书信的翻译可能会容易一些，因为书信多为口语体，遣词造句相对来说要简单一些，但是，书信也有很多让译者伤脑筋的地方，比如通信双方心知肚明的地方却往往会让第三者摸不着头脑，通信者出于种种考虑往往采取的委婉、含蓄等表达方式，以及书信体裁往往带有的跳跃、省略、逻辑性不强等结构特征，也会给理解带来障碍。如果书信的写作者为诗人，为语言运用能力极强的大诗人，那么，其书信的阅读和翻译就会变成一件非常吃力的事情。在《抒情诗的呼吸——一九二六年书信》的翻译过程中，译者饱尝了其中的艰辛，也获得了一些心得。

首先，要弄清被翻译文本，即这些书信的相关背景材料，这些背景材料又包括：关于三位诗人的传记，三位诗人的相关作品，同时代人及后人关于三位诗人的评论，俄文版编者所做的所有注释，等等。由于译者在此前对包括茨维塔耶娃和帕斯捷尔纳克的创作在内的俄语诗歌有过一定的专门研究，也翻译过两人的一些作品，因而在翻译他俩的书信时就觉得更有把握一些。而面对里尔克的书信，译者难免心虚一些，因而不得不阅读更多的相关书籍，包括国人所写作的多种论著和论文，所翻译的多种里尔克诗作和随笔。

其次，在翻译时，译者对三位书信作者的语言个性给予了较多的关注。三位诗人的书信和他们的诗作一样，既有相近的地方也有不同的风格，他们书信语言的共同特征，就是内容上的严肃和执着，情感上的真诚和奔放，以及遣词造句上的精致和精彩，但是，将他们三人的书信隐去落款放在一起，却又能轻易地区分出它们的作者来。译者体味到了三位诗人文字风格上的同异，并尽力而为地把这些风格特征还原到他们书信的汉语存在中去，希望《抒情诗的呼吸——一九二六年书信》的汉语读者在欣赏到三位诗人文字上同样的优雅和美妙的同时，也能感受到里尔克文字的内敛、矜持和缜密，帕斯捷尔纳克文字的腼腆、谨慎和雕琢，茨维塔耶娃文字的跳跃、机智和热烈。

最后，从其他文字的译本中获得参照，也许可以成为翻译中的一个重要的辅助手段。此次为上海译文出版社修订自己的译文时，译者参考了纽约书评出版社二〇〇一年出版的该书的英译本《书信：一九二六年夏》。在仔细对照三种文字的《抒情诗的呼吸——一九二六年书信》的过程中，译者更正了自己的不少误译，同时也发现，英译者（Margaret Wettlin, Walter Arndt and Jamey Gambrell）似乎也不时会有与中译者同样的困惑和苦恼。在一些难译的地方，他们似乎也做了一些模糊化的处理，而他们在文中所作的"添加"以及文后的注释，有许多都与本书译者不谋而合。或许，他们在翻译过程中也曾遭遇与我一样的难题，也曾体验与我一样的欣喜。于是，作为一种跨越时空的交谈方式的翻译，又变成了三方的交谈，如果再有读者应邀加入其中，那么，三位诗人关于诗的那次隐秘的交谈，也就将变成一场热烈的多边会谈。译者期待着读者诸君的加入，其中当然就包括对来自你们的指教和批评的期待。

《抒情诗的呼吸——一九二六年书信》一书由多种文本构成，为方便读者阅读，特以不同字体排出：书信正文和序文用宋体，俄编者的插叙文字用楷体，俄编者文字中的大段译文、正文中的引诗和书信的落款（如果有落款的话）、原文中的大写或斜体等着重部分用仿宋体，各章节和书信的标题用黑体，楷体和仿宋文字中的着重部分则用变换字体的方式标出。所有注释均为脚注，除标明书信作者的"原注"和俄编者的"原编者注"之外，均为译者所加。

本书此次的重新校译，得到了上海译文出版社赵武平先生的大力支持，得到了我在外国文学研究所的同事李政文、李永平、树才诸位先生的无私帮助，高莽（乌兰汗）先生允诺译者再次使用他为中央编译出版社版《三诗人书简》所撰写的序言，在此一并致以衷心的感谢！

2006年9月20日于京西近山居

孙越（1959— ），北京人。毕业于解放军外语学院，后就读于莫斯科神学院研修班。旅俄作家，翻译家，曾任莫斯科国立师范大学教授。俄罗斯笔会会员。1990 年获戈宝权外国文学翻译一等奖，"蓝盾"优秀文学作品奖。2004 年被俄罗斯世界人民精神统一国际科学院授予院士称号。2008 年获俄罗斯皇家协会颁发的"圣尼古拉金质勋章"。主要著作有《闲说外国人》《俄罗斯冰美人》等；译著有《勃留索夫诗选》《骑兵军》《人·战争·梦想》(合译)、《缪斯：莫斯科—北京》等。

我的文学翻译宿命

世间之事，没有偶然，就如我爱诗、写诗和译诗，因为我觉得冥冥之中有推手。

三十年前的夏天，我从军校俄语专业毕业，一身戎装，号角一响，即随大部队车水马龙地开赴前线。我的军挎包里，沉甸甸、满当当地塞了一部厚厚的，未具名翻译者的《勃洛克诗选》手抄译稿。火车汽车，穿山越岭，油灯烛火，边走边读。我身上背负的，是我的文学导师，翻译家石枕川先生给我的嘱托，看原文品诗，读中文校对，给译者提问题，给自己找差距。

这即是我初试俄语诗歌翻译之始。

随后几年，我在人迹罕至的原始森林当侦察兵，执勤之余，读诗写诗，还尝试翻译俄苏象征主义诗人勃留索夫的诗作。每遇难题，逐一记下，累积数页，集成一信，嘱进城采购的司务长，驱车到二百公里外的邮局，投递给远方的石枕川先生求解，一来一往，或半月，或整月有余，如遇雪暴，交通阻隔，通信则延宕数月不止。

记得石先生回信常说，翻译俄语诗歌，俄语基础不牢，则信达无从谈起；而汉语水平缺失，尤其古诗词功力不济，则妄谈译文之雅。这样，在海拔两千多米高的哨卡，研读俄文诗歌经典，诵念古文传世篇章，成为我的生活方式，伴随了我整个军旅生涯，直到数年后远行莫斯科，开始长达十余年的"自我放逐"，我依旧坚持。

二〇〇六年，中国纪念"俄罗斯年"。我透过朋友给出版社推荐，希望编纂一部《中俄诗人诗选》，以志纪念，出版社欣然应允，同意由我来遴选书中俄罗斯当代诗作。二十多年过去了，我等来了梦想绽放的时刻，难道我是想用生命中这个璀璨的瞬间，告慰石先生远上天国的灵魂吗？

《缪斯：莫斯科—北京》一书最终问世。

没有一本书的出版是偶然的。而对我来说，它除了非偶然性之外，还有必然性，那就是，这本书译诗部分，竟如多年前挎包里的那部《勃洛克诗选》，我又是在旅途中完成。那时，我在莫斯科和北京，以及其他城市之间往返奔波数次出差，迢迢万里之路，越国跨城之旅，我把那些备选的俄文诗集和沉重的笔记本电脑，又满满地装进行囊，一路走，一路读，一路译。落笔之处，思绪所至，颠簸起伏，车轮汽笛，人在旅途伴随着笔墨征程，竟然成了我的文学翻译宿命。

在侨居莫斯科的岁月里，诗歌翻译又让我跟很多诗人朋友相识，构成我生命快乐的瞬间。重要的是，诗歌让我们超越了世俗的生死概念，让我们活在一个永恒的精神乐园。

叶甫图申科，是中国读者比较熟悉的苏联著名老诗人。二〇〇六年，我们在莫斯科的一次晚间诗歌朗诵会上再次相遇。说再次相遇，是因为他早在一九八五年就曾访问北京，并和其他作家、诗人在北京国际俱乐部召开诗歌朗诵会。他在台上抑扬顿挫，听者在台下如醉如痴，对我们来说，那是一个绝无仅有的诗歌时代！与在北京见面的不一样之处，就在于，那时叶甫图申科是昂首阔步走上舞台，而现在他需要拄拐杖了。苏联解体后，他远走美国，在大学讲授俄罗斯诗歌，据说，他所用的教材完全自编，这是他讲课的先决条件之一。俄罗斯文坛还记得他，莫斯科二〇〇六年出版了八卷集的《叶甫图申科全集》。叶甫图申科是俄罗斯笔会的理事，二〇〇四年，我入会的时候，他投了赞成票。

沃兹涅先斯基，因为与其比肩的叶甫图申科经常不在莫斯科，所以，他便成为苏联解体之后，俄罗斯的诗歌的旗手式人物，活跃在各种文学集会上，直到二〇一〇年去世。

我认识他的时候，他担任俄罗斯笔会副主席，我们在笔会创作季来临和结束的时候，在笔会最东边的小屋聚会，饮酒喝茶，聊上几句。二〇〇五年，他来参加《诗人》杂志的新闻发布会，我朗诵了我写的俄文诗歌《中国象棋》。他坐在前排，很认真地倾听，他那时因为中风，半身活动障碍，嗓子发声困难。会后，他用微弱的声音和我交谈，我登时心生悲凉，因为前一天晚上，莫斯科电视台的文化频道，还展现了苏联时期的沃兹涅先斯基风华正茂的形象。那是他七十年代在莫斯科的一次诗歌朗诵会上，身穿花格衬衫，单手插在裤兜里，另一只手从空中闪电般地划过，那是诗歌的闪电，穿透了多少读者的心啊！

二〇〇六年六月三十日，时晴时雨，在别列捷尔金诺作家村的帕斯捷尔纳克故居，在伟大诗人祭日的诗歌朗诵会上，帕氏故居的窗外人头攒动，我和沃兹涅先斯基在故居内，对着窗外爱诗的人们，伴随着俄罗斯人民演员安德烈和尤里亚的钢琴声，用中文和俄文朗诵了沃兹涅先斯基诗作《百分之九十九》。

布兹尼克，中国读者很少知道他，是因为他的诗歌在苏联时期遭禁，几乎没有中译。他是基辅大学化学系的毕业生，却通过诗歌和戏剧走上文坛。九十年代中期，他的诗歌和戏剧开始译介到法国，引起法国文坛对俄现代主义诗歌和戏剧的强烈关注。二〇〇二年，他获得法国的兰波奖，他的诗作获选载入《俄罗斯新诗编年史》。二〇〇三年，我认识他的时候，他刚好成为俄罗斯国家文学奖金获得者候选人。他的获奖理由是，因为"俄罗斯和法国出版社出版了他的诗集《天空的线条》，他的创作为俄罗斯诗歌创作开辟了全新的和无穷无尽的可能性。"

对我来说，更重要的是，布兹尼克是我的教父，是他领我走进普希金和娜塔莉娅举行加冕礼的那所小教堂，接受了东正教圣洗，因此，我们的关系也非同一般。在我看来，他自己是被上帝用极其特殊和神秘材料塑成的人。他忧郁而真诚，敏感而琐碎，似乎每一阵微风刮过，都会引发他由衷的惊叹。他时而孩童般腼腆害羞，时而大大咧咧目中无人。他经常带我穿行在莫斯科市中心的大街小巷，如数家珍一般地盘点俄罗斯作家和诗人的故居与博物馆。布兹尼克与索尔仁尼琴家关系甚笃，他介绍我认识了索氏夫妇，直到索尔仁尼琴病逝，我们在很长时间里与他们夫妻保持了友谊。

说实话，理解布兹尼克的诗歌绝非轻而易举。二十年来，他一直在探寻诗歌创作中最贴近俄语原生词，最贴近他真实感受的那些诗行。在他的前两部诗集中，我可以明显地感到，他在寻找一种重要的语言符号，一种尽管是诗歌语言,却不是仅仅用来传达声音和形象的语言,而是一种试图将时空统一起来的语言,一种铿锵有力的,貌似约定俗成的语言来表现他穿梭于世纪之间的灵魂。

我们的共同朋友,俄罗斯诺贝尔文学奖被提名人,诗人凯得洛夫说,布兹尼克追求的,是一个"只有用思考的目光才可看见的世界,因此,他的诗歌穿透了成熟世界的外壳"。而我却在布兹尼克的诗歌中,看见了一群无形的小天使,将一叶白色的船帆送到他面前,帆船上写满了祈祷和祝福,这是飘向天国的帆船,它在我面前轻轻远去,慢慢地在消失在蔚蓝的宁静之中。

凯得洛夫和卡秋笆是一对俄罗斯诗歌伉俪。我和布兹尼克是他们家周末的常客。凯得洛夫不善使用电脑(他的全部作品都是由太太卡秋笆录入),却在一九八四年写出了著名长诗《爱情电脑》,并籍此诗获得二〇〇四年全俄罗斯网络文学奖。我当年即将这首诗翻译成中文,发表在《中华读书报》上。此后,我便和凯得洛夫在莫斯科历届诗歌节和文学晚会上,用中俄文一起朗诵它,以至于沃兹涅先斯基听罢每次都说,《爱情电脑》彻底将诗歌音乐化,与其说这是在举办诗歌朗诵会,不如说像开歌曲演唱会。

凯得洛夫属于二十世纪六十年代走过青春岁月的诗人,曾经醉心于老子哲学。他提倡研究中国古典哲学的理论,已经被俄罗斯现代诗人们所接受。凯得洛夫曾经在莫斯科著名的高尔基文学院执教多年,因为一九八四年创办"道斯"(保护蜻蜓志愿者协会)诗歌社团而引来克格勃抄家之祸。不过,他竟因祸得福——他的诗歌反而流传更广。

凯得洛夫的太太卡秋笆,是我们周末聚会的厨师长,她在她家的厨房兼写作间里,为我们煎烤烹炸和下载全世界诗歌爱好者的帖子,这情景本身就让我感到荒诞而又亲切。卡秋笆的诗歌铿锵嘹亮,她用词和数字创造了诗歌语音象形学。她用声音的变化,创造了具有哲学意义的"鸟儿天梯"。她用镜子、用雾霭、用黑暗和光明创造世界。她诗歌的座右铭是:"美丽者永远正确。"我最喜欢她的那首《镜子》,于是我便译成中文,在莫斯科诗歌节上多次朗诵。沃兹涅先斯基最喜欢她的诗,曾经给予很高的评价。

特卡琴科,生前是俄罗斯笔会秘书长,他和沃兹涅先斯基是我加入笔会的介绍人。我和他的友谊开始于二〇〇〇年前后一次难忘的见面。他在我们莫斯科笔会中心最具长者风度,事事处处为作家们着想,尽管他的年龄不大,却使他在大伙心中成为永远的"萨沙大叔"(他的名字是亚历山大,爱称即萨沙),深沉的忧郁在他的眼中则化作永恒。

那年,我第一次走进俄罗斯笔会简陋的会客室,就看见了墙上挂着的我所熟悉的作家阿克肖诺夫的照片,我在一九八四年曾经翻译了他的小说

《一九四三年的早餐》。

谈话就从这里展开，我们有太多的共同朋友，而苏联的解体似乎也成为俄苏文学的分水岭，淡淡的茶水伴着辽远的回忆。他高度关注俄罗斯文学的中译、中国文学的发展和中国作家的命运。那时，最最令我震惊的就是，这位外表憨厚的"萨沙大叔"，竟然曾是苏联职业足球队服役过二十五年的职业球员！后来我读到了他以足球为背景的小说《足球》。

曾几何时，他在美国大学开设苏联文学课程，创办俄罗斯文学刊物，回归莫斯科以后，乃是俄罗斯六十年代作家的激进派政论作品最积极的拥戴者。他的诗歌极具表达力。作为俄罗斯笔会秘书长，萨沙是笔会作家权益的保护者，他曾经解救过在高加索战火中陷入困境的作家，他把他们解救到莫斯科，安顿在笔会的会议室里。他说，这里至少没有杀戮，我不能眼看着无情的炮火毁灭作家和俄罗斯文学的未来。他还多次上书国家元首，为笔会的办公地点受到企业主吞并的威胁而奔走呐喊。

萨沙大叔有恩于我。二〇〇五年前后，俄罗斯民族主义横行，种族暴力升级。萨沙大叔十分担心我的安全，亲自给我起草和打印了一个随身文件（我戏称俄罗斯笔会护身符），说明我是俄罗斯文学翻译家，是沟通中俄文化的人。他还专门请出任笔会主席、著名作家比托夫，以及沃兹涅先斯基在文件上签了名，盖上笔会的大章，他说："你不能出事！万一有事，即使半夜三更也要给我打电话。"我平平安安地活到现在，那份护身符不仅成了永恒的纪念，也见证了我和萨沙大叔的友情。

二〇〇三年前后，他将自己全部作品的中文版权签给我。二〇〇五年，我将他的一些诗歌翻译完后，在中国南京的《译林》杂志发表了二首（二〇〇五年第一期）。二〇〇六年，我和北京学者郭小聪教授出版了诗集《缪斯：莫斯科—北京》，我将翻译完成的萨沙部分诗歌编入此集。二〇〇七年国际笔会在葡萄牙出版过多文种的《世界著名诗人作品集》，我翻译的萨沙《呼吸》一诗的中译本入选。

萨沙大叔，二〇〇七年十二月五日因心脏病突发辞世。他死前曾给我打过电话，说要送新书给我。而我因为远在香港讲学，没能及时握住他的手，接过他的书，这成了我永远的遗憾。

卡扎科娃，一九八七年前后，安徽省作家协会主办的《诗歌报》决定发表一期苏联诗人作品专版，当时的主编，中国著名诗人严阵先生，委托我来担任苏联诗人作品的遴选和翻译工作。记得当时，我首先选译的，就是卡扎科娃的几首新作（连同其他数十位诗人的作品一同刊载）。她曾于一九七六至一九八一年担任苏联作家协会理事会书记处书记,也是苏联作家协会历史上唯一的女书记,所以非常引人注目。

从一九九〇年开始,她担任莫斯科作家协会第一书记的职务。一九九三年,她被选为俄罗斯国家杜马"俄罗斯妇女联合会"成员。一九九五年秋天,她又被选为全俄"联邦民主运动"的三号人物!她还是俄罗斯很多脍炙人口的流行抒情歌曲的作者,像《亲爱的》《马当娜》《你爱着我》等。我在二〇〇三至二〇〇四年前后,与卡扎科娃有过不长时间的交往,她请我到她家做客,谈起她儿子吸毒的事,说到伤心处,她竟潸然泪下,泣不成声。我和在场的原苏联作协外事处秘书思华女士,赶忙劝慰。后来,卡扎科娃将儿子吸毒的事情,写成文章,投书《莫斯科共青团》报,她希望用这种极端的方式,拯救堕入深渊的骨肉,以警醒世人。

二〇〇八年,她因病去世,死前,她告诉我,她一生写过很多诗,却从没获过奖,因此,她是一个平凡的诗人。我倒觉得,写诗跟获奖没有关系,俄罗斯和中国读者记得她,还在读她的诗,这才最重要。

达尔米拉,真有意思,我和她认识,介绍人,竟然是侨居伦敦的中国诗人杨炼,杨炼介绍她就这四个字:"真有意思。"达尔米拉是一位具有俄罗斯和吉尔吉斯双重国籍的女诗人和导演。我们在莫斯科相识的那天,她很专注地用俄文在纸上写下她的名字,然后跟我一板一眼地说,你知道吗?达尔,就是遥远的意思,米拉,就是世界,我是一个遥远的世界!

一九八九年,达尔米拉,毕业于比什凯克的国立吉尔吉斯大学俄罗斯哲学系。她上中学的时候就开始写诗,大学时代的诗作还发表在当地的报刊杂志上,莫斯科的文学杂志《青春》和《比什凯克文学报》都刊登过,达尔米拉一九九九年参加俄罗斯普希金诗歌创作大赛,一举夺魁,备受俄罗斯文学界关注。二〇〇六年比什凯克笔会正式易名为中亚笔会,二〇〇七年,达尔米拉出任中亚笔会主席。

我在莫斯科和达尔米拉有过多次交往。我很喜欢她东方韵味十足的诗,特别是她那部二〇〇八年出版的诗集《辞之家》,我翻译了一些诗作之后,感觉到了她内心世界的孤寂、苦闷和痛楚。她新诗与以往的有些不同,诗句时而明快简洁,时而戏谑嘲讽。简单地说,达尔米拉的诗,远非黄钟大吕,而属铃声清幽。读完以后,我虽难以热血沸腾,却也足够心灵颤动。由于我自大学时代的文学读本选入了艾特马托夫作品,而我的导师石枕川先生又是八十年代艾特马托夫中文本译者之一,我还是八十年代艾特马托夫小说《死刑台》中文版的文学编辑,而达尔米拉是来自艾特马托夫故乡的诗人,所以,艾特马托夫是我们俩永恒的话题。我们都认为,艾特马托夫人道主义与悲悯情怀的模式,是当代最伟大的文学模式之一。

几年之后,我们在莫斯科分手,她要返回比什凯克的老家,而我也要回北京了。话别之时,我将她的一首诗用中文书法写好,送给她作为礼物,她惊喜不已。我问她,达尔米拉,你说,我是该把你归入俄罗斯诗人呢,还是吉尔吉斯诗人呢?

她笑答,你要是称我俄罗斯诗人呢,我觉得算是给我送了份大礼;你要说我是吉尔吉斯诗人呢,我觉得对我是个莫大的荣誉!

说一千,道一万,还是我以前说过的那句话,俄罗斯,是不可理解的,只能感受。俄罗斯诗歌和诗人亦如此,你不去面对面地感受他们,又何以解读他们的诗歌呢?

曾思艺(1962—   ),湖南邵阳人。文学博士,天津师范大学文学院教授,博士研究生导师,创作有《黑夜·星星》(抒情诗集)、《公子和王子》(散文诗、叙事诗与诗剧集)、《从城里到乡下的孩子——曾思艺散文小说选》;专著有《丘特切夫诗歌研究》《文化土壤里的情感之花——中西诗歌研究》《俄国白银时代现代主义诗歌研究》《探索人性,揭示生存困境——文化视角的中外文学研究》《丘特切夫诗歌美学》《俄苏文学与翻译研究》;译著有《罪与罚》《尼基塔的童年》《俄罗斯抒情诗选》《屠格涅夫散文选》《一个孩子的诗园》。

儿童文学作品翻译的语言问题

《尼基塔的童年》是俄国现代作家阿·托尔斯泰(1883—1945)于一九一九至一九二〇年创作的一部十几万字的小长篇。其时,作家因对十月革命不满,已流亡法国巴黎多年,十分想念祖国俄罗斯和自己的家乡。他对自己的思念之情进行艺术加工,通过艺术想象使之变成了一部优美动人的中篇自传体小说《尼基塔的童年》。小说主要描写了俄罗斯男孩尼基塔从九岁到十岁这一年对自然四季交替和友谊、"爱情"、亲情、劳动、学习乃至成长方面的经历及所见所闻所感:

晴朗的冬天早晨,尼基塔一觉睡醒,想起了昨天木匠帕霍姆给他做的松木滑雪车,兴奋不已,一心想马上偷偷跑出去和小伙伴们一起,在结了冰的河里滑雪、玩耍。可家庭教师阿尔卡季·伊万诺维奇早已看破了他的心思,一大早便过来找他去上课。尼基塔觉得算术等等功课枯燥而乏味,借机溜了出去,在恰格拉河边的雪地上,快乐地滑了一阵雪。

远在外地的父亲瓦西里·尼基季耶维奇来了一封神秘的信，告诉他们两个消息：母亲亚历山德拉·列昂季耶芙娜的女友，住在萨马拉城的安娜·阿波罗索芙娜·巴布金娜全家要来做客；在即将到来的圣诞节，他将送给儿子一件很大的、但暂时保密的礼物。

　　尼基塔近来老是做一个同样的梦：月夜寂静无人的古老客厅里，一只猫跳着去抓座钟的钟摆，而他飞起来，飞到天花板上，当他靠近座钟的座子顶时，发现有一个铜瓶，瓶底好像有件什么东西，这时，一个神秘的声音在他耳边低语："把里面放着的东西拿走。"

　　尼基塔拥有两周圣诞节假期，他不用上课，可以到外面尽情玩耍。他和本村（索斯诺夫卡村）的米什卡·科里亚绍诺克等孩子，在雪地里与邻村（孔羌村）的小孩们打架，以自己的勇敢获得了胜利，并且赢得了该村孩子王斯捷普卡·卡尔瑙什金的友谊。

　　安娜带来了自己的两个孩子：已经是中学二年级学生的儿子维克多和九岁左右的女儿莉莉娅。尼基塔被美丽非凡的莉莉娅迷住了，并与她成为好朋友，对她产生了炽热的"恋情"。圣诞节前夕，他们一起制作圣诞树的各种装饰物，并且一起在月夜到古老的客厅去冒险——取出了他梦见的铜瓶里的那件东西：一只镶宝石的戒指。尼基塔把它送给了莉莉娅，同时还献给她一首专门为她写的小诗。

　　父亲的圣诞礼物终于在暴风雪之夜运到了。原来是一棵很大的圣诞枞树和一条漂亮的小船，以及许多装饰物。圣诞之夜，村子里的孩子全都来到尼基塔家里，大家按照俄罗斯习俗，度过了一个快乐的夜晚。

　　父亲出去大半年了还没回来，尼基塔思念着父亲。莉莉娅一家回城里自己家去了。尼基塔已连续许多天闷闷不乐，六神无主，无心学习，也不想做任何事，整天漫无目的地东游西荡，沉浸在对莉莉娅的离愁别绪中。他和农民、雇工交上了朋友。在神秘美好的大自然中，他的痛苦迷茫被驱散了，恢复了健康和乐观。

　　春天来了，世界变得美丽起来。在暴风雨之夜后一个晴朗的日子，父亲回来了。但听说他掉进了河里，差点送了命，后来总算侥幸脱险。这让尼基塔和母亲大大虚惊了一场。父亲生性活泼、乐观，喜欢新东西，尤其喜欢买一些他觉得新奇好玩的东西，不管有用没用，中意就买。

　　复活节前，尼基塔和本村的农民们一起到较远的一个村镇科洛科里措夫卡的教堂去做大弥撒。他住在父亲的一个老朋友彼得·彼得罗维奇·杰维亚托夫家里，和那里的孩子们一起聊天、玩耍，但依旧思念莉莉娅，并且拒绝了杰维亚托夫的女儿安娜的追求，表现了对莉莉娅爱恋的坚贞。

在暖和、美丽的春日里，尼基塔发现一只刚刚学飞、失去母亲、掉在地上的小八哥，他满怀爱心地为它制作了鸟笼，精心喂养它，母亲给小八哥取名——热尔图希恩。他们成了朋友——热尔图希恩长大后，每天白天出外觅食，晚上依旧飞回他家里，即使冬天随候鸟飞往海外，到了第二年夏天，依旧回到尼基塔家里它自己的那个"屋子"。

尼基塔经历了炎热、干旱的夏天，学会了骑马，并帮父亲到邮局取信，同时接到了莉莉娅的来信，在信中莉莉娅向他表示了爱意。但他接着忙于骑马、收割、打麦子、跟父亲到远方的佩斯特拉夫卡村集市去赶集，因而未曾回信。

秋天到了。收割完庄稼后，父母为了尼基塔的学习，决定搬到莉莉娅所住的萨马拉城里去，让尼基塔在那里上中学。尼基塔见到莉莉娅激动万分，莉莉娅却声色俱厉地找他索回自己写给他的信。他起初感到丈二金刚摸不着头脑，后来才明白原来是自己没回信的缘故。尼基塔在城里的新生活开始了，但他深深怀念乡下的日子……

阿·托尔斯泰最早是以诗歌和童话创作开始自己的文学生涯，曾出版过两部象征主义诗集《抒情诗》（1907）、《蓝色河流后面》（1908）和童话集《喜鹊的故事》（1908）。后来他说过，写诗作为创作的第一阶段，对每个散文作家都深有补益，因为便于推敲、掂量、选择和节约语言。一九〇九年，他转向小说创作。而从上面的故事梗概中，我们可以知道，这部小说描写的是一个九到十岁的儿童尼基塔一年四季的日常生活，这一题材更有利于阿·托尔斯泰发挥自己作为诗人和童话作家的特长。的确，他像诗人和童话作家那样，善于从平凡的日常生活中发现自然与生活的诗意和美，并且写得优美动人，富于诗意，饱含情感，生动活泼。小说出版后，这部小说在国内外都获得了很高的评价，至今仍是俄国文学的经典名著，尤其是在儿童文学中占据一个颇为重要的地位。

然而，在翻译如何传达这部经典儿童文学名著的风采，并让中国的少年儿童愉快地接受呢？我做了一下一些处理。

第一，俄罗斯作家在写作中一般都喜欢采用长句（只有普希金、屠格涅夫较多用短句），阿·托尔斯泰更是以长句著称的作家之一。而少年儿童更喜欢简练、直观的短句，为适应中国少年儿童读者的需要，我特意在不损害原意的情况下，把长句子分解成一个个短句，如有一段话，二〇一〇年新出的一个译本的译文是："从座钟直至屋角，沿墙摆着几把条子布面，伸着两个扶手，撑着四条腿的宽大的安乐椅"[1]，我的译文是："从座钟到墙角这一段墙边，并排摆着几张有着宽宽花条纹的安乐椅。每一张椅子的扶手都向外伸出，四条腿矮矮的就像蹲着似的。"

第二，少年尤其是儿童，特别喜欢形象性的语言，在这方面我采用了一下几种方法。

一是在可能的时候，尽量运用叠词，突出语言的形象性和情感色彩，如："宽阔的院子里，到处都铺上了一层白莹莹、软柔柔、亮闪闪的细雪。雪上深深的行人脚印和密密麻麻的狗蹄痕，发着蓝幽幽的光。空气冷森森、清凛凛的，使劲拧疼他的鼻子，像针一样刺痛他的双颊。"新出的译文是："宽阔的庄院全部盖满了晶光耀眼的、松软的白雪。雪地上深深地印着人和狗的蓝色脚印。空气冷峭而尖利，使得鼻孔发痒，双颊像针扎一样刺痛。"[2] 显然，运用白莹莹、亮闪闪、蓝幽幽等叠词，更形象也更富情感，容易唤起少年儿童的共鸣。

二是在儿童眼里，一切都是有生命的，因此翻译时应尽可能运用形象的具有拟人化特色或具有生命感的词语，把成人看来毫无生命的僵死之物变成充满灵气的活物。如："马车棚，板棚，牲口棚，都戴着白绒绒的雪帽子，矮矮墩墩的，就像长进了雪里似的"，冬天雪中毫无生命的马车棚、板棚、牲口棚，在把一切都人化的儿童眼里，都像人一样，不仅戴上了帽子，而且能够生长（"长进了雪里"）；又如："椅子和矮沙发：它们坐在那里，没有脸儿，也没有眼睛，挺胸凸肚地凝望着月亮，一动也不动"，椅子和沙发虽然没有脸蛋也没有眼睛，但仍然像人一样，能够挺胸凸肚地凝望月亮。

三是运用第一次见到某物的词语，突出陌生化效果。儿童的世界是一个极其新鲜的世界，一切都像第一次见到那样充满惊奇。如："随着木飞轮的转动，一条总是滚不完的皮带啪啪地响着，飞快地转进像房子那么大的红色脱粒机"，这里描写的是尼基塔眼中的脱粒机，那随着木飞轮不停地转来转去的皮带，就像有无穷无尽长，竟然总是滚不完！这生动形象地表现了儿童第一次见到脱粒机皮带转动的惊奇。又如："棕红的胡子上都挂满了微笑"，家庭教师阿尔卡季·伊万诺维奇笑眯眯的，在尼基塔眼里，却充满了惊奇感，就像他那棕红的胡子上都挂满了微笑，这也是儿童第一次见到长着胡子的男人笑的眼光。春天的第一群鸟儿飞来了，尼基塔觉得："这群鸟儿就像是从湿蒙蒙、粘乎乎的风里

---

[1] 张佩文：《阿·托尔斯泰》，人民文学出版社，2010 年，第 207 页。
[2] 张佩文：《阿·托尔斯泰》，人民文学出版社，2010 年，第 203 页。

钻出来的，就像是被那些乱云带过来的，它们紧紧抓住沙沙摇荡的白柳树枝，哇哇地高声诉说着那些动荡的日子，痛苦的经历，快乐的时光，——尼基塔屏息敛气地听着，他的心怦怦地狂跳起来。"这时的尼基塔，正深深陷在对莉莉娅的苦苦思念中，再加上初春刚到，雨水连绵，一切都湿乎乎的，因此，他看到的鸟儿也像第一次见到那样，仿佛是从湿蒙蒙、粘糊糊的风里钻出来的，是被那些乱云带过来的，而且用它们的叫声诉说着过去的痛苦和快乐。

　　四是用形象生动的语言，表现儿童的诗意感受，如："湿乎乎的风狂吹了整整三天，把积雪都给吃掉了"，这里写的是春天来了，天气变暖了，在暖风的劲吹下，积雪都融化了，但作家却把这暖风拟人化了，让它把积雪给吃掉了，这就比直说暖风吹融了积雪形象生动多了；又如："大沟渠把一块又宽又大的水布罩在塘里黄糊糊的积雪上"，池塘里结的冰比较厚，因此春雨后塘里的雪还没有融化，春水冲进来灌满了池塘，但清澈透明的春水在塘里的积雪上清晰可见，就像给积雪蒙上了一层透明的罩布，当然小说中指明这一罩布是"水布"，显得新颖生动，符合儿童的新奇想象和创造力。尤其要注意用形象生动的语言，表现儿童特有的那种直观式的感受（或直观感受）。这是一种难以分析甚至不合逻辑的整体感受，是一种直观感受，显得新奇而生动，如："南方乌云的裂口间，露出了一块亮灿灿的蓝天，但马上以惊人的速度飞过了庄园"，蓝天竟然能飞过庄园！这充分体现了孩子观察事物的直观。实际上，这是指乌云不断移动，裂口间的蓝天不断随之显露，就像蓝天在飞动。但如果这样表述，既显得啰里啰唆，又不新奇生动。又如："蓝幽幽的傍晚，倒映在一个个蒙着一层薄冰的水洼里"，这里也是儿童的直观感受，把天空和夜晚浑融成一体了，本来应该是：傍晚蓝幽幽的天空，在结了一层薄冰的一个个水洼里反映出来。再如："整个天空，轰隆一声，就倾泻下来。"经过长久干旱后夏天的大雷雨，随着一声巨雷，铺天盖地的瓢泼大雨倾盆而降，气势凶猛，雨量很大，但小说以儿童的直觉式感受表现出来，既相当简短有力，又特别新奇生动——黑压压、沙拉拉的天空倾泻下来。

2013 年 4 月 26 日

汪剑钊（1963— ），浙江湖州人。北京外国语大学教授。专著有《中俄文字之交——俄苏文学与二十世纪中国的新文学》《阿赫玛托娃传》《二十世纪中国的现代主义诗歌》；译著有《俄国象征派诗选》《俄罗斯白银时代诗选》《自我认知》《吉皮乌斯诗选》《勃洛克抒情诗选》《波普拉夫斯基诗选》《二十世纪俄罗斯流亡诗选》《曼杰施塔姆诗全集》《茨维塔耶娃诗集》；主编和编著《俄罗斯白银时代文化丛书》《俄罗斯思想文库》《茨维塔耶娃文集》《大师经典》等三十余种。

翻译是一次生命的繁殖

刘向《说苑·善说篇》记载，公元前528年，楚国的令尹鄂尹子晳举行了一个盛大的舟游集会。来宾中集聚了百官缙绅，实可谓冠盖如云，一派歌舞升平的景象。子晳与随从们泛舟于清波之上。突然，他们听到河面上传来了一位拥楫女子的歌声："滥兮抃草滥予？昌枑泽予？昌州州𩜙。州𦮔乎秦胥胥，缦予乎昭澶秦逾渗。惿随河湖。"由于演唱所用的是当地的越语，子晳不明白其中是什么意思。于是，一位懂楚语的越人被招呼到子晳的跟前，为他翻译道：

今夕何夕兮？搴洲中流。
今日何日兮？得与王子同舟。
蒙羞被好兮，不訾诟耻。
心几顽而不绝兮，得知王子。
山中有木兮木有枝，心说君兮君不知。

相传，子晳听毕这一段哀婉、缠绵的译文，大为感动，遂脱下自己的锦绣披肩亲自为她披上，与之携手而行。而这段名为《越女歌》的译文纯属偶然地成了中国文化交流史上有史可稽的第一首译诗。由此我们可以知道，诗歌翻译的活动在中国最早可追溯到两千五百年前。年深日久，《越女歌》的原文已因时间的磨损而无法辨认，得以传世的只是它的"译文"。这个故事就像一则隐喻似的向后世陈述着译事的重要，原创性文本的生命通过某种"衍生"的形式得以赓续。从某种意义上说，翻译就是一次生命的繁殖，或者说，翻译类似于一个置之死地而后生的行为，正是原文的死亡，让译文意外地获得了新生。

关于翻译，《现代汉语词典》做了这样的解释："把一种语言文字的意义用另一种语言文字表达出来（也指方言与民族共同语、方言与方言、古代语与现代语之间一种用另一种表达）；把代表语言文字的符号或数码用语言文字表达出来：翻译外国小说，把密码翻译出来。"显然，这是一个多少有点简单化了的表述，它建立在货币交换的经济原则上，其对翻译的理解基本停留在物与物之间的机械性"位移"上，在貌似"客观"的定义里剔除了这一活动的主观性和创造性，以及它的丰富性和复杂性。

早在上古时期，我国的历史典籍便有关于翻译活动的论述，并且，这些论述也有着比《现代汉语词典》的定义更宽泛、更开放，同时也更深刻的指示。《礼记·王制》篇称："五方之民，言语不通，嗜欲不同，达其志，通其欲，东方曰寄，南方曰象，西方曰狄鞮，北方曰译。"对此，唐初的孔颖达做了如下的释义："其通传东方语官，谓之寄，言传寄外内言语，其通传南方语官，谓之象者，言放象外内言。其通传西方语官，谓之狄鞮者，鞮，知也，谓通传夷狄之语，与中国相知。其通传北方语官，谓之译者，译，陈也，谓陈说外内之言"。其后，贾公彦所作的《义疏》则云："译即易，谓换易言语使相解也。"此外，东汉的王符在《潜夫论·考绩》中又指出了另一重功能："夫圣人为天口，贤人为圣译。是故圣人之言，天之心也；贤者之所说，圣人之意也。"根据《正字通》解，此处的"译"与天道、圣贤相关联，应该就是对各种经义的诂释。古代还有学者认为：译，释也。犹言誊也。谓以彼此言语相誊释而通之也。《说文》的释义为"传译四夷之言者"；《方言十三》则解作"传"。另外，我们还知道，在古汉语中，"译"与"择"相互通假，所以，"译"亦可作为"选择"讲。如上所述，我们不难醒悟，汉语中的"翻译"实际是一个蕴含无穷、具有多重指向的词语。人类的交际实际就是一个感觉、情感与思想不断释放、不断接受和不断被翻译、不断被诠释的过程。任何一种阐释都是不同程度的翻译活动,正如翻译往往是另一种形式的阐释。

在欧洲语言中,就"翻译"这一行为的释义也有多层的含义和引申义,并且因着各民族文化、语言本身的特点而呈现同中之异。例如:英语的"translate"有"转移、转化、变成"的意思;俄语的"Переводить"则有"转向、迁移、转入、描摹、传播、调动""消灭、耗费",以及"用另一种方式表达和解释"等意思;德语"Übersetzen"则有"摆渡""运载"的意思;法语的"traduire"则有"表达、说明、移送、传递、流露"等意思。

上述各家释义表明,翻译活动绝非人们通常所认为的语言之间的等值转换,除了普通所谓的"语境"之外,还包含了文化、地域、时代等众多的信息或密码。至于在具体的翻译过程中,译者个人的气质、修养、趣味和经验都可以对源文本进行携有一定个人化性质的"义疏""诂释",从而在目标文本中体现出程度不同的偏移、变形,甚或矫正,由此造成源本文诸元素不同程度的萎缩或膨胀。

文学翻译,尤其是诗歌翻译,绝非"锱铢必较"的等值交换,因为,不存在所谓剔除了其他成分的"真空中的翻译",当然,更不存在"真空中的接受。"所谓"忠实的翻译"或"确切的翻译"实际有自身具体操作上的限定性,或者说局限性,它绝不可能是源文本的位移,而是一种掺和着众多差异性的微妙的重组、拼贴与合并,其中甚至贯穿了血液般流动的生命信息。

论及诗歌翻译,就基本的特性而言,它似乎更像是生命的一次繁殖。原文就像一位娴静的母亲,译者如同一位细心的父亲。他们经由相遇、相爱和无间的亲密,其产生的结晶就是脱胎而出的译文。正如世界上有形形色色、俊丑胖瘦不一的父母,儿女间虽传承了他们的血肉、容貌的某些特征,保留着他们精微的遗传密码,却不可能有"克隆"般一模一样的存在。当然,正如孕育生命有可能出现流产的不幸,翻译也会遭遇类似的难堪。一首诗翻译到中途,由于种种原因而无法继续前行,遇到障碍,被堵塞、延宕在那里,往往像一个发育不够健全的胎儿,只能被迫胎死腹中而夭折。这就是说,人们从事诗歌翻译的结果,既可能让目标文本健康地诞生,孕育并生产一个诗歌的"宁馨儿",也可能因种种原因而流产,令预期的快乐和希望落空。在翻译文学的整个历史上,半途而废的例子比比皆是,其中的苦恼与懊丧,着实是非亲历者所难以体会的。

长期以来,人们对翻译的责难总是伴随着对它的依赖而同时存在。在信息爆炸的时代,一方面,人们贪婪地吸收来自世界各地的资讯,从地毯式轰炸的信息中捕捉有利于生存的信息。另一方面,他们对这些信息的传播者多以不屑、忽略的态度对待译者，以极其挑剔的眼光打量译文。殊不知，他们事实上一直生活在"翻译"给现代生活带来的便利中，日常的文化、娱乐，乃至经济、政治都在"翻译"的展开中而展开。人是社会关系的总和，但是，如果没有广义上如翻译一般的沟通，他就只能像沙粒似的在茫茫大漠中分居着，老死于孤独。

这种现象在新诗的发展历史中同样存在，中国诗人几乎无一例外地吮吸过翻译诗的乳汁。一部中国新诗的发展史，同样也平行地发展着一部翻译诗的历史。翻译像一个特殊的管道，让古典和异域的精神顺势进入写作的现场，参与时代精神的铸造。这就意味着，古典诗歌、异域诗歌通过翻译，战胜了各自的阻隔和限囿，进入中国现代诗的现场，进入充斥着各种现代性的文化场域，参与诗歌语言的建设。不过，在现实中，当一部分（诗人）读者在享用译者的劳动成果而深怀感激之情时，另一部分（诗人）读者则以极其挑剔的眼光来打量译诗，将译诗的好处尽归原作者，坏处则全数倒在译者的头顶，结果是原本可能有的一些建设性探讨被迫搁置，取而代之的意气用事的指责。无疑，这种态度是需要我们警惕对待的。

我们知道，翻译是人类建构巴别塔的实践，其失败的宿命和可能的光荣是最真实的处境。因为翻译的不对等和不可抵达，译者宿命地被推到了被告的尴尬位置上。诗歌翻译的最大困难在于它是一个无法量化的存在，它的诸要素及其边界是模糊的、不确定的。正如诗歌的定义、本质等的歧见叠出，翻译工作也是穿越语词和声音的迷雾，踩着满地泥泞缓慢地向前挪动的。如果说诗歌写作是一种命名，翻译则是对这一命名的求证，通过语言的转换去发现潜藏在表层语言背后的那一个共同的语言，在纷歧的小路中间寻找通衢大道，证明诗歌命名的优势，努力找出它的合理性。因此，翻译虽说有其与生俱来不能克服的依赖性和开放性，但它仍然有其相对的自足性和独立性。

诗歌的不可译性，其根源是来自对源文本的无限崇拜，对作家原创性的想当然猜测和肯定。可是，当代思想家对"互文性"的研究表明，我们的写作一再声称的原创性颇为可疑，在文化的压迫下，我们的写作实际也是一种翻译，是作者对感受到的情与事（物）的诠释、破译和整理，是文学对文学历史的记忆，某种置身于回忆中的复述和重写。如果说写作是对那个最确切的词的寻找，那么，翻译既是这一行为的自然延续，又是对它的质疑和颠覆。因为，生活在一个相对主义的"后现代"氛围里，这个"最"并不存在一个"绝对"的标识。"信"既是对"忠实"的追求，又是对自由表达的肯定。因此，翻译是一种解放，对原文的囚禁状态予以解除，使之进入一个更广阔的天地；同时，它又可能是一种新的囚禁,在另一个空间里闭合自身,在确立中走向死亡。

在本雅明看来,译者的任务就是赋予原文以新的生命,让它的生命延续下去,并且更好地生存,更充分地生存。至于原文,则在翻译的过程中消亡,通过放弃赢得新的生命,以实现真正的成长和成熟。语言本身不是僵死的存在,它是流动不居的,类似于时间的延续,并在延续中呈现种种未来的可能性。这就是说,它绝不是完成的封闭体,而是一直置身于开放的、未完成的状态。因而,在传媒高度发达的今天,原文本身并非纯粹的独立存在,它需要翻译来完成自己的整个生命过程。

笔者向来认为,翻译自有其理论探索的必要性,但它更是一个通过实践来发言的工作。在此,笔者拟以帕斯捷尔纳克的名作《二月》为例,作为一个开放型的文本,比照四个英译文本,考察其在源文本与目标文本之间某些对应词语在传译过程中的不对应性呈现,以寻绎出潜伏于词语组合缝隙里的一些接近"纯诗"式的运动轨迹。在诗歌史或传播史上,它经由不同的译者、不同的时间,而呈现了各式不同的形貌。

原诗如下(为方便绝大多数不懂俄语的读者起见,笔者在每个单词下注出了它的词典性释义):

Февраль

Февраль. Достать чернил и плакать!
二月　　　拿、取　墨水　和　哭泣
Писать о феврале навзрыд,
写作　关于　二月　　嚎啕大哭
Пока грохочущая слякоть
正当　轰鸣着的　　　泥泞
Весной черною горит.
(在)春天　黑色的　　燃烧、发光、闪烁

Достать пролетку. За шесть гривен,
拿、取　轻便四轮马车　只要　六个　十戈比
Через благовест, через клик колес
穿过　(教堂的)钟鸣　穿过　呼喊　轮子
Перенестись туда, где ливень
来到　　　　　那地方　那里　倾盆大雨

Еще шумней чернил и слез.
更 喧嚣 墨水 和 泪水

Где как обугленные груши,
那里 就像 被烧焦的 梨子
С деревьев тысячи грачей
从 树木 数千 白嘴鸦
Сорвутся в лужи и обрушат
跌落、凋落 进 水洼 和 投下
Сухую грусть на дно очей.
干枯的 忧愁 向 底 眼睛的

Под ней проталины чернеют,
在下面 她（它）的 雪化露出的地方 黑着、变黑
И ветер криками изрыт,
而 风 呼啸着、带着呼啸 弄得不光滑、坑洼
И чем случайней, тем вернее
而 越是 偶然、意外 就越是 真实、忠实
Слагаются стихи навзрыд.
形成、定型 诗、诗行 嚎啕大哭

由于俄语在语法上具有变格、变位，以及形容词、副词的短尾等特征，致使它的单词始终处在一个位置可以任意变动而不会改变基本意义的状态，这就造成了韵脚容易相押的特征。因此，俄语诗歌在保持音乐性、节奏感上拥有相当大的灵活性，具有许多其他语言所缺乏的优势。当然，它也同时为俄语诗歌翻译成其他语言造成了不少难以克服的困难。哪怕在同属欧洲语言里的英语、法语、德语中，这种困难都令翻译者如同面对一座坍塌的巴别塔（更遑论具有较大差异的中文了）。以下是笔者收集到的五个英译本，其中两个系同一译者在不同的时间里所给出的文本，其中的差异更是证明了翻译的局限性与可能性兼具的特征。

February
February. Get ink, shed tears.

Write of it, sob your heart out, sing,
While torrential slush that roars
Burns in the blackness of the spring.

Go hire a buggy. For six grivnas,
Race through the noice of bells and wheels
To where the ink and all you grieving
Are muffled when the rainshower falls.

To where, like pears burnt black as charcoal,
A myriad rooks, plucked from the trees,
Fall down into the puddles, hurl
Dry sadness deep into the eyes.

Below, the wet black earth shows through,
With sudden cries the wind is pitted,
The more haphazard, the more true
The poetry that sobs its heart out.

（Translated by Alex Miller）

在该诗的第二行，米勒为求押韵增加了一个"sing（歌唱）"，应该说，这是译者在声音上对源文本的"忠实"。在第三行他以"torrential（奔流、迸发）"来修饰"slush（烂泥）"，进而以"that"带出小从句"roars（咆哮）"，译意与原作大体相近。由从句引出的春天之黑色，照应了首句"二月""墨水"的意象。

第二节的"buggy"恰好与"пролетку"相对应，第二行米勒所用的hire 与克内尔的译例所用的 rent 意思大体相近，但均为原文"достать"的引伸义，且从上下文看亦符合帕斯捷尔纳克所欲表达的题旨。据此，我们也可将其视作与"母亲"在遗传密码上相通、但表现形态呈现差异的佐证。

February
Black spring! Pick up your pen, and weeping,
Of February, in sobs and ink,

Write poems, while the slush in thunder
Is burning in the black of spring.

Through clanking wheels, through church bells ringing
A hired cab will take you where
The town has ended, where the showers
Are louder still than ink and tears.

Where rooks, like charred pears, from the branches
In thousands break away, and sweep
Into the melting snow, instilling
Dry sadness into eyes that weep.

Beneath — the earth is black in puddles,
The wind with croaking screeches throbs,
And–the more randomly, the surer
Poems are forming out of sobs.

(Translated By Scott Horton)

霍顿的译文，将第一个词"二月"直接译作"Black spring（黑色的春天）"，不仅拉长了语调，而且开篇就点破了作者的写作企图，第二节添加了原文中没有的"pen（钢笔）"一词，第四行"Is burning in the black of spring.（正在春天的黑中燃烧）"第二节第三行"The town has ended（小镇的尽头）"比原文"到那里"更具体，也更可感。

原文中的"под"则在两位译者的手中分别被译作"beneath"、"below"和"under it"，其中，"beneath"是最常见的诗歌表述语，"below"相对中性一些，与原文也较接近一些，至于"under it"，则是一个口语式的表达，且与帕斯捷尔纳克的简洁不甚相符。这显然是一个"繁殖"过程中出现变异的事实，它沿循本来的航道行驶，却在行驶中显示了一定的偏离。

February
February. To get some ink and cry!

To write about February in sobs,
While rumbling slush is
Burning with the wet-black soils.

To get a horse-cab. For six grivnas,
Through peal of bells and click of wheels
To be conveyed where the showers
Are noisier than ink and tears.

Where like the charcoaled pears,
Off those trees the thousand rooks
Will tear off into the puddles and
Rain dry sorrow down my eyes.

Under it black is melting through,
And wind is ravished with the calls.
The more they random, more they truly
The poems are rhyming in the sobs.

(Translated By Roman Golubev)

笔者以为,这是一个较差的译本。例如:译者在"cab(马车)"之前以连字符加上"horse",除增加音节的作用外,实际这是一个多余的赘词,并且对诗的节奏造成了一定的伤害。对照一下,无论是句式,还是语义传达,甚或是在音乐性的仿制上,整首译诗对源文本的偏移较大。这种偏移显然与译者在俄语中的浸淫和他的目标文本——英语中的诗感有关。

以下两首译诗同出一人之手,但在保持了原文的一些基本元素和意义之外,仍然存在着较大的差异。

February
February. Oh, to get ink and sob!
To weep about it, spilling ink,
While raging sleet is burning hot

Like in the blackness of the spring.

To rent a buggy. For six grivnas,
Race to the sound of bells and wheels
And ride to where a shower drizzles
Much louder than ink and tears.

From branches, thousands of crows,
As though charred pears, fall to demise
And crashing into puddles throw
Dry sadness deep into your eyes.

Below, a patch of thaw shines through,
With loud cries, the wind is grubbed.
The more haphazard the more true,
New poems are composed and sobbed.

（Translated by Andrey Kneller）

February
Oh February, to get ink and weep!
And write about it mourning,
While the uprising, raging sleet,
Like in the spring, is burning.

Go rent a buggy. For six grivnas,
Ride through the blare of bells and wheels,
To where the shower often drizzles
Much louder than ink and tears.

Where, like the charcoal pears, the crows
From trees, by thousands, will rise,
Crash into puddles, and then toss

Dry sadness deep into your eyes.

Below, thawed patches glisten through,
With loud cries, the wind is grubbed.
The more haphazard the more true--
The poems are composed and sobbed.

(Translated by Andrey Kneller)

　　克内尔的译诗是帕斯捷尔纳克在英语世界中较流行的文本。在起首一行，为增强语气，引发读者的情绪，译者添加了一个"oh"，但在前后两个本子里，"oh"的位置并不相同，其一在 February 之前，其二则在 February 之后。相对而言，这是一种浪漫主义式的表达方式。相比"throw"，单词 toss 虽说都有"扔、抛掷"的语义，却是一个相对更诗化、更雅化的单词，另外，它还包含有"摇晃、颠簸"的含义。在末节的第一行，我们看到，"patches（碎片、斑点）"之前去掉了前一个译本中的冠词 a，代以 thawed（融化），强调出土地解冻的特征。在该诗的最后一行，译者曾经使用 new 一词来表示诗歌的写作，而在后一个译本中，他置换成了 the，如此，则突出了 poems 的确指意味。当然，在同一节诗中，连续出现四个 the，容易在音韵效果上造成因过度的重复而滋生的疲沓。

　　综观上述五个译本，我们不难发现，它们分别体现着不同译者作出的不同选择，在面对一个强大的母本时，他们或屈从、或对抗、或挣脱着其影响的焦虑，从而表露了自己的倾向性。例如：第四节第二行中的"изрыт"则分别被处理为"pitted"、"croaking screeches throbs"、"ravished"和"grubbed"，第二个使用了一个短语，拉长了句式，其他三个单词则保留了它的被动状态，似乎更接近原意，"pit"多用作名词，此处作动词以被动式"pitted"出现，具有"弄出坑洼、使……凹陷"的含义；"ravished"主要是强暴、掠夺的意思；而"grubbed"则是"挖掘、翻找"的意思。

　　再者，我们看到，在对"плакать"的处理上，四位译者分别使用了"shed tears"、"cry"、"sob"和"weep"等，其中"weep"一词，除哭泣、流泪以外，通常还有"悲叹、叹息"的附加含义，或许也是最接近原意的表达。此外，在英译诗中，对"шумный"的译释也有细微的差异。其中，"noisier"应是最接近俄语"шумней"一词的表意，与"louder"则略有差距，至于

"muffled"，虽有"压倒、盖过"的意思，但同时也表示"包裹、围住"等意思，它似乎应是与源文本相距最远的一个单词。

以上的译例证明，翻译是一项包含了多重内容的活动，它如生活本身似的复杂、丰富。在具体实践中，翻译既可能是一部锋利的切割器，同时也可能是一座由偶然通向必然的桥梁，既可能是阳关大道下的陷阱，也可能是通幽的曲径，既可能是改变了声频的学舌鹦鹉，也可能是涅槃中诞生的凤凰。译诗恰巧是不可定义的翻译与同样不可定义的诗歌之遇合，如此，则更加重了理论阐释上的困境。幸而我们有着大量的实践为其进行了另一种方式的训诂与确认。翻译作为诗歌生命延续的一种手段，令笔者想起中国民间关于"龙生九子，各有所长"的感慨，译文是"麒麟"也罢，"狻猊"也罢，"貔貅"也罢，甚至"饕餮"也罢，它们均已不肖于"龙"，却又作为"龙"的传承者，无处不在地携带着父辈的DNA因子。正是在此意义上，笔者愿意重申，翻译是一次生命的繁殖。

作为又一种例证，笔者搜集到了《二月》的九种中译文，现将其附列于后，供读者诸君参照，当能体会各自的高下优劣和可以互补的微妙：

二月

二月。墨水足够用来痛哭，
大放悲声抒写二月，
一直到轰响的泥泞，
燃起黑色的春天。

用六十戈比，雇辆轻便马车，
穿过恭敬、穿过车轮的呼声，
迅速赶到那暴雨的喧嚣
盖过墨水和泪水的地方。

在那儿，像梨子被烧焦一样，
成千的白嘴鸦
从树上落下水洼，
干枯的忧愁沉入眼底。

水洼下，雪融化处泛着黑色，

风被呼声翻遍,
越是偶然,就越真实。
并被痛哭着编成诗章。

(荀红军 译)

二月。想蘸点墨水就哭泣……

二月。想蘸点墨水就哭泣!
和着泪抒写二月的悲歌,
直到在踩得直响的稀泥
闪出一派黑油油的春色。

想雇辆马车,掏六十戈比,
穿过恭敬和车轮的呼叫,
朝大雨滂沱的地方驶去,
听雨声比墨水和泪水还喧闹。

那里成千上万的白嘴鸦,
像一只只烧焦的秋梨,
从枝头一齐跌进水洼,
把忧色倾注到我眼底。

融雪地在忧色下泛起黑光,
风声翻腾着喊声阵阵,
哽咽地大哭诗抒写的诗章,
越是即景,越是真实。

(顾蕴璞 译)

二月

二月。用墨水哭泣!

在悲声中为二月
寻找词语,当轰响的泥浆
点燃黑色的春天。

花六十卢比雇辆马车
穿过车轮声和教堂钟声
到比墨水和哭声更喧闹的
倾盆大雨中去。

那里无数白嘴鸦像焦梨
被风从枝头卷起
落进水洼,骤然间
枯愁沉入眼底。

下面,融雪处露出黑色,
风被尖叫声犁过,
越是偶然就越是真实,
痛哭形成诗章。

(北岛 译)

二月。取来墨水就哭泣!

二月。取来墨水就哭泣!
当泥泞滚动着车轮声声,
闪烁着一片阴郁的春光,
我哽咽着把那二月吟咏。

六十戈比雇一辆轻便车,
穿过钟声,碾着车轮声,
驰到那暴雨喧嚣的地方,
听雨声盖过淌墨流泪声。

在那里，无数的白嘴鸦
犹如一个个烧焦了的梨，
从树枝一下坠到了水洼，
把干涩的忧郁掷到眼底。

忧郁罩黑了融雪的地方，
阵阵鸣叫声把风儿翻滚。
然而，愈是无心的流露，
啼哭的诗行才酿的愈真。

（译者不详）

二月，一拿出墨水就哭！

二月，一拿出墨水就哭！
嘎嘎作响的稀泥，
散发出浓郁的春天气息，
一写到二月就哽噎着痛哭。

花六个十戈比的小银币雇了一辆四轮马车，
穿过祈祷前的钟声，穿过车轮的辘辘声，
赶到那下着倾盆大雨的地方，
那儿的闹声比墨水和哭声更喧闹。

那儿，成千上万只白嘴鸦像晒焦的生梨，
从树上掉下水洼
一缕愁思投入眼底，
令人茫然若失。

水洼下雪融化后露出的地面已发黑，
可狂风仍在肆虐怒吼，
哽噎着痛哭写下的诗句
越是即兴而作就越加真实。

（毛新仁 译）

二月

二月。蘸好墨水就得哭。
当噗噜噗噜响的泥水
泛着黑色春光的时候，
写二月就免不了流泪。

花几角钱雇一辆马车，
听着祷前钟声和车轮叫声，
到田野上去，田野上的暴雨
比墨水和泪水更猛。

无数的秃嘴乌鸦
像晒焦的梨似的从树上落下，
落在一个个水洼儿里，
织成一幅凄凉、忧伤的图画。

化冻的地方又黑又阴暗，
风的吼叫声又大又凄惨，
诗越是写得出人意外，
越能如实地表现悲怆的境界。

（吴笛 译）

二月

二月，拿出墨水来伴我哭泣！
当隆隆轰响的泥泞
燃烧出一个黑蒙蒙的春天，
我痛苦流涕把二月抒写。

雇一辆四轮马车，花上六十戈比，
听教堂钟鸣，听车轮辚辚，
匆匆赶到那豪雨喧腾
盖没了墨水和泪水之地。

那儿，成千上万只白嘴鸦，
像烧焦了的梨子，
从树上坠落水洼，
枯燥乏味的伤感沉入眼底。

愁闷笼罩之下，化雪的土地泛着黑色，
风被内心的呼声搅乱，
那抽泣哽咽织成的诗章，
越是偶然，就越是真实。

（肇明 理然 译）

二月

啊二月，请给我墨水和哭泣！
当起义的狂怒的冰雪
就像在春天一样熊熊燃烧，
让我来把它的悲痛书写。

租上一辆马车，花上六十戈比，
穿越教堂的钟声和车轮的鸣响，
赶往那比墨水和眼泪
更嘈杂喧嚷的落雨之地。

在那儿，就像那黑炭色的梨子，
有数千只乌鸦，在树枝上升起，
然后坠落进水洼，并把干燥的悲伤

投掷到你的眼底。

下面，已经解冻的土地在闪光，
到处是高声的叫喊，风在四处挖掘。
这诗章在编织，在哭泣——
越是偶然就越是真实。

（张祈 译）

二月……

二月。弄到墨水就哭泣！
在呜咽声中描绘二月，
直到咕唧作响的污泥
燃烧出黑幽幽的春色。

找辆马车。花六十戈比，
穿过车轮隆隆与钟声当当，
疾速驶向大雨滂沱之地，
那里雨比墨水和泪更响亮。

那里数以千计的白嘴鸦，
飞下树枝落进了水洼，
一只只像是烧焦了的梨，
刺激着眼底叫人惊诧。

化雪的地方一片乌黑，
寒风的呼啸声尖厉刺耳，
呜呜咽咽写成的诗句，
越得之偶然便越发真实。

（谷羽 译）

编后记

谷羽

从二十世纪初至今,中国翻译家翻译俄罗斯文学作品走过了一百年。鲁迅先生和未名社在介绍与翻译俄罗斯文学方面起到了开创与先导的作用。二十世纪二十至三十年代出现了译介俄苏文学作品第一个高峰期。一九四九年中华人民共和国成立,至一九六一年为中苏关系蜜月期,大量翻译俄罗斯和苏联作品,这是第二个高潮。"文革"结束后,八十至九十年代是第三次译介俄苏文学作品的繁荣时期,其间出版了许多文学经典和精品的选集与多卷本的全集,此后随着商品大潮的冲击,文学与翻译日益边缘化,俄苏文学翻译逐渐消沉冷落,面临译著难以出版、译者后继乏人的困境。

回顾中国翻译家介绍与翻译俄罗斯与苏联文学作品的百年发展史,编一本《俄苏文学翻译家丛谈录》,既有历史意义,又有学术价值,这就是《从〈奥涅金〉到〈静静的顿河〉》这部书稿的来历。编辑此书,有几点设想:

一、译什么?作品的选择体现着翻译家的思想与眼光。比如,鲁迅为什么选译果戈理的《死魂灵》?巴金为什么选译赫尔岑的《往事与回想》?草婴为什么选译托尔斯泰与肖洛赫夫的小说?翻译家都经过了慎重的思考。阅读译作的前言或译后记,往往能捕捉到译者的某些理念,得到某些线索与信息。

二、怎么译?众多翻译家谈论自己的翻译心得体会、成败得失、两难处境,围绕小说的翻译、诗歌的翻译,有过很多思考与探索,前辈对个人翻译生涯的梳理和总结,为后来者提供了宝贵的借鉴。

三、有何争论?围绕文学作品翻译的方法、原则、评判标准,小说翻译的语言,戏剧翻译的特色,诗歌翻译的形式与格律,乃至诗歌可译与不可译,翻译的忠实与叛逆,译者与作者的关系,主体性与依附性,译者的素养与修为,乃至人名、书名、篇名、成语、术语的译法等问题,出现过不少争论与辩驳,不同意见的争论能促进翻译水平的提高，此类文章自然应该收入文集当中。

四、宝贵经验，值得后来者学习吸纳，比如，翻译文学作品的前期准备，通读与做索引，工具书的选择与使用，博览群书，提高文化素养，翻译与研究结合，开阔视野，结交国外学界朋友，必要时咨询求助。

五、收集珍贵史料，由于年深日久，有些当年的译者和译作，几乎被人遗忘，比如，甦夫的第一个《奥涅金》译本，第一个从俄语翻译普希金小说《甲必丹之女》的安寿颐先生，未必有人知晓。当年跟鲁迅先生过从甚密，合作翻译果戈理文集的孟十还先生，一九四九年去了台湾，此后，几乎从读者视野中消失。辑录有关他们的文章，既是对他们的尊重，也有助于澄清史实，还历史以本来面貌。

六、注重传承，由弟子、子女、配偶、同仁、朋友写他们心目中的翻译家，比如巴金写萧珊，文颖写汝龙，凌芝写蒋路，高莽写戈宝权，沈念驹写力冈，王志耕写智量，文笔饱含亲情与友情和师生情，生动感人，有助于读者进一步走近翻译家，了解他们的内心世界和精神追求。相信这部分文章会引起读者的关注与思考。

七、选用文章尽力保持原貌，少做修改或不修改。由于年代不同，各位译家所译的俄苏作家姓名、作品人物名称，篇章标题，乃至年代数码的使用都不尽一致，这些都是历史原貌的反映，不强求一律。

编辑方法，以翻译家出生年月为序排列，每人附小传（以中国作家协会会员介绍资料为参照），大部分文章围绕个人翻译的作品谈翻译，论技巧，少部分文章是从第三者的角度（翻译家的子女、弟子、朋友）介绍翻译家的译作和经历。本文集包括早年从其他语种转译俄苏文学作品的译者，也包括了香港、台湾和移居国外的俄苏文学翻译家的论述。将近七十位翻译家在上下两卷集当中聚会，这在俄语文学翻译界尚属首次，十分难得。

编辑书稿，时间已有两年之久，与俄语文学翻译界的诸多师长、前辈通话联系，书信往来，得到他们的热心指点和帮助，有的寄赠图书资料，有的帮助查询，有的给予鼓励。没有大家的支持和帮助，这部书稿，难以成形。我在这里首先感谢林　安先生的创意和策划，感谢金城出版社领导及本书责编刘荔女士的大力支持，感谢令人敬重的翻译家蓝英年先生为文集撰写序言，感谢张福生先生的多次帮助，感谢曹苏玲教授、曹彭龄先生、刘家鸣教授、魏游先生、李鸿福先生、汝宜京女士、顾琪章老师、任荣炼先生、张晓强先生，我向各位致以由衷的敬意与谢忱。

在这两年期间，余一中、曹苏玲、孙绳武、草婴等几位文学翻译家相继离开了我们，令人扼腕痛惜。他们对于文学翻译事业的执着追求和无私奉献，让人缅怀，让人感佩。这本书的出版，也寄托着我们对前辈先贤的怀念与追思。

编辑这部书稿，得到绝大多数翻译家或家属子女的许可，填写了出版委托书。遗憾的是，个别作者没有取得联系，经与出版社商定，为作者保留稿酬和样书，并请给予谅解。

虽经多次审阅校对，限于水平和能力，文集中可能仍存在错讹欠妥之处，诚恳期待专家与读者批评指正。

谷羽
2013 年 8 月 4 日初稿
2015 年 3 月 2 日修改
2015 年 11 月 4 日定稿
于南开大学龙兴里